汉风烈烈

7

清秋子 著

河南文艺出版社

· 郑州 ·

目　录

001　一　卫青初征显奇才

039　二　宠臣覆灭命何乖

081　三　舅甥逞勇双出塞

121　四　淮南王宫起异灾

165　五　兵临瀚海胡运衰

209　六　张汤恃宠忽身败

259　七　汉皇求仙意徘徊

299　八　贰师将军收轮台

345　九　李陵败降千古哀

391　十　长安之乱诫万代

一

卫青初征
显奇才

话说元光初年（前 134 年）时，韩嫣因在宫内太过浪荡，与宫女有染，终被王太后严旨赐死。

　　武帝不料居然骤失密友，一连数月，为之郁郁寡欢。想自己贵为天子，却不能保得近身人，这皇位坐得也实在无趣。一夕之间，竟生出了念头，也想随韩嫣而去。然掂了又掂，觉此生尚有可为，又不忍弃了好运而去，数月纠结中，竟是几番生不如死。

　　韩嫣死后，归葬于祖籍阳翟（今河南省禹州市）。武帝便偷偷遣了使者去，吩咐县令，务要好生厚葬。

　　时至今日，事已过去数年，武帝心头仍不能平。这日，武帝唤来侍郎枚皋，先夸赞道："君能马上成文，朕早已领教。入侍以来，指事为赋，朕读了已有数十篇，虽文辞稍欠工稳，然已深得乃父家传。"

　　枚皋嘻嘻一笑，应道："臣不通经术，故而文也欠佳。"

　　武帝扬了扬眉道："哪里！如此文赋，已属不易！今日召你来，不为谈文，朕有一事欲相托。"

　　枚皋见武帝神情严肃，不似说笑，连忙敛容道："臣愿听命！"

　　武帝负手，在室内踱了几步，才推心置腹道："朕少年登大位，独在深宫，所赖无重臣。如今更是喜怒无人可诉，甚是无趣。"

枚皋惊异道："陛下，如今朝中重臣，文有张汤，武有韩安国，怎可谓无人？"

武帝仰头叹了一声："君有所不知。上大夫韩嫣殒命，迄今已有五年，朕只是久不能释怀……"

枚皋心头一震，急忙应道："陛下心内之苦，臣已知。韩大夫冤死，朝中诸新晋无不愤懑。陛下召小臣来，是否要写追思文？"

"正是。"

"小臣不才，然飞书驰檄，是看家本领。这便请涓人来研墨，陛下片刻可待。"

武帝一笑："又自夸！你何时方知谦逊？"便唤了宦者进来，备好了案头笔墨。

枚皋移膝至案前，提起笔来，注目庭前树影，凝神不语。稍后，以舌呿笔尖三次，蘸了蘸墨，便走笔如飞。不过一刻工夫，在那简牍上，即写出了一篇大赋来。

武帝接过简牍，才读了三五句，忽便泪如泉涌："枚君，真是好文笔……朕心悲，实不忍读。"

枚皋面露惶悚之色，连忙叩首道："臣有罪。"

武帝以袖拭泪，眼望窗外黄叶，叹息道："叶落五秋，只在不觉间啊！"

枚皋劝道："陛下请宽心。韩大夫在世时，得陛下恩宠，并无一日辛苦。命虽夭，却也强于做一世庸徒，免却了劳心劳力。"

武帝又叹了口气："我倒宁愿他……辛苦而长寿。"

"陛下大可放心，韩大夫早亡，也定然早已成仙去了。"

"罢罢！普天之下，只你最会说话！你父若有你这一张嘴，当不至愤而弃官了……好了，闲话休提，着你携带此赋，前往阳翟韩大夫坟上，诵罢烧掉。"

枚皋怔了一怔，当下领悟，拱手受命道："臣片刻不误！今日即出京，赶往阳翟，定不负君命。"

"朕授你符节，此行何往，也无须告知他人。"

"陛下，臣已谨记。"

如此两月过去，枚皋办妥复命，武帝这才心有所安。

这日，武帝正在宣室殿廊上闲坐，凑近炭盆烤火，双手翻动，眼望欲雪未雪的天。忽见廊下有一队小厮，蹑手蹑脚，鱼贯而过，心下便觉好奇。

武帝坐直身，唤住管事宦者："这班少年，是何许人也？"

宦者停住步，恭谨答道："回陛下，奉少府孟贲之命，裁汰年迈宦者三十名，另从民间选些少年来顶替。"

"哦？老年宦者放归，又如何谋生？"

"遣送归乡，任由亲养。若无亲，则由郡县接济。"

武帝就一笑："宫女年长，当放归；宦者年老，又有何妨？"

那宦者答不出来，一时哑然。

此时，有宦者令从后面赶来，闻武帝发问，连忙回道："陛下，臣略知详情。日前，太中大夫张汤，有急事入朝，于金马门下车疾行，不留神撞倒一名老宦者。老宦当即倒地不起，竟至殒命。"

"哦？"

"事发偶然，张汤大夫并无过失，然也吃了一惊，隔日便去见孟少府，指宫中宦者年迈，便不该再留，留之误事。故而少府有令，从民间挑选去势少年，换下老宦者。今少年已集齐，臣下带他们各处看看。"

武帝听明白原委，不禁一笑："这个张汤，管事管到宫里来了！"便挥手让宦者令自去忙碌。

那队少年宦者，看罢后面的椒房殿，又从宣室殿一侧鱼贯而出，往前殿走去。

武帝目视诸少年，但觉个个眉清目秀，倒也伶俐，全无老年宦者的庸碌气，心下就觉称意。

倏忽之间，看见队中有一青衣小厮，相貌酷似韩嫣，心中便一惊。

待那小厮略一偏头，武帝就更惊：那不是韩嫣又是谁？当下就站起，一指那小厮，口中竟说不出话来："你……你……"

管事宦者以为小厮有何冒犯，一把扯住，便令他跪下。

武帝这才缓了一口气，招手令那小厮近前。

宦者见小厮惶悚不知所措，连忙提了他衣领，拉到阶前跪下。

小厮额头冒汗，似已魂出七窍，只伏地不敢抬头。

武帝便道："你莫怕，头抬起来，朕要问你话。"

那小厮抬起头，武帝便看得更清，其眉眼神态，竟无一处不似韩嫣，暗自就惊呼：上天怜我！

看了片刻，见那小厮似是在发抖，武帝这才醒悟，连忙温言劝道："莫要慌，孩儿是哪里人？名唤甚么？"

那小厮颤声答道："回陛下，小人姓左，名唤依倚，乃寿春（今安徽省寿县）人氏。"

"哦，依倚？"武帝觉此名甚耳熟，却又一时想不起来由，便笑道，"你故里淮南，乃是丰饶之乡，然小小年纪，却为何要进宫来？"

"吾乡虽富，人命却有百样。家中赤贫，无以为生，家父不忍小人被饿毙，才为我去势。男儿去势，入宫便有饭吃，或可有条生路。"

武帝叹了口气，微微摇头："盛世似今日，怎会有饿毙之人？"

左依倚稍作迟疑，遂答道："……乡里人，若阿翁无能，家无三日粮，小童饿毙也是有的。"

武帝皱皱眉，挥一挥袖，转了话头又问："你可曾识字？读过书未？"

"小人五龄时，即下田劳作，跟从老父识得几个字，书却未曾读过。"

"也罢也罢！今日起，你便随朕左右好了，饭有得吃，书也须通读几卷。"

左依倚未解此话之意，伏地未动。管事宦者连忙按下他头，催促道："陛下是要你随侍！真是天上掉了金子下来，还不谢恩？"

左依倚这才恍然大悟，慌忙叩首。

武帝又端详左依倚片刻，忍不住笑道："你这小子，如何取名像女子，长得也像女子？"便对那宦者道："带他去沐浴更衣，并告知宦者令，朕留了他，用为左右。"

那管事宦者领命，谄笑道："陛下好眼力，好眼力！"一面就扶起左依倚来，自去少府衙署办理了。

入冬初雪时，便是元光六年（前 129 年）新年。这年，武帝年满二十七岁，问政已有十一年，已全无少年青涩之态。汉之国势，也如日中天，既富且强，八荒无可匹敌。

自这一年起，内外都有些大事发生，注定要将武帝推至巅峰，并将汉家运势推向绝顶。

在此后数十年间，一个因汉水曲流而得的"汉"字，便永系天下礼教，无可取代。

外人并不知武帝心思，只见他常往石渠阁去，一流连就是半日，只道他比前代数帝更喜读书；却不知武帝此时，心中想的只是一个匈奴。

——边患连绵，总要在自己手中有个了结。

这日，武帝召集薛泽、公孙弘、汲黯、张汤等人，商议军备事宜。武帝先开口道："北边数年未有大患，诸君可放心否？"

公孙弘应道："那匈奴斥候，无孔不入，在长安恐也有数十不止，早已探得陛下绝非无为之君。如今老太后已升遐，更无人掣肘，想必那匈奴也是怕了，故而多年不敢入寇。"

武帝便笑着摇头："兵家之道，攻无备，出不意，也不可太过疏忽。朕只是不胆小罢了，如何就能吓退匈奴？"

汲黯也道："臣以为，边患无事，或即是将有大事！"

公孙弘辩驳道："老臣也知，风起于青蘋之末；然则须有风来，此理才通。汉匈两家，自景帝元年和亲至今，两不相犯，如何他便无缘无故启衅？"

武帝道："匈奴，非常敌也。他食不足时，便是启衅由头，我岂能不防？孔子曰：'足食，足兵，民信之矣。'我汉家今日食足，自是无疑，然兵仍不足。"而后，又转向汲黯道："主爵都尉最知兵，你便来说说。"

汲黯连忙一揖："陛下明见。前朝晁错有言，汉兵一，抵得匈奴兵五，乃是说我军儿郎气壮，而非军备足也。陛下若立志攘匈奴，则汉家兵马之盛，当与胡骑相等……"

武帝便猛地挥袖，截住汲黯话头："卿所言，正为朕之所思！然添兵养马，钱从何来？"

众臣一时怔住，只将目光望向丞相薛泽。

薛泽略作犹豫，方缓缓答道："先帝征赋，三十税一，普天之下莫不感激；今若令民间加赋，则臣不敢想。"

武帝便一笑："莫说你不敢，朕也是不敢！ 难道，你我君臣，尚未伐匈奴，便被这钱绊倒了吗？"

见东方朔、司马相如、枚皋等也在侧，并未作声，武帝便掉头问道："文士有何主张？"

众侍臣互相望望，东方朔便移膝向前道："日前臣家中来客，谓张仪当年，事万乘之主，位列卿相；而谓臣虽能诵百家之言，以事圣帝，旷日持久，却官不过侍郎、位不过执戟，实是无智。"

武帝心里忍不住笑，却故意板起脸，凝视东方朔半晌，才道："先生前襟，如今倒是干净多了，然心思仍不干净。 莫非是嫌待诏金马门，仍不足以逞才？"

"臣不敢。 彼一时也，此一时也。 苏秦、张仪之时，诸侯争权，故而得士者强、失士者亡，他二人自然可扶摇直上；如今陛下圣德，诸侯宾服，天下平均，合为一家。 陛下若想举事，犹如反掌，我等小臣贤与不贤，又有何差异？"

武帝这才笑出来："说来说去，你还是不服！ 如今强兵要用钱，该如何加赋？ 这难题，朕偏就要听你讲。"

东方朔伏地，轻轻一叩首道："小臣素来不治财货，囊中空空。 陛下赐肉，臣割下一块，都须带回家中，交予浑家，哪里可妄言财赋事？ 臣只知，割肉，也须找肥猪来割。"

武帝闻言，忽就收住笑意，一拍案道："着啊！ 文士哪里就无智？"于是转向诸臣道："先生高智，说到了切要处！ 三十税一，赋不能加；欲伐匈奴，赋又不能不加，还是东方先生看明白了。"

公孙弘眼中精光一闪，脱口道："老臣也看明白了。"

武帝便抬手道："公孙先生请讲。"

公孙弘应道："此理即是：天下以农为本，故而农不可加赋；以商为末，则商可以加赋。 我朝定天下，休养生息六十年，猪早已养肥，今日不妨……就割些肉下来。"

薛泽仍有疑虑，连忙进言道："旧年高祖抑商，定为国策，令商人不得衣丝乘车，重租税以困辱之。 吕太后、文帝以来，稍为宽纵，商民无不称颂。 而今若骤然加赋，商民或将起恐慌。"

武帝轻声冷笑道："诸君上朝，皆乘车，可见过当今豪商之车，是何等模样？"

张汤挺直身答道："此事臣留意过。 长安富豪之车，驷马雕鞍，富丽堂皇，与銮驾相比，就差一顶黄盖了。"

武帝道："朕所见亦是！ 此等商民，虽也是民，却又不是民。 恃财骄横，武断乡曲，舆服、居室僭于上，那就是豪强了。 国家有难，与他无干；国家有乱，他必扰之。 国初时臧荼谋叛，先帝时吴楚之乱，无不有商人踊跃从之。 此等民，乃不安之民，丞相不必怜惜。"

薛泽嗫嚅道："君与民，犹如父与子也，当怜还是要怜。"

张汤愤然反驳道："子若是豪强，便是逆子！"

武帝仰头笑了笑："如今父已有父模样，子却失了子模样，奈何？"

众人听罢，心中便一惊，都各自在品味武帝之意。

公孙弘此时忽然插言道:"张汤君说起豪强,老臣有所感。 前日,有富商宴请老臣,席间唯见猩猩之唇、獯獯之掌、肥燕之尾、牦象之腰……直教人眼花! 不独老臣平生所未见,便是御厨老役,怕也闻所未闻。"

武帝便对薛泽道:"薛丞相,此等豪民,饱食之后,尚能怜惜苍生吗? 弦歌之余,可望他念及国家吗?"

公孙弘又道:"汉初贫弱,吕太后开恩,与他们行了方便。 六十年来,已有三代养尊处优,不知民间所苦。 汉家既不负商人,商人亦不能负汉家。 商民既已可缇衣乘车,陛下也无须禁他乘车,只须每车征缴赋税,收上一缗①便是一缗,用于造弓弩、治甲兵,也是好。"

武帝颔首道:"韩非子称商人为'五蠹',或也有理。 赋税征不到商人头上,总还是个弊端,恐是人心难服。 抑豪强,如今便自朕始吧。 昔年秦始皇重富商,一个巴寡妇,竟至闻名天下;然秦亡,却不见巴寡妇来助,可见宽待商富,未必能以心换心。 而今我汉家城乡,豪强遍地,可左右诉讼,小民不堪其霸蛮。 此等恶政,堪堪要甚于暴秦了,这哪里能成?"

薛泽道:"臣以为,自吕太后起,宽待商民,已历时三朝,上下习以为常。 今日不宜骤变,当徐图缓行才是。"

武帝横瞥薛泽一眼道:"呵呵,丞相迂腐了! 世道若变,我即应变;若世道已变,不变则是迂腐了。《鬼谷子》言:'善变者,审知地势,乃通于天,以化四时,使鬼神,合于阴阳,而牧人民。'

---

① 一缗,一千文铜钱。

如此牧民之道，丞相当熟知。"

薛泽轻叹口气，拱手遵命道："也罢！臣已知，其事不容再缓了。容老臣与僚属商议，看如何计算商车所值。今缗钱一百二十文，为一算，每车可征二算。由上计司拟出律条，布告天下，今年征赋，就可以开算商车了。"

武帝面露喜色道："如此，朕之忧，便也减了几分！"

君臣议至正午，武帝把手一摆："今日不议了。想来诸君都不贫，个个食不厌精，朕就请诸位尝尝御厨滋味。"

随后，宦者为各人摆上食案。武帝环视众臣，问道："诸君多为公卿，一日三餐想必不愁，还有一日食两餐的吗？"

东方朔拜了一拜道："托陛下的福，待诏之后，多有亲朋相助，臣也可一日食三餐了。"

武帝便笑："东方先生多智，总饿不到你！"

待小宦者端上饭菜来，众人见不过是寻常黄粱饭，饭中还有麻籽掺入；菜肴也不过是些蒴叶、秋葵之类，平淡无奇。

见众人木然，武帝就道："我等君臣，虽不至吃猩猩唇、牦象腰，却也是食不精不食。今日请诸君尝尝粗陋之食，平民即是常年如此，实为不易！彼辈披星月、戴寒霜，庙堂之人多不知其苦。早年我往长陵邑寻找长姊，见闾里人家所食，便是今日这等餐饭。"

众人仍是默然进食，唯独公孙弘笑了笑，举箸道："陛下，臣年壮时，曾在海岛牧猪，一日两餐，倒是吃过些苦的。陛下赐宴，令老臣不由得忆起当年……"

"呵呵，先生阅历多，昔日懂得牧猪，今日便知，当如何治人。"

"陛下高明！ 贫寒人家，朝廷当然要怜悯；然钟鼎美食之家，算他一道，拔几根毛，又有何痛哉？"

众人闻言皆掩口笑，张汤忍不住，连连向公孙弘作揖。

就连薛泽也涨红脸道："公孙大夫所言，容老臣细思。 孔子曰：'有国有家者，不患寡而患不均，不患贫而患不安。'为久安计，割富豪之肉，或也不妨。"

一席素餐罢，君臣对"算商车"再无异议。 武帝喜上眉梢，对众臣道："我汉家自高祖起，数朝天子都有穷亲。 做天子的，若无一门半门穷亲，便治不好国。 先惠帝便是这样，一门富贵，哪里知道小民之苦？ 行事不荒唐才怪。"

众臣一怔，不由得想起王太后的身世，心中都一动，纷纷称是。

一场非常赐宴，就此圆满告罢。

也算是武帝有过人之处，料事如神，"初算商车"的当年春，北地积雪刚融尽，即有军书飞驰入京，乃是上谷（今河北省怀来县一带）太守急报：有大股胡骑窜入塞内，杀掠吏民，无所不抢，地方兵备不能敌，郡城已危矣！

武帝得报，倒吸一口凉气："说他要来，他便真的来了！"便急召主爵都尉汲黯、卫尉韩安国来商议。

两人看罢军书，都有些疑惑。 汲黯道："景帝前元以来，匈奴宾服，有二十七年未曾入寇。 如今我兵强粮足，他为何却要来犯？"

韩安国道："或因塞外有雪灾，熬不过春荒了？"

武帝微微摇头："春荒或许有，年年如此，为何偏是今年入寇？"

二人一时答不上，韩安国便道："那上谷太守，是否有轻启边衅之事，折辱了人家？"

武帝一笑，摆手道："你我在朝堂上乱猜，终究无用！匈奴他要来，借口总是有。以朕之见，匈奴是看和亲以后，汉家近三十年不曾用兵；加之周亚夫之后，他看汉家似无名将，因此敢来袭扰。从今以后，北边怕是要事多了。"

汲黯猛然想起一事，便提醒道："建元初年（前140年），张骞率百人西出狄道，去寻大月氏，一去便无消息。或许他已得手，方惹得匈奴前来犯我？"

提起张骞来，武帝不禁就一叹："好一个壮士，不知还回得来否？"随后又道："匈奴是何心思，我君臣也无须猜了。他看我无大将，我这里，不是还有李广？"

韩安国便一拍掌道："正是。"

武帝看看二人，又道："李广之外，更有新晋，恰好趁此一试。朕今日不妨就点将了，择日即发兵。"

汲黯俯首一拜，赞同道："陛下果决！有窃儿来偷，便要打痛他，日后方得安宁。陛下既发兵，臣以为，不应只是上谷一处。"

武帝霍然起身，朗声道："正是。你我三人，便来看舆图吧。"

如此，君臣三人费时半日，将发兵之事商议妥当。武帝松口气，望望韩安国道："长孺君，日前你若不是倒霉，摔跛了脚，今日便是你在做丞相，朕哪里用如此操心？"

韩安国一惊，拱手道："臣不敢当！平棘侯素来稳健，丞相也做得好。臣性情急躁，万不能及。"

武帝却摇头："非也。臣看臣，与君看臣全然不同。朕所看重，不在稳健。有那不做事的，最喜自称稳健，然天下诸事，却是等不及了！"

次日，武帝便拟了诏，以告天下。诏令任命四将，分统四路马军迎击匈奴，即：

卫青为车骑将军，率骑士万人，直出上谷，务求驱走袭扰之敌。

公孙敖为骑将军，出代郡（今河北省蔚县一带），与卫青一路互为呼应。

公孙贺为轻车将军，出云中（今内蒙古托克托县一带）。此路在西，出击塞外，旨在扰敌。

李广为骁骑将军，出雁门，此路为中坚。李广久在雁门为太守，率军出这一路，是熟门熟路。此军一出，料定匈奴会上下震恐，或不战而退也未可知。

各路马军、兵卒一律为万人，大张声势，分头并进。武帝还特许各将可权宜行止，自逞其才，只寻机破敌就是。

四将入朝听命时，皆束甲受命，威风凛凛，大殿上一派英武气。除李广年纪稍长外，其余三将，皆为少壮。武帝见了，不由雄心大起，暗想那扫灭匈奴大计，这便是开始了。

用此四人为将，武帝颇费了一番心思。其中有三人，究起来，都是他的旧属。

那公孙敖，原为武帝随身骑郎，因营救挚友卫青，而获武帝宠信。那公孙贺，在武帝为太子时，便是太子舍人；后经武帝做媒，娶了卫子夫之姊为妻，与武帝又成了连襟，当属货真价实的外戚。

至于卫青，更是武帝宠姬卫子夫的同母异父弟，如今算是武帝的舅子，本为太中大夫，如今又获统兵之权。昔日枚皋曾有建言，说朝中无大将，拜将不妨就用外戚，今日就正好放手了。

众将领命之后，便在渭北分设大营，调集兵马。霸上立时鼙鼓大作，旌旗猎猎，自周亚夫驻军细柳营以来，民间从未目睹军威有如此之盛。

近畿一带父老，纷纷携羊载酒，来送别子弟。出征将士皆戴红缨、着红衣，营中遍插红旗，望之如火，漫山遍野。

有耄耋父老见此，想起文帝时匈奴入塞，烽火连百里，竟至甘泉宫戒严，都不禁泪流，直叹总算见到汉家反手了。

此次集结堪称神速，旬日不到，各路即先后拔营，分赴塞上。甘泉宫外大路上，但见红潮滚滚、甲光耀目，前队至天际，后队仍在渭水边未发。长安有数万百姓出城，涌至灞桥边，争看汉家郎出征。

半月后，各部疾行至北边，即驰出塞外，寻机灭敌。汉家立朝以来，此役分路之多，气势之壮，为前所未有。待卫青一路进至上谷，入寇胡骑早闻风而遁，全不见一个踪影。

汉家上自武帝，下至吏民，都认定此战必胜，只盼各路捷报早些传回。却不料，未及两月，各路陆续有战报传回，令人大出意外。

原来，汉家发大军出塞，匈奴斥候早已探知，军臣单于及各王不敢轻敌，便将上谷胡骑尽数撤回。

那匈奴各王皆知汉将之中，唯李广资历最老，在北边七郡做遍了太守，一张弓似长了眼，箭无虚发，无人敢敌。这次得知李广一路出雁门，便命原入上谷的精锐胡骑，西奔雁门，在雁门关外重兵设伏，发狠要擒住李广。

偏偏李广这一路，多为常年边兵，仗打得多了，并不以胡骑为意。李广率了此等骄兵，底气足得很，料想雁门一带，所有山川了如指掌，不怕他胡骑能躲到哪里去。

汉军出关行了才两日，便见有老弱胡骑，在远处逡巡。汉军犹如饥兽，不待令下，便争先扑出，挺起长矛短刀，呼啸击敌。胡骑见汉军势大，不能抵挡，便一路败退，不分昼夜逃了四日。

李广所率之部，已多年未逞雄威，便也一鼓作气，直追了四个昼夜，来至一处陌生草原。

此时塞北尚未返绿，满目荒草，如深秋般萧瑟。李广手搭遮阳，四处望望，正欲下令遣斥候四出，不料骤然间，东西南北四面，皆响起了胡笳声。

汉军中有健卒，闻声便站上马背去看，顿时就是一惊——原来在茂草中，早埋伏着彪悍胡骑，此时从四面涌出，不知有几万之众，顷刻间，便将汉军团团围住！

汉军见此，方知数天前那些老弱胡骑，全是诱饵。彼辈故作狼狈相，且战且逃，却不是胆怯，是只怕汉军不来追。

李广也知中了计，当此际，唯有摇头苦笑："胡人亦能诈乎！"随后传令全军："我军一弩，胜得胡骑十箭。儿郎都莫要慌，以战车围拢成团，只管放箭。"

话音刚落，胡骑便如潮水般涌来，万箭齐发。众胡骑早瞄住李广所在，千骑并进，轮番冲杀。

李广左右的护卫，纵是百战士卒，也难当这杀不退的狂飙。放眼看去，红缨汉军与白翎匈奴兵，一处处捉对厮杀，刀劈入骨。风传来阵阵嘶吼，闻之有说不出的苍凉。

汉军终究是人少，苦撑了一个多时辰，渐渐不支，落马者不计其数。其中尤以中军搏杀最为酷烈，几乎死伤殆尽，最终胡骑只围住了李广一人。

但见那李广，身被箭创无数，血浸战袍，仍在做困兽之斗，左冲右突，箭无虚发。奈何箭支终究有限，待最后一箭射出，一敌酋落马，李广低头看看箭壶，却是再也寻不出一支箭了。

众胡骑看得清楚，发一声喊，一齐拥上，徒手便将李广拽下马来。可怜一代神将，到此势穷，竟然被几个无名小卒擒住。

众胡骑见生擒了汉军主将，都欣喜若狂。见李广全身有伤，气息奄奄，一名匈奴千长便下令，将李广两手缚住，抛在两马之间一个网篮中，驮回王庭去请功。

李广卧于网篮中，抬眼望去，见汉军已被杀散，都四面逃去了。散落的红旗黑甲，弃置一地。汉军中有校尉数人，见事不可为，哀叹道："见不到爷娘事小，丢了命，才是枉然！"便都跳下马来，弃剑于地，一齐降了敌。

此次出征，四将所率之师，原都不是常年旧部。故而主将与校尉之间，皆为新识，连名字都叫不熟。出关数日以来，行止散漫无章，李广虽有令下，众军也多有不听。

李广治军，素以宽厚著称，这次虽不成样子，但也未做深究。此时在阵上被擒，才尝到治军不严的苦头，悔之莫及。

再看草原之上，有胡骑漫野，料想此次鬼门关是闯不过了。李广无计可施，只得闭了眼装死，另图脱身之法。

众胡骑眼见名震塞外的李广，竟是这般死猪模样，都不禁得意，全队齐唱凯歌，缓缓北行。

行至天将暮，李广睁开眼一看，见一少年胡儿，骑着匹好马正走在身旁。 那胡儿初上战阵，不知厉害，只道是如同游戏般，便擒得了汉军主将，一路上好不快活。

李广卧在网篮中，颠簸了几十里路，双目虽然紧闭，手上却在用力，早将腕上草绳磨断。

前面过一小丘时，看看前队已翻过，后队尚未跟上，左近只有这一胡儿。 如此好时机，哪里能容错过！

好一个李广，窥得个空子，全身发力，一个弹跳起来，跃上了胡儿马背，一掌将胡儿击落于地，夺得他弓箭，拨马便走。

这一掌，用力实在太大，胡儿几乎要被击死，哪里还喊得出声来！

待众胡骑发现时，李广早已策马狂奔，跑出了百步之远，弯弓搭箭，回头即射。

眨眼之间，只闻弓弦作响，却看不清箭飞何处，唯见胡骑一个接一个跌落。

众胡骑见已到手的猎物逃脱，顿时大起喧哗，一窝蜂地策马来追。

只见李广在前，稳住气，左边一箭，右边一箭，总有跑在前面的胡骑应声落马。

如此射倒七八人，胡骑都为这神箭所吓住，勒住马，不敢再追。 苍茫暮色中，眼睁睁看着李广单人匹马，向南逃去了。

数日后，李广奔至雁门关前，叩关而入。 关吏开门迎了，才知李广所部万人，或死或降，尽都失于草原深处。

四路征讨大军中，雁门距长安最近。 越两日，武帝收到雁门太守传来的败报，既惊且怒，在宣室殿坐卧不宁。

余怒未消中，又得代郡太守急报，称公孙敖率军出代郡，年少气盛，也是陷入重围。经一场恶战，所部万人，竟折损七千。混战中，公孙敖由亲随掩护，方得脱敌，率了三千残卒狼狈逃回。

武帝看罢败报，猛击案几，当下绝食一日，不进颗粒。正在愤懑中，云中郡又有急报至，皇亲公孙贺奏称，出云中数十里，连胡骑马鬃也未见一绺，便疑心前有设伏，不敢再进，令所部扎营。却不料驻留数日，仍不见匈奴一人一骑，忽又闻雁门、代郡两路兵败，越发不知匈奴大军藏在何处。为免遭不测，趁人马无损，已连夜驰还云中。

武帝得公孙贺奏报，已从震怒转为麻木，只喃喃自语道："不信卫青也要逃回……"

此时，有御厨小宦者进了东书房，端来一碗甘豆羹。左依倚便上前，接过碗，转身劝慰武帝，好歹也要进一些食。

武帝瞥了左依倚一眼，怒道："朕只想吃黄连！"随即喝退左右，只留左依倚一个，陪他闷闷呆坐。

如此等了半月，一日黄昏，终有上谷郡驿递驰入，将卫青的奏报传来。

武帝两手颤抖，惶急中，竟然拆不开漆封。左依倚连忙递上一柄短匕，武帝接过，苦笑道："若卫青也无功，此次出塞，便成千古笑柄，朕当自刎才是。"

左依倚急忙劝道："小的日前随侍，听陛下诵习兵法，是说'将能，而君不御者胜'①。依小的看，打胜打败，只关乎将能不能，陛下气的甚么？"

---

① 见《孙子兵法·谋攻篇》。

武帝一怔，随口哂笑道："你个小厮，貌近女流，也配谈兵法吗？"

"小的不是女流。"

"那么……"武帝将奏报往案上一掷，"这四将，也绝非能将！"

左依倚却毫不惊惶，趁武帝不备，柔指一挑，转瞬就拿回了短匕，割开漆封，将奏报呈上："陛下，看了这个再说。"

武帝正要呵斥，无意中瞥了一眼奏报，双眼就一亮，立即低头去读。

原来那奏报中写道，卫青率兵出上谷郡，走了五百里，未见一个胡骑。僚属皆言可以回军了，卫青却胆大，下令驱兵北上，不去理会有人无人。

这一走，竟北上了两千里，一路无阻。这日行军，有斥候奔来报信，称前头就是匈奴的祭祖之地——龙城。

龙城，为匈奴社稷地。匈奴部众，习惯逐水草而居，游走不定，故而单于所在之处便是王庭，时常变动，唯有祭祖之地不变。

卫青闻之狂喜，问明守军不多，便下令进兵，从四面围住龙城，务求一战而下。

这龙城方圆不大，有两道城墙环绕，中间有一水池，即是匈奴祭祖坛。守军仅有两千，其余官民等约有万人。

卫青探得清楚，一声令下，各军即从四面一齐扑城。那匈奴守军饶是勇悍，也招架不住。不及一个时辰，城便攻破，掳得酋首七百人。

卫青骑马进城，四处看了，见内中也有妇孺老弱，都面有饥色，唯七百个酋首红光满面，不禁就叹："春荒时节，龙城竟也无食！ 倒是这酋首吃得肥，统统押回去处置。"

有校尉问道，所俘胡骑及老幼，不知如何处置好，不如一杀了之，也算为边民雪恨。

卫青道："那倒不必，龙城离我边地两千里，掳掠也轮不到此辈。 此处匈奴部众，尚有不少老弱，不过看护他自家社稷而已，赦了便是。"

如此，卫青下令将龙城一火焚之。 这一路汉军未作勾留，当即班师，押着七百个酋首缓缓而归。 所部已入上谷郡，歇息待命，俘酋也已安顿好。

武帝边看奏报，眉梢便一点点翘起，末后拍膝大喜道："卫青这骑奴，竟也做得了大事！"

左依倚在旁，虽不知奏报详情，看武帝的眉眼，也知卫青显是报了大捷，便道："吾乡有《鸿烈》一书，言'尝一脔之肉，知一镬之味'。 陛下若不加国舅为将军，何以知他会用兵？"

武帝便盯住左依倚，疑惑道："你个乡里小子，居然也知《鸿烈》？ 怕不是从未读过书！"

左依倚连忙叩首道："吾乡父老，皆敬淮南王，小的也是道听途说。"

"唔？ 你乡百姓，倒是敬淮南王甚么？"

"回陛下，都敬他无为少事，不增赋役，故此小民在淮南易谋生。"

武帝面色便一沉："嗯，朕的这位叔父，倒是深谙安抚之道。"随即打住话头，吩咐道："你这便去问御厨，有无昨日酿成的春酒。 若有，携一樽来，朕要痛饮。"

左依倚领命，行至门边，忽然回身道："《鸿烈》中，还有一句：'上烦扰则下不定，上多求则下交争。'陛下饮酒，也不宜痛饮；否则，天下醉鬼，就不知要有多少了！"

武帝又气又觉好笑，佯怒道："你须记得，再说《鸿烈》，朕便要掌你嘴！"

"遵命，小的不提就是。"

"还有，你自入侍以来，如何日日着这青衣？那永巷司坊，不发你衣物的吗？"

左依倚略作思忖道："小的在淮南，便终日着青衣；今日不改，是为免思乡之苦。"

武帝遂一笑了之："怪哉！一身青黑，倒像个刺客。"

当夜，武帝饮罢酒，沉思良久，一面是懊恼不散，一面又心有窃喜。恼的是，素所看重的李广与两公孙，此次出师竟颜面扫地。喜的是，卫青居然立了奇功；掌军者中，总算有了自家人。

灯下，武帝将卫青奏报看了又看，又踱至舆图前，仰望良久，到底忍不住，笑出了声来："这个舅子，运气如何恁地好！"

原本卫青去救上谷，是身履险地，胜负未可知。却不想那匈奴上下，早被李广吓破了胆，闻李广军出雁门，将精锐尽都移向雁门，致使龙城空虚，这才让卫青得了手。

龙城大捷，为蒙恬北逐匈奴之后所仅见。论奖赏，卫青之功，可谓当世绝无。

时过夜半，武帝心中懊恼渐消，自语了一句："我得卫青，终可雪耻矣！"

当下就取过笔墨，亲自拟诏，封卫青为关内侯①，虽无封邑，却也属显贵。只想到卫青出身寒苦，至贱为奴，如今有这一大功，当令他跻身显贵才好。

此时夜阑人静，近侍已多去睡了，唯有左依倚在侧，默然伺候，看到武帝草诏出来，忍不住赞道："卫青将军争气，打了胜仗！其实打来打去，还不就是争个脸面？"

武帝猛地转头怒视，少顷，又忍不住笑："小儿，又胡说！"

次日晨起，有谒者来报："公孙敖、李广两将军，正待罪端门外，求谒陛下。"

武帝怒从中来，头也不抬，挥袖道："不见！令二人径去廷尉府说话。败军之将，哪还有脸面入见！"

又过了半月，卫青班师回到长安，百姓为之轰动，都出门来看得胜之师，夹道焚香，欢声动地。另外两路军中，那一万七千不得归的男儿，却全似被人遗忘，唯有家人暗自伤悲不提。

召见卫青之日，君臣两人都面带喜气。卫青本以为武帝要详询，却不料，武帝于战况并不在意，只赞道："卫大夫做得大事，也为阿姊争了脸面。往日只用你做文臣，是可惜了！于今之后，你只管掌兵就好。"

隔日，即有诏论赏罚。此役卫青虽获大胜，武帝还是不敢太得意，将那两路如何失利究责的话，讲了许多：

"古来出师，一向推重治兵；然此次敌虏骤入，将吏相互不熟，未能理顺。代郡将军公孙敖、雁门将军李广，实不称职；属

---

① 关内侯，战国时秦置，汉沿置，为二十等爵之第十九级，位在列侯之下。仅有封号而无封土，居京师，有封户，可享租税之利。

下校尉不义，弃军投北；行军途中，小吏亦多有犯禁者。

"古来用兵之法，不教不勤，乃将帅之过；既有明令，而不能尽力，为士卒之罪。今败军之将，已下廷尉府问罪，若再加罪于违法士卒，便不是仁圣之心。朕悯庶民之子，尚知刷耻，心向大义，故赦免雁门、代郡不循法之军卒。"

颁诏之后，阖朝文武无不心服，都知今上与前代不同，并不文过饰非，问责时，惩上而不惩下，连李广、公孙敖都能打入诏狱问罪，便都多了几分怵惕。

当其时，廷尉翟公受命，究治李广、公孙敖丧师之罪。先就探得口风，知武帝并不想令二人死，便到诏狱提了李广、公孙敖，草草审结，拟了"失律当斩"奏上。其拟罪之辞虽激切，却又附了一句，说是事出仓促，两人兵败情有可悯，可令他二人出钱赎罪。

武帝于此事，要的就是个脸面。各军南归以后，当说的话，也已说给天下人听了，于是照准所请，允李广、公孙敖出钱买命。然二人兵败，终究难恕，便将其免为庶人，以息朝野之议。

四将之中，只便宜了一个公孙贺。这位皇亲，是景帝时太守公孙浑邪之子，其父因平吴楚之乱有功，得以封侯。按说老鼠之子，焉能不会打洞？然他此次出征，却好似个屠头，不战而退，毫无担当。武帝倒是存了私心，只说他是"无功无过"，放过了这位连襟。

再说那卫青得胜封侯，心知恩宠不是凭空而来，最先想到的，自然是要去拜见三姊。这日散朝后，通报了后宫求见，谒者却出来回绝道："卫夫人近日产子，将军可稍后探望。"

卫青闻之大喜，先前阿姊连生三女，故而迟迟不能扶正，如今终得生男，入主中宫当是指顾间事。又猛然想起，早年在甘泉宫狱，有囚犯曾给自己看过相，称自己将来可以封侯。当时只道那人是妄言，不想今日竟能应验，借阿姊的光，几步便封了侯，真真恍如做梦！

若阿姊做了皇后，太子便是外甥。这等尊崇，又岂止封侯可比？今后数十年间，只要有汉家在，便有富贵享用不尽。

换作别人，中了这头彩，早不知是何等模样了。然卫青为骑奴时，读过些书，知晓"智者之虑，必杂于利害"①之理，只想着骤贵亦有害。为避害之故，便时常告诫自己：须爱惜士卒，善待同僚，多立战功，也好为阿姊多争些面子。

此时的未央宫中，早已是一派喜庆。武帝二十九岁得子，此事之喜，不亚于大败匈奴。

有了这个长男，万事都有依凭了，恰如《左氏春秋》所言"神必据我"。于是，武帝踌躇满志，为此儿取名为"据"。

国之大事，生男也是其中一桩，当然不能忘记昭示天下。武帝随后就有诏，在前殿开筵三日，召百官来贺，并告宗庙。

席上，武帝见东方朔、枚皋等人都来陪饭，越发看出他们乖觉，便笑着嘱道："你等文臣，要好好写些祝文，带到高庙去读，不可再谐谑了。"

东方朔遵命道："臣等知轻重，当此时，不敢放肆。"

武帝又转向枚皋道："枚郎作赋，胜于东方大夫，此次更要好

---

① 见《孙子兵法·九变篇》。

好作。"

枚皋回道:"臣不过陪饭倡优,哪里敢与曼倩先生比?"

武帝便显出微怒:"此时是何时? 你又来这个!"

东方朔连忙抢过话头,岔开道:"陛下今年生子,明年便年届而立,有这等大好事,明年也当改元了!"

如此提议,武帝当然乐得允准。 宴罢,便召了太常来商议,改明年为元朔元年(前128年)。"朔"字有初始之意,武帝甚是满意。 这个年号改得好——譬如昨日一切,尽皆略过,汉家真正大业,当从这新一年启始。

元旦这夜,武帝耳闻更鼓之声,难以入眠。 想起登极已有十二年,初问政时的委屈、痛失韩嫣的哀思,想起来就心酸。

如今内外大事,得卫氏一门相助,全局翻新,掣肘的事再无一桩,早年未成之憾事,如今可放手做了。 想当初,听了董仲舒之言,倡礼教为"一统",盼各郡都能荐些堪用的人上来。 然事过多年,此番苦心,竟是政令出不了宫门——上不发诏,下就不举才。各郡的二千石官长,或是存了嫉贤之心,所荐人才甚少,竟有多年也不荐一个人上来的。

前朝有贾谊,轮到我这里,却连公孙弘之才都难找一个。 这世间人才,岂是天子过问就有,天子不问就没有的?

我这里劝善惩暴,褒德用贤,要把五帝三王之道延续下去,各郡官长却只知敷衍,那么,天下这个家,究竟是谁在当? 我之日夜所思,岂非是在做梦?

想到这一层,武帝便心不能安。 新年这头一月里,饮食不思,每日都往石渠阁去,翻阅典籍。 回到东书房,便沉思独坐,在心里打腹稿。

到了冬十一月，一道"荐贤诏"便拟好，下发九卿及各郡。诏曰：

"公卿大夫所本总方略，乃是倡一统、广教化、美风俗。朕素与海内之士，探究此路，今已臻完备。缘此之故，朕才诚心诚意，尊耆老、倡孝敬、选俊杰、讲文学，邀有识之士参预政事，诏各地执事推举孝廉，几近成风。

"朕以为，十室之邑，必有忠信；三人并行，则有我师。如今竟有阖郡不荐一人的，是教化未下沉，还是确有君子被遮蔽？朕试问：二千石官长纲纪若此，将何以佐朕察弊端、劝黎民？

"朕所闻知，举贤者受上赏，蔽贤者得严惩，乃古之道也。今后凡二千石、礼官、博士等，终日群议而不举贤才的，当治罪！"

九卿看了此诏，知是武帝发怒了，无不震骇，赶忙联名回奏称：

"古时，诸侯向天子荐士，一者谓之好德，二者谓之重贤，三者谓之有功。天子得士，乃为诸侯加九锡①。

"诸侯若不荐士，一则削爵，二则削地，三则爵地尽夺。与闻国政而无益于民者罢斥，在上位而不能举贤者黜退，以此劝善黜恶。今有诏书，令二千石举孝廉，以此教化黎民，移风易俗。今后，各郡若不举孝不奉诏，当以不敬论；若不察廉不胜任，当罢免。"

武帝看过有司回奏，微微一笑，批了一个大大的"可"字，心

---

① 锡，在古代通"赐"。九锡指天子给诸侯、大臣的九种特赐，即车马、衣服、乐县、朱户、纳陛、虎贲、斧钺、弓矢、秬鬯。见于《礼记》。

中暗想："我若不怒，你辈怎知厉害？ 知道便好！"

到了春三月，熏风南来，遍野桃李花开，长安城一派祥和。武帝也知人心俱服了，这才册立卫子夫为皇后。

卫氏终究是小户人家出身，若想母仪天下，还须天下人心都顺。 武帝为免非议，用足了力，精心拟了立皇后诏，诏曰：

"朕闻天地若不变，则不成造化；阴阳若不变，则万物都不畅。 朕问政，便不惧求变。 尧舜殷周，朕心仪之，是为旧礼；朕所施，是为新政。 今后，当据旧以图新，变而不弃本也。 今册立皇后，赦天下，与民更始。 民间各欠债诉讼，景帝后元三年以前所有债务，概不追究了。 钦此。"

民间欠债者，不是小户就是赤贫，新皇后是谁，他们原本无心留意；但立了新皇后卫子夫，而千万人得免债务，平民便觉卫子夫好。

皇帝家事，便是天下最大事。 这年春上，宫中典仪频繁，忙个不停。 文臣们交章称贺，称颂卫皇后正位。 连布衣游士主父偃，也有奏书入阙，极力拥护。 众人都郑重其事，偏就是枚皋写得别出心裁，居然劝讽卫皇后须"戒终"。

武帝看了一笑："这个枚郎，又作惊人语！ 善始如何能不善终，还戒个甚么？"便随手搁下，不以为意。

这年深秋，匈奴不甘心，又发数千骑来盗边，致渔阳数度告急。 武帝召来韩安国，与之商议道："匈奴之性，不来盗就心痒，我不能为他所牵拘，年年发兵。 韩大夫善战威名，中外皆知，边事既如此，还是你去镇北边的好。"便遣韩安国为材官将军，征发农家丁壮数千，屯戍渔阳郡（今北京市密云区西南），以震慑北疆。

韩安国从故梁王麾下起家，两朝为臣，对天子驭下之道看得清楚。本来"三公"做得好好的，不想卫青立了大功，自家无缘无故就被远放，心中便不快。

至渔阳，时已入冬，部下掳来几个窜入的胡骑，供称匈奴畏惧韩将军，大队已远去，不敢来犯。

韩安国早想重返京师，闻此言，便动了些心思。立刻上奏，称匈奴既已远遁，又正逢开春农事多，不如罢屯兵，令农夫归家，免得误了农时。

武帝接报，觉得韩安国说得有理，便允准裁撤屯军，并命韩安国暂留边地。岂料韩安国半生老成，此次却中了匈奴诡计。罢屯方及一月，至元朔元年春，有二万胡骑复又来袭，竟攻破了辽西郡（今辽宁省义县一带），击杀太守，接着向西奔袭，要取渔阳。

韩安国在营中闻听胡笳声，连忙登高去望，但见胡骑漫野，心中便不禁叫苦。此时营中兵卒，仅得千余人，哪里是匈奴敌手？没奈何，只得硬着头皮出战。

那匈奴虽畏惧韩安国，然看见汉兵仅有区区一小队，都戟指大笑。韩安国血脉偾张，领军杀了一阵，自是难以破敌，反倒身被数创，不得已退回营中。

胡骑困住了韩安国，全队振奋，都跃跃欲试，摇旗呐喊，要重演生擒李广一幕。韩安国在营中听到，知是大势已去，遂提剑在手，夜不解甲，只待营陷之时，一死了之。幸亏有燕王刘定国，闻讯急忙发燕兵来救。

胡骑正在气盛，忽见平地尘头大起，不知来了多少人马，忙遣了斥候去窥探，方知韩安国有了援军。胡骑不敢造次，全队稍退，放过了韩安国，转向乡邑大掠，掳得千余名吏民及畜财，又转道去攻雁门了。

武帝得报，大为震怒："韩长孺，老臣，如何昏聩若此！"当下就遣使者前去韩营责问。

韩安国既遭疏远，兵将又多有折损，深感自愧。见了使者也是无语，只谢罪道："臣非廉颇，愿受罚！"

时有胡骑俘虏称，匈奴不久将从东边杀入。武帝便下令，命韩安国东移，驻屯右北平郡（今内蒙古宁城县），以防意外。

韩安国奉命到了右北平，但见荒草连天，天寒地瘠，就更叹时运不济。想自家堂堂一位"三公"，为给新壮让路，竟一迁再迁，几与戍卒类同了。如此，闷闷不乐数月，终在元朔二年中大病不起，呕血而死。

讣闻传回京中，公卿只觉兔死狐悲，都不免唏嘘。几日里，左依倚在旁伺候武帝，拿眼瞄了又瞄，却不见武帝有何忧戚，只是沉思不止。

这日，武帝久立舆图前，凝视渔阳所在。左依倚端上一碗麦粥，佐以五香驴肉脯，劝武帝稍歇，忍不住叹道："不想韩大夫赴北边，一年即病亡，连宫中涓人都为之哀。"

武帝"唔"了一声，良久才道："……也算死得其所。"回头瞥了一眼麦粥，摇头道："右北平无守将，如网破一面，朕哪还有心饮食？且随我来，去看看南军操练。"

那南军军营，就在未央宫西南角楼下。士卒皆由各郡调来，一年一轮换，专守宫禁。因未央宫在长安城南，故此部就称"南军"。

众将士见武帝驾临，都停住操练，三呼万岁。武帝挥挥手，示意众军照常。

见校场上有一弓箭手，搭箭之后并不瞄准，弯弓便射，却是箭无虚发，武帝不由得就拍掌："好射手！是楼烦人吗？"

小卒恭谨答道："正是。"

"这本领，可做得养由基①了。"

"不敢。唯愿做李将军。"

"哦？哪个李将军？"

"回陛下，乃是故将军李广。胡骑闻他名，便都胆寒。"

"好！好！"武帝大笑，拍了拍小卒肩膀，"技高，迟早有得将军做！"

返回宣室殿，武帝主意已定，取来笔墨，拟了诏书一道，命李广不要在家闲居了，速赴北边，出任右北平太守，以补缺。

却说李广先前因兵败被免，心中不忿，却又无处发火，不免就郁闷。他历任七郡太守，前后四十余年，人缘颇好，凡得赏赐必分与部下，有饮食则与士卒共享。如今跌落成庶民，部下多有来安慰的，问起在雁门如何失利，他却讷讷地说不清。

来客既多，李广反倒不耐烦起来，以为旧部登门，存心是要来看他窘相的，于是拒不见客。唯有颍阴侯，亦即灌婴之孙灌强，一向敬重李广，李广也视灌强如小侄。二人交往如故，后索性一同奔入蓝田南山②中，隐居谢客。

晴好日子里，一老一少即相偕射猎，驰骋自娱。这夜，二人带了一名骑士出游，跑到农家田间，席地畅饮。三人划拳行令，

---

① 养由基，生卒年不详，春秋时楚国将领，善射，能百步穿杨。

② 南山，即终南山，包括盛产美玉的蓝田山。

不知不觉到夜半，意犹未尽，方醉醺醺返归。

路过霸陵亭，正巧霸陵尉也饮了酒，夜巡至此，见有人从亭下路过，似要返长安，当即就喝止："何人大胆？看是甚么时辰了，还敢夜行！"

李广未料有人敢不敬，一时气急，未能作答。随从骑士见此，连忙代答道："此乃故李将军。"

哪知不提还好，那霸陵尉酒遮上脸，全不认达官贵戚，咆哮道："呔！即便是今将军，尚不得夜行，何况是故的？"

灌强与那从骑大怒，都欲拔剑。李广自忖底气不足，如今到底是个庶民，霸陵尉虽小，却不能与之较量，千般羞辱也须忍下。于是唤住灌强，留宿亭驿，待天明方归家。

不想如此蛰居没过几日，忽有诏命下，拜李广为右北平太守。这九天九地的起落，倒令李广哭笑不得。

陛见之日，武帝笑对李广道："北边无你做太守，终还是麻烦多多。此去殊不易，将军有何所求，不妨讲来。"

"臣别无所请，唯愿调霸陵尉同往。"

"哦——霸陵尉？此人……有何本事？莫非将军得识奇才？"

"无他故，相熟而已。"

"那也好。李将军此去，莫要学韩长孺，弄得那般古怪！"

再说那霸陵尉，忽奉调令，不知底细，想起了那夜呵斥过李广，心中就不免忐忑。但王命难违，只得卸了职，乘驿车赴李广帐下听命。

哪知一到右北平军中，李广一见此人，勾起旧恨，当场喝令左右，将霸陵尉推出帐外斩首！

霸陵尉被无端拿下，如雷轰顶，拼命挣扎道："我执公法，并未徇私，将军气度竟似小人乎？"

李广一笑："我就是要令你知：小人切莫猖狂！"

霸陵尉气得大叫："如此肚肠，无怪乎百战不得封侯！"

"哼！不得封侯，却杀得了一个霸陵尉。死到临头，你尚不知吗？此处可还是霸陵？"

可怜那霸陵尉，七嚷八嚷，还是被拉去砍了头。

李广由庶民之身起复，当地众吏皆知他圣眷正隆，也都盼李广来救命，故无一人愿为霸陵尉说情。

报得此仇，李广也心知唐突，便立即上书一道，陈说情由，称明日要免冠赤足，返京去谢罪。

武帝接到谢罪书，颇觉意外，摇头叹道："武夫，奈何奈何！"当即提笔，回书予以劝勉。书曰："将军者，国之爪牙也。边关有患，能报仇去害、力阻残杀，乃是朕所图于将军也。若你免冠赤足、稽首请罪，岂是朕所望！将军可率师东行，驻节白檀（今河北省滦平县），以护卫右北平盛秋无失。"

李广虽木讷不善言，却知天子当此时，绝不敢有负武将。收到武帝回书，自是振奋，使出了浑身解数，严防匈奴，率军所到之处，凌厉无比。

匈奴遭了李广数度袭击，人人胆裂，送了他一个名号"汉飞将军"，数年里避之不及，不敢入界一步。

彼时的右北平，荒僻无比，林中多虎患。李广在任，除巡边之外，也乐于射虎。以往在北边七郡做太守时，闻听城外有虎，他便独自打马出城，逐而射之，乐此不疲。

此次来右北平，虎势甚凶猛。一次遇虎，平地腾起猛扑李广，李广不备，竟被伤之。 愤极，以强弓连射，当场杀毙。

一日出猎，远远望见草中有一物，蹲踞不动。 李广心中詈骂："又来扑我乎？"搭箭便射，弓弦响过，又是一箭中的！

从骑纷纷欢呼，前去察看，见虎受伤而不动，众人就纳罕。 走近前察看，才知是一大石。 只见箭杆深没石中，仅余箭羽在外，以手拔之，却拔它不起。

这是何等力道！ 众兵卒惊诧不已，连忙回报李广。 李广也觉诧异，下马来看，以手试拔之，果然拔不起。 不由喃喃自语道："奇了！ 我又没用长梢弓，如何能有这等力道？"

过了几日，又巡边至大石处，李广兴起，使足劲拉开弓，连朝大石射了几箭，只见箭杆断了一地，却是再也不能入石了。

李广无奈收起弓箭，仰天叹道："无心之举，反倒能成，奈何？"众从骑也是惊异，都以为当时是有神助。

李广"箭能入石"的盛名传开，匈奴更是心慌，无人敢当其锋。 在右北平为太守五年，吏民安居，烽燧不举，自幽州以东，竟成了一片祥和地。 五年之后，郎中令石建病殁，武帝恐宫禁有失，想想再无他人可用，这才将李广调回接任，此乃后话了。

且说元朔初年时，武帝原指望诸事重启，未料却是汉匈两家重开战端，从此边患频生。 匈奴入寇时，先在雁门一带大举突进，欲动摇近畿之地。 雁门都尉仓促迎敌，连遭败绩，被胡骑掳去吏民上千。

雁门离长安不远，烽燧一起，关中震动。 朝中老臣一片哗乱，屡次提起当年甘泉宫有警的事，武帝听得心惊，急忙遣了两将军前去迎敌。

两将率十余万人马，分路北上。赴雁门一路，主帅为车骑将军卫青，统兵三万骑；赴代郡一路，主帅为材官将军李息，统丁壮七万余。

卫青善战自不必说，那李息也很了得，少年即从军，多有历练，曾随侍景帝，此次与卫青并肩而出，终成一代名将。两人不负重托，分头进击，一战功成，将胡骑全部驱走，共斩首俘获数千人。

转至元朔二年（前127年）春，匈奴仍是心有不甘，在西面得不了手，便又从上谷、渔阳突入，前面已说过，就是这次险些将韩安国擒住。

武帝见韩安国不中用，便又遣卫青、李息领军出云中，行"围魏救赵"之计。

二将受命，率大队精骑出长安，一路北上，直扑高阙塞（今内蒙古巴彦淖尔市乌拉特后旗）。此塞原为战国时赵国所筑，乃赵长城的最西端。阴山在此有一缺口，状如门阙，故此得名。在此冲出山口，即可直捣匈奴腹地。

此次卫青、李息北上，汉家旌旗还是头一回在此扬威。河南地一带，匈奴各部不能抵挡，纷纷溃散。

二将率军驰至阴山下，北望千里大漠，如在梦寐中。卫青勒马慨叹道："我竟能步蒙恬之蹰乎？"

李息以剑指向阴山，仰头大笑道："然也！"

"退匈奴兵，可还用谋臣献计乎？"

"哈哈，无须再用！"

卫青怅望阴山良久，按剑恨恨道："或是明年，或是他年，我总要马踏阴山！"

两人在高阙徘徊多日，几欲冲过阴山去。武帝得报，喜忧参半，生怕二将挟胜而履险，便急令二将转向西，攻取符离，以扰乱匈奴。

　　二将得令，心中都暗暗叫好，立率大军衔枚疾进，西奔千里，直捣符离。沿路河套之南地面，匈奴楼烦王、白羊王的部众，只道汉军必东去救上谷，今忽见汉军从阴山而来，只疑是神兵天降，全无抵挡之力。

　　汉军一路克敌，待拿下符离，已斩俘数千人、掳得羊百余万只。仅一月之内，匈奴西翼便全失，精锐溃逃，老弱被弃，败局不可收拾。

　　至此，河套之南全为汉军收复。

　　此时的军臣单于，年已老迈，全不知汉家天子是何路数，诸王也惶急不安。卫青、李息一番腾挪，终于牵动全局，塞外胡骑稍作犹豫，便大部北移，远远遁去了。

　　如此，渔阳以东的危局，便告解脱。虽韩安国在任上病殁，却有李广及时补上，东路匈奴已明显势弱，全不敢再犯。

　　至秋深，万里北边，再无一个胡骑窜入，边关狼烟遂告熄灭。各处平安奏报迭次送入，武帝在东书房阅毕，竟瘫坐于倚几，只顾喘息。

　　左依倚见武帝面色倦怠，就去端来一个食案。案上有两碗，一碗是鹿脍，一碗为雁羹，均是热气腾腾。

　　武帝便苦笑："你貌似韩嫣，却少了些贵气，实是小家户出来的，如何只知道吃？"

　　左依倚并无羞愧，只顾向武帝呈上匕箸，低首道："小家户曾忍饥受饿，故知食为天，即便贵如天子，也不可一日无饮食。"

武帝瞥了美馔一眼："哦？倒也是。"便接过食具，尝起鹿肉来。

左依倚趁机劝道："匈奴去年秋犯以来，陛下就未曾安枕，今日也当好好滋补。用兵之事，有卫青、李广等将军，小的以为，陛下不必似这般苦。"

"你哪里知道？上兵伐谋，无关乎将军是何人。"

"陛下独自苦思，便是在伐谋了吗？"

"正是！我军与匈奴交战，尚无力强攻。朕独坐苦思，便是想何处可以战，何处不可以战。匈奴兵厚处，我当避之；匈奴力薄处，便可以战。"

左依倚扭头看看舆图，恍然大悟道："原来如此！令卫青将军西击，原是拣了匈奴的软肋处。"

此时有谒者进来，递上几册奏书。武帝接过，一面笑对左依倚道："你言之有理！呵呵，天子岂是容易做的？你常听常看，再随侍数年，或许也可充个护军了。"

二

宠臣覆灭
命何乖

经数度力挫匈奴，卫青在朝中名声大振，群臣都不再仅以国戚视之，而真心敬他用兵如神。

出入朝途中，百官偶遇卫青，无论少长，皆驻足让路，心悦诚服地向他施礼。每逢此情，卫青总觉有些惶恐，不免要恭敬回礼，方才安心。

李息有时与他一路，随他施礼多了，不由就抱怨："与君同行片刻，行礼也行得累了！"

卫青笑笑，轻嘲道："你我上阵一日，杀敌百数十，如何便不觉累？昔年我充骑奴时，有闲读书，记下了《论语》所言：'子温而厉，威而不猛，恭而安。'我这般做，便是恭而安。"

李息便笑："嘿嘿，皇亲国戚，还有何不安？"

卫青慨叹一声："此中奥妙，你如何能知啊！"

李息却大不以为然："大臣敬你，是看在圣上的面上，有几多诚心倒难说，兄可不必当真。"

卫青道："此理我也懂。然朝臣之中，到底还是庸常人多，如汲黯般直道无曲者，百无一二，你岂能强求？"

这日散朝后，二人相约同乘车，往东市酒肆去饮酒，行至途中，忽见有一人拦在前路。

卫青定睛看去，原是辩士主父偃，连忙下车整衣，躬身施礼。

李息见状，也跟着下了车，见主父偃面黄肌瘦、衣冠不整，便悄声问道："这老儒是何人？"

卫青施礼毕，上前寒暄了几句，才回首对李息道："此乃长者主父偃，你也来拜过。"

李息闻听主父偃之名，心中一惊，虽不情愿，也还是躬身拜了一拜。

见主父偃神情不振，衣衫旧敝，潦倒一如往日，卫青心中不忍，伸手去怀中掏摸，欲摸出些钱来相助。不想因上朝时走得急，身上竟分文未带。

李息看出尴尬来，连忙从袖中拿出些钱来。卫青接过，以袖遮住，强塞到主父偃袖中，笑劝道："先生年纪大了，须好好将养。"

主父偃叹息一声："老朽命当如此！因心直口快，在齐地不容于众儒，彼辈只恨不能食我肉。不得已北游燕赵，也未蒙诸王见用，没个落脚处，幸有将军肯礼贤下士。"

卫青闻言，不禁面有愧色："先生折煞我也！在下不才，前次为董仲舒事，曾引荐先生入谒。这一向，也曾数度向圣上举荐，称先生可当大任，奈何圣上并无回音。"

主父偃连忙称谢道："老朽久困，已惹得诸侯宾客甚厌。将军身为贵胄，名动天下，仍能为老朽发一语，真不知该如何报答！"

"先生困窘，在下也是知道的，容改日奉上厚仪。"

"哪里？我生性愚鲁，中年后苦读典籍，已为时过晚，故难以上进，亦不为怪。得将军垂顾，更有何求？万不能再为将军添累。将军从前也是吃过苦的，想必也知，所谓布衣蔬食，于我这等野老，有何难哉？"说罢，向卫青深深一躬，便告辞而去。

这情景，李息看得瞠目，忍不住道："弟一向习武，以为只有武人有骨，不料儒生也有气硬的！"

卫青便苦笑："主父偃此翁，才干倒是有的，只可惜锋芒太过。"

李息仍有不解，问卫青道："主父偃固然名大，然终究不过一布衣，兄待此老，竟似面对公卿，有诚惶诚恐之意，又是何故？"

卫青不答，只扯着李息之袖，向前一指道："你随我入小巷一看。"

二人步入巷内，只见前面有两家商铺，一家门前人群熙攘，另一家则门庭冷落。

卫青笑指两家店铺道："如何一家门前有人，一家却无人？ 买客来此，只为买货，何以竟有冷热之别？"

李息便挠头，茫然不能作答："弟一向不理家事，实不知何为。"

"你少年从军，果然不知油盐柴米事！ 这两家铺子，一为醋坊，一为糖铺。 客人满屋者，是醋坊；无人问津者，乃糖铺也。"

"哦？ 同是佐料，生意怎的相差如同冰炭？"

卫青一笑，又拉着李息回转身，一同登车，才说道："实是两家手艺难易，有所不同。 做糖者，不易做甜，故这家生意便不好；做醋者，随手便可做得酸，故而买客盈门。"

李息仍是不解："唔，这卖糖卖醋，与兄善待主父偃，又有何相干？"

"主父偃善辩，语极苛刻，所言皆中他人之短，这便是做醋。我待他，如孟子所言'爱无差等'，实是怕他……醋做得酸。"

李息闻言，不禁哈哈大笑："兄比我书读得多些，到底是有城府，怪不得阖朝都敬你！"

再说那主父偃，自在市中遇见卫青，知卫青屡荐，而天子却不用，不免就心生绝望。

想自己北游无果以来，羁旅京师日久，吃喝用度，近于乞讨。近日求告无门，堪堪囊中又要见底了，一家老小留在家中嗷嗷待哺，真是枉为大丈夫！想想所学典籍，也有千百册了，欲换饭吃，却是百无一用，心中恼恨就不止一端。

在旅舍睁眼想了一夜，竟是连打家劫舍的本事也没有，这半生，究竟是如何活的？

到日出时分，窗外有晨曦透入，隔墙的富豪之家，又有炙烤香气飘来，饥肠辘辘就愈发难耐。

如此又懒卧了多时，门外有店伙前来洒扫，敲门唤道："日上三竿了，先生还不起来做文章？"

主父偃这才坐起，猛地闪过一念："我这读书，读成了废材！往昔所读所知，若不写成文章来换前程，又有何用？"

想着便振作起来，头也不梳，面也不洗，意欲以决死之心，写出一篇好文章来，递入北阙，求得君王瞩目。不然活了半生，商不成，官亦不成，若文再不成，哪还有脸皮再赖在京师？

事到绝处，狐兔也有虎狼之猛。一念之下，主父偃以冷水泡饭充饥，埋头写了两日，终于写成了数千言。第三日一早，就亲赴城南，递入了北阙去。

司马门谒者接过奏书，嘱主父偃留下住址。趁主父偃正在簿册上留名，谒者打开奏书，瞥了一眼，双目就不禁放光："此类建言，圣上回复快，几可立等。召见垂询，也是常有的事。"

主父偃喜出望外，便道："老夫可以等。"

自武帝问政以来，督政甚严，内朝的公文流转，已堪称神速。未及两刻，此书便到了左侍倚手中，置于东书房案头。

数月以来，因奏书不多，武帝正在叹天下无才，见左侍倚送上主父偃进奏，言及九事，心中便一激，自语道："此老还会写文章？"连忙打开来细看。

主父偃所言九事，有八事涉及律法，一事为伐匈奴谏言，所言都甚详。起首一句即云："臣闻，明主不恶切谏以博观，忠臣不避重诛以直谏。是故，事无遗策，而功流万世。"

武帝抬头看看左侍倚，笑道："江湖上人，懂得如何作文，开篇就勾得人想看。直谏，正是朕之所求也，哪里就会遭重诛？朕所欲，正是功垂万世，焉能不细看？"

主父偃在上书中，极言伐匈奴之不可，原与武帝开边之谋相悖；然武帝已历练多年，早知顺耳之言不足珍，逆耳之言方可启智，故也不生气，反倒细细品起来。

其谏言大意是：

《司马法》①曰："国虽大，好战必亡。天下虽平，忘战必危。"古之天下既平，天子诸侯都不忘治兵，是为不忘战。

然兵者，终为凶器也。君王一怒，必伏尸流血，故而圣王皆慎战。若每战必求胜，欲穷尽武事，则未有不悔者。

昔日秦始皇逞战胜之威，蚕食天下，并吞六国，海内为一。

---

① 《司马法》，春秋时期的重要军事著作之一。相传由姜太公所撰，后又有数人相继重新编撰而成。

然求胜之心未足，欲攻匈奴，李斯谏曰："不可。匈奴无城郭之居，迁徙若飞鸟，难以制之。若轻兵深入，粮食必绝。况乎得其地，不足以为利；得其民，则不可用也，胜亦必弃之。如此疲敝中国，欲谋匈奴，绝非好计！"

秦始皇却不听，使蒙恬领兵攻匈奴，辟地千里，以河为国境。然后，发天下丁男以守北河，暴兵露师十年有余，死者不可胜数，终不能过河向北。是人众不足、兵革不备吗？否，其势不可也。

北河之地多盐卤，不生五谷。天下粮草，竟自琅琊等滨海之郡转输。运六石，抵北河时仅余一石。如此靡费，男子力耕，而不足以供兵饷。百姓疲敝，孤寡老弱不能养，死于道路者相望不绝，故而天下始叛！

读到此，武帝不由汗流浃背，惊呼道："原来如此！主父偃此人，眼光果然毒辣。"便唤过左依倚，嘱道："你取来笔墨，记下：伐匈奴只宜屯戍，就地取粮，万不可远途转输，劳民伤财，致天下覆亡。"

言毕，又低头专心去看。其后，主父偃又写了如下之意：

及至高皇帝定天下，闻匈奴聚于代地之外，欲击之。有御史谏曰："不可。匈奴之踪，聚散如鸟兽，追之如捕影，今陛下攻匈奴，臣窃以为危之！"高皇帝不听，发兵塞上，遂有平城之围。高皇帝悔之，方与匈奴和亲，然后天下再无干戈之事。

兵法曰："兴师十万，日费千金。"秦曾聚兵数十万人，征伐匈奴，虽有斩将亡军之胜，然结怨甚深，不足以偿天下之费。且兵久则生变，事苦则难忠。边境之民疲敝愁苦，将吏相疑而生外心，秦末赵佗、章邯，竟趁机自立。此中得失，臣思之不能不恐！故《周书》曰："安危在出令，存亡在所用。"愿陛下熟虑而详察。

武帝读罢全文，一迭连声地赞道："说得好！ 好一个'安危在出令，存亡在所用'。 主父偃此人，若不用，朕还谈甚么兴亡？"当即就传谕召见。

谒者闻令，微笑回道："陛下，主父偃呈文之后，并未归家，只在北阙外等候。"

武帝便一脸惊愕："他怎知朕要召见？ 果然是异才！"略一思忖后，便又道，"算了！ 朕如何竟不如一个老儒聪明？ 令他回去等吧，改日再说。"

虽是如此，主父偃上书蒙圣眷的事，还是传了出去。 不数日间，又有人闻风上书，交章劝谏。 先后有前丞相长史严安、无终（今河北省玉田县）人徐乐等，上书言事，都劝武帝勿蹈秦始皇覆辙，免得天下土崩瓦解。

先说那严安，乃是齐地临淄人，与主父偃是同乡。 其人学富五车，最擅辞赋，有一篇《哀时命》是专悼屈原的，想来也是个孤愤之人。

闻听主父偃阻谏伐匈奴，蒙获恩宠，严安便知武帝正志得意满，不怕听败兴的话，于是巧思数日，也写了一道奏书①，递了上去。

严安论及周秦两代施政，以为周失之弱，秦失之强，皆惹来祸患，全不足取。 当今收服夜郎，深入匈奴，朝臣都以为是美政，其实不过是臣子眼中之利，而非治天下之长策。

他劝谏武帝，切不可"行无穷之欲，甘心快欲，结怨于匈

---

① 即严安《上书言世务》。

奴"。此等贪功之心，于安边毫无好处。

至于徐乐上书①，讲的也是以秦为戒。他以为秦有三过，即"民困而主不恤，下怨而上不知，俗已乱而政不修"。陈胜便是凭借这三弊，而终成大事。陈胜此人，既无千乘之尊，又非望族之后，不贤不富，却从里巷起，袒臂大呼，天下即风从，竟致强秦一朝土崩，无可收拾！

至于吴楚之乱，各诸侯虽然带甲数十万，却不能西进尺寸之土，则是因小民多安居乐业，岂能附逆为乱？故诸侯之乱，譬如瓦解，尚不足惧；而小民不安，正似土崩，才是君主之大患。

徐乐论及当今，直言也并非无忧。尤以近年关东，五谷不登，民多穷困，故边境之事不宜过重，否则民感不安，不安则易动。易动者，即是土崩之势也。

三人之议，互相呼应，其雄辩之辞不可驳。武帝读罢，搓搓手道："奈何奈何！兵早就用了，赋也加了，难道要还钱给百姓吗？"

此时，武帝正是心雄万夫，肚量就大，觉这三人不屑谄谀，反倒敢触逆鳞，实是少见的骨鲠之士，便传谕一起召见。

一见三人上殿，不等礼仪毕，武帝便起身，开颜笑道："主父偃，还道你是个好谗诋之人，故未睬卫青所荐，岂料你文章做得竟是这般好！"又指了指严安、徐乐道："还有你们二位，俱是不世之才！往时公等在何处，何以相见如此之晚？"

三人受宠若惊，不由面面相觑。那主父偃到底是机智，略一

——————————

① 即徐乐《言世务书》。

迟疑，便答道："文士之文，费的只是笔墨；将士征伐，却是要抵命，故而我辈不喜战。"

"正是！文士喜好大言，却不知征战之苦。公等谏言殷切，朕当深思。"

入座之后，三人见武帝确有诚心，便争先恐后，历数伐匈奴之不当。武帝平日听惯了近侍文臣的巧言，今日闻听激愤之语，倍觉新鲜，竟耐着性子从头听完。

三人说罢，武帝拊掌赞叹道："原来文士也有各样，不独是陪饭之辈！天下有才若此，朕便不能听凭你等为遗贤，都拜为郎中好了。那伯夷叔齐之隐，终不是公等宿命，且来朝堂上，也为苍生说几句话。"

君臣欢谈毕，武帝送三人到前殿口，忽就责备左依倚道："主父公年齿，做得你祖父了！还不快来，搀扶先生至司马门，命谒者以安车送还。"

左依倚遵令，连忙跑上前去，搀起了主父偃。

主父偃目力不好，把左依倚看成是宫女，连忙摆手谢绝道："我乃儒生，非礼勿动！"

武帝就笑："此乃小宦者，生得清秀而已，公可勿虑。"

左依倚撇嘴道："主父先生，女子又怎么了？动都不能动，莫非是有刺吗？"

众人闻言，就是一片哗笑。

应召当晚回到客舍，主父偃整夜无眠。想到自己蹭蹬半生，未料竟以一篇千字文而蒙起用，端的是梦有多奇，遭遇就有多奇。既然天子喜听逆耳之言，不妨就以谏为谀，教天下人都看不懂此中名堂。于是，到任后又接连上书，篇篇都是贬斥之言。

二　宠臣覆灭命何乖

正值武帝看厌了近臣的堂皇大赋，猛见到主父偃文辞犀利，自然格外赞赏。不久，便拔他为谒者，继而又为中郎、中大夫。每职不过数月，一岁之内，竟连升四阶。一起授了郎中的严安、徐乐，却瞠乎其后，全未蒙此等宠信。

此时朝臣对主父偃，又恨又羡，多有私下腹诽的："天道怕是已歪了，如今谄谀，也须改作骂娘才行！"

当此时，武帝正嫌丞相薛泽无用，办事迟缓，空坐百官之首；便召集众近侍，设立"内朝"，按诏旨直接办事，省却了许多麻烦。主父偃会当其时，等同做了内朝之首，奉诏行事，权势不输于丞相。

他所言所行，貌似与众不同，只不过，别人皆以逢迎为上，他却专以刺时弊为要，都是投上所好。也合该他命好，官拜中大夫不久，便有梁王刘襄、城阳王刘延先后上书，愿将封邑分些给自家诸弟。

主父偃嗜书如命，对前代事也多有熟知，早已读透贾谊文章，知贾谊、晁错之成败，全系于削藩。此时见有诸侯王自请分其地，立觉这是天赐良机，可以建功。于是上书曰：

> 古者诸侯，地不过百里，强弱之形易制。今诸侯或连城数十、地方千里，缓则骄奢易为淫乱，急则阻其强而合从以逆京师。今以法割削，则逆节萌起，前日晁错是也。今诸侯子弟或十数，而嫡嗣代立，余虽骨肉，无尺地之封，则仁孝之道不宣。愿陛下令诸侯得推恩分子弟，以地侯之。彼人人喜得所愿，上以德施，

实分其国,必稍自销弱矣。①

主父偃到底与司马相如不同,虚浮词一个也无,句句简明,如庖丁解牛。

以往诸侯坐大,令高祖以来数代君主头痛,景帝时削藩还惹出了大祸。如今诸侯势力渐小,又有这贪小利的,要分地与诸弟。

天子何不做这顺水人情,既施了恩,又夺了地,直把那封邑分成如乡亭一般大小,来日诸侯即便想反,也反不成了。诸侯子弟往往有十几人,人人都愿封侯得食邑,哪里还会想到长远?

往日只说"削藩",实是晁错太过直道,必激起诸侯反逆之心;如今却说是"推恩",一把蜜糖抹在了诸侯嘴上,教你有口难言。

武帝只略扫一眼,便知主父偃用心,当即采纳,回复了梁王、城阳王:"你辈有多少子弟,尽在国中分得封邑。分到一个乡,便是乡侯;分到一个亭,便是亭侯。"

偌大的梁国、城阳国,就这般,各分为十数封邑,子弟皆称列侯。

准了两王所奏,武帝趁势又下了"推恩令",令天下诸侯王,一律照此来做。

此时的诸侯王,除淮南王还有些野心之外,多为孱弱之辈,见这分家产的诏令下来,都无胆量抗命,只得照办。汉初以来的一个大患,就此烟消云散。

_____

① 见《汉书》卷六十四上。

如此，主父偃一篇百字文，点醒了武帝，将贾、晁搭了性命也未成的大业，于一夜间告成，堪称旷代之奇。

主父偃建了这个奇功，武帝对他更是宠信，从此成了朝中炙手可热的人物，人皆敬畏。便是卫青见了，也是诚惶诚恐，不敢再虚与周旋了。

最懊恼的，是各诸侯王的宾客。当初全没料到，这乞丐居然能翻身，讥嘲过他不知有多少回。如今主父偃一飞冲天，反手报复，就是劝圣上分诸王之地。宾客们看得清楚，却惧于天威，不敢点破玄机，只能在心里叫苦。

主父偃发迹之时，正是元朔二年春，卫青、李息率军出云中，端了匈奴龙城老巢。卫青因此得封长平侯，属下有两个校尉苏建、张次公，也一步登天，得以封侯。苏建封为平陵侯，张次公为岸头侯。

汉匈相争八十年，此为汉家初次获胜，举国一片欢颜。主父偃不甘置身事外，也跟着献策，说是卫青夺回的河套之地，土地肥饶，有大河为阻。秦时蒙恬逐走匈奴，筑城设塞，今日既然失而复得，便可修旧塞、设郡县，为朔方屏障。如此，内可省却转输，外可拓边，以广中国，此为灭胡之本也。

武帝看罢，召主父偃来问："此前，公曾力谏伐匈奴之不当，如何才过了数日，便又劝朕要拓边灭胡？"

主父偃早知有这一问，当下从容答道："非臣下朝三暮四也，乃因卫青昨日尚未胜，而今却获大胜。胜或不胜，计有所不同；臣非神仙，故不能预知。"

武帝悟了悟，明白了其中奥妙，开颜笑道："公所言，实获我心。在朔方设郡，朕已想了多时。然此计甚大，可先交公卿会议，看众人如何说。"

待公卿齐集，武帝说起，今河南地既已复，可设朔方、五原两郡以作屏障，免得雁门、代郡屡遭荼毒。不料话音方落，众臣却一起喧哗起来，皆言不便。

内中有御史大夫公孙弘，持异议最力，当庭疾言道："不可！秦时曾发三十万众，赴北河筑城，终不可成，不得已弃之。前人之失，我何效之？秦末丧乱，也因筑城北河所致，臣不忍再见天下有役夫累死于途！"

武帝闻听此言，脸色便不好，勉强笑了一笑："哦？公孙大夫今日，忽然就有了主见，不以朕的圣裁为是了？"

公孙弘知武帝这是在讥他，往日议事时总是模棱两可，于是便答："明君治民，以安为上。万里转输丁粮，终是不便，故西南夷可弃，北河亦可弃，臣一向持此议。"

话说到此，列中主爵都尉汲黯，终觉听不下去。汲黯一向鄙夷公孙弘，以为他善承上意，太过工于机巧，于是跨步出列，驳斥公孙弘道："不然！筑城北河，设郡朔方，正是为天下万代之安。有匈奴一日在，便如斧钺在头上，子孙不得一日安宁。今汉家有朔方，便是有了金城汤池，他纵有十世单于，也奈何不得我。不知公孙大夫，怕的是甚么？"

"老臣并不惧匈奴，只是惜民而已。"

"不以刀剑拒敌，你又如何惜民？"

公孙弘年迈思钝，一时竟被说得哑然。

武帝见机，抬臂制止道："两爱卿可不必再争。此议，非朕忽发奇想，乃是主父偃多年熟虑所成，故有此建言。"

众人皆感意外，一齐望向主父偃，便不再说话。

武帝见此，心中暗喜，当场点将道："平陵侯苏建，你随卫青出云中，有大功。今匈奴闻你名，皆有瑟缩之意。便命你为游击将军，督造朔方、五原两郡，所有调集丁夫、筑城修塞等事，一并统领。"

苏建大步出列，朗声应道："臣愿往，定不辱使命！"

"你今日，便是我汉家蒙恬。北依高阙塞，西凭鸡鹿塞，以河为据，屏障河南，不许那胡马过阴山半步！"

"臣遵命。有臣在，边民自可安心。后辈小儿，将不识胡马为何物！"苏建应声后，满殿竟是鸦雀无声，一派肃然。

领命之后，苏建果然显出大将之才。数月间，在各地强令豪强迁徙，又募了一些贫户，约有十万口之众，陆续集于京畿，再分队发往朔方（今内蒙古河套西北部）。人马杂沓中，却是一派井然有序。

筑城所用砖石圆木，亦由车载马驮，络绎不绝。不单是关中一地，崤山以东每一郡县，皆可见人去屋空，官衙还须供应粮秣，一时役夫满途。

这年秋，辽东报来一个好消息，说有东夷秽貊族之君，名唤南闾，率部众二十八万口，叩辽东之门求内属。

武帝闻之大喜——原就担心匈奴南下未遑，或要东与朝鲜勾连，将大不利于辽东。今有南闾献地内附，岂不是天助？于是下诏，在秽君南闾故地，设苍海郡（今朝鲜江原道以北）。由此，汉家在辽东之外，平添了好大一块飞地。

如此一来，元朔初年间，即有朔方、苍海及西南夷三处，一齐大动土木。燕齐、巴蜀之民，皆疲于转输，叫苦不迭。

为几处筑城之事，府库的钱也是花得如流水。待到两郡稍有模样时，薛泽只在丞相府中坐叹，痛惜文景两代所积的钱粮，堪堪就要耗尽了。

公孙弘不忍见大势败坏，深恐秦始皇劳民旧事将要再演，于是数次提醒薛泽。

薛泽哪里能挽回大势，只是叹道："圣上用我，只看在一把年纪上，白首登殿，勉强可压得住群臣。"

公孙弘愤然道："看今日四处开疆，唯恐中国不大，却不知，那每起一城，皆是百姓背负肩扛而成。田间的稼穑之事，又教何人去弄？那主父偃，究竟是何处鄙夫？怂恿圣上，疲敝中国，到底是何居心？"

薛泽亦觉痛心，摆摆手只是无语。

公孙弘望一眼薛泽脸上愁容，摇头道："丞相老了……"

"唉！我今耄耋，这相位，迟早是要阁下来坐。何时你为相了，再冒死上谏吧。"

公孙弘知事不可为，也只能无语告辞。

在朝中，每遇见主父偃，公孙弘便是面沉如水，总忍不住要呵斥："你由布衣登堂，靠的是阻谏伐匈奴，而今又反口，劝圣上筑城河南，闹得鸡犬不宁。汉家府库，分文不是由你积下，如此靡费，好好的天下，便要败在你这主意上。"

主父偃正值踌躇满志，遭叱也不为所动，只冷冷回道："公此番高论，不如当面去说给圣上听。我不过穷叟一个，上进无门，若不出言狂悖，夺人眼目，如何能令圣上垂顾？"

见主父偃无赖如此，公孙弘更是愤懑，恨恨道："公之德行，正似《鸿烈》所言，'骄主而像其意，乱人以成其事'。竟不知赵高死后，世间还有你这等邪人！"

主父偃闻言一怔，略微敛容，拱手道："不知御史大夫素来饱学，竟也读淮南王之书。公请放心，我到了公的年纪，定去淮南王门下炼金，不在这里惹人心烦了。"

言毕，即昂头负手而去，气得公孙弘面色铁青，僵立原地良久，终是一顿足，决意再去面谏。

武帝听罢公孙弘谏言，微微一笑，温语道："数年间，朕闻先生多次言及弃边，本不欲再议，然卿如此执着，却容不得朕不加理会了。拓边一事，究竟有用无用，你我这一世，怕还看不清楚，或召集众人来议，方得周全。"

公孙弘见武帝口气松动，脸色才缓下来，委婉说道："农人稼穑苦，劳役又多，民间怨语已遍地。臣不忍见秦末之乱，又至眼前。"

武帝连忙岔开话头道："好好，即日便会议此事。公孙大夫于国事，上心得很，几年了，如何只见你着布衣上朝？老来，可尽管享乐，莫要委屈自己。"

公孙弘便一揖，语气淡淡道："臣少壮做得鄙事，老来便也无意奢华。"

武帝连连颔首赞许："儒生执事，风气到底是不同！今日朕倒是有一事，要请教大夫。故内史宁成，以往治民太过残苛，公卿怨恨，百口交诋，免官治罪之后遇赦，已在家多年。朕欲起复他为郡守，不知大夫有何指教？"

闻宁成之名，公孙弘脸色就一变："不可！臣居齐地时，为小吏。彼时宁成为济南都尉，治民如狼，今若为郡守，那更无异于虎豹了！"

"有这般厉害？"

"臣闻宁成归家，自知永不得起复，于是放言：'官不至二千石，商不至千万，安可比人乎？'"

"哦？他倒是志大。"

"此人家有田千余顷，遇赦后，便租田放贷，不数年间，即累积家产千万。因手中握有郡吏短处，故而官府也不敢禁，出入从骑，竟有数十人。役使百姓千余家，威风更要过于郡守呢！"

"也是！这世上，难有完人。昔日他为内史，京畿肃静，盗贼不敢入室。宗室豪杰，哪个不怕他？有诋毁也是难免。如此，朕便不教他做二千石，就遣他去守函谷关，做个关都尉，尽他的本分。"

公孙弘便苦笑："他也只配守门。然今后各地往来长安小吏，怕是要苦了！"

武帝只微笑道："小吏惯于狐假虎威，受些刁难，也不妨。"

隔日，武帝召了主爵都尉朱买臣来，密嘱了一番，便下令群臣会议，再议朔方筑城得失。

会议这日，前殿之上冠盖云集，众人都知所议非同小可。其间，公孙弘力主弃边，振振有词。

正言说之际，朱买臣忽然步出列来，贸然打断，躬身一揖道："御史大夫所言，数年来，众人早已耳熟，总之是朔方不宜筑城。"

公孙弘瞥他一眼道："然也。劳民伤财，筑之何益？"

"公乃长者，阅历甚广，便是那牧猪之事，百官中也绝无第二人能通。小臣只是不知，昔年公执鞭牧猪时，须防狼乎？要设栅乎？无栅，狼可知礼节而退乎？小臣以为，朔方置郡，便如牧猪设栅，如何便不好？我这里，倒有十问，要问御史大夫。"

"请便。"

原来，那朱买臣受武帝密嘱，早花费心思，打好了腹稿。当此际，便从李牧、蒙恬说起，滔滔不绝，一连十问，直问得公孙弘哑口无言。

公孙弘瞪目道："翁子，今日你做了塾师吗？老臣根基浅，不过齐地边鄙之人，实不知筑城好处竟有如此之多。也罢，臣是孤陋寡闻了！朔方城尽管筑，然西南夷与苍海郡，既无汉军，亦无汉民，修路筑城，又不知为的是何人？臣以为，朔方筑城，为防匈奴，筑也就筑了，当集天下人力物力于此。然夜郎、朝鲜，一东一西，荒天僻地，无非朝使二三人可至，又何必兴师动众？"

武帝笑道："今日殿上，公孙先生竟被考倒，也是千古奇事呢。好了！朕已明白，西南夷、苍海郡，均非当务之急，过一年半载，停了就是。朔方郡，才是我命脉，守住便是牵牢了牛鼻。"

众人哗地一笑，此议遂成定论。

再说那主父偃，见筑城之议得了武帝赏识，精神便大振，复又上书，请将各地豪强徙往茂陵。其书云："茂陵系万年吉地，依附长安，虽已新置园邑，然居民不密，地广人稀，颇不如人意。臣以为，以茂陵之雄，不当为荒园，可移山东各郡国豪强，前往居住。一可内实京师，二可外消奸邪，收一举两得之功。"

武帝见了主父偃上书，又是言听计从。当下就有诏，着令各地官府，派员下至闾里，将所有地方富豪登记在册，徙至茂陵。若有豪猾大户抗命，则锁拿问罪，资财没入官府，人丁发为奴，不假宽恕。

此令一下，各郡国不敢怠慢。每一县衙，皆由主吏亲率皂隶，登门查问，富户一个不留，统统驱往茂陵。

旬日之间，关外大户一派鸡飞狗走、哀泣连连。然诏令在上，又怎敢违抗，富豪们只得清点细软，恓惶上路。闾里贫户见之，称快者多于怜惜者，都来捡拾所弃财物。故而，迁徙令所到之处，无不是狂欢之象。

谁也料不到，主父偃这一邀宠之议，就此引出来一位天下闻名的大侠。

此人，就是江湖上大名鼎鼎的郭解。

郭解，字翁伯，河内郡轵县（今河南省济源市东南）人，其身世大有来历。他的外祖母许负，是汉初少有的女列侯。

许负这奇女子，是河内郡温县（今属河南省）人，生于县令之家。

据传，许负生时，手握玉玦，玉上隐约有文王八卦图。出生仅百日，便能说话。此等异象，当地不敢隐瞒，遂上报朝廷。秦始皇闻之，亦被惊动，以为是吉瑞之兆，特赐了许家黄金百镒①，嘱许父善养其女。

许负自幼从父，学得了相面功夫。当年，刘邦率沛公军过温县，许负尚是幼女，于城堞上望见，一眼认定刘邦必成大事，便力劝其父投军。此事为刘邦所知，大为赏识。

待刘邦定鼎天下后，论功行赏，也封了许负为鸣雌侯，位列公卿，得享终身富贵。

许负后来还为薄太后、周亚夫相过面，所言无不中。此后，许负年愈老，声望愈高，颇为长寿，至建元三年才去世，享年八十

---

① 镒，秦始皇时通用货币，亦为古之重量单位，合二十两（一说为二十四两）。

四岁。

郭解身世如此，自然有恃无恐。其父便是郡内一游侠，素来放诞，在文帝时，即犯法被诛死。少年郭解，不学外祖母建功封侯，偏就随了乃父秉性，提剑横行，任侠傲世。

说起郭解，江湖乡邑，无人不知他大名。其人却是生得五短身材，相貌平常。少年时即有匪气，稍不如意，便拔剑杀人，所杀者无算。为朋友报仇能舍命，又愿藏匿亡命歹徒。作奸犯科，无所不为，譬如私铸钱币、掘人坟墓等违禁事，不可胜计。

作恶虽如此，却仿佛有天佑。遇见仇家，被追到窘急处，往往能逃脱；或被官府擒住，偏又能遇大赦。

及至年长，他忽就悔悟了，折节自律，俭朴异常。与人相处，能以德报怨，只管厚施恩惠，不图名望。见有不平事，总要出手相助，救了人家命，又从不夸功。唯其心中狠毒，着实除不掉，于猝然之际，还是要睚眦必报。

郡中有一班少年，心慕郭解高义，不劳他出手，常看准郭解仇家，暗中替他报仇，事后也不告知。弄得郭解时常疑惑：为何自己的仇家，非死即伤，命都如此不好？

郭解之姊，有个不成器的儿子，仗着郭解之势，时常欺善凌弱。一日与人豪饮，只顾劝酒，那人酒力不胜，小子却非要强灌。逼得那人急了，拔出刀来，刺死了郭解这外甥，而后逃之夭夭。

郭解寻了一番，哪里还能寻得到？郭姊便生了气，怒叱道："以你郭解之义，人杀我子，贼却逮不到！还有何话可说？甥儿虽亲，到底不如亲子。"便将小子的尸体弃于街道，偏就不下葬，以此来羞辱郭解。

见阿姊这般，郭解甚是歉疚，于是遣人用心去探访。探到那人的藏身处，凶手知是无可再逃，便索性横了心，自己找上门来，将龃龉缘何而起，对郭解如实相告。

郭解听罢，方知事情原委，一挥手道："公杀他没错，吾甥儿确是无理！"便放了那凶手自去，声言罪在其甥，出面把无赖小子收葬了。

邑中诸公闻听此事，都感佩郭解之义，依附者反而更众。

郭解平素出入，人皆敬畏，远远望见就趋避。偏有一人心中不服，当街箕踞而坐，见了郭解来，非但不让路，反以傲慢之色凝视之。

郭解心中疑惑，遣人去打听，此系何等人物？

有门客去问清楚了，不过就是无赖一个。门客复命毕，便作势要去杀那人。郭解连忙抓住门客手腕，笑道："我与此人，同在一邑中，却不为他所敬，此乃我德行不及，你可万万不能杀他！"便私下找了郡中都尉及文吏，嘱道："箕踞那人，我将有所求。若有劳役，请为之解脱就好。"

在河内郡地面，郭解吩咐的事，岂有不肯照办的？于是数年间，所有劳役，都未派到那人头上。那人好生奇怪，找到衙门打听，才知是郭解暗中疏通，当即愧悔不已，袒露胸背，至郭解府上谢罪。城中少年闻说此事，更是敬慕郭解，都视他为楷模。

洛阳有两家人，曾因事结仇，打杀不止，迁延有数年，闹得邻里不安。有城中贤者、豪强多人，居间调解了十数回，终不见效。有人便来见郭解，请大侠出面，来了结这桩烦心事。

郭解笑而允之："私仇又何必执着？"于是趁夜潜入洛阳，穿房越脊，窜入闾里，招来两家人为之调解。

两仇家各有头面，谁不知郭解大名？ 见大侠竟然"犯夜"来劝，俱是大惊。 惶恐犹疑中，都还算听了劝："夜禁森严，难得大侠犯险而来，我等唯有从命。"

郭解便道："难得你们买我面子，君子一言，便不要再生悔！我听闻，洛阳诸公曾劝和在前，你们偏是不听；今日你辈听了我劝，我岂可夺了他人的面子？ 此事，你们也不必声张，待我离去，再请洛阳豪强来，到时讲和也不为迟。"说罢，便几步攀跃上墙，趁夜离去。 洛阳城内百姓，竟都不知两家为何就和好了。

郭解成年之后，为人知收敛，出入从不骑马炫耀，更不敢乘车直入县衙。 至近旁郡国为人办事，若能办到，便尽力去办；若事不可为，也能巧计令人满意，而后才受人酒食之谢。

缘此之故，邑中诸公对他都极为推重，争相为他所用。 郭家常收留亡命徒，人数众多，难以供养，邑中少年及邻县豪强，就常有大胆"犯夜"的，十余辆车一齐来至郭府门前，请求郭解应允，接到自家去供养。 便是巡卒瞧见，也不敢阻拦。

如此，郭解虽以游侠之名行世，却早已是良民了，照此下去，定可在家颐养天年。 不料主父偃一个迁徙之议，竟为郭解惹来一场灭门之祸。

且说有个轵县人杨季主，有一子在县衙为掾①吏，平素嫉恨郭解名气大，见迁徙令下，便向县令举发，要将郭解迁走。

那郭解名头虽大，却是豪而不富，家贫无力迁徙。 县主吏问明了郭家资财，便犯了难——若论家财，郭家哪里够得上富豪？

① 掾(yuàn)，原为佐助之义，后为副官佐或官署属员的通称。

然名册上写有郭解，又怕上头怪罪，只得催促郭解尽快搬迁。

邑中诸公闻听消息，自是不平，都慷慨解囊，一时竟凑了千万缗，送给郭解以助搬迁。

此事传至京中，连卫青也为之动容，便面谒武帝，为之求情："郭解之名，海内尽知，豪绅无不敬服。他家贫无力迁徙，陛下不妨施恩宽免。"

闻听卫青此言，武帝眉毛就一动，沉吟半晌才道："一介布衣，其力能使将军来说情，他哪里就家贫？"

卫青听武帝如此说，便知武帝除豪强之心不可劝，叹了一声，也无心再辩白。

见卫青神色怏怏，武帝又道："所谓豪强，富便富了，偏又要逞强。前朝秦二世之乱，只见有豪强杀县令的，不见有豪强助县令的。此等人多了，你我总是坐不安稳。再说主父偃此人，不是你荐来的吗？他能上迁徙之议，朕以为，比将军还要看得远些。"

武帝言毕，卫青更是无语，只得无奈退下。

此事在轵县传开，人都知是杨季主之子从中作祟，皆愤愤不平。杨、郭两家，于此也就结仇。

郭解得卫青家人传信，知转圜无用，也不敢抗命，遂收拾好行装，挈妇将雏，别了众乡邻启程。告别那天，阖城老幼相送，依依不舍，自不必提。

甫一入关，关中有一班豪杰，不论识与不识的，都闻声前来，争相设宴接风，把酒言欢。

过不多久，轵县有一少年，恨极了杨家，竟把那杨季主一刀刺死，取去了首级。阖城百姓闻说，无不称快。

杨家主人被杀，家属们自不肯隐忍，遣人赴京上书，要追查凶手。哪知道，所遣之人走到京城，又为人所杀，首级亦不翼而飞。

数日之内，为郭解搬迁事，接连出了两桩无头案，官府着实吃惊。衙役在翻检死者衣物时，发现杨家的诉冤状子，指郭解为主谋。太守闻之，连忙上报武帝。

武帝此前见卫青求情，心中便不快，此时见郭解徒众猖獗至此，更是震怒，诏令廷尉府锁拿郭解。

郭解听到风声，连忙将老母安置在阳夏（今河南省太康县），自己往北逃亡。过临晋关（在今陕西省大荔县东北）时，有关吏名唤籍少翁，原本并不识郭解，却早闻其大名。拦住郭解后，见他不似寻常客商，心中便起疑，当即详加盘查。

郭解却坦然报出姓名来："在下便是郭解，天子有令缉捕也。"

如此一说，反倒令籍少翁吃了一惊："大侠如何到了此地？"

郭解也如实相告："在下为仇家所陷，今有诏令追迫，走投无路，贸然来求出关。"

那籍少翁也是性情中人，脱口便道："缉捕令日前已到关，然兄长可放心，弟权作没见过，兄自可往太原去隐身。"

郭解一喜，免不了想要叩头称谢。

籍少翁却拦住，恭恭敬敬拱手道："我区区一关吏，生不能建功，死不能留名。今日私放大侠一条路，或可留名千古，倒是要谢大侠成全！"言毕，便令关卒抬起关闸，放了郭解出去。遂又登上城楼，挥手与郭解作别。

郭解回望关上，见籍少翁孤身挺立，知他这一私放，触犯王法，只怕是凶多吉少，不由心中酸楚。抹了一把男儿泪，只能强打起精神，往山中去了。

果不其然，郭解过关未及几日，便有内史府的侦吏，沿路察问了过来。追到籍少翁处，问不出郭解行踪，就猜疑是被籍少翁私放走了。

那少翁也是条好汉，料定受不过大刑，又不愿吐露郭解行踪，趁人不备，竟拔剑自杀了！

次日清晨，侦吏们找上门来，拟逮回籍少翁拷问，却只见到少翁尸身，都目瞪口呆。内中有一老吏叹道："大侠千里行，得道多助，我辈哪里能追得上！"众吏闻听，也为之气短，便以行踪断绝为借口，返回复命去了。

郭解由此，得以在太原郡安身，躲了几年。恰好又逢大赦，便堂而皇之回到轵县，来看望家眷。

大侠还乡，轵县自是阖城轰动，口耳相传。县令尹轨早便想捉郭解，听到风声，喜出望外，立遣皂隶将郭解逮回。

尹轨升堂喝问道："逃亡之徒，何以有胆归乡？"

郭解只冷笑一声："县令威风！可惜，你可灭他人之门，却是奈何不得我郭某。"

一语激得尹轨大怒："哼，好汉，好汉！不知大侠手上，还有多少条人命？也罢，我今不灭你门，便是个昏官。"

哪晓得，尹轨查了一番，郭解杀人之事，却都在大赦之前，按律应赦免。尹轨无奈，只得如实上报廷尉府。

此时的廷尉，已是张汤。张汤接到轵县来文，也是颇费踌躇，尽管他治狱狠辣，却也不敢公然枉法，想了又想，便遣一曹掾为使者，赴轵县探访，务求探得郭解近来有无作奸。

使者到县，便广邀诸贤达来问。座中诸人，得知使者来意，都交口赞誉郭解为人，愿以身家担保。

使者正在为难间，座中忽有一儒生站起，戟指诸公怒斥道："本邑为郡县，封建不存久矣，你辈却只把郡县当作诸侯地！长安远，而县衙近，你等勾结官府之事，我就不屑说了。只说那郭解，一贯作奸，触犯公法，县民哪个不知？诸公与郭解交好，便左一个'贤士'、右一个'义侠'，只不怕冤死鬼暗夜来叩门？"

此语一出，满座讶异，都不知该如何辩驳。那使者也是明事理的，见状连忙打圆场："公作如此激愤语，当是有实据。今日天已晚，明日再说不迟。"便起身送客，意欲另寻时机，再听儒生诉说。

此事当晚即为郭解门客所知，门客们哪能容得儒生寻衅，未至夜半，便有一人潜入其家，将儒生活活刺死，割去其舌。

次日晨起，闾里便哄传杀人了。县令尹轨闻报，认定是郭解指使门客所为，当下传郭解到衙，当面责问。

郭解宿醉未醒，被传到县衙，竟是一头雾水，哪里说得出凶手是谁。尹轨只是不信，恨恨道："你门下诸客，大字不识一个，非偷即盗。如此替你张目，是要惹下大祸了！"

杀人者闻听惊动了官府，心知不妙，连忙逃出城去，远遁他乡，更无人知晓是何人所为了。

此等凶案，须上报廷尉府。那尹轨还算公允，只如实报称：系匿名者所杀，郭解本无罪。

张汤接了此报，权衡再三，终还是照尹轨所言，写成定谳书，呈了上去。

朝会时，武帝提及此事，对众臣感叹道："一个郭解，便闹出这么多的命案来！主父偃所议，正是要害：豪强若不徙，必成地方奸蠹。然这郭解，终究不知情，且饶他一回也不妨。"

不料，公孙弘却出列，高声道："不可！ 人主纵容奸贼，小民便争相作恶，而不惧律法。 那郭解一向任侠，视汉律为竹篦，说践踏便践踏。 一布衣之徒，竟可左右官府，陛下还望能治天下吗？ 郭解因睚眦小事，动辄杀人，旧罪尚未除，门客又猖獗至此。 此事，郭解虽不知，其罪更甚于亲手杀之。 当拟大逆无道之罪，交有司惩办。"

武帝听了，一时不能断，便挥手令诸臣散朝。

回到宣室殿，见草木已有秋意，室内也有了寒气，便裹紧衣服，长坐于案后沉思。

此时，左依倚端了一碗羊羹进来，见武帝神情恍惚，就笑问："天下难办之事，每日不下数十件，陛下缘何为一事所困？"

武帝便讲了郭解犯禁之事，踌躇道："郭解此人，亦正亦邪；故而杀或不杀，朕都是要背恶名的。"

左依倚听了，嫣然一笑："天子竟为一布衣之事所困，这个皇位，却也不好坐呢。"

"唉，正是。 朕幼年上学，太傅最爱说起'董狐直笔'，说得人胆子越发小了。 我之所为，件件要载于史，哪里就能随意？"

"我看诸先帝，杀起藩王来，却是心硬得很。"

"藩王作乱，乱易于成，哪里是游侠可比？"

"小的可不那么看。"

武帝便转头，盯住左依倚道："哦？ 你倒说说。"

左依倚将羊羹吹凉，置于案头，方道："藩王就算是旁支，也是骨肉，轻易不会反目。 那班游侠，却是无一个不梦着做皇帝的。"

武帝便感惊奇："如此说来，像是你也做过游侠一般！"

左依倚便笑："我这不男不女之人，做到赵高，也是没什么名分。不像是藩王，既已是王了，又何必多揽天下事？"

"嗯，你来自淮南，我那淮南王叔父，可是个有雄心之人？"

"这个……陛下不必疑了，有雄心者，哪里会弄文？我看乡间里巷，凡弄文者，皆是不擅俗务之人。玩弄几个字词，或许可以，要他理政，是断乎理不清的。"

"那《鸿烈》之中，论及治乱的篇章，也是不少哩。"

左依倚便朝地上啐了几口："呸呸，那都是门客写的，文人的梦话罢了。"

武帝不由笑起来："你在淮南王封邑生长，倒很护主呢！也罢，朕便不学先帝，也不疑藩王了。这个郭解，虽是布衣，却不容放过。"于是拿过朱笔来，在张汤所呈的定谳书上，批了"族诛"二字。

张汤接到批复，便提了郭解上堂，告知圣意已决，将以"大逆罪"定案。

见郭解面不改色，张汤就叹息："你个郭解，貌不及中人，谈吐无甚文采，又何苦博那些虚名，直闹到命不可保？"

郭解伫立不动，昂然答道："诛就诛了，廷尉又何必善感？在下为布衣一生，从未媚上，死了也可留名千年。廷尉你坐于堂上，还不是日日须猜上意，稍有疏忽，头颅恐也难保。我之所求，无他，就在于坦荡，与你多说又何益？"

这一番话，听得张汤色变，猛拍案道："死到临头，你竟还嘴硬！有何后事须交代，自去写好，无须替本官费神了。"

不久，郭解满门被押至长安，绑缚西市斩首。沿路有少年追看，争相送上酒水，要听大侠唱一曲。

郭解回首一笑："人生苦短，唱不唱，都是别过。诸君年少有为，只不要学我才好。"

武帝诛杀郭解，本意要压抑游侠之风。却不料，长安少年目睹郭解风采，都感佩至极，一时竞相为侠，蔚然成风。

更有郭解之友，不惜冒杀头之险，走动官府，软硬兼施，瞒下了郭解孙辈一二人，方不至满门尽殁。

后至东汉时，有名臣郭伋，历经王莽、绿林、刘秀三朝为太守，最终官至太中大夫，便是郭解的玄孙，此乃后话不提。

郭解死后，长安官民议论汹汹，都叹大侠一世英名，却死在主父偃一道奏书上。有小户人家，便督促子弟勤学读书，以为世道已大不同，会写几个字，便要强于勇冠天下。

主父偃入仕至此，也觉得恍似做梦，只道是贫寒者出头，必赖奇险之术，万万文雅不得！

偏巧在这时，有一藩王不守礼法，正落了主父偃手中。

此人前面刚刚说过，就是发兵救了韩安国的燕王。这燕王刘定国，乃是故燕王刘泽之孙。刘泽系高祖远房兄弟，才具平庸，至高祖三年才做到郎中。后随军攻叛将陈豨有功，方得了个营陵侯做。

吕后专制时，刘泽因血脉较远，侥幸未受屠戮，反而沾光，与吕禄、吕产同时封王。

王位传至嫡孙刘定国，家风败坏下来，不成个样子。父王死了没几日，刘定国便按捺不住，与父王姬妾通奸，又强娶弟媳为妾。这也就罢了，到底是外姓女子，苟合也还可忍。他之淫欲却不止于此，连自家的三个女儿也不放过，令其轮流陪寝。这等禽兽，全把国家当成了私家，走路可以横行。

且说那燕国，有个肥如县（今河北省卢龙县西北），县令郢人实在看不过去，几次上书燕王切谏。

燕王却容不得下属如此揭短，想了几日，便想诛杀郢人，求个耳根清净。 风声传到肥如县，郢人岂肯束手就擒，立即上书廷尉府，告了燕王一状。

此事被燕王刘定国侦知，不等廷尉府有回音，他立遣一谒者，手持劾捕文书，赶往肥如，随便捏了个借口，将郢人杀死以灭口。

刘定国敢如此骄横，盖因其妹为故丞相田蚡之妻。 田蚡在世时权势熏天，故而燕王这等旁支，才有胆作恶。

到了元朔元年，田蚡早已死多年，就连王太后也概不问事。靠山一去，苦主家属便心不能平。 郢人之弟欲为兄报仇，见机写好了诉状，找到主父偃，请他代为申冤。

主父偃看罢诉状，阴阴一笑："好个燕王，竟有这等丑事！"遂想起北游燕地时，为燕王所拒，又遭燕王宾客厌弃，便生出报复之心来，密嘱郢人之弟赴北阙投书，自己可为内应。

郢人之弟遵嘱，掉头便往司马门去，递上诉状。 待此状一入朝中，燕王阴事立时大白于天下，满朝一片哗然。 就连武帝看了诉状，也觉满心羞愧，恨得咬牙切齿，当即下诏，命公卿就此议罪。

燕王家丑事，本就激起公愤。 主父偃在朝议中，更是言辞激切，声言道："定国恶行，无异于禽兽！ 乱人伦，逆天理，如若不诛，何以塞天下之口？"

有那一二公卿，以为乱伦终究是燕王家事，若用极刑，则燕国必除，刘泽一脉将沦为庶民，不免太过寡情，便欲为燕王说情。

不料甫一出言，却遭主父偃痛诋："为禽兽者辩，则异于禽兽者几希？ 诸君也想与子女成奸吗？"此语一出，满堂皆感震惊。

薛泽见说得不成样子，便举手制止："主父偃，朝议不得放肆！"

主父偃正说到激愤处，听得薛丞相申斥，立将笏板掷于地，高声道："诸侯后宫浊乱，公卿似未生双眼一般，个个不语。 如此不遵直道，还有何脸面做官？ 天下若有法不能制者，我辈又何必在此装模作样？"

这一番叱责，疾言厉色，欲辩白者只得噤口。 武帝听主父偃如此说，也觉此事不可敷衍，即认定燕王有罪，下诏赐死。

刘定国在燕都蓟城，听闻颁下赐死诏，知事已不可挽回，唏嘘了半夜，到底是自尽了。

他这一死，正中武帝下怀。 那燕国所辖广大，计有涿郡、渤海、代郡、上谷等十余郡。 燕国除后，辖地尽数收归朝廷。

于此，众臣见主父偃一言能诛死燕王，皆畏其口。 只怕是有哪一天，自家阴事也被他举发，于是争相逢迎，贿赂馈赠，毫不吝惜，只图能够免祸。 主父偃也不客气，来者不拒，尽笑纳囊中，不数月间已累至千金。

张汤于主父偃，素有惺惺相惜之心，见面时，偶尔也提醒："公太横矣。"

主父偃笑答："张公有所不知。 臣结发游学四十余年，年届六十，尚不得遂我大志。 子不愿认我为父，弟不愿收容我数日，诸王拒我，宾客弃我，我蹉跎日久矣！ 丈夫生不能五鼎食，死便是五鼎烹，又有何惧哉？ 我想来也活不多久，日暮途穷，便是倒行逆施又怎样？"

闻听主父偃搬出伍子胥语，张汤便知他心思，是恨极了世态炎凉，只得敷衍道："公之斗志，下臣愧不如。"

果如张汤所料，主父偃才将燕王弄翻，不久又与齐王起了龃龉。当今这齐王，名唤刘次景，是景帝时齐王刘将间之孙，乃翩翩一少年。

其母姓纪，国中皆称为纪太后。元光五年，刘次景继立为王，纪太后不免就存了私心，将本家侄女，许配给次景为妻，以求母家也得富贵。

岂料刘次景生性好色，只嫌纪氏女相貌平平，毫无意趣，不拿正眼相看，久之，竟如陌路一般。

那纪氏女，原本做着王妃梦，眼见自己还不如一民家女，便常往纪太后面前哭诉。

纪太后见不是事，便将自己长女纪翁主唤来，嘱其住进齐王宫，为齐王夫妇劝和。一面再严加防范，约束齐后宫其他姬妾，不许亲近次景。

那翁主是纪太后所生，本是刘次景同胞长姊，按例称为纪翁主，其时早已嫁人。受母后之命，来管束次景，倒也很卖力。一时间，次景身边，便少了许多莺莺燕燕，唯留纪氏女一人。

饶是如此，次景仍不以纪氏女为意。反倒是阿姊住进宫来后，一来二去，竟然违背人伦，与阿姊有了私情，重演了《春秋》中齐襄公与文姜的故事。

宫中涓人见了，心中虽惊骇，却也无人愿多事，只是个个闭口，瞒住了纪太后、纪氏女两人。

这一段丑闻，若不是后来主父偃插手，应属深宫秘事，外人无从得知。偏巧事情兜来兜去，又沾上了主父偃的边，直闹得天翻地覆。

话要从头说起。 原来，在齐地有一人，名唤徐甲，因犯罪受了阉刑，只得去长安做宦者。 也该他命好，被长乐宫执事相中，选去伺候武帝之母王太后。

徐甲为人伶俐，时间不长，便蒙太后宠信，私事全交给他去办。

王太后入宫之前，曾嫁过金家，生有一女，算是武帝的长姊。此女在民间，后被武帝寻访到，接进了宫来，封为修成君。

王太后怜惜修成君，平日里便百般照护。 修成君有一女名唤金娥，芳年豆蔻，尚未婚配，王太后就惦记着，若能许配给诸侯王最好。

徐甲在王太后身边，听到太后有此意，便自告奋勇，说愿意亲自做媒，回家乡说动齐王，包得齐王上书，求娶娥女。

王太后闻言大喜，当下就允准徐甲还乡。 那徐甲小人得志，只道自己是太后身边红人，赴齐做说客，齐王焉能不给面子。 他哪里知道，齐王不仅已娶了纪氏女为妻，还正与亲姊有不伦之情。

主父偃与徐甲为同乡，闻知此事，也动了心思，便对徐甲道："事若能成，我亦有一女，愿得充齐王后宫。"

徐甲知主父偃为天子宠臣，岂有不应之理，当下就应诺："主父大夫相托，小人岂敢怠慢。 阁下想趁便嫁女的事，谅也不难。"

徐甲兴冲冲来至临淄，面谒纪太后。 纪太后见是王太后身边来人，倒还客气，略寒暄了几句。

见纪太后给了面子，徐甲这才小心翼翼，透出口风来，说此行是为修成君之女做媒。 另又将主父偃嫁女之意，一并转述。

徐甲想不到，纪太后虽只是藩王的太后，却是正宗的金枝玉叶，哪里会把修成君放在眼里。知徐甲来意后，不禁大怒，霍然起身，指着徐甲道："吾儿齐王，已有王后，后宫亦俱备，姬妾一个不少。且你徐甲，是何许人也？齐国一个贫人，穷极乃为宦者，入事汉廷，未给齐国半分好处，便欲乱我齐王家吗？那主父偃，又是做甚的，还想以女来充我后宫？"

徐甲当下大窘，顿悟自己不过一阉人，哪里配插手宫闱事，连忙伏地谢罪，讪讪而退。

这一番牛皮吹破，返京后，当如何交差？徐甲在客舍中，想来想去，一夜未眠。天明后，即撒了些钱财，四处打探，得知齐王与长姊奸情事，心中就有了主意。

返京后，徐甲无精打采，去见王太后。太后好生奇怪，问他为何返回得这般快。

徐甲故意含糊道："齐王倒是明事理，愿娶修成君女，唯是一事有碍。"

王太后更觉诧异："天子甥女嫁人，在齐国能有何碍？"

徐甲便伏地叩首十数下，方答道："恐如燕王事……小的不敢讲。"私心里，便等着王太后发怒，定当痛责齐王。

不料王太后听了，心中立即明白，只淡淡吩咐道："既知此情，修成君嫁女的事，就不必再提。"

王太后出自民间，入宫多年，深谙贵戚间的礼法，知修成君早年身世贫寒，远不能与宗室相比，因而受了纪太后蔑视，亦无话可说，只不许徐甲声张。

那徐甲弄巧成拙，郁闷不已，至主父偃处，不免就大发牢骚。

主父偃听了，也是没奈何，苦笑一声了事。

此事虽然作罢，却为涓人所知，渐渐传开了去。不单是徐甲，就连主父偃，也成了贵戚议论的笑柄。久之，连武帝也风闻此事，连连摇头。

主父偃丢了颜面，心中大恨，从此视齐王为仇寇，只欲寻机报复。

稍后数月，主父偃见圣上恩宠更隆，言无不纳，就起意要扳倒齐王。这日，径直入朝，与武帝闲聊时，故意提起话头："齐临淄有民七万户，王廷所收市租，每月有千金。商民殷富，甚于长安。这等好地方，若非天子嫡亲，哪里能在此为王？"

武帝颔首道："正是。前朝即有人说，关中与齐，便成天下。今日齐王一脉，倒还晓事，未闻有何悖逆。"

主父偃便冷冷一笑："然齐地遥远，天子即便有心辖制，也是鞭长莫及。昔日吕太后时，故齐王刘襄就险些反了。先帝时吴楚作乱，故齐王刘将闾也几欲为乱。臣今日又闻，齐王与其姊乱伦，已不成体统了！"

武帝闻言大惊："才除了一个燕国，如何齐国又有这事？"

"臣只是风闻而已，想来这丑闻，其源有自。民间所传，谅也不敢枉诬宗室。"

"燕为大国，只因宫闱事而国除，天下为之震动。齐也是大国，万不可再生变了。"武帝言毕，起身踱至窗前，看户外瑞雪飘飘，沉思良久方道："世间事，本不清白。人君治国，便是要教人看起来清白。"

"这个嘛……陛下，可召齐王入朝严斥。"

武帝摇头道："言教如何能及身教？朕之意，你久在掖庭，不免局促，今遣你往齐国，充任丞相，就近监督，匡正齐宫风习。燕之国除，实令人痛心；齐宫弊端，只需缓急相济，以劝讽为上。

你老来归齐，也算是衣锦还乡，岂不是两全吗？"

主父偃想想，早年在齐，为众儒生所排挤，腌臜气受了不少。今日归去，也恰好出一口气，于是欣然领命。

到得齐国，所见者果然无不逢迎。以往羞辱过他的儒生，也都换了脸孔，前来巴结。

主父偃起先还按捺得住，不愿睚眦必报。稍后，拜访者无日无之，终惹得他恼了，与左右道："今日我发迹，你等随我归乡，所见皆和善。怎能想三十年前，面孔还是这些，却都是恶面孔。人之善变，就在眨眼间，哪有一句奉承话为真？"

当下，便列了一份名录，遣左右往临淄城里去寻，要召当年"故友"叙旧。

众人闻召，来至丞相府聚齐，以为主父偃已捐弃前嫌，都争相谄笑，刻意巴结。

主父偃只摆摆手，令众人安静，回首便使了个眼色。左右会意，即从屏风后搬出一个木箱。打开来看，竟是一大箱楚金版！

众人一片惊呼，随即又鸦雀无声。

主父偃面带轻蔑，笑道："诸君在齐，今生所见之金，怕也不满这一箱。昔年老夫穷迫，诸君待我之态，不知可还记得些个？老夫却是未能忘。今日这箱里，有五百金，赠与诸君以为谢意。各人请自报姓名，取走便可。"

众人一阵惊愕，正要称谢，主父偃忽又脸色一变，冷冷道："我今为齐相，如何督责国事，自有谋划，不劳众人献计。你们自管携金归家，从此，不必再入我门！"

众人这才醒悟：此举分明就是羞辱。然又不舍将到手的好处，扭捏片刻，终是受了一份金，讪讪而去。

主父偃报了当年受辱之仇，心下大快，便不顾武帝的叮嘱，立时拘来齐后宫宦者，严刑逼供，要问出齐王与长姊究竟如何勾搭。授意被拘者只管作供，事事都牵扯到齐王就好。

这般追逼，只顾了快意，自是有风声传了出去。那刘次景到底是年少，闻讯后魂飞魄散。想想前有燕王覆辙，如今落入主父偃之手，焉有免罪之理？若拟了大罪，为法吏所捕诛，又如何受得？想来想去，想不出办法来，悲戚之下，竟饮药自杀了。

刘次景本无后，这一死，齐国便也断了香火。死讯传出，齐国上下皆感大骇。

人死不能复生。主父偃也知闯了大祸，一面埋怨次景胆小，一面慌忙上奏，全不知圣上该如何处置，只能听天由命了。

奏报到京，武帝闻讯也是大惊：先前燕已灭，今又继之以齐，世人岂不要指我为骨肉相残？

此事，不过数日，即传遍天下。宗室人人自危，都视主父偃为魔道，私下詈骂不止。

正当武帝疑虑时，赵王刘彭祖见主父偃猖獗至此，生怕后面要轮到自己，于是抢先告状。趁主父偃不在宫掖，上书告讦，说他徇私受贿，以得金多少，而轻重其事。

早前主父偃得势，全是小人骤贵做派，以为宠辱恒久不变，上宠既隆，便可以一直到死。故而做起事来，不留转圜余地，凡贿赂公行之事，路人皆知。

赵王门下宾客，未费甚么力气，便打探到他受贿清单，笔笔有宗。都随劾书一起呈上，字字如刀，令主父偃无可挣脱。

武帝本就恼恨主父偃僭越，一连逼死了两王；也顾忌众论，正要找个替罪的来。见主父偃劣迹斑斑，不由大怒，当即命张汤遣使往临淄，褫夺主父偃官爵，解回长安来下狱。

主父偃被拘，众公卿一派欢踊。数日里，各官邸全不顾禁酒令，豪饮竟至通宵达旦。

此案重大，张汤受命问案，心中到底存了些怜惜，谳词便写得模棱两可，或诛或不诛，皆有道理。

有公卿见主父偃危在旦夕，解恨之余，忽又生出兔死狐悲之感来。觉此人固然可厌，总还只厌他咄咄逼人，他所逼死的两王，说到底也不是善类。若主父偃因此而罹杀头之罪，此后诸王怕是更要放肆。缘此之故，隔了数日，竟有公卿二三人，陆续为主父偃辩白。

此时，武帝心中恼恨也渐平息，便迟疑着未复张汤。一日朝会，与诸大臣议起主父偃，慨叹道："布衣登堂，固是锋芒可贵，然也不该失了分寸。"

众臣正要附和，欲为主父偃稍作解脱，却见公孙弘疾步出列，慨然道："齐王以忧惧而死，无后，国除为郡，地入于朝廷。此事中外猜疑，人人不平，令陛下百口莫辩。故不诛主父偃，无以止天下之怨！"

这番话，恰又激起武帝恼恨，当即怒容满面，重重一拍案，似是将大怒，然又止住。

众臣一惊，满堂立时静肃无声，只待武帝决断。

不料，武帝抬眼望望殿外雪景，却又徐徐说道："此事毋庸再议，朕当独断。"便命众人散朝。

返回东书房内，武帝神情还是恍惚。左依倚这日正当值，早闻听涓人议论，得知主父偃生死莫测，便故意道："陛下喜读贾太傅之书，常置于案头，惹得小的近日也爱读了。"

武帝这才回过神来，略带晒笑道："小子太心急，你能读《仓颉篇》①就好；贾太傅文章，能读出个甚来？"

"能。"

"好，你便说来！朕今日心情好，不然，你若说不通，要教你吃鞭子！"

"小的只知：那贾太傅，乃千古忠臣，事事是为先帝忧。"

"这个自然。"

"朝廷为干，诸侯为枝，又说得妙。"

"嗯。"

"小的唯是不解：干弱枝强，固然不好；然若全无枝节，岂不又成了秃木？那靠得住的旁枝，还是要保留一二。"

武帝一怔，眼睛死盯住左依倚："小子，你果真是通了！淮南小儿，怎的有这般聪明？入宫之前，莫不是淮南王的门徒？"

左依倚脸色一白，连忙辩解道："读贾太傅，若读不通此理，岂不是全未通？我也是费了半月工夫呢。"

说话间，武帝似未听左依倚所言，只顾望着窗外发呆，半晌才回首，伸手道："拿笔来！"

当日，武帝便有诏下：主父偃公然受贿，擅权滋事，立诛，并及全家。

诏令一出，原有门客千人，一哄而散。朝中素有攀附者，瞬息变脸，纷纷劾奏主父偃，以示撇清。

主父偃旋起旋灭，京中公卿个个都觉惊惧。行刑之日，天愁

---

① 《仓颉篇》，秦李斯所著童蒙识字课本。

地惨，内外亲朋竟无一个来收尸的。 独有浟侯国（治所在垓下）人孔车，感佩主父偃能直言刺世，出头使了钱，替他一门收葬。

长安内史闻知，入朝报予武帝知。 武帝听罢，问明是一布衣老叟，不由感喟道："世上狡徒多，终还有忠厚长者！" 于是也未加怪罪，任由他去了。

看左依倚数日在身边，似有欣悦意，武帝忍不住，唤他到近前，笑道："小子读书，终有长进！ 你所言削枝事，有道理。 先帝操之过急，朕却不能急。"

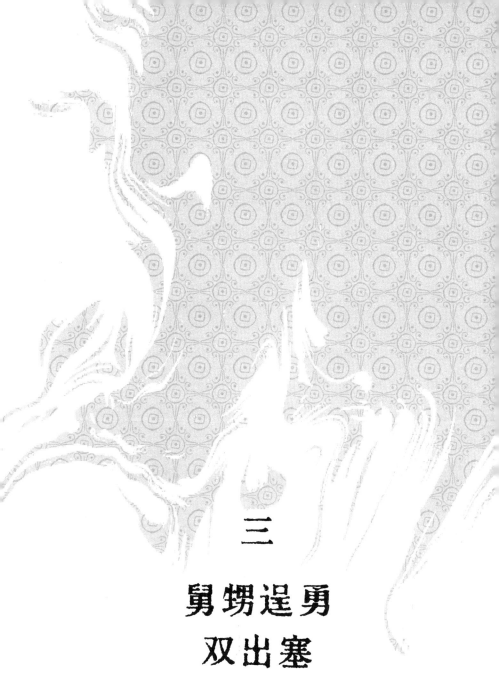

三

舅甥逞勇双出塞

且说主父偃被诛后，朝中重臣，无出公孙弘之上，外廷声势重振。百官都领教了公孙弘的手段，无不敬畏。

　　独有主爵都尉汲黯不服，左看右看，公孙弘的所谓君子相，不过是个伪君子。此前，为筑朔方城一事，汲黯早看透了公孙弘，此时便欲拆穿他。

　　闻听众人夸公孙弘节俭，家中竟不用锦褥，只用布被，汲黯便冷笑："丞相家中事，如何闹得尽人皆知？"于是入见武帝，指斥公孙弘伪诈。

　　武帝便觉奇怪："朕有所不明：常年用布被，这有何伪诈？即便是伪，常年在用，也就不是伪了。"

　　汲黯只是固执道："臣以为，不然！公孙弘位列三公，俸禄甚多，却用布被，于常理不合。旁人俸禄多，无不锦衣玉食，他却偏示以俭，这便是诈。"

　　"那么，如何才不是诈呢？"

　　"有多少钱，便用多少，老老实实就好。用钱的事竟要作假，人还能诚吗？"

　　"哦？也是。"

　　武帝听汲黯这样说，心中便不踏实，召了公孙弘来问："有一事，朕只想私下问你。汲黯有言，说你俸禄多，家中却用布被，此乃伪诈，你如何看？"

公孙弘听了，神色似笑非笑，从容答道："此事是有。九卿之中，与臣相交者，无过于汲黯。此前因筑朔方城之事，当庭诘问老臣，也是切中臣之要害。"

"哦？既然如此，他为何要出言毁你？"

"无非是怕老臣沽名钓誉。"

"如他所说，你岂不正是沽名？"

公孙弘一笑，坦然道："臣子言事，多只讲一面。历代辅宰者，或奢华，或俭朴，所好不同而已，与德能毫不相干。古有管仲为齐相，采邑即有三处，奢华拟比君王，几近僭越，然齐却赖他而称霸。后又有晏婴为齐相，食不重肉，妾不衣丝，衣食粗劣堪比小民，然齐国亦治。"

"倒也是。"

"今臣为御史大夫，却用布被，与小吏无别，汲黯倒也并非诋毁。然则，他若不说，陛下又怎知？这等私家微末事，又何必扰乱圣听？"

武帝想了想，便一笑："有道理。先生真是个贤者，难得。"

"贤者，臣尚不及也。然臣以为：人主之病，在于心胸不广大；人臣之病，在于用度不节俭。君臣处世，应各循其道。"

武帝听罢，不觉肃然起敬："与先生谈，又恍似与董仲舒彻夜相谈。唉！董公到底不如先生沉稳，近年闲居在家，也不知怎样了。"

"陛下夸我沉稳，老臣愧受了，然董仲舒却不如此看。"

"他怎样看？"

"他只说臣这是'阿谀取容'呢。"

武帝听了一怔:"这是从何说起? 这个董仲舒! 便由他闲居好了。"于是摆摆手不再提起。

此后,汲黯等左右近臣,再说起公孙弘伪诈,武帝便不愿听:"御史大夫是贤士。 这等人才,世间唯恨其少,你辈不知,自去领悟便罢。"

且说筑朔方城之后,公孙弘等所预言北边事,却屡屡应验。自从筑城之后,匈奴如芒在背。 其时,军臣单于屡败于卫青,心情懊恼,终是在悲愤中病亡。 军臣单于之弟左谷蠡王伊稚斜,倚仗势大,趁机自立为单于。

匈奴太子见王位被夺,哪里肯服,率本部徒众与之相争。 怎奈兵弱将寡,被叔父攻破,一气之下,归顺了汉家。

那伊稚斜坐稳了王庭,自然气盛,颇有先祖冒顿之概,命右贤王连年袭扰汉境,志在拿下朔方城。 于是,汉家边警一年数惊,长安诸耆老,时隔多年,重见骊山腾起狼烟。

武帝也知,筑城是走了一步险棋,却不肯退让,每有边境败报呈来,都硬起心肠不看。 时常北望长空,愤而指狼烟道:"伊稚斜,你为少壮,我亦不属老朽。 既撕破面皮,我便要与你争至百年后!"

至元朔三年(前 126 年)春上,陇西郡忽有急报递至,说是多年前张骞出使,欲打通西域,被匈奴所掳,今已携胡妇归来。 另有随从甘父,也一同还朝。

武帝闻报,顿觉热血上头。 屈指一算,张骞西去无音讯,堪堪已有十三年了,遂放下奏报叹道:"少年之志,壮年尚未遂,这教人如何受得!"便下令,遣光禄大夫吾丘寿王,赴陇西迎张骞入都。

张骞东归，得享迎诸侯之礼，路上便轰动各郡县。回程途中，沿路有父老尚记得旧事，都来挽住车驾，赠以酒肉，寒暄间不胜唏嘘。

当年出关，张骞随从有百余人，历经磨难，如今只有一人跟随返归。别长安时，尚是而立之年，归来时已生华发，怎能不教人感伤？张骞接过父老馈赠，想起在匈奴时饮食无着，呼天不应，唯赖甘父善射，打来些野兔、大雁为食，不禁泪流。

吾丘寿王见了，也是不忍，劝慰张骞道："足下持节出西域，得全身而还，当是遂了心愿。在下虽为文臣，然建功之心半生未泯，曾上书求守塞，出击匈奴，圣上皆不准，如今羡慕足下还来不及呢。"

张骞这才顿了顿节杖，振作起精神道："生入阳关，得见汉家土，小臣自是不该伤悲！"

到得长安，全城又是一番轰动。武帝召见那日，张骞换上汉服，手持旧敝汉节，上殿拜谒。

武帝一见，禁不住热泪滚落，忙上前扶起，赐座详问经过。

张骞也几欲哽咽，强忍住悲情，禀报了十三年出使所遇："陛下，臣无能，身陷匈奴十余载，单于强令我娶胡妻，且生子，然臣心属汉，至今持汉节不失。"说罢，双手奉上汉节。

武帝接过牦尾脱尽的节杖，怆然不能出声。

张骞接着禀道："淹留日久，胡人看管得松了，臣伺机携眷属西逃，欲再寻大月氏，后跋涉至大宛①。那大宛王，早已闻汉家多财富，欲通而不得，见臣之后大喜，问臣欲往何处。臣答曰：'臣为汉使，欲往大月氏，然为匈奴所阻。若大王肯遣人送我，得入大月氏，返汉之后，汉赠与大王资财，当不可胜数。'大宛王欣然允诺，遣译官护送臣，抵达康居②。"

武帝听得入神，拊掌慨叹道："君跋涉之远，已远过穆天子了！生为炎黄裔，有几人得如君之豪壮？只未料这个大月氏，竟如此难寻！"

"那康居王，待臣也极好。因恐匈奴阻挠，劝说臣暂居，遣人将臣之意转致大月氏。"

"哦？那大月氏怎样说？"

"世事多变，实是天不佑我。康居使者还报说，那大月氏王，已为匈奴所杀，目下此国是立了夫人为王，因惧怕匈奴，转而归附于大夏③。而今的大月氏，土地肥饶，素少敌寇，志趣安乐。又以其地远汉，已无复仇之心。臣闻之，心有不甘，亲入其国，奔走于大月氏、大夏之间，反复陈说，然终不能得其要领。"

武帝闻罢，连声叹息道："奈何奈何？这十三年寒暑，只苦了你一人呀！"

张骞也摇头叹道："天意如此，或是在试臣之诚意。臣居留大

---

① 大宛(yuān)，中亚古国，位于帕米尔高原西麓，即今乌兹别克斯坦的费尔干纳盆地一带。

② 康居，中亚古国，东接乌孙，西接奄蔡，南接大月氏，东南接大宛，约在今巴尔喀什湖与咸海之间。

③ 大夏，巴克特里亚王国，系希腊殖民者在现今帕米尔高原以西的阿富汗一带建立的奴隶制国家。汉代称之为大夏。

夏年余，眼看无望，只得返归。归途为避匈奴，改走了南山（今祁连山与阿尔金山）……"

武帝听到此，连忙打断，急问道："南山，莫不是古之昆仑？可曾见有西王母踪迹？"

张骞回道："未曾见，途中遇土著称，南山上有西王母石室，然已人去室空。"

武帝略显失望道："哦……回程如何，你再道来。"

"臣过南山，本欲取道羌中（今甘肃省临洮县以西），然仍为匈奴俘获。如此又滞留年余，后军臣单于死，匈奴内乱，臣方得携胡妻及甘父逃出，辗转归汉，今以无功而请罪。"

武帝听罢，不禁动容，向张骞称谢道："君哪里是无功？此番西行，乃是凿空①之举，或可造福我汉家万世。你一路风霜，辛苦已甚，且先去歇息，所有应得恩赏，朕当绝无遗漏。"

果不其然，数日后即有诏下，拜张骞为太中大夫，官居显要。其随从甘父，亦得了"奉使君"爵号。

晋爵毕，武帝又赐宴张骞，与之详谈，欲问清西域山川形势。

张骞自怀中取出一幅舆图来，指点其中，说与武帝听："臣所至各国，今已画成图，陛下可看。所谓西域，有大宛、大月氏、大夏、康居四大国。其百姓传闻，近旁还有大国……"

"还有大国？"

"然。大夏之民皆言：安息②，在大宛以西数千里，城邑数

---

① 凿空，此处为"打开通道"之义。

② 安息，伊朗高原古代国家，阿尔撒息王朝的汉语音译。

百，为最大国；条支①，在安息以西数千里，临西海（即地中海），其国之民擅幻术。"

武帝惊愕异常，脱口道："原来西荒之外，更有西极？ 君可听闻西王母下落？"

"臣曾见一安息长老，称条支国有弱水②，西王母便在此处，然他未曾亲见。"

"唉，未料西王母竟去了西极！ 昆仑难逾，弱水难渡。 看来，朕今生做不成穆天子了。"

"西王母踪迹，臣已尽力访之，所得仅此。"

武帝听张骞一番解说，遂将西域大国逐个记住，感慨道："往日，朕只道葱岭为极边之地，或只有西王母可住。 不意天下之大，竟是无止境！ 大夏之北，若再有大国数个，岂不是另有一个天下了？"

张骞一惊，不知如何作答。 抬眼看去，方知武帝只是自语，才松了一口气："西域之人，或多好大言。"

"非也，空穴来风，其源有自。 朕既知有大夏，便不至做盲目人，不知此行还有何趣闻？"

"臣在大夏时，曾往集市，见到有邛竹杖、蜀布，便问彼辈是何处得来此物。 大夏国人曰：'吾国有商贾，常往身毒国做生意。 身毒在大夏东南数千里，其民俗与大夏国相同。 卑湿暑热，常年可以赤膊。 其民乘象而战，如匈奴骑马，是为象阵。'据大夏之民

---

① 条支，西亚古国名，在今伊拉克境内底格里斯河和幼发拉底河之间。

② 弱水，《山海经》载："昆仑之北有水，其力不能胜芥，故名弱水。"后泛指遥远险恶的江河湖海。

称，身毒其国，乃是临大水而建。"

武帝眼睛便睁大："身毒……竟有如此神奇！不知我使者可否入身毒？"

"以臣揣度，大夏离汉有一万二千里，在我西南。而身毒又在大夏东南，有蜀物，岂非离蜀地不远？若汉使能到大夏，又何愁不可到身毒？今若出使大夏，从羌中出，其地太险；往北，则易于为匈奴所俘。不如从蜀地西出，路近而无寇。"

"听君之言，朕已明了。大宛、大夏、安息三国，皆为西域大国，兵弱而奇物多，风俗与汉近，以汉物为贵。其北大月氏、康居等国，兵强，我可多予馈赠，以利我朝。"

"陛下圣明。我若以大义晓之，收为属国，则汉家可以地广万里，教化异域，威德遍于西极。"

"不错，此正为朕多年谋之。今蜀地有犍为郡（今四川省犍为县），可遣使从该郡启程，四道并出，各行一二千里，以谋通大夏。"

赐宴过后数日，朝廷果然就遣使，从犍为郡络绎而出，欲打通西南之路。此前通西南夷之事，因耗费过多而罢，此时复又重启。

张骞开通外国道路，终获尊贵，名动天下。各郡士人闻知，无不歆羡，纷纷上书言外国奇闻怪事，以求出使。数月之间，"外国"二字，不绝于奏书及臣僚言谈间，竟成了时尚。

武帝想那外国，地绝路远，非一般人所乐于跋涉，故凡有言外国事者，不问出身，一概给予节杖出使，以广开道路，沟融四方。

蜀中道上，自此便日日有汉使驰过，旗帜纷飞，人马喧阗。汉家气象，骤然间就阔大起来。

西域之事如此，朝政亦有更新。至元朔五年（前 124 年），王太后崩逝已有一年，内外诸事，再无掣肘，武帝便又起了更新朝政之心。

他见薛泽年老多病，实是无所作为，便将薛泽罢免，令公孙弘继任。如此，公孙弘便成了汉家无爵而拜相的第一人。

为合于常例，武帝特封公孙弘为平津侯，赐六百五十户为封邑。又下诏告知天下："朕遵先圣之道，广开门路，招四方之才，量能而授官。今后不独武功显贵，有厚德者，亦可获爵。"

天下文士闻诏，无不欣悦，都奔走相告："我辈别无长技，只善弄文，素来进身无门。今后，纵是手无挽弓之力，亦有望封侯拜相了！"

公孙弘以贤良被征召，平地起步，数年间，便封侯拜相，确属极一时之盛。他知自己无功而封侯，只因武帝爱才，便在府内大起馆阁，广纳贤士，令诸生参与国事。又开列招纳条例，每日召见宾客，忙个不停。每见一人，无论其贤愚，都谦恭有礼。

其时，有一位故人名唤高贺，闻听老友公孙弘招贤，便也从齐地前来投奔。公孙弘见了故人，亲热如昔，嘘寒问暖一番，便留高贺在馆食宿，以待选用。

高贺心里欢喜，以为从此定是大有前程，不想才住了几日，便发觉有异。原来那馆中饮食，每餐不过一肉，饭食为粗米，睡卧只有布衾，如同仆人一般。

忍了几日，高贺便火起，以为公孙弘虚骄，与主父偃无异，故意简慢故人，不过是为炫耀今日尊贵。这日，有仆役前来伺候，他便佯作无心问起。仆役据实相告，他才知其余宾客所食所用，也是一般无二。

仆役怕他不信，特意说道："我家主公，所招宾客甚多，皆以自己俸禄供给，家无所余。若不食粗米饭，怕就要断粮了呢。"

高贺甚感意外，眨了眨眼，忍不住讥嘲："以列侯之贵，反不如布衣宽裕，我高某还是头一回领教哩！"便不再问仆役，只管自己去留意。府中人见他是丞相故旧，也就任由他各处游走，凡事皆不隐瞒。

如此又住了几日，高贺探得明白内情，遂以家事为由，辞别公孙弘，回了临淄老家。

返家后，友人问他为何辞归，高贺愤然道："那公孙丞相，内服貂裘，华丽无比，外面却披麻袍；内厨有五鼎，牛羊鸡鱼无不有，上菜时却只有一肉。如此矫饰，我怎能信他？"

友人哂笑道："丞相矫饰不矫饰，你何必理会？只管在他府中住着，享福就是。"

高贺双目圆睁道："粗米布被，我家也有！又何必屈居他门下？"

京城众官原以为公孙弘俭朴自守，有人所不及之处。经高贺说破，方知他有两面，仅以好看的一面示人。只是碍于武帝面子，众人都不说破就是。

唯有汲黯一人，每见武帝，必揭公孙弘之短。公孙弘闻之，心中恨极，从此日思报复不提。

向时张汤为太中大夫，在内朝权势亦甚大，与公孙弘一内一外，颇为默契。公孙弘赞张汤有才，张汤便恭维公孙弘博学，两人相互推重，引得公卿瞩目。武帝见之，也暗喜臣僚中终于有了高才，遂拔张汤为廷尉，以用其长。

张汤到职后，知天子恩典的分量，每有疑案不决时，便去探听上意。若武帝有从轻之意，便从轻发落；若武帝意在严惩，则立即严刑逼供。凡惩治豪强，概不留情面，必巧言罗织罪名；遇到赢弱小户，则曲为开脱，留待武帝"上裁"。如此，每次写好谳词呈上，总能令武帝称意。

　　后一日，有一篇谳词呈了上去，未料却遭驳回。张汤把这谳词拿回，却看不出破绽在何处，只得召集属吏来议。

　　众人七嘴八舌，张汤听罢，改了谳词再上呈，仍不合武帝旨意。万般无奈，只得将谳词搁置，延宕多时，仍是一筹莫展。

　　这日会议，众人又提起此事，忽有一掾史①，拿出一卷草稿来。同僚看了，都赞赏不止，以为必合上意。廷尉史看过，忙拿去给张汤看。张汤读了，也啧啧称奇，命书佐誊写好，奏报了上去。果然没过几日，武帝便批复下来，甚是赞许。

　　这个操刀的小吏，名唤倪宽，张汤以前略有耳闻，并不识得是哪一个。

　　倪宽的来历，其实颇为不凡。他原是千乘县（今山东省高青县）人，少年时即学《尚书》，师从同邑人欧阳生。欧阳生乃是大儒伏生的弟子，精通《尚书》，此时早已是当朝博士了。

　　倪宽得了伏生一脉真传，根底雄厚自不必说。公孙弘为丞相后，为五经博士增设了"博士弟子"员额，令郡国选送学子入京，以备任用。倪宽便是候选的学子，有幸入选，得以征入京城。

　　倪宽家境贫寒，出不起钱上路，只得一路上为同行学子煮饭，

-----

① 掾史，官职名。汉以后朝廷及各州县皆置，分曹治事，多由长官自行辟举。

以换得路费。

到得京师，倪宽仍觉囊中羞涩，便趁空为他人帮佣，赚几个小钱度日。无论寒暑，常携经书一部，往田间去锄地，歇气时，便埋头苦读。

如此耕读生涯，熬了两年，终在策试时被选中。汉家策试，种类有二，一是"对策"，即如董仲舒当年所应试，由皇帝出题，学子据以作文；一是"射策"，由考官出题若干，应试学子拈选，拈到了哪个便写哪个。

倪宽的射策文章做得好，被选为官，补了太常署掌故一职。未几，又调往廷尉府，任文学卒史①。

谁想那廷尉府中，原有一班老吏对新晋心怀嫉妒，只说是倪宽新来，未谙刀笔，不知文书如何写。以此为借口，打发倪宽去了北地牧马苑，看管官署牲畜。

嫉妒之心，古今皆是一样，佼佼者无计可逃。倪宽是个贫寒子弟，没有奥援，只得孤零零往北地去管马，形同贱役。

这日倪宽因公返京，呈缴牲畜簿册，恰遇见一班老吏，正为文案被驳回一事焦头烂额。

倪宽好奇，问明了来龙去脉，脱口就道："下官不才，或可代为拟稿。"

一众老吏都大惊，眼珠险些没掉出来，纷纷笑道："小子胆大，廷尉尚不知如何应付，你又有何能？"

也有人说道："小子看管马匹久了，也着实可怜，便由他写

---

① 卒史，秦汉官署中的属吏，地位略高于书佐，秩一百石。文学卒史，为专事文秘的属吏。

吧。"

岂料倪宽草稿一出，有典有据，奇峰突起。众吏纵是再嫉妒，见此稿能解燃眉之急，竟都忘了先前事，连忙交了上去。倪宽文笔，便由此直达天尊。

武帝于文字上面，向来擅辨优劣，读过之后，便不能忘，即召来张汤问道："此前所奏，不是凡俗老吏文笔，究竟是何人所为？"

张汤知武帝天赋异常，遂不敢隐瞒，照实答道："是倪宽。"

武帝便笑道："朕也知道他，素有好学之名。你署中那班老吏，怎的遣他去了北地？"

张汤略显尴尬道："凡庸之吏，哪里懂得爱惜人才？"

武帝笑道："这便是了！你身为九卿，不经棘手事，又怎知分辨良吏庸吏？"

张汤虽是自负，此时也不敢强辩，只能唯唯退下。

回到官署中，张汤即招来倪宽，温言安抚道："倪君来我署中，实是委屈得久了，本官有疏忽，定要改过。今后，你便任署中奏谳吏，专为我写奏书，莫再埋没了。"

倪宽也不计较过往，自那以后，只顾埋头从公。他笔下所出判词，引经据典，要言不烦，任是谁人看了，都不由赞叹。

张汤见了，也忍不住夸道："我往日，只道迂夫子只能做空文章，务不得实。今日方知，文人之中，也有了得的！"

从此，张汤对文人礼敬有加。广招宾客，供给饮食，一面暗中观察，亲朋及贫家子弟中，凡有一技之长者，立即推荐。又不避寒暑，频频造访公卿，为贫寒子弟求门路。如此一来，他虽有残苛之名在外，其礼贤之名，也随之远播，令京中士人既爱且恨。

张汤蒙宠甚隆，也知圣上为何器重自己，便放手做去，频更法令，将原先那宽容之法尽都改得严苛。满朝文武知他所以敢如此，只因背后有个圣上，便都不敢作声。

唯有汲黯一人，看不过眼去。一日入朝，在殿前见了张汤，便注目直视，唤出声来："张公，张廷尉！"

张汤虽然狂傲，也知汲黯为武帝旧属，性又耿直，遂不敢怠慢，躬身应道："不敢当，下臣愿听指教。"

汲黯便趁势逼问："公如今位列九卿，已不是长安吏了，你是如何做的？"

"下臣在职，无一日不诚惶诚恐。"

"你便去哄鬼！身为正卿，你上不能扬先帝功业，下不能遏天下邪心，徒然将高帝所定律法轻易变更，究竟是何意？"

张汤不知汲黯气从何来，只得忍了，拱手赔笑道："主爵都尉是长者，说得无不对，在下听着就是。"

"上天造出生民，便是要教他们活，你可放手令他们去活。草野小民，无非是谋个饭食，随他去就好。一个廷尉府，只管捉你的盗贼，便是尽职，为何要今日一法、明日一令，处处设障？直不许小民行路吃饭了！民不吃饭，你俸禄从何来？府库钱粮，又从何处搜刮？莫非想教天子治个空空的天下？"

"汲公，你不在廷尉职上，实不知我难处。我看市井之民，貌似弱兔，内心实为凶豺。若不设障，他便化身为贼，纵容日久，必出陈胜之辈。"

"笑谈！以老臣看，你这等酷吏，再有一二个，汉家倒要成了暴秦。苛政峻法，是想逼出遍地陈胜来吗？"

张汤闻言，脸色一变，深深鞠躬道："足下与我，皆为公卿，言语当谨慎。"

汲黯遂怒道："官逼民反，罪莫大焉，我还当你是不明白此理！"言毕，便拂袖而去。

次日，逢到九卿会议政务，丞相公孙弘先寒暄了几句，张汤便接过话头，力主严刑峻法。不独要使草民知敬畏，便是对官吏也须严劾，吹毛求疵，务必令他们战战兢兢。

张汤只顾振振有词，汲黯却听不下去，起身向公孙弘一揖，便怒视张汤道："世人皆曰：刀笔吏不可做公卿！臣初闻此言，以为是苛求；今日闻张公高论，方知是至理。"

公孙弘见话头不对，连忙打圆场道："汲公，圣上赞你为'社稷之臣'，当有大度，不妨听张公说完。"

汲黯回首怒道："放任他说完，天下臣民便万难有活路，必是人人重足而立，侧目而视，举手投足皆触法，这如何能是盛世？如此倒行逆施，我汉家先帝，又何必几十年休养生息？"

公孙弘连忙赔笑道："汲公言重了！社稷之法，是为安社稷。张公本意，也是为天下生民计。"

"哼！生民何辜，遇到此等虎狼廷尉？酷如商鞅，苛如李斯，只欠开墓迎来始皇帝了。堂堂汉家，本是以宽民治天下，如何用了一个张汤，便欲使长安翻作咸阳？"

众人闻听这番激愤语，都瞠目不知所对。公孙弘瞥了张汤一眼，也是一脸无奈。

汲黯见此，向诸臣略一施礼，说了一句："诸公能忍得，在下却是忍不得，恕我告辞！"说罢，便大踏步下堂去了。

未过几日，汲黯入朝求见。其时，武帝正在东书房看书，闻左依倚来报，一摸头顶，慌忙道："如何又没戴冠？你去阻住汲黯，请他稍候，容我正好衣冠。"

左依倚便笑："陛下，怕是来不及了，汲黯都尉此刻已在房门外。"

"这如何是好？且将遮阳的帘幕放下，挡他一挡，朕于帘后见他。"

"小的不懂，便是丞相来，陛下也有不冠时；都尉远不及丞相之尊，为何陛下反而回避？"

"你就是不懂，照做便是。"

左依倚连忙出去，搀扶了汲黯，强忍住笑道："先生莫怪，圣上今日繁忙，未及戴冠，只能垂帘听你说话。"

汲黯微微一怔，连忙道："圣上有心了。"

左依倚便小声问道："圣上像是很怕你？"

汲黯瞥一眼左依倚道："今上为太子时，老臣是太子洗马，曾教授他文理。"

左依倚才恍然大悟："哦！怪不得。"

进门之后，汲黯恭敬立定，朝帘幕拜了一拜："谢陛下！其实垂帘大可不必，凡事都可从权。"

武帝在帘后道："汲公请坐。公素好黄老，不拘礼节；朕却是崇儒的，岂可在尊师面前不戴冠？"

汲黯缓缓落了座，又朝帘幕道："陛下重儒学，就应以文胜武。臣以为，大可不必屡伐匈奴。前代既和亲，汉匈相安已有四代，我辈也不妨就和亲。北边安宁不久，百姓尚疲敝，多事不如少事的好。"

武帝笑道："想汲公以往，在东海做得好太守，百事不问，境内却晏然。然国事不比郡事，你若无为，敌便来犯，朕也是年年担忧得够了。"

"老臣只觉得，筑起那朔方城，是在邻家门前舞剑，人家焉得不恼？"

"我已嘱苏建，不舞剑就是。哦，汲公今日求见，怕不是为谏言息战而来？"

"正是。臣有一事不明，欲请陛下点拨。"

"请讲。"

"我初为主爵都尉时，公孙弘仅是闲居，张汤也不过长安一小吏。此二人，一个阿主取容，一个深文周纳，皆为虚浮之徒，而今反居堂堂要职。臣只想问陛下：陛下用群臣，何以似积薪，后来者居上？"

武帝闻言，脸色骤变，旋即勉强稳住，只不作答。

左依倚闻帘幕后久久无声，忍不住脱口道："陛下莫不是睡了？"

武帝叱道："乱说。青天白日，朕哪里就睡了？"

左依倚连忙道："都尉方才问：公孙丞相、张廷尉，都出身低微，为何能后来居上？"

武帝便笑答："汲公也可以居上，请稍待时日。"

汲黯见武帝一味敷衍，便觉无趣，拱拱手道："老臣无为，早没了竞逐之心，今日一问，只为讨个公道。"

"汲公，料你也知，天下之大，诸事纷纭，欲使处处都公道，实属不能。公之大德，朝野皆有口碑，所谓社稷之臣，也非我一人称誉。想来，也还算是有公道的吧？"

见武帝不肯纳谏，汲黯只得叹一口气："然天下之大，非正道者，亦多矣。"言毕，怏怏告退而下。

见汲黯走远，武帝这才撩开帘幕，走了出来，对左依倚道：

"人果然不可无学识，无学识，便是愚直。闻汲黯今日之言，竟是愚得更甚了呢！"

左依倚未答话，只默默伺候武帝，一番擦汗驱热后，才开口道："小的随侍以来，公卿见过数十人，如汲黯都尉这般倨傲的，也就一个。"

"你说得对。汲黯此翁，学黄老，学得痴迷了。傲慢少礼，最喜面折他人，从不留情面。以往田蚡丞相在时，朕尚且畏惧三分，他也敢不拜田蚡。如此做人臣，如何能做得安稳？"

"不知为何，小的倒是爱听他骂，每每骂人，都是入骨入髓。"

"唉！脾气耿直，倒不是错。然不能容人之过，合己者善待之，不合己者不能忍见，这哪里能行？"

"都尉这牛脾气，也有合己者吗？"

武帝想想便笑了："有啊。他仰慕袁盎，交结灌夫。"

左依倚听了一笑："怪不得。"

如此未过数日，武帝听闻汲黯抱病从公，难以支撑，便召来公孙弘道："汲黯为我太子时旧属，人虽有过，实不忍心见他病重，可准他告假休养。"

汲黯告假之后，左依倚见武帝渐有释然之色，不禁打趣道："小的随侍驾前，难得见陛下有今日这般喜色。"

"你倒是眼尖！朕也知忠言逆耳，然天天闻逆耳之言，也是不快。"

"陛下，无论天子百姓，开心便好。日前弱水国①有使臣来，进了异香，小的这便点起来，请陛下开心。"

"那弱水国使臣，怕也是大言，他那个地方怎能有异香？"

左依倚将博山炉点好，回禀道："弱水异香，可以驱疫。近来长安有时疫，瘟倒了不少百姓，宫中涓人也有不能免的。若再倒下一两个涓人，宦者令就不准小的来伺候了。"

武帝闻之，面露惊异："时疫厉害到这般地步了吗？"

"当然。公孙丞相与郎中令李广将军议过，怕惊动圣驾，知会了众人不得妄奏。"

"这是要害死朕！"

"也不是。弱水国使臣连夜叩丞相之门，称异香可治疫，有奇效。长安勋戚富户，现已争相购买，点燃熏一熏，时疫果然便消退。宫中人闻知，早已是各殿都点起异香来了。"

武帝便大笑："难怪几日来异香扑鼻！我这做天子的，只被大臣们蒙在鼓里。"

隔日，武帝召见公孙弘，议起汲黯之事，甚是感慨："登极以来，掣肘人物，未有过于此翁者！今日一谏，明日一驳，只当朕是小儿。"

公孙弘斟酌片刻，回道："汲黯终究是圣上旧属，倚老卖老，也在情理之中。"

武帝拿起唾壶来，唾了一口，忽就发怒道："老儿！不如寻个过错诛了，方得清净。"

---

① 弱水国，汉代典籍中的国名，或为今澜沧江畔的藏区。

"臣以为不妥。 陛下曾誉汲黯为'社稷之臣'，与古人相近；骤然诛他，只恐对朝议不好交代。"

武帝想想也是无法，只能重重叹一口气。

公孙弘便建言道："臣看右内史所辖界中，多贵戚宗室，一向难治，非重臣不能胜任。 不如就徙汲黯为右内史，看他如何料理那班人。"

武帝倒吸了一口冷气："好倒是好，然汲黯多病，若为右内史，可还能活得几日？"

公孙弘眨了眨眼，拱手回道："臣驽钝，也只能有此一计。"

武帝这才大悟，连连拊掌道："老儒，老儒！ 先生到底是老辣。"

未及数日，武帝果然便有诏下，调汲黯为右内史。 众臣闻听诏令，也都知是汲黯屡触逆鳞所致，这个调任，是欲置他于死地。 以往汲黯府上，时常宾客盈门，多有来相求者；改任之后，一时竟门可罗雀。

岂料汲黯到任后，一做就是数年，所有政事，从未荒废，京畿一派晏然。 武帝得知，也在心里称奇，好在汲黯不在身边，耳根清净，也就随他去了不提。

汲黯虽离要枢，他所预言北边事，却屡屡应验。 自从筑起朔方城，匈奴如芒在背，右贤王所部，连年袭扰，轮番侵掠代郡、定襄（今山西省定襄县）、上郡，志在夺回河南地。 边警一年数惊，朔方吏民被匈奴杀掠甚众。

至元朔五年春，武帝终不能忍右贤王猖獗，特遣车骑将军卫青，率六将军出高阙塞，决意痛击匈奴。

此次出兵，武帝发狠投下血本。除卫青亲率本部骑士三万之外，另还有苏建为游击将军、李沮为强弩将军、公孙贺为骑将军、李蔡为轻车将军，各率一部，俱归卫青节制。

东面还有一路，则由李息、张次公为将军，出右北平以为应援。

誓师之日，武帝唤卫青至近前，执手嘱道："将军之任，非比从前了，国事便是你家事。"

卫青听得懂此话分量，慨然道："非陛下错爱，小臣不过就是一罪囚。今日报恩，直捣右贤王大营，非臣莫属。"

誓师既罢，各部人马，聚起有十万余众，分队先后北上。朔方郡内，顿时处处旌旗蔽日，金戈耀目。

自朔方筑城之始，边民就提心吊胆，一日也不得安生。今见朝廷大军开来，浩荡不见首尾，众百姓皆喜极而泣，焚香以迎。

汉家大军云集朔方郡，匈奴斥候也早已探知，飞马报与右贤王。

此时右贤王掠汉境不久，得了些人财，退回塞外，已扎营草原中。得了探报，思忖远离汉境已有七百里，谅卫青也不敢贸然深入，便未在意。只令哨探不得怠慢，有何动静，速来报就是。

右贤王此次出动，营中携了爱妾，荒原草莽，无以为乐，便夜夜拥了美姬，在帐中豪饮。见主帅如此，一众胡骑便更无担忧，各自寻乐，几如郊游。

岂料卫青一到高阙塞，便召集麾下诸将，登上城头，手指阴山道："匈奴猖獗，有百年之久，致我汉家如梦魇压身，难得安稳。圣上看重我辈，七将同出，我辈便不可怠惰。我军北行至此，虽是疲累，却不可迟疑。我意趁右贤王不备，今夜即拔营北上，务要击破这个贼王。"

诸将多是立功心切，对此全无异议。唯公孙贺略有疑惑："右贤王入汉境掳掠不久，或提防我报复，岂能无备？"

苏建昔日曾在朔方驻守，深谙胡俗，此时便道："胡骑之长，在于疾行。他退回塞外，离我已有六七百里，便以为可保无事。我军若突袭，必有所获。"

卫青遂道："好！古来征战，将帅不可无谋。若无谋，累煞军士也是无用。今我辈既有谋断，诸君便自去布置，明日决胜，就在于神速。"

当夜高阙塞下，只闻一声笛哨破空而起，即有汉马军数万，掩旗衔枚，鱼贯而出，翻过阴山口，直冲入茫茫草海中去了。

数日间，汉军昼夜驰骋，唯恐迟缓，每夜只小憩一二时辰。如此疾行三日后，前有探马来报，说有两万匈奴部众在前，营帐散乱男女皆有，外围更有牲畜数十万，铺天盖地。

卫青拍掌大喜道："这便是右贤王部了，敢如此坐大！"便回首吩咐诸将道："你等率队隐伏，不得惊动匈奴人，待入夜，闻胡笳三声而动。"

那右贤王梦中亦难想到，汉军已近在咫尺，反倒觉长夜难熬，照例又左拥右抱，豪饮起来。汉军伏在草丛中，听得胡营中隐隐有嬉闹声，都忍不住掩口暗笑。

至夜半，匈奴营中篝火渐熄，声息消隐，眼见得人都睡下了。一片唧唧虫声中，忽地就响起了胡笳声，一连三声，诡异万分。

有那放哨的三五胡骑，闻声都一脸懵懂，不知是何人在吹角，又不知发的是甚么号令。正在惶惑间，忽见四周草丛中，跃起不知多少个黑影，喊杀声随之爆出。这才猛醒，原来是汉军已潜近，早把营地围了个水泄不通。

有近侍见势头不对，奔入帐中，急报与右贤王。 右贤王此时酒也吓醒，一骨碌爬起，急令各部奋力突围。

那匈奴部众，素来携家小而行，男女混居，猛然间哪里摸得到兵器，都裸了身子奔出，各自逃命。 右贤王有精锐胡骑数千，为中军拱卫，夜夜裹甲而睡，此时也惊起，慌忙杀了出去。

右贤王闻听营前喊杀声急，忙唤了数百名亲兵，拽起姬妾，跃马从营后遁逃。

此时汉军从营前踏入，趁着微月朦胧，只朝那未穿衣服的白条猛砍。 营后为匈奴辎重，仅有公孙贺带了数千汉军隐伏，以备堵截。

正埋伏间，营后有几个男女仓皇奔出，校尉郭成见了，请命截击。 公孙贺道："几个眷属，不足为虑，你领百骑去追。 我在此，待他大队精锐冲出，再行截杀。"

待右贤王一行跑远，数千精锐胡骑仍在拼死抵挡，发觉主帅已遁，顿时便无心厮杀，都勒转马头，往营后奔逃。

公孙贺这才急令所部跃起，奋力截杀。 夜色中，唯闻两军兵戈交错，杀声不断。 混战了半夜，至黎明方才看清楚，此一战，汉军斩杀无算，另又俘获匈奴一万五千余人，内中还有小王十余人。

卫青查问右贤王踪迹，方知甫一接战，右贤王便先行遁逃，早已不知所终。 校尉郭成率兵追至天明，只是追之不及。 公孙贺闻知，跌足叹道："这匈奴，真是一代不如一代！ 做王的岂能先走？"

卫青看看所俘匈奴部众，多半来不及穿衣，几近半裸，不由想起幼时情形，心肠一软，吩咐诸将道："到底是春寒，令他们穿好衣裳，也是不妨。彼辈既知我汉军天威，亦须令他知我不杀之恩。"

此番塞北大捷，消息传入塞内，边地吏民拍掌相贺。捷报传入长安之日，武帝也喜出望外，急命吾丘寿王为使臣，携新颁印绶，赴塞上慰劳卫青。

吾丘寿王携旨赴军前，宣读了封赏：擢升卫青为大将军，加封食邑八千七百户。卫青有三子，最小的尚在襁褓，皆封为列侯。

众将闻诏，都一片欢呼。唯有卫青心神不宁，连忙上表，托吾丘寿王带回，力辞幼子封侯。只说是大捷乃陛下神灵、将校有功，小儿怎敢受封。

几日后，武帝在长安接了卫青辞表，一笑置之："朕何尝忘了诸将校？"便又下诏，封公孙贺、李蔡为侯。其余裨将公孙敖、韩说等六七人，因有擒小王之功，也一并封侯，各有印绶。

待卫青还军朔方塞上，安顿好俘虏，大军才浩荡还朝。那十数名匈奴小王，也一同解回，至长乐宫受降。

还朝这一日，满朝文武，列队于端门前，向卫青伏地拜谒。拜毕，卫青偕同六将，骑马入端门，众臣簇拥其后，缓缓步入，风光不可一世。

武帝盛装冕服，在殿上亲候，见到卫青上殿，忙起座相迎。即命谒者端上托盘，赐酒三杯，看卫青当场饮下，是为洗尘，又亲执其手，赐座慰谕。未央前殿上下，顿起一片"万岁"之声。

却说卫青得圣上专宠，竟然惊动了一位故人，即是他的旧主——平阳公主。

平阳公主是武帝二姐，曾为平阳侯曹寿之妻。虽是金枝玉叶，命却不太好，曹寿中年病殁，改嫁夏侯颇。前夫曹寿，是曹参曾孙；后嫁的夏侯颇，是夏侯婴曾孙，皆为元勋后裔。可惜夏侯颇也是个短命郎，婚后不久，便因触法畏罪自杀。

一连死了两位侯门之夫，平阳公主不过才年近四十，寡居在家，一时倒不好再找夫家了。

这日在闺中坐得寂寞，竟又起了再醮之心，便随口对家仆道："如此老去，太无趣。不知朝中百官，还有何人可嫁？"

未料，左右家仆竟异口同声道："卫大将军！"

此时卫青的大名，传至远乡僻壤。家仆们如此推崇，倒也不怪。

平阳公主听了，不由脸就一红，拂袖道："不妥不妥！卫大将军虽属人杰，然他在我家，不过就是一骑奴，鞍前马后随我出入，尊卑早已定下，我怎可下嫁给亲随？"

众家仆便都笑起来："公主错了！昨日之事，哪个还能记得？如今卫大将军，还了得吗！其姊做了皇后，连幼子也要封侯，一门显贵，当世无双，分明就是头牌国戚。四海之内，除了圣上，可还有哪个男子如他？"

平阳公主听了，心中便一动，嘴上却还在嗫嚅："这个这个……叫他夫君，也呼不出口呀！"

家仆便劝道："公主显贵，丈夫亦须伟岸。卫大将军正值壮年，仪表堂堂，如何就配不上公主？便是两个平阳侯，怕也不及他呢。"

平阳公主掩不住害羞，却佯怒道："下人就是嘴巧，是怕我嫁不出去吗？"

当下就在暗中思忖：卫青确是不二之选，然央求何人为媒，此事方得如愿？ 想来想去，只想到了卫皇后。 卫青的三姐卫子夫，能有做皇后的命，还不是自己一手促成？ 送卫子夫进宫的那日，曾与之相约"富贵勿相忘"，今日若去求卫皇后做媒，断无不允之理。

平阳公主打定主意，想着夫丧、母丧皆已满一年，不怕他人议论，便浓妆艳抹、华服着身，前去谒见卫皇后。

卫皇后此时虽享有母仪天下之尊，见到旧主来，仍是忙不迭地屈尊相迎。

平阳公主有自知之明，不敢露出一丝骄横来，恭恭敬敬拜过卫皇后，只作姊妹般，一番笑语寒暄。

卫皇后起初并未留意，与平阳公主叙了些旧。 平阳公主便故意谈起丧夫之事，双泪直流，大叹命苦。

卫皇后连忙劝慰道："哪里话！ 长公主你若命苦，天下就再无命好的女子了。"

平阳公主窥个空子，猛地就说："皇后……唉，我还是愿唤你子夫。 想当日，送你出侯邸，竟像是昨日一般。"

卫皇后连忙起身，施了个礼，谢道："阿姊，不消你说，阿娣我也是一样，不曾有一日能忘。"

"你这一走，可是嫁得好夫君！"

"正是呢，我昨日还在想，如何就与阿姊做了一家人？"

"哪里！ 皇后，你一家人，其乐融融，阿姊比不了。"

卫皇后闻听此言，不由得一惊，抬眼看了看平阳公主的妆容，忽就醒悟了："阿姊，你这是……哦，妾身明白了。 我虽愚钝，近日也想到过几回，只不知阿姊看那百僚中，可有一二人能入得眼的？"

平阳公主见话已说破，便点了点头，答道："自然是有。"

卫皇后遂掩口笑道："哦？ 是哪一位？"

"便是皇后之弟。"

"卫青？"

平阳公主索性把心一横，不顾脸面，伏地拜道："正是。 此事若无皇后成全，妾身便是痴想。"

卫皇后先是惊愕，随即大喜，连忙扶起公主道："阿姊如何不早说！"

"我怎知卫青心思？"

"阿姊，我多年心中有愧，只不知如何报你大恩。 这番好事，我不做谁还能做？ 卫青有何意，你不必担心，圣上那里才是要紧，我自然会去说。"

接着数日，卫皇后向武帝进了言，又召见卫青，将事情说明。武帝思前想后，觉这二人联姻，亲上加亲倒是甚好，便也劝卫青应下。

如此，你来我往数次，各方将此事说妥。 到最后，武帝抚额想想，对卫皇后道："卫青位居大将军，天下人不敢小觑；然平阳公主家中旧事，或仍有人议论。 朕还是颁个诏，堂而皇之，令那些好事者无话可说。"

随即，便颁下诏旨：恩准大将军卫青，得尚平阳公主，以示荣宠。

满朝文武闻诏，又是一番轰动。 民间百姓，羡慕卫子夫一步登天，都恨不能一家生有十女八女。

此后便是纳彩、问聘等礼仪，将那繁文缛节种种，都操办一遍，自是极尽风光，闹得像过年一般。

自此，卫青权势如日中天。诸臣无论在何处，见了卫青，都一概下拜，前后逢迎。

唯有汲黯一人，仍是抗礼如故，见了卫青，也只一揖了事。公孙弘见汲黯执拗如故，忍了又忍，终看不过眼去，劝道："汲公高洁，世人尽知之，又何必作态？今上恩宠大将军，欲使群臣皆服于下，天日昭然的事，公如何不见？众人皆跪拜，何以独你作揖了事？"

汲黯横瞥公孙弘一眼，回驳道："我何尝不知，丞相所言所行，处处都是作态？奈何下臣无学，连圣上也知，偏就不善作态。臣只是不明：大将军功高，众人皆拜，若我一人不拜，他功便不高了吗？"

公孙弘讨个没趣，只好拱手笑笑，自嘲道："公请自便。老朽是学《公羊传》学愚了，不知多嘴无益。"

卫青待同僚一向宽和，并不以汲黯不拜为忤。见汲黯不逢迎，心中反倒更加敬佩，逢有大事不决，必登门求教，敬汲黯远过其余诸臣。

话说汉军凯旋不及半年，至秋季，那伊稚斜咽不下战败之辱，竟又发兵万骑，攻入代郡。代郡都尉朱央，出城迎敌，因寡不敌众被杀，吏民亦被掳走千余人。

卫青得知，心下大怒，装束好一身铠甲，入朝去向武帝请战。

武帝却摆摆手道："将军莫急。伊稚斜新登大位，不免气浮，你掳了他一万五千人，折损他脸面，他自是要报复。你若急着反手，则连环相继，一时不可了。那一千余吏民，可任由他掳去，他脸面上既挽回，这一冬便不致再来。待到明春，雪融之后利于战，我再发大军击之。"

卫青愤愤道："贼儿偷了又来偷，便是未打痛他。"

"正是。那右贤王未被擒住，伊稚斜便不觉痛。今冬养肥马匹，军士也休息好，明春再痛打他也不迟。"

果然，至元朔六年（前123年）春，塞上雪融后，武帝便又令卫青进袭匈奴。命他率公孙敖、公孙贺、赵信、苏建、李广、李沮等六将，统兵十万，号为"六师"，从定襄出塞北上。

出征之前，有卫青之甥霍去病，入朝去恳求武帝，意欲随军出征。

霍去病是卫青二姐之子，自幼便习武，精通骑射。此时年方十八，得卫子夫裙带之便，已然官拜侍中①。

武帝见他勇气可嘉，便允了，下诏给卫青，收霍去病在帐下，为嫖姚校尉，辖八百名"勇骑"。

此次出征，大军涉过滹沱河，出定襄还不足百里，就撞见胡骑约有万人，正在四野游动，伺机犯境。

卫青得了探报，揣度片刻，认定仍是右贤王所部，便冷笑一声："败军之将，今日还逃得掉吗?"随即下令出击。

十万汉军本就气盛，此时见胡骑人少，也顾不得队列了，个个争先，纵马飞驰。

那右贤王所部，去年惨遭劫营，闻听汉军杀声便已胆怯，未及接战，纷纷拨马回窜。霍去病大喝一声，一马当先，率八百勇士直冲敌阵腹心。

———————

① 侍中,官职名,为正规官职外的加官之一,可入宫禁内受事。

见胡骑队列中，人人头插白翎，霍去病心中就厌，命通译官大呼道："戴帽者死，除帽者生！"

胡骑兵卒听到，一时便纷纷摘帽，弃之于地，遍野便是一片光光头颅。人虽摘了帽，却不肯下马投降，只顾催马奔逃。

霍去病笑指胡骑道："此乃满地滚瓜乎！"便又命通译大呼"骑马者死，下马者生！"

呼声方落，便有不少胡骑下马求降，余者仍死命奔逃。汉军所到之处，如风卷残云，一阵厮杀下来，检点斩首，竟有数千级之多。

霍去病勒马大笑道："甚么匈奴？瓜棚耳，不堪一击！"

卫青见斩获颇多，胡骑大队已逃散，便下令收兵，率大军返回定襄，休养待战。

如此休养一月之后，定襄城下，又有鼓角声起。汉军六师再次出击，如六道火流蹿出，一齐向草原燎去。一路上，遇敌则杀，遇垒则拔，皆是所向披靡。

大军杀出百里之远，扎营过夜。卫青趁空唤来霍去病，问计道："明日如何战，甥儿可曾想过？"

霍去病答道："阿舅，杀到此时，还使甚么计？明日接着砍瓜便是！"

卫青略有担忧道："我军已入匈奴纵深，胡骑在前路，不要有埋伏才好。"

霍去病道："绝无此虞！胡骑今日败走，若只为诱我上钩，则他诱饵失得太多，故而定是真败，已无计可施。以甥儿之见，胡骑多年偷袭得手，骄横惯了，未防我有十万大军急出，故而惨败。我军休整既罢，阿舅可命六将分进，寻到右贤王，再作围攻。"

卫青沉吟片刻道："也好。塞外平阔，无险阻，非兵法所言'伏奸之所处'，可放胆而进。今右贤王部一触即溃，显见得兵少且弱。明早，可分六路而出，依照定计，只管北上。"

北地春迟，到此时，塞外方有新草泛绿。次日晨，各军出营，列好队伍。卫青驻马看去，但见六师旌旗飘飘，壮观如六龙欲飞。一众汉军骑士，兜鍪上均有红缨一簇，望之如花满草野。此番景象，正合人意，心中便觉踏实许多。

卫青遂与诸将约好，令各人率精骑千余，前行两百里既罢，无论遇敌与否，一日之后回师，再行定夺。

军令传下后，有前将军赵信，原为匈奴小王，降汉后封侯，此时便倚仗路熟，轻兵疾进，冲到了前头。

右将军苏建见赵信如此，也有心抢功，急令所部跟进，遂将两军并作一处，共有三千余骑，率先向草海深处杀去。

卫青在大帐等候捷音，等到第三日，便陆续有四将返归，斩获颇多。营前首级，渐渐已堆成小山数座。

眼见连战皆捷，汉营内，便整日有笙歌嬉笑不绝，将士俱有欢颜。然候至日落，仍不见赵信、苏建所部归来，另有霍去病及八百壮士亦无音讯。

卫青耳闻欢笑声，心中只是不宁，隐约有不祥之感，立遣公孙敖率部两千骑，连夜北上接应。入夜后，公孙贺、李广等将聚饮，持酒来劝卫青，卫青只是摆手："两将未归，不知吉凶，我哪里有心饮酒？"

李广则笑道："两将皆为匈奴通，绝无陷没之虞，将军先饮了再说。"

卫青勉强饮了两杯，便劝退诸将，独坐于大帐之中，秉烛夜读兵书，等候消息。

如此又等了一夜一日，仍不见两将归来。卫青数度出帐，手搭凉棚远望，渐渐就惶惑起来。诸将见此，也知事情不妙，都来大帐默坐，陪卫青一道等候。

沉默良久，公孙贺耐不住，欲说笑话解闷。卫青抬手制止，叹气道："诸君看日影，若日落时，两将仍未归，或是战殁了也未可知。去传令众儿郎，不得再哗笑了。"

一番话，说得诸将丧气，都走出帐外，直直盯着日影不动。

帐内漏壶一刻刻漏下，那滴水之声，听来竟如雷鸣。卫青只是端坐不动，手捧《太公兵法》细读，目不转睛。

诸将在帐外，眼见得红日落入草莽，正忐忑间，营前士卒忽地骚动起来，纷纷呼道："苏将军归来了！"

卫青闻声，抛了兵书，疾步跨出大帐来看。只见辕门外，公孙敖所部人马归来，有一骑违例未下马，疾驰入门，至帐前，才一骨碌滚下马来。

原是右将军苏建奔入，只见他战袍撕裂，满身血污，伏地便涕泣道："大将军，下臣与赵信为前锋，深入敌境，不意骤遇单于大军数万，将我两军团团围住。下臣奋力杀敌，各有死伤，力战一日有余，方勉强突围出来。回头再寻赵信，已无踪迹，原是他见突围无望，带了八九百人，降了匈奴，只得下臣一人逃归。"

卫青不禁大怒，戟指苏建，喝问道："三千人马何在？"

"三千人战死千余，叛去八九百，所余千骑，随下臣南走，又被胡骑追赶，一路死伤殆尽。幸得大将军遣公孙敖接应，下臣才保得一命。"

卫青听罢，仰天长叹一声，不再问了，摆摆手道："将军自去歇息吧，余事明日再说。”

待苏建退下，卫青便招来幕府文吏张闳、王安、周霸，问三人道：“苏建丧师而还，该当何罪？”

周霸进言道：“自大将军出征以来，未曾斩裨将一名。今苏建弃军而还，可斩，以显大将军之威。”

岂料这个“斩”字一出口，张闳、王安脸色就骤变。

张闳急谏道：“不可不可！今苏建以数千之卒，当单于大军数万，力战一日余，士卒皆不敢有二心，至全军尽没，仅他单骑而还。若将苏建斩了，则后来者难免心寒，今后哪个还敢力战而还？故不当斩！”

卫青低头想想，叹了口气：“如何他这一支，独独就遭逢单于大军？”

王安也劝谏道：“《尉缭子》有言：‘赏如日月，信如四时，令如斧钺，制如干将。’是说军中有令出，一丝也含混不得。大将军务请慎断，不要寒了将士之心。”

卫青这才抬起头道：“二位说得对。我以待罪囚徒而蒙圣恩，得号令三军，不患无威也，无须杀人而立威。周霸劝我立威，乃失了我本意，自是不可！大将军之职，固是可以斩将，然则，即便尊荣如此，亦不敢擅杀部将于境外。当还朝，请天子自裁之，以示人臣不敢专权。”

三位军吏闻此言，齐声称善，深为卫青所折服。

在帐中议罢，卫青便下令，将苏建押入槛车，先行解回长安，听候圣裁。

至此，全军已还，唯有霍去病及八百勇士不知去向。卫青饶是天性沉稳，也不由焦急起来，频频派出斥候寻觅。

又过了一日，正疑心甥儿定是战殁，忽闻帐外军士欢声四起："霍嫖姚归来了！"

卫青抢步出帐去看，见霍去病面颊有伤，血污战袍，手提着一个首级，大步走来。身后，有军卒押解着俘虏数人。

卫青大喜，扬臂呼道："甥儿，如何迟归？真急煞我也！"

霍去病举起血淋淋的首级，猛掷于地，向卫青禀道："大将军，末将多行了三百里，踏破虏营一座，故而迟归。"

"这首级是何人？"

"伊稚斜单于祖辈之人，藉若侯产是也。"

此时，身后士卒又推出三人，皆以绳索捆绑。霍去病手指三人，逐一报出："此乃单于叔父罗姑比，还有一个相国，一个当户①，皆为我生擒。另有首级二千余，部兵正在辕门外堆放。"

卫青一把拉住霍去病，大赞道："你这校尉，斩获已胜过了将军！且去换了衣袍，来我帐中详述。"

稍后，霍去病洗净了脸，换了洁净衣衫，来到大帐，向卫青禀道："甥儿领八百勇骑，北上二百里，一路不见胡骑。遂又昼夜兼程，再向北三百里，终觅得匈奴一营垒。我军掩杀过去，胡骑无备，当即四下溃散。甥儿手刃渠首一名，擒住头目两名。所部八百勇士，在胡营中往来突驰，着实砍了一回好瓜。"

卫青喜道："你这甥儿，初战即神勇若此，将来怕更要胜于阿舅。"便唤过左右，以大碗斟酒来，礼敬甥儿。

战事到此，卫青心知各部已人困马乏，不宜再战；且斩获已

---

① 当户，匈奴官职名。位在都尉之下，有大、小当户之分。

足，不若就此罢兵，遂下令还朝复命。

半月后，还朝之日，卫青、霍去病舅甥二人，一时风头无两。长安小民夹道争睹风采，满街都是"霍嫖姚"的欢呼声。

这日，武帝登殿召见归来诸将，先唤了霍去病出列，宣谕道："嫖姚校尉去病，斩获二千二十八级，擒相国、当户，斩单于祖辈之人，捕单于叔父，迭次立功，勇冠三军。汉家有此勇士，从此不惧匈奴，为示天下后人计，特封为冠军侯，食邑二千五百户。"

话音方落，殿上便是一片喝彩声，百官都争向霍去病恭贺。

武帝又道："另有校尉张骞，为大军向导，知水草丰茂处，使将卒无饥渴之忧。连带此前出使绝域之功，封为博望侯。"

殿上诸臣闻此，又是一片赞叹。

末后，武帝才望了望卫青，字斟句酌道："大将军今岁出征，丧师两军，逃亡一侯，虽斩首一万七千级，功亦不多，仅抵过而已。故不再加封，但赐千金而已。"

卫青早已料到有此处置，便也不觉尴尬，只是高声谢恩。

"至于败将苏建……"武帝环顾殿中，不见苏建，这才猛然想起，"哦，还在有司待罪。朕之意，苏建弃军之罪，虽可诛，然亦有可谅之情，故而不诛，赎为庶人，缴够赎金便可归家思过。"

丞相公孙弘见机，跨步出列道："陛下赏罚分明，如日月之光，众将必有感于心，誓死用命。臣以为，大将军此征，到底是入袭匈奴之境，踏破阴山，斩首万级，算是雪洗了平城之辱，为汉家七十年来所无。汉匈之势，从此易矣，臣等衷心为陛下贺！"

武帝望了望公孙弘，释颜一笑："丞相，卫青之功，朕并非不知。你既然如此说，朕也就不必再说了。"

公孙弘心领神会，深深一躬道："陛下圣明。只不知伊稚斜遭此大败，是否尚存报复之心？"

武帝便转头望望卫青，笑道："这个……大将军或是心中有数。此次北伐，料是打痛了他，数年之内，他必不敢倾国再来。"

果然，降将赵信投匈奴后，伊稚斜甚是器重，当即召见，封为"自次王"，赐给人畜，还将自家阿姊嫁给了赵信。

赵信受此荣宠，感激涕零，也知单于此举，是为笼络他献计谋汉。他原本就是匈奴人，于汉匈两边韬略，都了然于心，遂献计道："目下汉兵势强，不宜屡入汉境，徒遭折损。不如移大军往漠北绝地，勿近汉边塞，以诱汉军往来征伐。待他穿行大漠，人困马乏之际，方伺机取之，无有不胜之理。"

伊稚斜单于大喜道："到底是做过汉家侯的，一言即胜万言！我便移军漠北就是。"

匈奴依赵信之计，将王庭移至漠北后，边尘便不再起，千里不见一缕烽烟。汉家君臣，这才大大松了一口气。

公孙弘见外患绝迹，海内承平，便趁机进言："汉家立朝之初，秦乱方息，民间不禁弓弩，人人可得而持之。自高祖遭白登之围后，上思复仇，下便好习武，民间成风，弓弩更是须臾不可离身。"

武帝面露诧异："民间尚武，有何可惧？假使不尚武，不出三十年，男子尽成弱女子之辈，如何还能抗匈奴？"

"不然。陛下可知，遇有捕盗事发，十贼张弓，百吏便不敢趋前。贼既不能捕，逃脱者便甚众，这即是盗贼不止的根由。若禁百姓携弓弩，则盗贼亦无弓弩，只得用短兵。短兵相接者，人多者胜。以众多皂隶，捕区区盗贼，有何难哉？贼势日促，便不敢贸然触法，此即为止刑之道。"

武帝听罢，半信半疑，便将此议发下，交众臣议论。

光禄大夫吾丘寿王，闻之不以为然，率先上书曰："古人做兵器，是为防守，而不为止暴；可止暴者，礼也，故而圣王皆重教化。 小民自保，则须恃弓弩；若无弓弩，遇盗贼，又何以自保？"

武帝阅过吾丘奏书，颇为称意，赞道："此议，方为深明大义。"便将奏书交予公孙弘。

公孙弘看罢，将奏书交还，微微一笑，拱手答道："克己复礼，千古事也。 老臣克己功夫尚不够，惭愧！ 吾丘寿王之议，果然是所见不凡，臣不可及。"

武帝望望公孙弘，轻叹一声："丞相，你遇事唯知退让，如何便不争上一回？"

公孙弘答道："老臣不争，故而白首尚能效力；若争，或早已归家闲居了。"

武帝听了，忍不住笑："罢了，老臣心计，总是这般多！"便拿过笔来，准了吾丘寿王所议，诏令百姓仍可携弓弩，习武如常，定不教那匈奴猖獗。

四

淮南王宫
起异灾

北征罢兵后，时已入夏，未央宫内，凌沼池中，荷花盛放。武帝心情悠闲，或与卫皇后泛舟池上，或与词臣近侍把酒赏荷，好不快活。

这日天气好，武帝召公孙弘至池畔亭榭，问询钱粮事。武帝望池水粼粼，垂柳如丝，心情就大好，指凌沼道："这一池水，可解多少忧！宫内尚有空地，这池水，未免狭小，来日不妨拓开些，也好恣情泛舟。"

公孙弘望望池景，也颇觉惬意："未央宫内，唯是此地好！臣年前出使巴蜀，抚西南夷事，闻彼处之民皆曰：'滇国有大泽，号为滇池，方圆二百里，景色如仙境。泽畔有山，高矗入云，奇险不输于巴蜀之山。'臣思之，所谓昆仑瑶池，也不过如此。"

"哦？"提及西南夷，武帝便目光炯炯，兴致顿起，忙问道，"那泽畔，是何部落所在？"

"臣闻之，名为'昆明'。该部无论男女，皆编发文身，人随畜徙，居无常所，亦无君长。"

"倒是个逍遥国，甚好甚好！来日若开掘凌沼，索性就叫个'昆明池'。不妨就拨些钱粮，令少府动工，今生不得到瑶池，总还到得了昆明池。此举，也并非靡费，游玩之外，还可以训练水军。”

公孙弘闻言，面露踌躇之色，未予答话。

武帝便怪：“爱卿，如何面有难色？”

“回陛下，府库怕是拨不出此项钱粮了。”

“焉有此理？ 数年前，还说是府库满溢，谷粟陈陈相因，吃也吃不完，如何转眼就空了？”

“陛下，自元光二年马邑设伏起，连年征伐，军需浩繁。 想那人马一动，哪里不是用钱？ 至今年，已是府库空虚、寅吃卯粮了。 大司农①那里，叫苦已不止一日两日。”

武帝便倒吸一口凉气：“这如何是好？ 开边征伐，没有钱粮，怎得如愿？”

“唯有加赋。”

“加赋万万不可！ 暴敛，便是苛政，丞相莫要劝我做秦始皇。”

“老臣也是想了数月，发已全白，直是无计可施。 自古‘民惟邦本’，孔夫子尚不敢忘，为臣哪里还敢搜刮？”

武帝不由得起身，徘徊于亭中，愁眉不展：“难矣！ 所谓大鹏之志，未及展翼，便要先折翼了不成？”

公孙弘也起身侍立，少顷，忽然躬身道：“臣倒有一计。”

“你讲。”

“民有穷民、富民，若加赋，则穷民难耐，富民却是不怕。 秦王政四年，蝗虫蔽天，四方大疫，秦廷就曾卖爵，百姓只需纳粟千

---

① 大司农，官职名，掌国家财政。秦及汉初设治粟内使，汉景帝改为大农令，汉武帝又改为大司农。

石，便拜爵一级。 我朝惠帝时，也曾卖爵。 如今军需急用钱，也不妨令吏民买爵，名为武功，实为出钱。"

武帝摇头道："不妥不妥，天下可有几人愿买爵的？"

公孙弘诡谲一笑："陛下，庙堂之上，臣子所言都是冠冕堂皇，究其实，哪个不是为做官而来？ 里巷小民，愈是白衣，愈有官瘾。 试想，买爵可免徭役，也可免罪，谁人能不眼红？ 朝廷若卖爵，只怕要挤破司马门！"

武帝望望公孙弘，不禁大笑："先生自民间起，牧过猪，到底是见识不同！ 民间义利之辨，确与朝堂有别。 也罢，今日你我都得闲，便将此事议妥。"

当下，就唤了谒者，去召大司农郑当时，来此一起商议。

且说汉袭秦制，王爵之外，共有二十等爵。 从最小爵"公士"起，至最高的"通侯"，共有二十等。 每人每晋一等，是为一级。

君臣三人在池畔议来议去，算出吏民若买一级，约出钱两千，仅公士这一等，便可得十七万钱。

公士以上，每级还有递加。 粗粗算来，或能卖出十七万级，值三十余万金。 年年如此，还愁军需无钱可用吗？

君臣三人在池畔议罢，都觉心中大石落地。 却说那皇家亦如大户，有钱即是喜事，至于卖爵是否败坏世风，哪里还能顾得？

武帝笑对公孙弘道："朕贵为天子，闻府库钱少，亦是心虚。今日既生财有道，转瞬间就觉胆壮。 来日开掘昆明池，也有着落了。"

公孙弘道："人之常情，并无不同。 臣早年在海岛牧猪，也是见猪多即喜。"

武帝忽然想起一事，随口便提起："近来边事繁多，河南郡有小民，名唤卜式，勤于劳作，入山牧羊千余头，广有田宅。近日上书，愿出家产一半，助朝廷边事。"

公孙弘问道："他所为者何？"

"朕也是如是想，遣使去问他，是否愿为官。那卜式答说：'自小牧羊，不愿为官。'使者又问他：'莫非家有冤情乎？'那卜式又答：'臣生来与人无争，见同邑人家贫，愿予借贷；有不善者，则循循教诲。邑人皆与我善，我岂能有冤情？'"

"那就怪了！"

"使者也是奇怪，问他究竟有何事，那卜式说：'天子诛匈奴，贤者应死节，富户应输财，如此匈奴方可灭。'先生以为如何，可以收他捐助吗？"

公孙弘想了想，摇头道："不可，此非人之常情！变通之事，亦不可乱法，如此捐献，若都效仿起来，便无法可循。一人如此，看似无妨；然天下人见了，便易生不轨之心。陛下不要允他。"

武帝略微一怔，旋即颔首道："先生到底看得远。朕本想用他为官，如此便罢，不回复他就是！一个小民，还是本本分分牧羊的好。"

想想边患已消，内帑又足，诸事无可再虑，武帝便觉是上天照顾。这年入冬，正是"三年一郊"之时，便率了公卿近侍，亲往雍郊（今陕西省凤翔县境内）五畤，行祭五帝之礼。

出得长安，沿渭水西行，足有三百里远。沿途叶已红黄，千沟万壑如染了铁锈一般。武帝撩起车帘张望，看得兴起，索性下了车，与随行诸臣一道，也乘马而行。

过岐山之后，山势渐陡，土呈红色，越发似铁铸的一般。武帝扬起鞭，对诸侍臣道："如此河山，到今日，已似铁打成的，当是知我心愿。文士们到此，也当文思如涌才是。"

东方朔骑马随侍，手搭凉棚远望，故作庄严道："圣上文韬武略，已近三皇五帝，便是这无知无觉的山河，又敢不听话吗？"

武帝瞥一眼东方朔，微怒道："先生此话，是笑我还是赞我？还当朕只有十六岁年纪？"

东方朔连忙道："不敢！臣乃肺腑之语。"

武帝便嗤之以鼻："你那肺腑，路人也看得穿，无非是灌迷魂汤，然今日灌得甚拙，甚拙！"

随行诸臣听了，都一齐哄笑起来。

君臣说话之间，大队已入雍县境内，见田畴整齐、炊烟袅袅，武帝便道："这雍县，为右内史汲黯所辖地，几年不来，倒真是河清海晏。自汲黯赴任以来，朕无暇过问，想不到，此公治理近畿，竟是这般有条理。"

东方朔便道："汲公性直，如刺猬，不可近身，近身便被他所刺。臣等文士，则如狸猫，近身抚之，如丝如缎，故我等只配随侍圣上。"

武帝哂笑道："狸猫？抢食之际，也不温顺哩！"随后仰头想想，对身旁公孙弘道："确也是！自汲黯调任近畿，他觉自在，朕也自在得多了。"

愈近雍郊，山路愈陡，两旁丛林渐密，天际隐约有雷声。入冬闻雷，为稀见天象，众臣不知是祸是福，都有些不安。

大队卤簿缓缓前行之际，忽见前路上，有一白鹿模样的小兽，当路而立。众骑郎见此异兽，顿起警觉，随即一拥而上，将小兽擒住。

众臣上前围观，见是一独角白兽，颇不似寻常物。再看腹下，竟生有五蹄，众人皆不识是何物，便纷纷称奇。武帝也打马上前，骑郎遂将小兽抱起，呈给武帝看。

武帝打量了片刻，也不知是何物，忽然想起，便问众近侍道："可是麒麟？"

侍臣们这才恍然大悟，纷纷附和："是麒麟，是麒麟！"

武帝见东方朔未语，便望住东方朔，也默然不语。

东方朔见武帝神色，连忙下马，绕着小兽看了三圈，方答道："回陛下，是麒麟。"

武帝便觉奇怪："今日祭五帝，如何有白麒麟现世？"

"陛下发微探幽，正风俗，明礼教，都是有口皆碑的事。上天报享，故有神兽之赐。"

"唔！东方先生好学问，你如此说，朕便信。既然天降神兽，当送往五畤，好生供养起来。"

如此收了神兽，又前行数里，忽见路旁有一奇木，有无数枝丫伸出，而后绕回，缠住主干。

众臣围住这枝缠古木仰望，连声称奇。武帝打马至近前，望了望，心中也诧异，遂对东方朔道："朕从来只道：人君与人臣，命不同而已。唯董夫子以为'君权神授'。朕登极以来，百事不得顺遂，只不知何来的'神'，又何来的'授'？今日在半途，便数度见了神迹，莫非朕之行事，果有神助？"

东方朔答道："陛下勿疑。既有神在，所授之权，当不至滥施，必授予至尊。犹如雷殛，也是专拣高处的殛。今日祭五帝，想那五帝也高兴，焉有不降祥瑞之理？"

武帝笑道："你又咒我！朕至近年，方才不再受掣肘，哪里就高了，尚不至遭雷殛吧？"

听君臣二人斗嘴，众臣都哄笑，一路竟不觉旅途之疲。

至雍郊，武帝因获神兽，心情大好，祀礼时特命加一牛，以示虔敬。又颁诏，赐给诸侯王白金若干，以应祥瑞。

待雍郊祀毕，返回未央宫中，武帝仍念念不忘神迹，又召近臣问询道："朕祭五帝，途中连见两神迹，其中究竟有何深意？你等不必顾忌东方朔之说，为朕详解。"

此时有一给事中，名唤终军，朗声上奏道："有兽两角并一角，意为'同本'；有木众枝内附，是为'无外向'。皆为上天祥瑞，应了外夷服教化之象。陛下可无疑虑，只管垂袖而治就是。"

武帝闻之，不由大喜："果然果然，正是此理！"便掉头对枚皋等人道："你等词臣，当此际，不可无赋，便为朕作《白麟歌》好了。"

未及三日，词臣果有《白麟歌》一篇献上。武帝阅罢，大赞道："此等手笔，正应了我汉家气象，又是枚皋大作乎？"

枚皋恭谨答道："不敢。臣终究才薄，此乃众人集思而成。"

武帝拈须笑道："是了！人多拾柴，粟饭也是香嘛。"遂有赏赐发下不提。

此时太常为绳侯周平，闻听此事，连忙上奏，请应祥瑞而改元。

武帝便在东书房召见周平，问道："元朔年号，已有六年，入冬恰是改元之时。公之意，改甚么年号为好？"

周平答道："既获神兽，不妨改元为'元狩'，以应天地。"

武帝感慨道："年光易逝，登极竟已有十八年了。孔子曰：

'人能弘道，非道弘人。'朕弘扬礼教，十八年不敢懈怠，终致海内升平，四夷无事，上天也是看得到的。朕要改元，他便降了祥瑞下来。"

"正是。陛下明察，诸臣肯用命，天下事便无有不谐。"

"哦？你不说，朕倒还忘了。如今朝中，老臣渐已凋零，连这九卿要枢，也多为新晋之辈。新人学问甚大，然德亦甚薄。你任太常之前，已接连有两任徇私被免，你不要步后尘就好。"

周平闻言，当下面露惶悚，敛手唯唯而退。

当日，正逢左依倚当值。武帝目送周平退下，便笑对左依倚道："外间民家，只道皇帝家事，吃喝游玩而已。岂不知，坐了这大位，无一日晨不是于梦中惊醒。外事内事，总归是有事。好在天降白麟，今后事或可少些。"

左依倚正在整理案头，未及答话，拿起一卷奏书来，瞥了一眼，忽然就神色大变。

武帝看在眼中，心下奇怪，问道："所奏何事，莫不是边衅又起？"

左依倚只是不语，额头眼见有热汗冒出。

武帝更觉奇怪，便道："有何事？拿来我看。"

左依倚将奏书递上，武帝打开看，见是淮南王的一个庶孙，名唤刘建，遣好友庄芷上书，阴告淮南王刘安及太子刘迁，"日夜会集宾客，潜议谋逆"。

武帝略看了一眼，便将上书搁置，不以为意道："你慌的甚么？贵乡的这位王，善抚百姓，流誉天下，王后与太子却苛刻，不知得罪了多少人，十余年来，告他谋逆的，从未断绝过，朕只是不信。此次，既是淮南王之孙上书变告，或有实证，朕发下廷尉察问就是。"

左依倚神色恍惚，似未闻武帝言语，理好了文牍，方道："小的来自淮南，不便言淮南王事。向日在故里，曾略习《鸿烈》，内有一句说得好，即'天下神器不可为也，为者败之，执者失之'。陛下掌神器，乃天授，平地都可冒出一只白麟来，旁人怕是没有这福气。"

武帝笑笑："《鸿烈》中竟有此语？淮南王，真是拢得一批好门客。'执者失之'，说得好！朕可将此语当作案头之铭。"

左依倚也勉强一笑，似面露凄楚之色，接下来便无语。

当夜无事。待次日晨，忽有宦者令葛咸轲，神色张皇，闯入宣室殿报称："随侍宦者左依倚，昨夜下得班来，未归永巷。今晨遍查各殿，皆无踪迹。"

武帝浑身便是一震："左依倚不见了踪迹？"

葛咸轲道："回陛下，昔日宫中，也有小宦者莫名失踪，多为受责罚者一时气结，投水自尽的。然小官遍寻宫苑池沼，并不见影踪。"

"朕并未有所责罚呀，不会是翻墙逃了？"

"墙头也毫无痕迹。"

武帝便拈须沉吟："淮南王喜好神仙之术，这淮南国小童，居然也弄得神神鬼鬼！再仔细寻寻，总不至羽化登仙吧？"遂遣人去传令，命郎中令李广查遍宫苑，务要找出下落来。

至日暮，李广偕葛咸轲来报："禁苑之内，所有可匿身处，均已查遍，独不见小宦者踪迹。"

武帝便问："永巷住宿处，可曾查过？"

葛咸轲连忙呈上一卷书，回禀道："住处仅有青衣数件、《淮南鸿烈》一卷。另还有些许女子饰物，不知作何用……"

武帝略一恍惚，接过书来苦笑道："昨日才降白麟，今又有美少年飞仙。元狩开年，便是这等古怪吗？"

李广道："陛下，事发甚怪。臣亲率郎官，连各殿水井都查过。"

武帝一面翻书，一面说道："那倒也不必。只是事近神妖，我总是不信。"

李广、葛咸轲退下后，武帝翻阅那一卷《鸿烈》，见有一句被人密密圈点，即是"乐作而喜，曲终而悲。悲喜转而相生，精神乱营，不得须臾平"。看罢，不由就倒抽一口气："此语，是在说我吗？"

事情闹了两日，未有结果，也就无人再问了。

当此际，廷尉府受君命，发文至淮南相府，令其传讯王孙刘建，密查淮南王刘安父子谋逆事。淮南相尚未有回音，丞相公孙弘忽又报称，先朝审食其之孙审卿，密查淮南王刘安谋逆事，已有变告上书。

武帝也知，那吕太后宠臣审食其，在"诛吕"风波中，侥幸得活，却被淮南厉王刘长手刃毙命。审卿此时密告，乃是为祖父报仇。私怨归私怨，然所涉乃谋逆，便非同小可！

武帝忙问："丞相接审卿密告，是如何处置的？"

公孙弘答道："已发文至淮南有司，瞒住淮南王，密捕涉事人等，务必问出个究竟。"

"你我君相，迭有令下，淮南相府当不至玩忽。唔……风生于淮南之地，岂止起于青蘋之末，直是要撼我长安之树了！"

"陛下，臣于建元初年为博士，在朝中，便已风闻淮南王有不轨事。 所谓青蘋之末，恐非一二日之谋。"

武帝闻言，神色一变，立即吩咐道："公孙先生请速往兰台，将历年涉及淮南王奏章，尽行调来，朕将从头梳理。"

"陛下，张汤曾言：淮南王之女刘陵，有色貌，工辩才，常年居长安，以省亲为名，出入宫禁无人阻拦。 又散财施惠，结交公卿官吏，恐为淮南王所指使，以图不轨。"

"这个张汤，如何不早报！ 朕这个堂妹，幼年时还一道玩耍过，不意年长之后，竟利欲熏心至此。 你且知会宗正府，权且以品行不端之名，将其软禁，不许与外间交通。"

公孙弘领命退下后，武帝神思恍惚，只觉事有蹊跷。 忽而想起，便急召宦者令葛咸轲来，发问道："那小宦者左依倚，系何人选进宫来？"

葛咸轲知干系重大，惶然答道："小臣就任时，左依倚已在宫中，系前任宦者令所选。"

"前任何在？"

"免官居家后，不数日即病殁。"

"甚么？"武帝立时火起，脱口问道，"这小宦者，竟是个查无来历的吗？"

"臣略有所知。 他家中贫寒，无以谋生，系家人为他自宫，前来应选。 来时连个名字也无，这'依倚'之名，还是他入选当日自取的。"

"是由何处送来应选？"

"当年那一辈小童，皆由淮南王宫选送。"

"他住处内，如何还有女子饰物？"

"这个……小官实不知为何。"

"这就是了！"武帝拍案而起，"乱了乱了。这还得了！左右，立召东方朔来。"

未及一刻，东方朔闻召赶来，只见他衣冠颠倒，状甚狼狈。

武帝纵是在震怒之中，亦忍不住笑："日已近午，先生是大梦方醒吗？"

"惭愧！臣在家中，正与'小君'因琐事争吵。"

"你那浑家，也须好好管教。大丈夫，如何被女子折辱？"

"这个……凡大丈夫，都难免呢。"

武帝一时语塞，便笑骂道："又胡言！"而后，以手指蘸了笔洗中的清水，在案上写了两个字，问道："先生博古通今，你来看，这'依倚'二字，有何来历？朕素有所学，只觉得这两字眼熟，却记不得出处。"

东方朔看看案上字迹，抬头望住武帝，满脸都是疑惑："陛下是要问'依倚'二字的典故？"

"正是。莫非还有典故不成？"

"有。上古轩辕黄帝，命属官编《白泽图》，录有天下鬼怪神妖，计有万余种。所录厕之精，名就唤作'依倚'，喜着青衣，系女流之辈。"

"着青衣？依倚竟是个女流？……"武帝惊得双目圆睁，急切问道，"那民间所祭厕神，祭的不是紫姑吗？"

"回陛下，那是民间流俗，小民感念戚夫人殁于厕，附会而成。紫者，戚也，一音之转。然茅厕之神，自古以来，便是女精怪'依倚'。"

武帝闻此言，忽就瘫坐下来，以手抚额，良久不语。

东方朔见此，不知天子出了何事，欲调侃几句，又怕犯颜得罪，竟呆住在那里。

过了半晌，武帝方抬起头来，勉强一笑："先生好学问！今日无事了，可请退下。"

东方朔茫然不知所以，拱一拱手，连忙退下。

武帝便又招呼葛咸轲道："你近前来，朕有密语嘱你。"

葛咸轲连忙移膝向前，俯首恭听。

武帝压低嗓音道："左依倚，或为女流也未可知，是如何混进宫的，已不可查。今既失踪，除名就是，不得话与他人知。一旦外泄，朕便要你的头！"言毕，挥手急令葛咸轲退下。

见左右无人，武帝这才仰起头，长出一口气道："淮南王，你好生厉害！"

次日，御史台、廷尉府、中尉府等衙皆奉诏，各遣曹掾及游士，赴淮南查案。一时之间，各路人马如水底暗流，于无声中涌向寿春。

同日，兰台调卷已置于武帝案头，堆积如小山。就连淮南王昔日所未献的《鸿烈》外书三十三篇，也由廷尉府游士从民间搜得。

武帝翻览案头文牍，摆在上面的，是淮南王昔日所献的《颂德》《长安都国颂》，不由就叹："歌功颂德者，鲜有其诚！"便耐下性子，等候各路游士密报。

半月之后，各衙均有密报奏上。武帝看过奏报，又清理文牍，总算将淮南十四年来的异动，大致理清。

据各路密报，淮南王刘安早年入朝，时田蚡正得势，两人订有密约。田蚡曾密语刘安道："大王乃高祖亲孙，广行仁义，天下莫不闻。今上无太子，一旦晏驾，嗣位非大王莫属。"刘安利令智昏，为田蚡所惑，从此广结豪士，萌生叛意。

年前，夜中有彗星现，横贯天穹。门客向刘安进言，称："昔年吴楚军起时，亦现彗星，光芒不过数尺，即血流千里；今彗星贯天，当是天下将有兵戈大起，事必顺遂。"刘安深以为然，于是闭门打造兵器，积蓄钱财。又撒下无数钱财，贿赠各郡国奇才，专等起事。

另有前中大夫庄助，出使南越，归途中赴淮南传诏，在淮南王宫勾留几日，遂与刘安私下订交，以作内援。此系多年前之事，也一并挖出。

廷尉张汤特向武帝报称：淮南王谋逆，确非一二日之念，乃是多年谋虑，潜心已久。其女刘陵，入居长安多年，以财色利诱，广交宾朋，为其父打探消息，窥伺动静。

先有安平侯鄂千秋之孙，名唤鄂但，与刘陵年貌相当，竟被勾引，愿做犬马。又有岸头侯张次公，原为天下闻名的盗贼，后从军伐匈奴有功，壮年封侯，亦成刘陵腻友，通风报信，不遗余力。

刘陵但凡探得一星半点消息，便以密书传回淮南。多年来，刘安有此可靠耳目，朝中凡有大小事，无不了如指掌。

武帝阅卷至此，不由惊呼："张次公亦落水乎？只可惜了猛士！"遂想到地遁般不见踪影的左依倚，往日与之笑语状，又至眼前来，不觉冷汗直冒。

淮南王用间，竟然已用到了皇帝贴身处，以一小女子乔装刺探，且以厕神之名羞辱，如何可忍！

然又想到左依倚委婉心细，善解人意，于案头文牍诸事，料理得当，可倚为左右手，日夕不能离，确乎唯有女子方能做到，便又一叹，心中爱恨虬结，无可解脱。

稍后，淮南相府密报亦至，呈报此次淮南王谋反事泄的始末。原来，那王孙刘建，系淮南王庶孙，近日出头告发祖父，乃因嫡庶之争而起。

话须从头说起。 淮南王后宫中，有王后荼，素为刘安所爱。 荼生有一男，名唤刘迁，理所当然立为淮南国太子。

刘迁弱冠之后，行大婚之礼，娶的就是武帝长姊之女。 此女名唤金蛾，原想嫁与齐王，然未成。 后嫁入淮南王府为太子妃，两下里也算登对。

淮南王这一边，原是想攀上武帝之母王太后的裙带，不料迎娶进门不久，王太后即驾崩，金蛾便顿失靠山。

刘安此时已谋逆多时，反形已具，唯恐太子妃察觉内情，便嘱刘迁与这新妇反目，故意三月不同席。

刘安窥得准，便出面来做好人，假意怒责太子刘迁，将刘迁与金蛾幽闭于一室。 如此又过三月，刘迁仍是不近金蛾身。 金蛾虽不算金枝玉叶，但到底与武帝连着亲，岂能受此腌臜气？ 于是日夜吵闹，赌气求去。

刘安乐得顺水推舟，遣人将金蛾护送回京，并附奏书一封，假惺惺自责教子无方。

武帝哪里知道内情，只道是小夫妻不和，自是心疼甥女，便准了金蛾和离。

刘安父子略施巧计，便驱走金蛾，从此更无忌惮，只道是天下人耳目，都被他父子瞒遍了。

古来诸侯地，向无"治平天下"的这把尺子，最易无公理。此后，王后荼、太子刘迁、郡主刘陵三人，更得刘安宠幸。 三人倚仗淮南王威势，操弄国柄，侵夺民宅，随意捕人，直闹得乌烟瘴气。

　　有那一班读书人，本该秉持大义，登高斥责，却为淮南王金钱所诱，反而趋之若鹜。 致天下这一隅之地，恶氛嚣张，连鸦雀都不敢鸣一声。 山高皇帝远之处，哪里是散淡田园，分明是个城狐社鼠之窟。

　　偏巧这世上的事，水满则溢。 淮南王谋逆事泄，最先即是由太子刘迁惹起。 刘迁生于诸侯家，又是嫡子，自视便甚高。 他自幼习剑，以为天下无敌。 适有淮南门客"八公"之一，名唤雷被（pī）的，亦精于剑术。 刘迁自不能服，屡次上门要与之比试。

　　雷被推辞不过，只得应战，两人便当众斗了一回。 剑光缭乱中，难解难分，然刘迁到底是略输一筹，一个不留心，为雷被剑锋所伤。

　　刘迁哪里挂得住面子，当场就与雷被反目。 其时雷被的职分，是淮南王宫的郎中，无端惹到了少主，心下就不安。 恰于此时，朝廷有诏令，告知天下壮士愿击匈奴者，皆可赴京投军。 为避祸计，雷被便恳请淮南王刘安，放他去汉廷军中效力。

　　岂料刘迁先告了恶状，刘安见雷被已有去意，也心生恼恨，当下唤来郎中令，吩咐免去雷被官职，以杀鸡儆猴。

　　如此一来，雷被便觉走投无路，只得逃亡长安。 想想气不过，为明心志，写了一封变告信，告淮南太子刘迁有异志。

　　武帝得报，只道是主仆间有了龃龉，着令廷尉府会同河南郡审案，传刘迁到洛阳听审。

　　刘陵在京探到动静，先一步将消息传回寿春。 刘安与王后蓼荼闻讯大惊，不愿放刘迁去洛阳，当下就有发兵之意，然仓促之间，有十余日举棋不定。

当此之际，寿春县衙按例应先将刘迁拘押，解送河南郡受审。未料那寿春县丞受了淮南王恩惠，却迟迟不动，任由刘迁逍遥法外。

淮南丞相刘若芳也屡受朝廷催促，见此不由恼怒，立即上书，弹劾寿春县丞徇私枉法。

刘安见后院起火，慌了神，忙向刘若芳求情。刘若芳早看清风向，不肯通融，刘安一怒之下，便上书告发丞相刘若芳欲行不轨。

武帝接报，越发觉得淮南之事棘手，便统统交给廷尉张汤去办。张汤受命，遣了得力曹掾往淮南查问，三问两问，竟问出了刘安亦有谋逆之嫌！

此事在公卿中传开，立有多人上奏，请武帝捕回淮南王问罪。

刘安探得消息，顿觉天塌地陷，惶惶不可终日。刘迁便献计道："若朝廷有使者来逮父王，可令心腹穿卫士衣，执戟立于庭中，事不谐，便刺杀使者。儿臣同时便去刺杀淮南中尉，即刻举兵，谋未为晚。"

所幸武帝并未从公卿之请，只遣了中尉段宏，前往寿春问讯刘安。

那段宏是个机警之人，也知淮南王根深蒂固，到了寿春，并未兴大狱，只询问雷被免官之事。言语之间，态度甚谦和，全无奉诏问罪之意。

刘安看段宏颜色平和，自知无事，便拜托段宏，回朝后巧为转圜。

段宏返京后，所有风闻之事，一概不提，只说变告由雷被、刘迁比剑而起。

武帝听了，哭笑不得："叔父学富五车，当有手段，如何连'八公'之辈都按压不下？"便将此事交与公卿商议。

刘安常年养门客数千人，弄鬼弄神，又有著述数十万言，流遍天下。公卿中，早有人看不过去，此时便建言："北虏事急，淮南王对抗诏令，阻雷被入京效力，是为大逆，当弃市。"一时附和者甚众，群言滔滔。

武帝到底是敬着叔父有学问，闻此言一笑："事因争强好胜而起，哪里就谈得上大逆？"于是不从。公卿又上书请废淮南王，武帝还是不许。公卿又请削夺淮南国五县，武帝只准了削二县，以为惩戒，其余赦罪不问。

如此处置，按说已尽到了骨肉之情。淮南相府却探知，处分之后，刘安并不感恩，私下里愤恨道："我力行仁义，恩泽百姓，却要落得削地吗？实为大耻！"此后，便与"八公"之一的左吴，日夜在王府中，琢磨舆图，谋划用兵路线，以作起兵之备。

淮南相府密报中，还特意提及：左吴此人，年少貌美，人多疑为女子。常年服青衣一袭，号为"青衣左少"。谋划毕，左吴便似隐身一般，全无踪迹，疑是已潜入京中，为淮南王眼线，望朝廷密查。

武帝看到此，猛一拍案："是了，我果然疑得没错！左吴……左依倚……"而后僵坐半晌，方苦笑道："为小女子所戏，还要污我为茅厕，奇耻啊！"

当下，召了现任中尉司马安来，手书密诏一道，令他派干员数名，急赴淮南，访得"八公"之一左吴的下落，密解进京，途中不得慢待。

司马安乃汲黯之甥，曾与汲黯同为太子洗马，也属武帝旧人，为人机警，领命后自是不事声张去办。

武帝核查多日，可坐实淮南王谋逆已久。然此等帷幄中阴谋，如何为他庶孙所举发，则又是另一段公案了。

有廷尉府曹掾，自淮南发来密报称：淮南王有庶子刘不害，按"推恩令"，可分得食邑，然刘安素不喜庶子，故意抗命不分地予他。刘不害之子刘建，见乃父无端受辱，便觉不平，阴结壮士十数人，欲刺杀太子刘迁，为其父争储君之位。

岂料事机不密，为太子刘迁所侦知，反将刘建擒住，施以笞刑。刘建谋事不成，反遭酷刑，气不过，便遣了好友入京，告发祖父刘安、叔父刘迁。这一门骨肉，就因这嫡庶之争，自相残杀起来。

如此，淮南王多年谋划，终于事泄。朝中暗流涌动，一触即发。

就在武帝连连催办之际，寿春城内，涉事的各方人物，明暗交错，又有好一场大戏！

却说廷尉府奉诏，派员至淮南查办，先传了淮南王庶孙刘建来问。刘建也不客气，将叔父刘迁多年运筹谋反的事，兜底说了个干净。

偏巧风声有所走漏，刘安情知不妙，反将那谋反之事，加紧施行了起来。

此时，正有衡山王刘赐入朝觐见，路过淮南地面。这刘赐，乃是刘安的幼弟，两人本来不和，互不通闻问。临此际，刘安欲谋大事，便抛弃前嫌，将刘赐迎入宫中，好言好语招待。

两人饮酒至酣时，刘安将谋反事和盘托出。那刘赐性直，也是日夕未曾忘父仇，经此一说，当下就赞同，算是入了伙。

此时寿春城内，已是煮水将沸之状。见朝廷各衙屡有来人，淮南王门客多不自安。就连隐身多年的"青衣左少"，也自京城潜回，匿于王宫内。"八公"及众门客之中，便多有人力劝刘安起兵。

唯"八公"之中有一人官居中郎，名唤伍被（pī），却极谏不可妄动："今上已宽赦大王，大王岂可再有亡国之举？"

刘安哪里听得进去，闻言大怒，索性扣押伍被父母三月，以逼迫伍被就范。伍被见忠孝不能两全，痛彻肺腑，却仍是涕泣谏阻。

待王孙刘建被传讯，数日也未放出来，反倒有刘安亲随多人，陆续被逮，刘安便觉慌张，欲立即起事，然想到伍被苦谏，又觉两难。

这日，刘安召伍被于城外北山炼丹亭，摒去左右，再问计于伍被道："今日无人，你我可畅言。我只问公：今日汉廷，是乱还是治？"

伍被断然回道："天下大治。"

刘安当即面露不悦："公何以言天下治？"

伍被当即回道："臣观朝廷之政，井然有序。今君臣之义、夫子之亲、夫妇之别、长幼之序，皆得其理。上之举措遵古之道，风俗纲纪未有所缺。"

刘安拂袖怒叱道："孤王敬你明大义，不是教你来歌功颂德的。"

"臣可举实例。今富商大贾，周流天下，道无不通，此即是交易之道已通。大王身为贵胄，不知小民所求；小民所求，便是这交易可通与否。汉家天下，一通百通，虽未及古太平时，仍可称大治。"

刘安听罢，不禁大怒："公为淮南臣乎，为汉臣乎？如何只说人家的好？"

伍被不为所动，仍力谏道："方今之时，四海升平，诸侯无异心，百姓无怨气。大王兵不足吴楚十分之一，天下安宁却万倍于秦末之时，不知大王为何要起事？若起事，还不及当初吴楚有胜算。以臣之见，大王事必不成，而语先泄；弃千乘之君，而自赴绝命。臣实为大王悲也。"

刘安顿足道："孤王平素待你不薄，故问计于你，如今事急，不反已无生路了！"

伍被仰头叹一口气，万般无奈回道："大王此时若刀已出鞘，收回就是，实不知难在何处？"

"那么，当初吴王兴兵，是耶非耶？"

"臣以为非！吴王位至富贵，举事不当，终至横死边荒，身首异处。臣闻吴王于事败后，悔之甚矣。我劝大王熟虑之，勿作吴王之悔。"

刘安远眺山下溉水，沉默良久方道："男子之所死者，一言耳！如这滔滔之水东流，岂可瞻前顾后？且吴王又怎知如何反？昔年汉将伐吴，皆从成皋东出，今我命人先夺成皋隘口，再发兵堵塞南北。如此，淮南近旁，汉地仅余洛阳一城，又何足忧？人皆言：'绝成皋之口，天下不通。'我占成皋，据三川之险，招山东之兵，如此举事，公以为何如？"

伍被仍一口咬定："臣只见其祸，而未见其福！"

"这就怪了！那左吴等数人，皆以为有福，认定十事九成；

你独以为有祸无福，是何缘故？"

"左吴小子，不过女流之见，大王如何能用？"

"公为男子否？如何气短尚不如女流？想那陈胜、吴广，下无立锥之地，聚刑徒千人，起于大泽，奋臂疾呼而天下响应，叩关时，已拥兵一百二十万！今吾国虽小，募兵亦可得十余万，而非刑徒辈，公如何便说我不可成？"

"彼时乃秦无道，政苛刑峻，天下若炙若焦，民皆悲号仰天，捶胸而怨上。千万人引领而望，倾耳而听，有何人来救？有何人振臂？故而陈胜大呼，天下便响应。而今，天子治天下，一统海内，泛爱庶民，布德施惠。口虽未言，声如雷霆；令虽未出，化育如神。心有所念，威动万里；小民应上，如影随形。更有大将军卫青，才远过于章邯。大王以陈胜、吴广自喻，臣以为过矣！"

刘安无言以对，瘫坐于石凳上，叹口气道："如公所言，孤王不可侥幸了？"

伍被只得拱手道："愚计已穷，大王如欲强夺天下，唯有作伪了。"

"如何作伪？"

"可伪造丞相、御史大夫上书，请徙诸国豪杰往朔方，天下豪杰必生怨；又可伪造诏狱书①，谎称逮捕各诸侯身边幸臣，则诸侯必生疑。然后，遣辩士四出游说，或可侥幸十得其一。"

刘安便露喜色："好主意！虽是作伪，当不至仅仅十得其一。"

---

① 诏狱书，汉代逮捕文书。

伍被望一眼山下，见满目夕阳，青山叠嶂，水上有行舟点点，忽就热泪横流道："臣之愚计，乃不得已而为之，能否侥幸得手，实未可知。大王，如此身家性命事，还望谨慎为好。来日欲再见这山间夕照，可得乎？"

刘安已无心听谏，当即哂笑一声："公不必作小儿女之态！"便下山回城，召集亲信，布置私铸天子玺，以及丞相、御史大夫以下九等官爵印，以备发动。

众门客说到起兵之事，皆以为卫青最难应付。于是刘安又暗遣心腹，诈称在淮得罪，前去投奔卫青、公孙弘，待发兵之日，即行刺卫青，并说降公孙弘以下众官。

布置妥帖后，刘安环视左右，志得意满道："汉廷今日，已无良才。唯汲黯正直，能做死节守义的事，其余若公孙弘之辈，无非逢迎之徒，毫无节操。我兴兵而起，除去彼等，如拂蒙尘，又如摇残叶，有何惧哉？"

这边厢，武帝在长安也不能安枕，一日三顾，只追问查案结果。这日，忽有廷尉张汤来报：寿春城内，近日丁壮骤多，王宫内人声喧腾，似有异动。更有游士查到，王府门客屡次往返铜铺，铸印数百枚，行事甚为诡秘。

武帝闻言，霍然起身，在室内踱了数步，方才微微一笑："他终是不能稳坐了。"而后取出错金虎符一枚，递与张汤道："你近前来，朕有密诏。"

张汤连忙上前俯身，武帝附耳嘱了数语。张汤听罢，神色便一凛："臣遵命！衙中廷尉左监今夜即出，前往捕人。"

当夜，廷尉左监桥窦阳，即携了虎符，带领一众捕快，从霸城门东出，马不停蹄赶往寿春去了。

两相较量，刻不容缓。刘安心知箭在弦上，收不得了，便欲发淮南之兵。然又怕淮南丞相及各二千石官吏不听号令，乃与伍被再次商议。

　　伍被道："事已至此，还顾忌甚么淮南相、二千石？先杀之。"

　　刘安还是毫无主张："彼等是木石乎，能坐等我杀？"

　　"可伪称宫中失火，召丞相及各官来救火，来即杀之。"

　　刘安听了，只是沉吟，半晌不能决断。此时又有门客建言，可使人身着"求盗"①军卒衣，持羽檄，佯从东来，进城便大呼："有南越兵入界！"官民皆不可辨真伪。借此谣言，立可发兵，上下必无阻碍。

　　刘安觉此计甚好，便遣人潜往庐江、会稽，假扮求盗卒。然此事行之不易，假扮者一时难归，情势却越发火燎眉毛了。

　　一团乱麻之中，刘安只得又问计于伍被："我若举兵西向，而诸侯不响应，如之奈何？"

　　千钧一发之际，魁首张皇如此，伍被也是哭笑不得，当下再献计道："衡山王既已有约，可收衡山之兵，击庐江，夺得浔阳战船，结兵自守，以防北兵南下。而后东收会稽，南结番禺，称雄江淮间，自可拖延些岁月。"

　　刘安这才转忧为喜："好好！你献计千条，都不如此计好。若事急，我窜入南越就是。"

　　淮南王宫中，此时已乱如鼎沸，各路人等，你进我出，惶惶如

---

① 求盗，亭长属下逐捕盗贼的亭卒。

天地将崩。

刘安与伍被密议未完，忽有太子刘迁仓皇奔入，连头冠也跑掉，慌不择言道："不好，天要堕了！父王，你孽孙刘建，已将我举发。廷尉左监桥窦阳今已入城，正在拜会淮南中尉，要来逮捕儿臣了！"

刘安惊起身，几欲站立不稳，惶悚搓手道："这如何是好？如何是好？"

刘迁急道："所有诈称，皆缓不济急，今又能何如？临此深渊，不跳也须跳了！父王请速下令，召丞相以下一应二千石来，一刀杀之，旋即起兵才是！"

刘安望望伍被，伍被只是无言，稽首伏地不起。刘安无法，只得唤来谒者，将召见令发出了宫去。

稍后，丞相刘若芳坦然入见，旋即被软禁，拘于后殿。然其余官吏却不肯来，内史只推说已有公干外出，中尉则抗命道："臣受朝使传诏，不得见大王。"

刘安来到后殿，看看被卫士拘住的刘若芳，叹口气道："仅丞相一人来，杀之何益？放了吧。"

刘若芳知事变已起，仍是镇静自若，深深一揖道："谢大王！鬼谷子曾言：'世无常贵，事无常师。'昔吴楚之事，不足为训也，望大王自重。"言毕，便头也不回出宫去了。

刘安返回前殿，茫然坐于案后，见左右亲信，原先"八公"大多还在，便注目左吴问道："你潜入汉宫，知今上素来所为。今之事发，我父子将何如？"

左吴此时，早不似未央宫中那般懵懂了，但见其双目炯炯，毫无退意，挺身应答道："臣本女流，蒙大王爱重，愿随大王进退。

鬼谷子亦有言：'内修炼而知之，谓之圣人。'大王修炼年久，早已得道，来日无论是祸是福，均有圣名传天下。临此际，小臣有何悔之？"

刘安闻此言，颓意稍振，遂以目直视太子刘迁。

刘迁见父王犹豫，知事已不成，只长叹一声道："儿臣先前，曾谋刺朝廷中尉段宏，今所有与谋者，均已灭口，必不牵连父王。今父王臣属中，可用者均已被逮，其余多不足以共举大事。父王欲发兵，非时也，只恐是无功，还不如吴楚下场。罢罢！所有事，只儿臣一人担了就好，任他逮去。"

闻刘迁如此说，刘安亦是万念俱灰，只摆摆手，命刘迁退下。

刘迁也是刚烈之人，见父王如此，当即拔剑自刎。堂上诸人大惊，连忙上前施救。刘迁此时气未绝，正倒地呻吟。刘安连忙命人抬下，并急唤医官来救。王后蓼荼闻讯赶来，扑到刘迁身上，号啕大哭。

情势纷乱如此，伍被心知万事皆休，便趁乱逃出，往淮南中尉府自首，告发淮南王谋反，将所有前事，尽皆供出。

王宫暖阁中，太子刘迁卧于床上，颈上血流如注，医官急忙敷药止血。见流血多时，仍止不住，王后蓼荼大急，连忙命人备车，亲自执鞭，送刘迁往城中百岁神医家中求治。

岂料车驾出了王宫，方转入闾巷，便有一伙黑衣人蹿出，飞身登车，将蓼荼、刘迁母子按住。蓼荼怒喝一声："大胆！王宫车驾也敢劫？"正要呼救，便觉有一团布塞入口中，再出不得声了。

随行卫士惊愕万分，正要拔剑，旋即为黑衣人所制伏，夺去刀剑。来人不由分说，驱散卫士，赶了车驾便走。

卫士急忙逃回宫，报与刘安。刘安听了禀报，大惊失色，正在焦灼间，忽有谒者自宫门奔入，凄声呼道："大事不好！ 外面有中尉领兵卒、皂隶数千，将王宫团团围住，所有涓人已进出不得了。"

众人惊呼一声，便一齐望向刘安。

刘安此时，却是呆如僵木，缄默无语。

"八公"之一的苏非，怒目圆睁道："大王，你一误再误，不可再误了！"

刘安这才仰起头来，叹息一声："你等知晓甚么？ 淮南中尉怎敢调兵来围王宫？ 廷尉左监此番来，定是携了虎符的。"

众人闻之，便是一片惊呼。

刘安又道："事已至此，无须再多想了。 今日情景，孤王也早已料到，诸君请勿慌乱，我自有解脱之计。"

众人精神便是一振，都围拢过来。

刘安看看左右，身边尚有苏飞、李尚、左吴、田由、毛周、晋昌等数人在，便示意众人跟随身后，出屋门，到得一别院庭中，敛衣围坐好，方又道："我召诸君来，写成《鸿烈》，起首一句便是'天地之道，深不可测'。 你我君臣，都未参透这个'道'。 自从有贾谊起，天下便非属一姓，而仅属一人。 我父厉王，高祖幼子也，尚不能保命，况乎我刘安父子？"

左吴星眸一闪，脆声应道："大王，不可灰颓！ 臣冒死潜入汉宫，不是为今日束手待毙的！"

刘安便摇摇手，止住左吴话头，气渐平缓道："诸君著《鸿烈》十余年，孤王也不曾荒废，苦读之余，率术士数百人，取日月之精华，终炼得仙丹。 若服之，或可飞升，或遭暴毙，全看天意如何。 今日事急，顾不得焚香沐浴了，我便唤人取来仙丹，你我君臣一同服下，共往天界。到那无私无欲之地，共饮食，无尊卑，岂不是好过在人间苦熬吗？"

苏飞、李尚等人闻此言，面面相觑，只面露悲意。唯有左吴一把扯下幅巾，任一头秀发散下，毅然道："男子重诺，女子亦然。大王既有飞升之意，妾身也决无异志，甘愿相从。自随大王以来，为图大事，乔装男子多年，看够了污腻。唯愿在天上，效仿嫦娥自清，永守洁白。"

刘安环视座中，见其余人再无异议，便从怀中取出书一卷，眼中大放精光，对众人道："《鸿烈》有言：'万物之生而各异类。'我辈诸人，从此便成异类，永不与俗世同。《鸿烈》之外，我尚有《淮南万毕术》一卷，外人从不得窥。所有济世秘术，尽在此卷。于今之后，人间纵有千万世，也无非大俗；今我辈脱俗而去，又有何可悲？"

刘安言毕，拍掌两声，便有涓人托盘，鱼贯而入，为众人奉上仙丹、醇酒。

刘安吩咐涓人道："你等且退下，勿来打扰，待围困稍懈，自可离去，中尉必不会为难你们。"

众涓人遵命，皆蹑足退出，别院大门就此关上。此时春意正浓，枝头鸟鸣啁啾，唯王宫这一隅，寂然无声。别院中之事，便再无一人可知了。

此时长安这一面，亦是一日数惊。中尉司马安入朝求见，面带沮丧，向武帝禀道："臣无能，所遣曹掾驰往寿春，遍寻左吴不见，后查出，他正藏身于王宫内。不料王宫为兵卒围住，外人不得入。"

武帝便觉奇怪："岂有此理！有朕密诏，如何不得入？"

"主事者，乃廷尉左监也，持有陛下所授虎符。 所有人等，概不得出入王宫。"

"你所遣之人，不是中尉府曹掾吗？ 那廷尉左监，也不过就是曹掾，如何你府中的人却不得入？"

"廷尉左监他……只认符，不认人。"

"王宫被围，里面人如何饮食？"

"本衙曹掾被阻宫门，也是如此问的。 那左监答曰：'捕人为要，何论吃喝？'"

武帝便猛一拍案，发怒道："这等小吏，直无人心肠！"

司马安慌忙道："陛下，请授臣下符节，臣即亲往寿春，带回左吴。"

武帝颓然垂首，摆摆手道："不必了。 往返一趟，费时月余，人也饿死几回了，且等左监如何回报再说。"

隔日，果然有桥窦阳属官返回，入朝奏称：有门客伍被，供出淮南王、王后及太子谋反事。 今已捕王后、太子及内外预谋者。 因未持汉节，不便逮捕淮南王，仅围住王宫，搜出物证，留淮南王及身边"八公"诸人未捕，等候示下。 另有伍被供词千余言、左吴上书数语，一并携回。

武帝连忙取左吴上书来看，见是一幅缣帛，上有娟秀字迹："妾身侠，怀利器。 出淮南，伏丹陛。 君有德，不忍刺。 留数语，为君计。 将飞升，两相离。 天地隔，永为忆。"背面则录有《鸿烈》中一句："乐作而喜，曲终而悲。 悲喜转而相生，精神乱营，不得须臾平。"

武帝看罢，坐实了左依倚即为左吴，且是女子充刺客，潜入宫中，顿时冒了一头冷汗。 震骇之余，呆坐了一夜，恍惚失神。

天将明时，近侍见武帝仍僵坐，便连番来劝慰。武帝又坐了半晌，才动了一动，命近侍退下，随后拿起缣帛手书，在烛火上烧掉，轻叹了一声："岂能令你轻易走掉！"

次日晨，张汤闻讯入朝，武帝一见，即半真半假怒道："张廷尉，你所遣左监，竟然权大于天子！"

张汤也已知桥窦阳围住了王宫，不许出入，连忙辩白道："诸侯之地，水泼不进，令行不止。为防淮南王脱逃，唯有围禁，桥左监此举也是无奈。"

武帝便道："我已尽知其详。围住也罢，饭食总要送入，不然人皆饿毙，还围他作甚？"

"正是，正是！下属所虑不周，臣即遣人飞告。"

"这里有伍被供状一卷，所列甚详。你拿去，交丞相及各公卿会议，看如何定罪。"

张汤接过案卷，又请命道："衡山王为淮南王之弟，按律，当连坐收捕，也请陛下发令。"

武帝微微一怔，接着摆手道："不必。各王以其国为本，不当连坐。衡山王可以放过。"

张汤办案，唯恐牵连者少，闻之便感失落，拿了供词，讪讪退下。

此时，公孙弘患病，一时无力视事。闻知淮南王果然谋反，便觉失职，心有愧疚，上书请辞丞相。武帝看了辞呈，一笑了之："哪里干丞相甚么事？"反倒赐了公孙弘牛酒布帛，令他专心养病。

得了武帝赏赐，公孙弘方觉释然，时不久，便告康复。此后半月间，各诸侯、公卿读了伍被供词，都各有进言。赵王刘彭祖、列侯曹襄等四十三人上书曰："淮南王刘安大逆无道，谋反事明白无误，当伏诛。"

胶西王刘端，则单独一人上书曰："淮南王刘安废法度，有邪行，怀诈伪之心，以乱天下。又蛊惑百姓，背叛宗庙，妄作妖言，其反行已定。臣见缴来有书籍、节杖、印图等谋逆物，待查验明白，当依法论处。举淮南国中，凡官吏二千石以上者、宗室幸臣未预谋者，未能劝淮南王不反，皆应免官削爵，不得再为宦为吏。王府门客非官吏者，须缴赎死金二斤八两。以此大彰淮南王之罪，使天下人皆知臣子之道，不敢复有背叛之心。"

公卿议罢，张汤、公孙弘将上书呈递武帝，并呈上附逆列侯、二千石官吏、豪杰等三千人名单，请一律收斩。

武帝仔细看过，提笔写了允准，掷笔愤然道："皆言淮南王好学崇文，岂料多年间，其心却用在谋乱，实是伪诈过甚！如何便能饶过！"

张汤道："这一番诛杀，谅诸侯三十年不敢有反心。"

武帝想起，忙又嘱道："所有人犯，定谳务要实，也不可尽情杀开去。"

张汤心中只是冷笑，嘴上却应道："臣下审案，无有不实，必令彼等心服。"

继之，武帝便召入宗正刘弃，命他持节驰往淮南，解淮南王刘安以下众犯到京。又问张汤道："在京预闻逆谋者，有几人？"

张汤答道："有淮南王之女刘陵，及庄助、鄂旦、张次公等四人。另有首告者雷被，原也为党羽，已软禁在衙，今日一并收捕。"

武帝扶案而起，吐一口气道："好！十四年痛疽，今日剜去，便了却一桩大事。"

却说宗正刘弃东去，未及一月，便将一干要犯先行解回。长安百姓遮道相望，都欲看淮南王落魄模样。却不料，望尽大队戴枷者，独独不见淮南王及"八公"身影。

刘弃到京，嘱下属将要犯解往诏狱，便黉夜独入司马门，谒见武帝。

谒者引刘弃至东书房，见案上有一灯摇曳，武帝看书看得疲累，正伏案小憩。闻刘弃至，倏然惊醒，劈头便问："淮南王已然解到？"

刘弃面有惊恐之色，也不言语，交还汉节，又摸出密札一道，惶惶然呈上，禀报道："此乃臣在淮南王宫所见。"

武帝打开，看了数语，脸色便一变，惊问道："你可曾亲见？"

刘弃浑身一颤，回道："臣率下属至别院门前，破门裂锁，所见……便是如此。臣即命他人尽都回避，只我一人进去，亲手翻遍院中物什。所获之物，连同宫中财宝，尽已解回。内中有一物，臣以为当属至要。"说罢，便呈上丹药葫芦一只。

武帝接过，拔开木塞，见里面已无丹药，却抽出一幅黄绢来，上写有字迹："大丈夫恬然无思，澹然无虑；以天为盖，以地为舆；四时为马，阴阳为御；乘云凌霄，与造化者俱。"

武帝口中喃喃有声，诵读了两遍，才放下黄绢，叹了一声："他哪里能飞升？只可惜了那……"说到此，忽就打住，面色一沉，叮嘱道："你当日所见，至死不得泄露。如泄出一语，定诛不饶！"

刘弃脸色发白，战栗道："微臣不敢……"

武帝将黄绢置于灯烛上，看其缓缓烧尽，而后仰天叹道："异人，异人也！淮南王有异人相助，我能奈其何？"

此番密谈之后，当日淮南王宫别院中，情景究竟如何，世上就再无第三人知了。

次日，武帝即有诏下，称淮南王刘安及"八公"中六人，已畏罪服毒自尽。王后、太子迁及涉逆案诸人，发下廷尉张汤审办，克期定谳，务求实证，不使一人诬服。

张汤办案向来神速，不过两旬，便有谳词呈上，案牍堆积如小山。其中，王后蓼荼、太子迁涉逆案，坐罪判枭首。刘安之女刘陵涉逆案，判死。庄助与刘安私下定交，议论朝政，判死。其余牵引出的淮南官吏、门客、豪杰等三千人，悉数灭族。

武帝疑心牵连过滥，把谳词看了又看，对张汤道："庄助，上大夫也，且罪不重，或可准他赦免？"

张汤固执道："不可！庄助出入宫禁，为陛下近侍，却私交诸侯。若不诛，又何以儆后人？"

武帝略一迟疑，又道："雷被、伍被二人皆为出首者，当有功，如何也一并诛灭？朕看伍被供词，文雅有才，且多美言汉廷，似可赦宥。"

张汤仍是不从："不可！雷被、伍被，皆属党羽'八公'，助淮南王坐大，渊源甚深。二人不能力谏淮南王，只坐看祸起，虽有出首，仍属罪不可赦。尤以伍被为最，屡为淮南王谋反献策。若赦，则人皆倚仗有才而不惧法，故不可取也。"

"可惜了！"武帝摇摇头，只得准其议。遂又手指定谳书，问道："鄂但、张次公，与刘陵有私，如何却不诛？"

"虽有私，然只坐奸情。二人为列侯，因奸情而诛，则逾理太过，故允其赎死。"

武帝看问不出破绽，又抽出几卷文牍来查验，见谳词工稳，件件是实，都写得滴水不漏，便落笔准了。

又过了月余，三千名案犯连同族属，均已解到，就在东西两市同时开斩。首日提斩人犯时，廷尉府有曹掾进入诏狱，按名册提人。

正点名间，忽有狱吏来报："雷被、伍被二犯，于朝食前忽然尸解，三魂出窍，仅余皮囊，已然全无气息。"

曹掾大惊，疑是有诈，忙抢入监房去看，见二人遗体横陈，果然颈上无伤，口边亦无毒痕。于是草草看过，慌忙骑马往西市刑场，报与张汤。

张汤倒不惊慌，只问了一句："你验过，确无气息了？"

曹掾答道："看二人面容，虽死如生，却是连游丝气也无一缕。"

张汤略略一笑："'八公'神通，非凡人可比。其术能炼金，便也能三魂出窍。无须理会，权当已斩决了就是。你速返诏狱提人，不要误了时辰。"

开斩这日，正逢端午，虽是炎暑时，城内却有煞气冲天，似雨似雾，寒意扑面。

两市中，皆是观者如堵，个个神情快活，都来看王侯贵戚受刑。正午时，日影方中，忽闻锣声骤响，人群中便一阵耸动，有阵阵喝彩声暴起。

一队赤膊刽子手，鱼贯下场，摆开半圆阵势。张汤冠带严整，立于高台，厉声喝道："奉诏，开斩！"话音落，刽子手抡起刀，便是一派血流成河。围观百姓看得惊怖，呼声四起。因案犯众多，自当日起，竟一连杀了七日，方才斩尽杀绝。

见此状，城内凡公卿、官吏、豪杰等，无不胆丧，相互告诫曰："穷通皆有命，认了就是。万不可结交诸侯王！"

越日，武帝有诏下：淮南国除为九江郡，疆土尽归朝廷。一场惊天大案，就此了结。唯有淮南百姓，久受淮南王之恩，虽不敢言，却是心怀戚戚，难忘旧主。

朝使返京后，兵卒撤去王宫之围，改由内史衙皂隶暂守，看管不严。城内百姓便三五成群，潜入旧王宫去偷窥。见别院中，地面犹有杂乱足迹在，石案上杯盘狼藉，众人就都不胜唏嘘。

无多日，寿春闾巷中，便有传言：围困当日，淮南王与"八公"自闭于别院，服下丹药，旋即乘风而起，升仙而去。仰望如白鹤凌空，渐飞渐远。至半空，云端上忽有数个仙人现身，迎了淮南王一行，舞之蹈之，一齐钻入云中去了。

时有院中鸡犬，食了杯盏中残余丹药，亦随之腾空而去。宫内涓人，皆耳闻犬吠于天上，鸡鸣于云中。

众口相传，言之凿凿。官府闻报甚是惊愕，派了吏员四出探访，也难查出流言缘何而起。这便是成语"一人得道，鸡犬升天"的由来。

更有坊间父老偶语：那"八公"并非凡人，乃是前世隐居南山的异人，有七男一女，曾助高帝得天下，后又助淮南王善抚百姓。一朝得道，即成仙而去，越千年之后，方可重现人间，再惠众生。

日久，淮上耆老妇孺，更念淮南王昔日恩德。凡有民间豆腐作坊，皆祀淮南王为先师，立位祭拜。因淮南王诞日为九月十五，故年年逢此日，业者都要齐聚公祭，相沿成习。又"八公"生前常游于城外北山，此后，百姓便称北山为"八公山"，相沿至后世。到得500年后，这八公山，又因淝水之战而闻名天下，化入成语，此乃后话了。

再说刘安之弟衡山王刘赐，此前虽与刘安有约同反，然事到临头，却担心为刘安所兼并，于是踟蹰未发。仅这一念，躲过了一场大祸。

岂料，凡事皆有前定，正如孔夫子所叹的"天丧予"一般，是躲也躲不过的。衡山王刘赐一家人，因后宫争宠、子嗣争嫡，在这之后，也闹出一件大事来，与淮南王命运如出一辙。

且说衡山王刘赐的王后，名唤乘舒，生有二子一女。长子名爽，立为太子。其余两个，少子名孝，女儿名无采。

这一家人，原本和和睦睦，倘无变故，都是金枝玉叶的好命。

只可叹，王后乘舒命薄，中年病殁。刘赐还有个宠姬，名唤徐来，此时便顺理成章，继立为王后。

这位徐来，子嗣更旺，生有子女四人。按说有衡山王宠爱，此后的运气，亦是极好不过的。

然后宫争宠之事，往往相似。徐来的旁侧，还有一个厥姬，也颇为得宠。两人暗中相妒，难免生出些事来。

见王后之位被徐来占住，厥姬心有不甘，随即用起了心计，欲扳倒徐来。

深宫妇人用计，无非是挑拨离间。于是厥姬找到太子刘爽，进谗言道："是徐来指使宫女，以巫蛊之道，杀了你母。"

太子爽听了这话，不去辨真伪，便在心中恨极徐来。

一日，徐来之兄到衡山国探亲，太子爽佯作亲热，与这位国舅同饮。饮至酣时，竟从袖中抽出匕首，出手便刺！也算这位国舅命大，中了一刀，却未丧命。

此事引得徐来大怒，数度在刘赐面前诋毁太子爽。两下里就此结怨，直至不共戴天。

徐来既能坐上王后之位，自是有一番心计，此后，便瞄住了太子爽的一弟一妹。

太子爽之弟刘孝，失母时尚年幼，归徐来抚养。徐来本心并不爱刘孝，此时为长远计，便佯作慈爱，笼络住了刘孝。

太子爽之妹无采，时已嫁人，因与夫不睦，弃婚归了母家。无采当时正年少，耐不住守寡，先是与家奴私通，后又与门客私通。太子爽见阿姊闹得太不像样，曾屡加叱责。无采心生怨恨，便与太子爽形同陌路。徐来见此，故意厚待无采，直哄得无采愿为自己助力。

如此一来，徐来便与刘孝、无采三人，沆瀣一气。太子爽虽是嗣君，一人又怎能敌得过三人？衡山王刘赐，连番听了三人进谗，看太子爽也就愈发不入眼，屡加笞责，不留情面。

这一场恩怨，持续多年。太子爽本就落了下风，王后徐来却仍不肯罢手。

至元朔四年中，有人刺伤徐来的干娘，徐来疑心是太子爽指使，便在刘赐面前告了一状。刘赐此时只信徐来，不问青红皂白，又将太子爽笞责了一回。父子间怨隙，从此更深。

会逢此时，刘赐患病，太子爽无心探视，只假称有病，不去床前伺候。徐来、刘孝、无采三人，便又在刘赐面前诋毁道："太子实无病，自言有病而已。且面有喜色，一心欲谋嗣位。"

刘赐闻之大怒，遂起了废太子爽之心，要立次子刘孝为太子。

徐来探知刘赐此意已决，怎肯令肥水流到外人田？便欲将刘孝也一并废黜。此念一起，便不患无计。徐来身边，有一侍女颇善舞，一向为刘赐所宠。徐来的文章，便在此人身上做起，令这侍女与刘孝日夕为伴。俗语说，干柴遇见烈火，可想而知，不过才数日，那刘孝就把持不住，与侍女乱了大防，睡在了一处。

奸情既成，徐来便在刘赐面前密告，欲使刘赐一并废了刘爽、刘孝兄弟，好立自己儿子刘广为太子。

此计之毒，防不胜防。太子爽探知内情，心生畏惧。想到王后的构陷无日无之，如何能够挡得住？便想出一个愚主意：与徐来淫乱，以止住徐来之口。

愚人之愚，无过于此。古之礼教，淫父之妻妾，叫作"烝"，属大逆不道。太子爽打定了主意，便入宫去见王后徐来，假意愧悔，自陈有错。

徐来以为太子爽服了软，心下大喜，忙取了酒来，与太子爽共饮，也假惺惺有一番慰劝。

借着酒意上头，太子爽手捧酒卮，躬身来至徐来膝前，佯作祝寿，索性坐于徐来腿上，欲向徐来求欢。

这是何等不堪！徐来万没想到，不由大怒。欲起座离去，又被太子爽牵住裙裾，只得大呼，方才吓跑了太子爽。

此事告到刘赐那里，刘赐焉能不怒，遣人将太子爽召来，欲绑缚笞之。

眼看又将受笞刑，太子爽不肯就范，对刘赐怒道："你无须骂我！那刘孝是甚么好孝子？与你所爱的侍女通奸。那无采又是甚么好女子？竟与家奴通奸。父王，你且好自多餐，我这便上书朝廷，举发这两个男女。"言毕，就扬长而去。

刘赐气急，喝令左右将他拦住。然近侍对太子爽尚怀畏惧，哪里能拦得住？

刘赐无奈，只得自己驾了车，追了出去，在路上将太子爽截住。

太子爽见脱不了身，索性口无遮拦，妄言父王及后宫各种恶事。刘赐气得脸都歪了，急命左右将太子爽擒住，械系于宫中，以作训诫。

这一番哄闹之后，刘赐反倒越发看重幼子刘孝，不仅把王印交刘孝佩挂，又赐号"将军"，还令刘孝居于宫外，厚赐钱财，嘱他只管招揽宾客。

刘孝不负父王厚望，果然招到不少宾客。这些来投者，多少察知淮南王、衡山王有谋逆之意，便投刘赐之所好，日夜怂恿其速反。

刘赐被说动，视宾客枚赫、陈喜为心腹，指使其打造战车、箭矢，刻天子玺及将相军吏印，又不分昼夜召壮士入宫，密议谋反。

这番架势，似是要效仿淮南王刘安夺天下，实则刘赐并无此胆，且唯恐刘安借起事之机，吞了衡山国。如此谋划，不过是想趁刘安西进之时，发兵略定江淮，称霸一方而已。

与刘安订约之后，刘赐便上书称病，实是预为谋乱。武帝倒也宽容，允他可以不入朝。恰在佯病之际，淮南事发，刘赐方得以侥幸逃过。

蛰伏了数月，刘赐见风头已过，便遣使入都，上书请废太子爽，改立刘孝为太子。

太子爽闻知此事，知前路已绝，须先发制人方能保全自己，便遣了心腹白嬴，入都去告御状，称刘孝终日打造战车、箭矢，不知意欲何为。又言刘孝与衡山王侍女有奸情，德行不堪。

此番告状若成功，则刘孝势必身败名裂，再无夺嫡可能。岂料白赢一入长安，还未及上书，就撞到长安吏巡街。长安吏见他可疑，当即逮住问讯，问出了刘孝招纳逆徒之事。此事分量非同小可，长安吏不敢怠慢，便将白赢囚系，并上奏武帝。

衡山王刘赐闻听此事，深恐白赢供出衡山国种种阴事，旋即上书武帝，反告太子爽欲上烝王后，逆伦无道，罪当弃市。

武帝读了衡山王、白赢上书，见刘赐父子二人相互攻讦，只觉头痛："唉！鼎食之家，何以荒悖若此？乱麻一团，朕也理不清了！"便将此案发下沛郡太守，令太守去问。

此时已是元狩元年冬，廷尉府恰好也有行文，令沛郡太守去衡山国，搜捕漏网的淮南逆犯。

沛郡太守接连收到朝廷发文，心知事大，便亲率差役，赴衡山国都六邑捕人。至六邑，搜捕淮南逃犯无所获，却在刘孝家中，逮住了正在造战车的陈喜，当即上书弹劾，指刘孝窝藏陈喜，至为可疑。

刘孝心中骇怖，知陈喜屡向父王献计谋逆，若一旦供出，则全家要被族灭。正在惶急间，忽想到：不若先自告发了，按律就可免罪。

此外又想到，白赢上书或早已举发谋逆，便觉事不宜迟。随即，独往长安自首，承认欲谋反，并供出了与谋者枚赫、陈喜。

武帝读了刘孝自首状，连连摇头："逆子，逆子！既如此，朕也回护不得了。"想了想，狠下了心，将此案发下张汤去问。

刘孝落入张汤手中，哪里还有侥幸？不过一日有半，衡山王父子所有谋逆事，便尽都供出了。

此案旋交公卿会议。公卿见逆案昭彰，也都声称决不能容，请武帝逮捕衡山王治罪。

武帝此时，倒是颇费踌躇。想到文帝治淮南厉王罪，捕藩王入公堂，民间难免有些议论，便回驳公卿道："不捕。"另唤来中尉司马安、大行李息，授予虎符，命他们前往衡山国，先问清刘赐再说。

此二人，皆为九卿，奉天子之命至衡山国，刘赐哪里还敢抵赖，当下把谋逆之事和盘供出。

两钦差听得冷汗直冒，即命衡山中尉、内史，调集兵卒皂隶，将衡山王宫团团围住，不得出入。

二人返回长安复命，公卿们又是大哗：这等悖逆诸侯，如何能放过？于是，请武帝遣宗正、大行与沛郡太守，同赴衡山审案。

武帝尚未答复，衡山王刘赐却先得了消息，知是死罪难逃，便且歌且哭，一根绳索自尽了事。

刘赐一死，武帝再无顾忌，即写了一道手书与张汤：将衡山王后徐来、太子爽、次子刘孝，及一干谋反徒众，解来长安审问。

张汤断案，又是照旧不手软。半月间，便有定谳呈上：王后徐来，坐罪以巫蛊谋杀前王后乘舒；太子爽为衡山王所告，坐罪不孝；刘孝虽因自首可免谋逆罪，然坐罪与父王侍女有奸，三人皆判斩首弃市。其余所有参与衡山王谋反者，悉数灭族。

武帝看过卷宗，略有沉吟，问张汤："如此，淮南、衡山两案，株连共有多少？"

张汤答道："计有三万二千余人。"

武帝稍感意外："株连不亦太多乎？"

"不多。当今之世，远非国初情形。宗室诸侯，只知甘肥厌瘦，却不事拱卫，更有日夜谋乱者。彼辈既为乱源，必除尽，陛下方能高卧。贾谊、晁错曾有心而无力，今日陛下再无牵绊，削枝除蔓，更待何时？"

"好吧，诛便诛了！两王谋乱，无须多说了。只可叹太平之民，饮食无忧，仓廪亦实，还谋的甚么乱？"

"机诈之民，不安于农商本业，读杂书，难免就有如此妄悖者。"

武帝便笑："话也不是如此说的！你是文法吏，不喜读书人。然读书求正解之人，较之狂徒还是要多些。"

越日，即有诏下，将衡山案诸犯押至两市，按律正法。另还有诏，衡山国除为衡山郡。从此淮上一带，全数归了朝廷。

了结这一桩棘手事，武帝本该心定，然风波渐息后，却总觉若有所失。凭几望窗外，扶桑花开得正盛，每每想起下落不明的左依倚，便心生惆怅。批阅奏折时，总是心不在焉，又常提笔忘字，久久失神。

这日，翻出左依倚留下的《鸿烈》箴言，手抄了数十遍，抄至最后一遍，不由得弃笔哀叹："从今以后，我还能信何人？"

五

兵临瀚海
胡运衰

且说元狩改元的当年，张骞为太中大夫，坐镇蜀地，发四路使者并出，欲寻往身毒的通道。有使者行至昆明，为昆明部落阻拦，所携财宝，亦多被土著抢去。不得已，汉使向北改道，弃了车，手足并用攀爬山岭，方辗转到了滇国。

　　这滇国，在昆明西北，依三百里滇池而建，因而得名。滇王名唤当羌，为楚将军庄𫔶（qiāo）后裔。当年庄𫔶领兵平定滇地，未及还军，楚即为秦所灭，庄𫔶只得留为滇王，其传奇遭际，与南越王赵佗类似。

　　滇国地势险要，境内有雪山激流。历代滇王，为险山所阻，多年与中原不通闻问，传了数世，早已不知中原情景了。

　　这一日，闻报有汉使至，滇王连忙迎入，赐座款待，问这问那，方知千山万岭外，有汉地物丰人稠，不禁就惊问："我与汉孰大？"直如夜郎侯一般好笑。

　　汉使略述了汉家情形，滇王听了，不由得神往，当下留住汉使，欲求往中原通道。汉使从命，在滇一住就是四年，百计探路，却屡有昆明部作梗。万般无奈，只得又攀爬过山，历尽艰辛，返回犍为郡，还报张骞。

　　张骞将此事上禀，武帝闻之震怒："何人能阻我通身毒？"便下令募近畿民夫，挖凿灵沼，引沣水灌满其间，号为"昆明池"。教士卒在池中练习水战，以备平定昆明。

待昆明池凿成，果然是汪洋一片，武帝又令在池边广拓其地，使之仿佛滇池模样。

竣工之日，武帝携近臣，登上豫章郡所献大船，泛舟湖上。见三百顷碧水连天，水军健儿驾舟楫往来，疾驰如飞，不由得大喜。又见岸边有石鲸长三丈，栩栩如生，因笑道："如此活灵活现，夜深时分，不要吓到了人！"

公孙弘亦笑道："此石鲸，非但形似，怕是已获神灵。每至雷雨，常鸣吼，鬐尾皆动，分明就是个活的。"

武帝便拈须大笑："丞相莫要吓我！如此，朕足不出长安，便可如秦始皇，亲见海上大鲸了！"

至元狩二年（前121年）初春，风调雨顺，海内全无灾异。各诸侯王自淮南、衡山两王覆灭后，都诚惶诚恐，再无一个敢逾矩的。武帝便对群臣道："匈奴以地利之便，百年来压我头顶，如不除去，连南夷也不服中原。欲征南，还是先平北虏再说。"

众臣闻此，知武帝又有北伐意，便争相建言："此事，非霍嫖姚不可！"

武帝领首道："朕也是此意。霍氏小儿挟得胜之威，可抵得雄兵十万！"当即命霍去病为骠骑将军，领万骑，出击匈奴。

霍去病出列领命道："愿再出上谷、渔阳，直捣漠北。"

武帝却笑道："非也。黄石公曰：'得机而动，则能成绝代之功。'往日匈奴来袭，我出击，皆在上谷以东。今命你自陇西出，断其右臂，若成，便是绝代之功。单于做梦也想不到，他右翼会有事。"

霍去病闻武帝之言甚重，自是领会，当即率马军万人，急趋陇西，以奇兵而出，杀得匈奴人仰马翻。

三月塞上，草尚未绿，茫茫枯草中，但见汉家旗帜，飘忽如火，自草深处燎原而起。 胡骑见了，如见猛兽，策马奔逃中，都只恨爷娘少生了两条腿。

这一战，霍去病复又威名大震。 先是西出狄道（陇西郡治，今甘肃省临洮县），历河西五小国，皆为匈奴臣属，溃其军，破其城，弃辎重不取，只顾轻兵疾进，直搅得匈奴右翼一片狼藉。 适逢单于之子在此坐镇，不但阻挡不住汉军，反倒险些被擒住。

其后，汉军又转战六日，过焉支山千里有余，还至皋兰山下，终见到大股胡骑。 霍去病即令骑士下马，仅执刀剑，与之鏖战山下，击杀匈奴折兰王，擒斩卢侯王，俘获浑邪王子及相国、都尉等多人，斩首共八千九百六十级，又收得休屠王祭天金人而归。

自出塞之日起，霍去病悍勇如有神附，手持一杆长槊，槊头似蛇状，左挥右砍，当者非死即伤。

所部汉卒见主帅神勇，也都拼死搏杀，全无惧意。 半月下来，人马十损其七，仅得三千部卒还都。

武帝见这内甥不负众望，自是分外器重，明诏谕扬，加封他食邑二千二百户。

这一场纵深迂回，直杀得匈奴胆战心惊。 武帝便雄心大起，不欲使强敌得喘息之机。 入夏，又命霍去病与公孙敖率兵数万，再出北地郡，分道进击；另有张骞、李广率军万余，出右北平。 遂令东西两路，互相呼应，要教那单于顾此失彼。

此次汉军两路齐出，胜算本应大于春季，却不料人算不如天算，东西两路，胜负竟有如云泥之别。

先说李广、张骞一路，由李广率四千骑为前锋，张骞率万骑跟进，甫一驰入匈奴境，即被左贤王侦知。闻听汉家"飞将军"领兵来犯，左贤王不敢大意，急引胡骑四万，前来迎战。

汉军深入草原数百里，与匈奴军相遇，即拉开阵势对垒。可怜李广四千人马，怎敌得四万胡骑漫山遍野！

荒野中，李广军被孤零零围在核心。将士们见天际之下，尽是胡骑，白翎攒动如江海大潮，心中难免恐惧。

唯李广在中军，面不改色，令幼子李敢，前去冲阵。那李敢少年气盛，率麾下数十骑，俯身疾驰放箭。待踏入匈奴阵中，又手持长槊，横挑直刺，当者立时断手残足、哀声连连。这一彪汉军马队，就如火流卷过，眨眼就贯穿敌阵，又分两队从左右杀出，奔回本阵。

众胡骑遇李敢马队，竟似见到青面獠牙鬼，只顾闪避，全无阻挡之力。

马队奔回时，才不过折损三五人。李敢纵马至李广面前，报称："匈奴易败之，不足为奇！"

众军见此，心下始安。李广见士气可用，便令部卒列成圆阵，张弓向外，严阵以待。

两军僵持片刻，忽闻胡骑中笳声大起。数万胡骑闻声，即张弓搭箭，从四面发起急击。万军狂奔中，但见飞矢如雨，汉军轻兵甲胄难当，片刻间即死伤过半。

李广所部久历战阵，此时已知无生路，都奋力对射，箭无虚发。胡骑应声栽下马来的，数以千计。

两军士卒，皆陷于狂迷，只顾死命放箭。一人倒下，一人继起，全不知下一刻生死如何。

正在酣战之际，裨将忽来禀报李广："箭矢将尽，奈何？"

李广眺望敌阵，见胡骑气已懈，不由冷笑："奈何？ 箭矢将尽，智未尽就好。"便下令众军张弓，不得滥射。 又命人抬出少府考工室造出的利器——大黄弩，与一健卒合力拉开，瞄准胡骑裨将，连射数箭。

那敌阵中，凡裨将皆体态肥硕，栖鹰冠上有双翎，甚是显眼。李广每瞄准一将，必大呼一声："此箭为辽东！""此箭为上谷！""此箭为云中！"声落箭出，均是一击必中。

那大黄弩，拉满弓须用六百斤力，箭矢飞出可至一里之远。李广与健卒频频拉弓，略无喘息。

胡将中箭者，无不是前后贯通，一箭毙命。 每落马一人，敌阵中必是一阵大哗，军心渐呈瓦解，都远远退后，却又不死心，只不肯撤围。

时至日暮，汉军疲惫至极，个个面无人色，唯李广意气自如，频发号令。 其虬髯怒张，自斜阳中看去，如老树劲枝一般。 军卒见了，无不服李广之勇，士气遂复振，都甘愿用命。

是夜，两军休战，各自歇息。 李广不敢深眠，饮罢酒囊中所余酒，守着篝火想事。

李敢挨近问道："阿翁，我军尚有不足三千人，明日恶战，我等可得归乎？"

李广拨一拨篝火，望望孤月，不屑道："若不得归，你我父子好在未散，死也死在了一处！"

诸将士知李广已有决死之心，亦不再希冀生还，倒头睡了一夜，黎明即起，个个装束整齐，准备赴死。

未及晨雾散去，李广军卒便都弃了马，手执剑戟，朝敌阵摸过去。

待到匈奴军察觉，汉军已悄然近身，刀剑齐举。纠缠中使不得弓弩，胡骑便也纷纷弃马，持短刀与汉军搏杀。

汉军剑戟，本就长于胡骑短兵，加之汉卒绝地求生，士气就更盛。一番厮杀下来，只见胡骑如谷捆般翻倒，眨眼便又折损千余人。

无奈到底是敌众我寡，汉军纵是力战，仍杀不退胡骑。前面一排倒下，后面又一排涌来，漫山遍野都是胡语疾呼，要生擒李广。

李广听得胡骑呼自己名字，便冷笑一声："要取李广，须万人来填沟壑！"接着，又是腾跃如狂，把一杆长槊抡得浑圆。

草原之上，有野花点点，如今将士洒血，野花便似尽都变红。胡骑生平未见过此等恶战，都不禁惊惧，一派人马杂乱。

李广也杀得渐渐吃力，心中暗想，今日恐是见不到日落了，忽闻后队有士卒大呼："博望侯大军来矣！"

众军回望南方，但见天际尘头大起，隐隐有旗帜涌出，如一线火苗，便知是张骞一路前来接应，顿时军心大振，一片狂呼震天。

胡骑于慌乱中，欲分兵抵挡，怎奈连战两日，气懈兵疲，挡不住精锐汉军如潮而来。不消片刻，便稳不住阵脚，都四散逃命去了。

张骞军追杀了一程，便任由其逃去，接应了李广军残部千余人，扎住阵脚。

李广见了张骞，无语拜了两拜。张骞赧然道："将军吃苦了！在下偶尔失路，来得迟了。"

李广笑一笑回道："不迟！博望侯救命之恩，甚是及时。若再有半日，我力竭矢尽，便要劳你替我裹尸了。"

二人北望片刻，张骞便道："大军虽能战，然已深入敌境数百里。胡骑人马，数倍于我，且四散遁去，难以追及，你我不如罢兵。"

李广以袖拭了拭汗，叹气道："力战无果，也只得如此了！"二人议罢，便引兵缓缓南归。

再说霍去病这一路，运气却出奇地好。自出北地郡之后，便与公孙敖分道而进，相期在百里之外会合，共击祁连山隘口。

不料，出塞之后，公孙敖所部走迷了路，迟迟未能合兵。

霍去病胆大，不等合兵，便轻兵疾进。一路不与裨将同行，只率壮士数十名为前锋，纵马飞驰，全不惧敌。如此，率大军涉过钧耆、居延二水，杀入小月氏，独力攻破了祁连山。

此时霍去病善战之名，已威震匈奴各部，汉军所到之处，势如破竹。胡骑闻霍去病至，无不胆寒，全无应战之心。凡见汉军有红缨少年出阵，皆惊呼："霍郎来了！"旋即溃散。祁连山下，频见汉家旌旗漫卷，马踏之处，无不城陷兵降。

霍去病这一路疾进，深入匈奴境内二千里，先后大败单桓国单于与匈奴休屠王，收降相国、都尉以下部众二千五百人。其时，单桓国地处西域（在今新疆乌鲁木齐），休屠部在西河小月氏（在今内蒙古鄂尔多斯东南一带），汉军声威，从此远慑西域。

此后，霍去病又接连进击，斩俘胡骑三万零二百人。连俘五王，及王母、王妃、王子等五十九人，相国、将军、都尉等六十三人。

霍氏帐下将卒，为汉军中最精锐之部。虽是如此，一路苦战之后，士卒仍十去其三，搏杀不可谓不惨烈。

一夏之间，匈奴境内焉支、祁连两山，接连被霍去病踏破。河西之地，尽归入汉家版图。匈奴部众四散逃亡，流离于途者，不知凡几。

胡营中，夜来常有胡曲悲鸣，听来凄凉万端。胡儿皆作歌谣云：

> 亡我祁连山，
> 使我六畜不蕃息！
> 失我焉支山，
> 使我妇女无颜色……

哀怨之意，尽在歌中。此谣曲传入内地，连汉人妇孺也都会唱。北地数郡中，霍去病声望达于极致。

东西两路罢兵后，诸将还朝论赏罚。武帝有诏，称李广力战二日，死者过半，杀敌之数亦相当，功罪相抵，仅得免罚。

霍去病连战三捷，功盖诸将，加封五千四百户食邑。所部校尉，凡随军攻入小月氏者，皆赐爵左庶长。霍氏属下，有司马赵破奴、校尉高不识等人，因擒获匈奴诸王及王子，皆得封侯。

另一路，张骞、公孙敖二将因误期当斩，特予开恩，赎为庶人。

为褒扬之故，武帝特意召见霍去病，难掩激赏之色，笑道："小将军功高，几逾卫青。闲暇时，不妨研习兵法，来日或可逾越韩信！"

霍去病年少不羁，心中自有主张，当即回道："陛下过奖。为将者，当随时用谋，又何必拘泥于古人？"

武帝一怔，随即开怀大笑道："天生霍郎，将河西一战而下，了结我一桩心事。今日赏赐既多，当好好去营造田宅。"

"不然！匈奴未灭，何以家为？"

"呵呵，好好！有小将军在，实为天幸，匈奴运数当不久矣。"

自此之后，官民皆知霍去病蒙宠，可比肩大将军卫青，都不胜艳羡。

前文说过，霍去病身世异常坎坷，原是卫少儿与小吏霍仲孺私通所生。

卫少儿后又移情陈掌，霍仲孺则回了原籍平阳（今山西省临汾市西南）。霍去病随母改嫁，其情之不堪，可以想见。成年之后，他记挂生父，终不能忘，此次北征回朝，路过河东郡，便遣人去打探霍仲孺下落。一探之下，得知生父尚在人世，当即接来相见。

此时的霍仲孺，已另娶一女子，生子名光，就是后来大名鼎鼎的霍光。这霍光，眼下也已长成少年，为人多才智。霍去病看这异母弟十分灵巧，心中喜爱，便令他随行左右。

霍去病替生父在故里置了田宅，买来奴婢，令老人家可颐养天年。遂带着霍光返京，为霍光补了郎官，算是尽了孝悌。

大将军卫青见霍去病立功，亦颇感欣慰。觉外甥虽依裙带而起，却并非败絮，端的是勇冠天下，与自己不分轩轾了。

如是，卫氏这一门，父子舅甥共有五人为侯。一时万民瞩目，显赫绝伦。

朝野议起此事，都叹卫皇后势大，一人得宠，竟福及一门。草民们垂涎之意，全不加掩饰，居然编成了歌谣来唱。那歌云：

生男无喜，

生女无怒；

独不见卫子夫霸天下？

卫青是谨慎之人，初闻此曲，颇觉心惊。然一想到阿姊亲贵，已成不拔之势，民间议论，尽可随他去了。

然老子曰："天地尚不能久，而况于人乎？"世上道理，就是如此。卫皇后集万千宠爱于一身，不过才十余载，便禁不起"花无百日红"的命运。想想也是，美人固然是娇羞百态，但天天看，也要看得腻了。武帝近身处，便渐次有了王夫人、李夫人先后得宠。二人早亡之后，又有尹婕妤、钩弋夫人相继得幸。

幸而这一年，卫皇后所生皇子刘据，年方七岁，被册立为太子，坐稳了储位。天下人心大定，卫皇后也安下心来，不再忧惧年老色衰。

此时正得宠的王夫人，为赵地女子，色艺双全。一入宫中，便得武帝宠爱，不久，产下一男，取名刘闳。自古宫廷中，母以子贵，王夫人缘此，便成了卫皇后的劲敌。

眼见卫皇后蒙宠不如前，卫氏诸人不免就起了忧心，生怕皇储有变。

这时，有方士宁乘，正在宫中行走，耳闻此事，便乘间向卫青献了一计。

这位宁乘，本是齐人。其时武帝为求仙，征召了一些方士来，宁乘就在其中。入京待诏后，多日不蒙召见，渐渐衣食不济，境况就窘迫起来。

这日，他正在司马门前徘徊，正遇卫青退朝归家。宁乘已是分文皆无，此时便灵机一动，立刻迎上前去，自报家门，称有事求见。

卫青见有人拦路，不明所以，便命御者停车询问。

宁乘自有草野人物的机敏，见有机可乘，便缓缓一揖，故作深沉道："在下为大将军计，事须密谈，不宜坦陈。"

卫青连忙下车还礼，恭敬道："君所言甚是，还请到敝府略坐，愿洗耳恭听。"

到得大将军府，卫青引宁乘入密室，屏退左右，向宁乘拜道："敝府清净，隔墙已无耳，君不妨畅言。"

宁乘拿足了架子，才徐徐道来："大将军功高盖世，食邑万户，三子俱封侯。上古以来，显贵无如此者。"

卫青脸色一变："哦，岂可如此说？"

"在下并未危言耸听。大将军位极人臣，中外瞩目，史书上必有一笔。然古来之事，从来物极必反。大将军读书多，无须我点醒，位高益危至此，后路可有虑及？"

"平素偶有想过，却苦无良策。君可有妙计教我？"

宁乘便微微一笑："大将军驰骋塞上，在下为你牵马尚不及，然论及人事，武功便全无用处。我这里有一问，请大将军答。"

卫青已知宁乘绝非浅薄之辈，连忙低首下心道："愿闻。"

"大将军一门五侯，可是全凭军功争得？"

"非……非也。"

"正是。军功固是不假，若无裙带，如何有五个侯落入卫家？卫氏发达，全赖皇后，连长安小儿也知此理。皇后之位，想来无恙，然王夫人如今大见幸，卫氏便如坐铁镬上，焉能高枕无忧？"

卫青闻言，脸色就一白，连忙敛衣揖礼道："愿闻阁下指教。"

宁乘环视左右，见屋内无他人，方压低声音道："我闻王夫人有一母，居长安，并未有封号。大将军何不登门拜访，以千金相赠，结其欢心。如此，皇后在中宫，便不致被谗。王母若收了金，王夫人或可为皇后内援，这岂不是化敌为友？"

卫青闻言大悟，喜笑谢道："阁下果然有韬略，一席话，如暗夜明灯。阁下在长安居不便，不如就来敝府长住，随时点拨，卫某将不胜感激。"

宁乘闻言，正中下怀，便也不推辞，堂而皇之在大将军府住了下来。

隔日，卫青依宁乘之计，取出五百金，遣人致送王夫人母。王母无缘无故得了这金，当然高兴，定是要告知王夫人。

王夫人得知，心中也喜，想不到连国舅也来巴结，于是欣然转告武帝。

武帝闻之，心中倒是略略起疑。心想这个舅子，平素老实本分，如何能有这般玲珑的心窍？

待卫青入朝，武帝便当面询问。卫青脸一红，老实答道："臣本无此意，乃是方士宁乘进言，谓王夫人母在京，并未封赏，难免缺钱用。臣方起意，特送五百金救急，别无他意。"

武帝听罢，便洞察宁乘之意，觉此人倒还乖巧，随即问道："宁乘何在？可召他来面谒。"

卫青遵命，隔日带了宁乘上殿，一番问答下来，颇称武帝之意。武帝心想，如此乖巧之人，万不可放在中枢，就拜宁乘为东海郡都尉，令他去与盗贼斗智。

如此数日之间，宁乘便以白衣潦倒之身，得获高车驷马之贵，得意扬扬，出京上任去了。

都中人看得瞠目，都叹道："一语得官，竟如此之易。平民生子，焉能不发愤读书？"

自汉家出了卫、霍二将，塞上强弱之势，几于一夜间互易。匈奴日见式微，欲像早年冒顿逼迫高帝那般，已是万难。

至秋，匈奴所部浑邪王，眼看大势已去，便向正在筑城的李息请降。此时的李息，在朝中任大行，正奉诏在河南地筑城。

武帝接了李息奏报，半信半疑，便令霍去病领兵赴塞上，探得虚实，再行受降。

霍去病率两万人马，到朔方城见过胡使，方打探出原委来。原来这浑邪王，世居汉家西北，为匈奴右翼，与休屠王相邻。

窦太后驾崩后，武帝放胆击匈奴，连番北伐。浑邪、休屠两王地接汉境，首当其冲，连战皆败北，狼狈无以自处。

伊稚斜单于在王庭也觉脸面无光，迁怒于浑邪、休屠两王，下严旨召见，实是起了诛杀之心。

浑邪王早前被霍去病追击，痛失爱子，本就悲戚于怀，今又闻单于欲加罪，更是气不能平，于是致信休屠王，相约一同降汉。可巧休屠王也正心灰意懒，两下里一拍即合。

霍去病探得实情，心中有了数，即邀浑邪、休屠两王，率部一同入塞，转至汉境安顿。

两王欣然应邀，不久便率部启程。岂料休屠王走到半途，忽生悔意，勒兵迟迟不前。浑邪王得知此情，怒从中来，连夜引兵突袭，击杀休屠王，吞并了休屠部众，将休屠王一家妻小拘禁，率部往黄河之畔迎汉军。

两军隔河相望，浑邪王所部人马虽多，气势上却远输于汉军。浑邪王属下有裨将，见汉军人强马壮，军器精良，心中便起了疑惧，怕汉军要杀降卒，于是相约遁逃。

霍去病也知浑邪部人心不稳，便下令麾军过河，来见浑邪王。

浑邪王迎出穹庐，伏地请罪道："将军在上，罪臣愿弃王位，臣服汉家，永世不叛离。"

霍去病连忙扶起浑邪王，温言道："昨日交兵，乃各为其主。在下年少，也是用力过了些。今大王既归汉，便是一家，不必以罪臣自居。"

"怎奈将士愚昧，仍有离心者。"

"此事不必愁，在下自有处分。"

于是，霍去病命人暗访，查出胡营内离心将士，竟有八千人之多，即调大军围住胡营，不待生变，便悉数拿下，一并斩首。所余四万胡众，见霍去病恩威并施，尽皆畏服，愿随霍去病南下归汉。

霍去病见胡众已被制服，知无大碍，便请浑邪王先乘驿入京，面圣请降。

长安士民，初次见胡酋来降，都欢天喜地，拥到街上来观望。武帝见了浑邪王，也是大喜。厚赏之外，命将归降胡人，分置于陇西、北地、上郡、朔方、云中五郡，号为五属国。

为示天恩，武帝还急下诏，命长安县令征发车马两万乘，分送胡众往各处安置。

长安令奉诏，急得一头大汗，赶忙张罗。奈何县衙无钱，无论租买，一时怎能凑得齐这么多马匹？无奈之下，只得豁出脸皮，向百姓借马，费用待日后偿还。

京畿富户百姓，个个精明，不信长安令将来有钱支给，仅数日，便各自将马匹藏匿。任由差役入门察看，马厩中只是无马。

如此一旬两旬，浑邪降众携老幼，在边郡等得心焦，长安县却连半数马匹也凑不齐。

武帝查问下来，不由震怒，只疑长安令办事不力，有意延宕，遂下了敕令，将长安令拉去西市斩首。众臣闻之，一派震恐，都知长安令冤枉，却无人敢为之说情。

汲黯此时仍为右内史，闻武帝有乱命下，愤然而起，入朝去劝谏："陛下北伐匈奴得手，越发嫌老臣迂腐，久不召见。然老臣为陛下计，还是要说。那长安令，哪里就有罪？不要说长安县，即便关中各处，一时之间，哪里有马匹可供两万乘？"

武帝脸色便不好看："汲公，你是说朕全不察民情？长安县固无两万乘马，然富户众多，就出不起这马钱吗？"

"长安富户，各恃公卿贵戚之力。小小县令，如何能压得住？陛下若斩了老朽我，富户们或有所忌惮，方肯交出马来。"

武帝闻此，正想呵斥，又觉汲黯言之有理，沉吟良久，方叹口气道："罢罢，老吏看事，到底是不同。"

汲黯见武帝有所松动，便趁机又道："浑邪王叛其主，存心降汉，可令边郡出钱，传驿至各处，何至令天下骚动？如此以中国之疲敝，讨外人之欢心，岂非主次颠倒了吗？"

汲黯一番话，说得武帝默然无语。次日，果然就有诏，令各郡县交替传驿，将降人分发各处安置，途中不得扰民。

再说那浑邪王入朝觐见，得封漯阴侯，食邑万户，风光不减在匈奴时。属下小王四人，也都为列侯，不枉投奔一回。

此前，汉有律例，百姓不得卖铁器与胡人，若违禁，责罚甚严。自浑邪王内附，亲信也多跟随入京，得赏赐往往数十百万，与民间交易，出手极是大方。

长安百姓不通律法，不时就将些铁器卖与归降胡人。稍后廷尉府察访出，京城胡人手中竟多有铁器，顿起警觉，收捕了平民五百人，问出口供，坐罪当死。

一时长安市中，百姓皆呼冤："如何国人卖铁货当死，胡人买铁货却无罪？生为中国人，竟不如胡人尊贵吗？"

汲黯闻此荒唐事，又觉坐不住，便趁武帝有空闲，入朝求见，避开众人谏道："匈奴断绝和亲，屡攻边塞，中国举兵征讨，死伤不可胜计，耗费以巨万。臣愚以为，陛下得胡人归降，皆应罚为奴婢，赐给从军战死者之家。所虏获财物，也应赏与兵民，以谢天下。"

武帝就觉好笑："汲公，你该不至老得糊涂。那浑邪王部众入塞，乃是归降，而非俘虏。"

"陛下，臣虽愚，然尚未昏。纵不能视他们为俘虏，亦不应视为贵宾。浑邪王率数万之众来归，我朝倾府库所有而赏，奉若骄子，他功劳究竟在何处？外藩来归，乃是我兵民鏖战所致。百姓功高未赏，也就罢了，如何反倒低了降人一等？"

"放肆！你怎知晓朕之胸怀？"

"陛下胸怀，就当以吾民为上！那长安愚民，只知在城内卖铁并不触法，怎知文吏却偏以边关之法绳之？陛下纵不能以掳获之财赏百姓，亦不应以小事而杀五百人！如此，吾民又何其贱，而胡儿之命又何其贵？"

武帝被说中痛处，不禁勃然变色："汲公，我敬你为老臣，如何这般说话？ 自你外放后，久不闻你絮聒，今日又来妄发议论！"

汲黯遂拱手低头，只是不语。

斥退汲黯之后，武帝心不能宁，纠结了几日，终还是饶了那五百人性命。

且说众降人分遣五属国后，武帝又将浑邪王旧地，改置为武威、酒泉二郡。 自此，汉家西陲胡尘尽消。 出河西，过南山，直至盐泽（今新疆罗布泊），再也不见匈奴踪迹。

西北各郡，凡陇西、北地、上郡等处，边患皆有缓解，戍卒得减半数，天下民力也得宽解。

大势澄清若此，少不得又要为霍去病叙功。 武帝恩赏，再加封霍氏食邑一千七百户，其门庭荣耀，一时无两。

话说与霍去病发迹同时，汉家此间，又有一少年，也即将发迹。 此人的身世，颇为奇特，乃是休屠王太子，名唤日磾（mì dī），此前为浑邪王俘获，拘送汉军，后判罚没为官奴。

是时，日磾年方十四，遭此变故，却能咬牙撑住，料理各类杂事，手脚颇勤快，遂被荐入黄门署养马。

后有一日，武帝在宫中饮宴，起兴要阅马。 适逢日磾当值，得与黄门郎数十人，结队牵马过殿下。 诸郎皆是少年，忍不住要偷看后宫佳丽，唯日磾一人走过时，目不斜视。

武帝于座中见了，颇觉有异，遂注目打量。 见那少年日磾，身长八尺余，相貌堂堂，所牵马匹亦肥壮，便唤住他详加询问。

日磾据实以对，不卑不亢。 武帝得知他是休屠太子，就更觉得奇，当即令他汤沐洁身，赐给衣冠，拜为马监。 后不久，又接连擢为侍中、驸马都尉、光禄大夫，并赐姓金氏。 因前次霍去病北征时，曾获休屠王祭天金人，故武帝特赐此姓。

所谓驸马都尉，乃是专掌天子副车之职，金日磾是汉臣中获此官的第一人，可见其蒙宠之厚。

金日磾既得亲近，就更小心，未尝有半分过失。日久，受赐累有千金，出则为骖乘，入则为左右。众贵戚都看得眼热，多有怨言，谓曰："陛下不知自何处拾得一胡儿，竟如此器重！"

武帝有所耳闻，然不为所动，只一笑嗤之："此胡儿无甚奇，便是金不换而已！"反倒更加厚待。

且说北征连战皆捷，朝中大臣奏事，就不免颂声盈耳，齐称盛世。武帝听得顺耳，心中甚是得意。这日，忽见公孙弘病容加剧，一派忧心忡忡模样，便觉奇怪："丞相，普天之下皆喜，如何你却思虑重重？"

公孙弘叹气道："普天之下，唯我一人知，哪里有喜可贺？"

武帝便警觉起来："此话怎讲？"

"陛下，北伐匈奴，老臣实有过廷争，并非一味充和事佬。今日出兵，固然报了白登之仇，然南征北讨，哪一处不是花钱？"

"人马粮草，朕也知靡费甚多，府库莫非已撑不住了？"

"十库九空，岂止是撑不住啊！"

"唉，也罢！朕为天子，美馔佳肴用得也够了。即日起，御膳尽量节用。朕少吃一口，牧马苑也好多养几匹马。若再不够，内府中私帑，也尽可拨出顶上。"

公孙弘闻言，连忙稽首道："难得陛下诚心。饶是如此，怕也不敷支用。"

武帝便感惊异："军费竟浩繁至此吗？"

"天下事，鲜花繁盛时，亦正是焦头烂额时。若仅军费一项，倒还勉强。连年来，水旱灾起，饥民东西号啼，官府岂能坐视不顾？然年年赈灾，地方亦觉吃紧，各地仓廪也将空了。"

武帝忽就觉头痛起来，摆摆手道："此事我也略知，万料不到，地方吃紧竟至如此。朝中大事，丞相独立支撑，还须多多保重为好。钱不足用，用心筹措就是。"

不料，君臣这番对谈后不久，公孙弘到底还是年迈，操劳数月，竟一病不起，撒手而去了。

武帝闻丧报，为之郁闷良久。朝会时，对诸臣说道："公孙先生为相六年，实属不易。丞相病殁于任上，为汉家所仅见，抚恤之事不可随意。"

当即与诸臣议定，谥号为"献"，算是臣子中的顶级美谥了。其子公孙度，已任山阳（今山东省巨野县一带）太守，如今便嗣封平津侯。

过了几日，又命御史大夫李蔡，接任丞相；原御史大夫之职，则由廷尉张汤接任，将朝政接续了下来。

流年不利，偏又是雪上加霜。就在府库虚空时，元狩三年（前120年）秋，中原洪灾泛滥，漂没民房数千间。各郡县官府大急，发官仓赈济，然杯水车薪，哪里救得了遍地饥民。

武帝与丞相、公卿议来议去，欲向富民借钱买粮。然富户财可敌国者，终究是少，民间募来的涓滴，又有何用？

万般无奈之下，只能效仿高帝，移饥民至关中、巴蜀就食。各郡急如星火，造了簿册呈上，须迁徙饥民，竟有七十万之多！

武帝闻之，大惊失色："这七十万人，原地不动，食粟都难以筹集。何况一路西迁，车马草料，无不由郡县供给，这又如何得了？"

丞相李蔡提醒道："饥民至关西，还须谋生，钱财又是仰赖官府贷给。国用本就匮乏，如此动用，无异于放血。各郡计吏，早已叫苦连天了！"

这位李蔡，系李广的堂弟，与李广同时从军，景帝年间，就因战功官秩二千石。元朔五年，卫青出击匈奴右贤王时，李蔡为轻骑将军，与卫青同获战功，得封安乐侯。

武帝见他沉稳可靠，便任他为御史大夫，从此弃武从文，位列三公。

如今李蔡升了丞相，沉稳一如往时，只用心静观朝政，一时尚无主张。此时，早年被贬为詹事的郑当时，已升任大农令。

景帝末年，将治粟内史改名为大农令，专司府库及劝农事宜。郑当时本是忠谨之人，早前因太过胆小而被贬，久思报效，此时见是进言之机，便草拟好数条新法呈上，意在补救前过。

郑当时起自郡县，深谙用度之道，也知圣上急用钱，欲开源筹钱。于是，上书建言计财新法六条，条条显出他心机独到——

一曰，凡商民所有舟车，一概课税。府库空，贫民仓廪更空，若搜刮过甚，必激成民变，故拔羊毛者须觅肥羊。

二曰，禁民间铸铁煮盐，亦禁酿酒，凡有利可图之业，皆设官营专卖。

三曰，以白鹿皮为币，尺方之皮，折价四十万钱，督令富户认买，凭空生财。

四曰，令郡县销毁此前"半两钱"，尽改铸三铢钱，质轻而值重，便无须在用铜上靡费。

五曰，作"均输法"，令各郡国以土产充作缴赋。朝廷得土产，再贵卖他处，从中得利，以济国用。

六曰，在长安置"平准官"，眼观四方货物，贱时收进，贵时抛出，盘剥获利，不使利皆归于民。

武帝阅后大喜，立召郑当时来见，夸奖道："君所谙熟，不只是农桑，便是这买卖上的事，也通晓诀窍。所献策划，尽都可行。富商贾财，或累万金，而不佐公家之急，今日就从彼辈身上搜刮！奈何你身为大农令，管好府库已属不易，如何能分身去搜钱？"

郑当时对此早有预备，当即答道："臣之才，确乎不在商贾。此事须仰赖商贾之家者三人，引入中枢，用为计吏，方可转圜得通。"

"商贾之家中，竟还有这等人物？"

"有。臣留心实务多年，商贾之才，倒还识得几个。"

"你说来我听。"

"一为东郭咸阳，乃齐地盐商；二为孔仅，乃南阳铁商；三为桑弘羊，乃洛阳商人之子。三人各具奇才，为陛下计财，可滴水不漏。"

武帝眼睛便睁大："桑弘羊？朕之故旧嘛！早年我为太子时，桑弘羊便是伴读。他少时即精于心算，若需计数，随口便能报出。"

"陛下说得是。桑弘羊工于心算，明析秋毫，有天纵之才。今为侍中，不过闲职而已，若能为中枢僚属，则可建不世之功。"

武帝低头看看郑当时写的奏书，屈指算道："君之献策，计有舟车算缗、盐铁官营、均输、平准、改币、酒榷这几项，件件都牵动国本。如今朝中执宰，李蔡为武人，张汤只通律法，若无计财之人辅佐，府库哪里能打点清楚？明日，即可将这三人召入丞相府，用为计吏，经略天下财货。"

三位商人就此上任，只瞄着天下膏脂，穷尽心思，敲骨吸髓。从此小民欲谋生计，凡利大者，竟都无从沾边，缘此苦不堪言。

搜刮既重，民心便难免浮动，武帝也知其中利害，为撑大局，也顾不得那许多了，只倚赖张汤等人，重用酷吏，压住民间蠢动。

此后数月，汲黯因小事犯法坐罪，恰又逢大赦，张汤未敢轻断，呈请武帝上裁。

武帝笑言道：“料不到这忠直之臣，浓须大眼的，竟也能触法！既逢赦，便由他归隐去吧。”

汲黯免官之后，右内史出缺，便有南阳太守义纵，奉诏继任此职。这右内史一职，本是执掌京畿治安的，然这位义纵，恰好就是个盗贼，少年时曾与张次公一道为恶，打家劫舍。

说起此人为官，可谓有一段奇缘。他家中有一位长姊，略通医术，早年曾入侍王太后。王太后被其姊伺候得舒服，便问道：“你可有子弟，是否为官？”

其姊倒是老实，直截了当回道：“有小弟，然为人无赖，哪里能为官？”

王太后感激其姊，不肯信此言，遂将义纵荐于武帝，又美言了一番。武帝召见义纵，听他的答对，倒还入情入理，便拜他为中郎，不久又补了上党郡一个县令。

世上事，不可思议者多。这闾巷无赖做了官，却能处处称上意，在县中敢作敢为，不藏锋芒，公事全无拖延，竟被举为天下第一。后又迁为长安令，执法甚严，不避贵戚，即便是修成君之子犯法，也敢逮捕到案，武帝大赞他为能吏。

其后，又升至河内郡都尉，族灭郡内豪族穰（ráng）氏，致郡内道不拾遗。后竟迁升至南阳太守，成了堂堂的二千石。

且说义纵来到南阳，上任伊始，又照例要拿人立威。所拿之人，不是别人，正是闲居在家的酷吏宁成!

宁成为南阳穰邑人，景帝时曾任中尉，为人贪暴残酷，弄得连宗室外戚都人人惴恐。武帝即位后，徙他为右内史，却遭人攻讦，坐罪后解脱归家。居家后又不本分，购田放贷，役使贫民，威风竟甚于太守。

武帝终还是惜才，又起复他为关都尉，把守函谷关。凡出入关者，每过一次关，便如同过一次鬼门，皆曰："宁见乳虎，不愿见宁成。"

义纵上任时，偏巧就路过函谷关，宁成也知义纵根底，不敢怠慢，恭恭敬敬迎送。然义纵正是蒙宠得意时，胆壮气盛，正眼也未看宁成一下，就扬长而过。

入得南阳郡，义纵第一件事，便是查办宁氏一族。后起之酷吏，残暴更胜于前者，义纵捉来宁成族属，以追查盗铸钱为由，逐一捶楚，诬言加罪，籍没了全族家产，追逼到后来，连宁成也坐有罪。郡内大姓豪族闻风，都逃亡一空；南阳吏民见了义纵，直如活见猛虎，连大气都不敢喘一口。

继之不久，武帝见义纵断案果决，又调他至定襄为太守。前次北伐，大军数出定襄，定襄一带，吏民法纪败乱。他故技重施，甫一到任，便突至狱中，将重罪轻判者二百余人拿下，并其宾客、子弟私自探监者二百余人，也一并拘捕，诬以"为刑犯私脱械具"。当日从早至暮，放手杀四百余人，全郡不寒而栗。顽民滑吏，一夜之间服服帖帖。

武帝求治心切，用了这等酷吏，只见到他精明强干，禁盗铸甚严，便不问其他。复又擢他为内史，调回了身旁。同时调河内

（今河南省武陟县一带）太守王温舒入京，接任中尉。

这王温舒少年时，活脱脱就是另一个义纵，少年时最喜盗墓，以无赖出身，试补为亭长。后跟从张汤，迁为侍御史，缉盗手段十分了得，所杀甚多。再迁为广平郡（今河北省鸡泽县一带）都尉，择了恶吏十余人为爪牙，握其阴私，督其缉盗，故捕盗从无阻碍。手下恶吏虽有百罪，法亦不治；若缉盗稍有敷衍，即寻机夷灭其族。缘此之故，齐赵郊野之盗，全不敢靠近广平。武帝闻之，赞为能吏，又迁他为河内太守。

在河内太守任上，王温舒一仍其旧，沿用广平方略，严拿豪强，连坐千余家。所有豪强富户，大户皆族诛，小户皆论死，家财没官以抵赃。他上奏诛人，仅二三日即得批复。斩决之日，郊野血流十余里，哀声遍地。郡中吏民皆怪：新太守奏事，何以如此神速？

十二月整月，郡中闾巷悄无声息，人人震恐，无人敢夜行，郊野更无犬吠之盗。有一干盗贼，脚底板快，逃至近旁郡国躲藏，待捕回时，已是天暖春至，按律不得再斩人。王温舒竟顿足叹道："可惜可惜，若得冬令延展一月，吾事足矣，诛杀尽矣！"其好杀不惜人命，竟至如此。

武帝看这王温舒，也甚是顺眼，调他来京师，心就觉安。有义纵、王温舒这两个恶煞，便不怕苛征之下陡生民乱。

王温舒入京，带了一干滑吏为随从，复用河内套路，速奏速斩。此前张汤、赵禹这一干酷吏，立苛法，震慑豪强官吏，多还是依法而行，不敢有所妄为。待义纵、王温舒入京后，则以杀人而立威，恫吓吏民，京师气氛一片肃杀，百姓顿觉像变了天一样。

武帝此时只顾敛财，一手用桑弘羊等计吏，与民争利；一手用义纵等酷吏，以严刑助苛征，弹压民怨。

民间百姓，哪里经得起这般威吓？任是税赋繁重，也只得卖男鬻女，如数缴纳。当此际，再忆起文景两代，家给人足，仓廪满溢，竟如同做梦一样了。

就在此时，曾愿捐出一半家财的河南人卜式，虽未获武帝答复，其捐钱之心仍不改，遂向河南太守捐钱二十万，以助移民。

太守收到捐钱，按例上奏。武帝阅过，想起从前事，觉那时公孙弘还是多疑了，便褒奖了卜式，召为中郎，赐爵左庶长。

卜式应召前来谒见，武帝打量了一番，方知是个本本分分的富户，不由略带歉意道："此前事，公孙丞相是多虑了。卜君报效之心，不应有疑，便留在我身边行走好了。"

卜式固辞道："陛下，万不可如此！小民捐钱，不过是怜惜边民而已。"

武帝不禁动容道："白衣者，竟也有如此慷慨之人。你不必坚辞，朕用你，是用你所长。朕也养羊，尽在上林苑中，你只管去那里牧羊。征伐匈奴，边事缺钱，少的就是你这般输财济国之士。我一个做天子的，不能白受小民恩惠。"

卜式犹豫片刻，终还是答应了。自此，前往上林苑，依旧是布衣草履，一副庄户人打扮，为皇帝放起羊来。

后有一日，武帝过上林苑，特往探视。见卜式所牧之羊蕃息兴旺，不禁脱口大赞道："好好，凡事皆须如此用心。朕虽受誉为'天尊'，若论起用心来，怕还不及你一个牧者！"

卜式便借机进言道："牧羊有道，牧民更应有道。所谓道者，当是随时省察，恶者辄去，勿令败坏一群。"

武帝一怔，觉卜式话中有话，随口就道："说得好，说得好！

道岂止是在牧羊?"返回官中后,即发下诏旨,拜卜式为缑(gōu)氏令。

这缑氏县(今河南省偃师市东南),乃是上古名邑。卜式为皇帝牧羊,或是牧出了心得,只觉不如直接去牧民更能济世。于是接了旨,也不推辞,佩上印去做县官了。

此后一年下来,武帝赋敛有道,煮盐、铸铁等业,统归官营。又纳张汤之言,由丞相李蔡操办,广发鹿皮币、白金币。

所谓鹿皮币,乃强令王侯宗室使用的皮币。岁时朝觐,须献苍璧①,有诏令概以白鹿皮币为衬垫。此等白鹿皮,系上林苑所独有,大小一方尺,饰以彩画,每张值四十万钱。一个苍璧,所值不过千钱,衬垫反倒要四十万钱,所为无异于抢掠。

所谓白金币,官称"白金三品",系银锡混铸新钱。币分三种,以对应"天、地、人",即:圆形龙纹,重八两,值三千钱;方形马纹,重量次之,值五百钱;椭圆龟纹,重量又次之,值三百钱。堪称奇策百出,凭空生财。

张汤又献策于武帝,颁下"算缗令",令普天之下商人、工匠,皆须申报家财,每年按财缴赋,是为"算缗"。如此用力搜刮,府库之财,便滚滚而来,兵饷再无短缺。

次年为元狩三年(前120年),伊稚斜蛰伏一年,终难忍兵败之辱,又纵兵寇边,从右北平、定襄两地窜入,杀掠汉吏民千余人。汉家君臣见匈奴如此不羁,都恨不能倾全力征讨,以求尽灭,复又议起北征事。

---

① 苍璧,形同圆钱,中间有孔。为上古礼玉,红山文化地带即有出土。

武帝与诸将商议道:"叛臣赵信为单于献计,必以为汉军轻易不敢过大漠。朕意已决,今日要大发兵卒,深入胡地,志在必得。"

众将见武帝有大志,要驱赶匈奴过漠北,都倍感振奋,摩拳擦掌请战。武帝含笑不应,只吩咐加紧练兵,筹集粮草。

至元狩四年(前119年)春,见天下军械粮草已足,兵源亦雄厚,武帝便知天时已到。这日,武帝独自在东书房中,四顾无人,竟一步登上书案,负手而立,睨视墙上的天下舆图,长啸了一声:"终有今日,终有今日啊!"

当下,即有皇皇诏令发出,遣大将军卫青、骠骑将军霍去病,各率马军五万,总计十万骑士出定襄。更有步军三十万,相跟而出,誓要将单于驱至漠北,以解万代之忧。

老将李广,见诏令中无自己名字,就不免郁闷。想自己从军甚早,浴血百战,威名远扬漠北,几次出征却运气不佳,寸功未立,不得封侯。看自家堂弟李蔡,才能远不及自己,反倒有功封侯,如今更是拜了相,这天底下哪有公道可言?

闲居之时,李广识得一个术士,名唤王朔,能言过往及未来事。李广就推心请教:"我沐皇恩已久,如何独独难封侯?"

那王朔略作沉吟,反问道:"以往出战,将军可有过滥杀之举?"

李广心中一惊,脸便涨红,吞吞吐吐道:"确有。以往为陇西太守,曾诱杀已降羌人八百余,或是伤了阴德?"

王朔轻叹一声:"将军上阵,最忌杀降。楚霸王勇冠古今,一杀降,便失了天下,何况将军乎?"

李广闻言,悔之莫及,只能仰天长叹。辗转一夜后,还是心有不甘，天一明，就入朝去谒见，愿再次随军。

武帝面有难色，劝李广道："将军年事已高，不去也罢。 以往你功高，连胡人也知，所谓封侯事，倒不那么打紧。"

"陛下，老臣未封侯，乃命定，不敢有半分怨意。 只是尚有余勇在，不忍坐看同僚冒死征伐。"

武帝看透李广心思，不忍心点破，犹豫半晌，方允准了："也好，你只随大将军进退，不必过于操劳。 朕非愚钝，自知你忠心可鉴，然人间万事，都强求不得。"遂命李广为前将军，与左将军公孙贺、右将军赵食其、后将军曹襄一道，尽归卫青节制。

卫青入朝辞行，武帝执卫青手道："此战非同小可，千秋万代事，尽在此一举。 你我君臣，命系一处；家事国事，竟是分不开了。"

卫青听得动容，眼泪几乎流出："陛下放心，臣知事关万代，自会稳重。"

"那去病小子，勇不可当，你便放手任他拼杀。 汉家有你舅甥，乃天眷，不要自藏锋芒。"

"臣不敢。"

"倒是李广不同，他年老命蹇，出战多不利，勿使他当单于之锋。"

"这个自然。"卫青慨然领命，便去调集大军。

且说汉家男丁从军，皆称戍役，凡男子二十，皆须从军役一次，共两年，一年为卫士，一年为材官（预备役）骑士，练习骑射。 戍卒按强弱，分拨京师、边郡及本地三处，若逢战事，即上阵杀敌。

那时天下丁壮，就算是丞相之子，按例也须从军役，只不过，富贵人家可以捐粟免役。贫家小户，丁男若有军功，则计功授爵，故平民并不畏战，皆愿效死。另有良家子已服过役，仍愿投军的，官府也乐于接纳。

经数十年繁衍生息，天下丁壮甚多。自文帝起，官民皆重养马，马匹自是不缺。军令一出，各路马步军便于旬日之间，麇集于定襄城外，前不见头，后不见尾。但见春风起处，黄天黄地。风沙中，有旗帜隐现，火龙般蜿蜒游动。

武帝于此时，对卫青功高已有所忌惮，有意令霍去病立大功，故将所有敢深入力战之兵，皆配属霍去病麾下。李广之子李敢，颇有乃父风，在军中为校尉。霍去病并无裨将，李敢等校尉便权作裨将。

拔营出塞之日，霍去病头戴簇新皮弁，全身精甲，有如战神出世，一马当先，率劲卒数十为前导，李敢等率众军紧随其后。一路上，旌旗猎猎，兵戈相击有声，气势之壮前所未有。

边民闻讯，都齐聚陌上，观望大军出塞。有郡中耆宿想起文帝时，匈奴常来犯，竟致甘泉宫也曾戒严；再看今日，都感叹此等军威，今生还是头一回见。

霍去病军出定襄后，探得匈奴行踪，便当面迎向单于大军，疾驰突进。奔行两日，捕得俘虏数名，供称单于已悄然转向东去。

霍去病便令止军，遣人飞报长安。武帝得报，令霍去病率五万骑兵，转向代郡出击，堵截单于，搅乱匈奴左翼。卫青率五万骑兵并三十万步卒，仍出定襄，寻机与单于对战。

此时，伊稚斜单于探得汉军势大，心中不免忐忑。赵信便向单于献计道："汉军此来，志在过大漠，其人马必疲。我可以逸待劳，坐收其利。"

伊稚斜觉此话有理，便听从其计，将辎重向北远撤，又以精兵守候于漠北，专等汉军入彀。

再说卫青率大军出定襄，眼看北上已近五百里，却不见单于踪迹，心中就有疑，遣探马四出，打探消息。越日，探得单于原来已移师漠北，心中便有数，急驱大军向北，直至千里，终探到单于驻地。

临战之际，卫青想起武帝密嘱，不欲使李广当单于之锋，便令李广、赵食其，分兵一部往东道去，扰乱单于，而后相期会合。

李广得此令，颇为不解，那东道绕远，更乏水草，手中舆图又画得不详，平白多了许多凶险，便入帐自请道："下臣此次为前将军，受王命为前驱，决意死战，如何又往东道去？下臣实不解。"

卫青不好明说，只敷衍道："李将军与匈奴百战，单于闻风丧胆。你出东道，他必大乱，我辈坐收全功，有何不妥？"

李广心知卫青如此派遣，必有其因，或是故意要阻挠，心中便愤然，一语不发出帐去了。

次日，李广、赵食其率偏师一部，往东去了。卫青即下令，全军疾进，直捣单于大营。

军行百里余，终看见单于大营，人马有数万，早是严阵以待。卫青从容不迫，令众军扎营，以"武刚车"环绕四周。

这武刚车为轻车，原属殿后之用，有巾有盖，车后还有铁屏风，可防敌军强弩。

车阵围好后，卫青令骑兵五千杀出，直冲匈奴大营。伊稚斜在营中见状，亦放出胡骑万名。两军相对，分外眼红，喊杀声震彻大野。

此时正是日暮之际，忽有风沙卷起，砂砾击面，两军对面不见人。卫青急传令下去，五千骑分左右两队，绕单于大营而过，向后包抄。

烟尘之中，伊稚斜不知汉军有多少，只闻马蹄声响，似有千军万马向后奔去，显是要将他围住。又闻汉军喊杀声，兵多而强，不由就心虚，连忙乘一匹健骡，带了数百精骑，突围向西北逃去。

入暮之后，两军互击，死伤大致相当。正杀得难解难分中，汉军有左校尉，掳得一胡骑卫士，供出单于已趁暮色遁逃。

卫青哪容得他逃掉，立发轻骑一部，趁夜追击，大军则紧随其后。

匈奴兵见汉军忽然收兵，都向西北疾奔，知是单于已遁，都无心恋战，发一声喊，四下里逃散了。

一夜急追，冷月荒野上，似处处都有汉军精骑，杀声此伏彼起。至黎明，已追出二百余里，却仍未追上单于。这一夜，汉军尽显神威，斩俘胡骑有万余。

卫青率军追杀，正在狂奔时，前头有探马回报，单于已不见踪影，不远处，即是阗颜山（今蒙古国杭爱山南面的一支），山下有一座赵信城。

原来，赵信叛汉以后，单于便命他建此城，城因此得名。探马还得知，城中藏有积粟无数。

卫青见追上单于无望，便下令攻破赵信城，夺得谷粟，充作军食。大军在城中仅留了一日，便班师南下。将城中房屋及搬不尽的余粟，都一火焚之。

此路大军，折返过大漠，直至回到漠南，方遇见李广、赵食其所部。原来，两人东出后，因舆图不详，又无向导，在半途迷路，徒然绕路甚远，却一无所获。

卫青正心怀得胜之喜，忽闻两人无功而归，顿觉不快，便令长史去召两人对簿，询问何以逾期，再遣使归报长安。

　　长史得令，知会李、赵两人速至幕府，当面对簿。赵食其不敢违拗，闻令而至。李广却是气得须髯怒张，坐在帐中，一语不发，偏不肯去对簿。

　　长史素敬李广，见此状，只好端了酒食，前去李广帐中，劝李广速往幕府。

　　李广见了长史，愤然道："诸校尉都无罪！迷路失途，皆我一人之过，我自去幕府供认就是。"

　　说罢，便一抖肩膀，甩去大氅，随长史去了军中幕府。

　　进了帐中，见有熟悉的将士在，李广心就一酸，流泪道："我自结发从军，与匈奴大小七十余战，有进无退，舍生忘死。今从大将军出征，大将军令我东行，我本不欲行，终至迂回失道，这便是天命！我今已年有六十余，即便是死，亦不为夭寿，怎能再面对刀笔吏，乞怜求生？"

　　众人见李广流泪，一时不知所措，正待劝慰，却又闻李广悲愤道："罢罢！今日来此，权作与诸君辞别！"说罢，即霍地抽出佩剑，往颈上狠命一抹，旋即倒地，不多时便气绝而亡了。

　　众人纷纷抢上，哪里还营救得及？只得抱住他尸身痛哭。

　　李广平素待士卒甚有恩，闻李广自刎，所部将士皆大哭。卫青闻报，匆忙赶来看了，也是神色黯然，叹息不止。遂令全军为李广举丧三日，又将尸身裹好装殓，待运回故里。消息传开，各边郡百姓闻之，不论曾见过李广与否，皆为之垂泪。

　　一代名将，竟丧身绝域大荒，这一路汉军的得胜之喜，顿然被冲掉大半，都埋头默然而归。

再说霍去病这一路，运气却又是出奇地好。从代郡、右北平两处出塞仅百余里，便俘获不少荤允部胡人，令他们随军运载粮秣。随后轻骑疾进，越离侯山，涉弓闾水，向正北直趋二千余里，恰与左贤王部相遇。

左贤王所部计有八万余骑，剽悍异常，自天际潮水般涌来。此部以逸待劳多日，料定汉军远涉，必是人困马乏，歼之不过如同宰羊。如此气盛之下，威猛更甚于往日，皆跨矮小胡马，执短刀挥舞，望之令人胆寒。

霍去病到底是年少，勇气过人，望了一眼漫野胡骑，举臂一呼："生不封侯，死不瞑目。大丈夫立功，即在今日！"便率五万精骑，迎头冲杀过去。

两军顿时搅作一处，刀剑相击，嘶吼震天。大漠浩瀚，极目都是阔野，端的是一个好沙场。两军混战处，但见处处人仰马翻，折戟断旗，一派天昏地暗。

汉军到底是兵强马壮，长剑又占尽便宜，苦战了半日，渐得上风，将胡骑分割为数处，恣意砍杀。胡骑先还狂傲，渐至死伤甚众，便撑不住，潮水般向后退去。左贤王见势不妙，先行率左右逃了。其余众胡骑，只顾寻子觅父、呼兄唤弟，弃下遍野横尸而溃。汉军又接踵追杀了半日，至穷荒尽头处，方才止步。

此一战，霍去病所部，先后掳获章渠、屯头王、韩王等，诛灭比车耆部全数，并俘将军、相国、当户、都尉等八十三人。经一夜清点，所斩俘胡骑，竟有七万零四百人之多。另缴获胡酋旗鼓、印信，更是无算。

霍氏所率五万骑兵，检点下来，亦有折损，全军十去其二，战死计有万人。

虽经恶战，汉军士气仍盛。除所俘王公随队押解以外，其余胡兵，尽夺去其军器马匹，而后放走，大军继续前行。

如此且战且进，汉军紧追左贤王不舍，跋涉半月，竟横绝大漠，抵达绝远处的狼居胥山（今蒙古国肯特山）。

此山位于漠北千里荒野之上，有一脉奇峰突起，上为嶙峋怪石。霍去病下得马来，仰望片刻，遂率一众校尉，徒步登上山顶。

放眼北望，只见天低云暗，万山叠嶂之外，不知是何方天地。回首南面，则是一派阔野，碧草初露，千里不见匈奴一人一骑。

山上风急，吹得众人战袍猎猎作响，瞬时又有飞沙卷过，甚觉悲凉。

霍去病放眼四顾，久久不作一声。抬眼望天际，见有孤鹰一只，渐飞渐远。直望到那鹰如尘埃不见，方回过头，对李敢等人道："人生短促，天地无垠。今生踏足此地，怕也只有这一回了。霍某生于建元初，弱冠不久，便得建此大功。若无君上恩宠，又何来此幸？"

诸校尉便恭维道："骠骑将军神勇，天下无双，他人也难有此功。"

霍去病按剑一笑："既生于汉家，昨日阴山，今日狼居胥，当如是也！"

当下，便命士卒在山顶堆土，面朝南方设坛。隔日再登山顶，于坛上祭天，并勒石立碑，以遒劲隶书，铭刻漠北之战始末，以示此地永属汉家。

祭祀礼始时，山下汉军四万人，队列整齐，鼓角齐鸣。霍去病手执火把，一步步登坛，引燃柴草，顿时便有烟火冲天而起。

四万兵卒在山下望见，举戈齐呼"万岁"，山野为之震荡。

众人仰首望去，唯见霍去病独立坛上，面南遥拜。一袭猩红战袍，迎风飞扬，与烟火同辉耀，直如仙人。

这便是著名的"封狼居胥"，后世百代，皆以此喻武将功名之最。

后几日，大军又行至姑衍山（今蒙古国宗莫特博克多乌拉山），见此地可眺见千里平野如茵，直抵天际，便在此行了祭地禅礼。

霍去病终不放心逃走的左贤王，接着纵兵北上。一路食少饥渴，便掘地取水，射猎充饥，总要穷极荒野寻踪。然所过之处仍未见胡骑，仅有零星土著，依草木而居。问起匈奴行踪，彼辈不仅语言不通，且惶悚万状，百问也不得要领。

又行走数日，前锋兵临瀚海，纵目远眺，竟然有万顷碧波阻在前路！

众军只疑是到了天外异境，纷纷饮马水畔，解甲而憩。霍去病打开舆图，见此海虽有描绘，四方却全无城邑，只是荒野。稍后，探马捉到一个略通胡语的土著，询之，方知左贤王残部已远遁西荒，不知去向。再问西荒之地通何处，土著答曰："徒步三年，或可近大秦①、条支。"

霍去病大感惊异："今我追至北极，他却遁去了西极？"又看看诸校尉，笑说道，"如何，敢随我西去吗？"

众人也知他是在玩笑，便都道："不敢。今生还想与妻小团

---

① 大秦，古代中国对罗马帝国及近东地区的称呼。

聚。"

是夜，霍去病与诸校尉畅饮，酒酣时燥热，遂步出帐外，敞衣消汗。偶一抬头，忽见夜空北斗竟已南向，顿感惊讶，脱口大叫道："奇哉！怪哉！"

诸校尉在帐内闻声，不知何事，都跑出来看。

霍去病便一指南方："诸君，看那是甚么？"

众人望见，也是惊异不止，纷纷喊道："斗宿如何在南了？"

仰望良久，霍去病才叹道："玄武七宿竟转向南，此行远甚，远甚！我辈当归了。"

待隔日，各路斥候次第回报，皆曰："左贤王确已遁逃无踪。"霍去病这才下令，班师还朝。

待卫青、霍去病两路陆续还朝，已是当年初秋。武帝在端门受降之后，心情大好，当即论功行赏。

卫青一路，所斩俘不及霍去病，且下属迷路误期，故无功无过，未得益封。部下吏卒，更是全无封赏，仅西河、云中两郡太守后援有功，皆受赏。部将赵食其，失道当斩，恩准赎为庶人。

霍去病一路，却是封赏甚厚，两下里相差有如天地。霍去病本人，增封食邑五千八百户。所部李敢等校尉，皆有益封或封侯。这一路右北平等郡的太守、都尉，皆有封侯。

武帝初闻此一役，汉军战殁万余，便略感不安。后听说出塞时，官私马匹共有十四万匹，归来后竟不满三万匹，就更伤感："今之失，乃为万代，后世当不至责我黩武！"

随后下诏，特置大司马一爵，授予卫青、霍去病。二人荣爵并列，佩挂金印紫绶，荣耀无伦。

嗣后，又提升骠骑将军秩禄，使之与大将军同等。满朝官吏，皆是明眼人，初闻卫、霍二人封赏不同，无不愕然，继之心领神会，揣摩出了武帝心思。

诏令颁后，武帝见卫青眼神略异，便心有不忍，然又想到左依倚，只恐祸再起心腹，于是硬起心肠，佯作未见。

自此，霍去病之势日贵，而卫青尊宠则渐衰。卫青府中原有故人门客，见风向不对，都纷纷离去，转投霍去病门下。

唯有一荥阳人任安，不顾这世态炎凉，对卫青仍怀敬重。任安少小孤贫，由亭长做起，继为三老，因行事亲民，素有清誉。后入卫青将军府为舍人，因家贫无力贿赂家监，始终不得卫青重用。

当时卫青蒙宠日重，武帝便有诏，选将军府舍人为郎。平民做郎官，须自备马匹、衣装，乃是步入宦途的第一步。卫青此时已成权贵，全忘了旧时也曾微贱，只挑选舍人中富家子弟，令其备好骏马绣袍，以供选用。

不数日，少府赵禹奉诏前来选人，见过卫青舍人数十名，皆不入眼，随后笑对卫青道："将军门下，当有贤者在，文武兼备。然将军只挑些富人之子来，全无谋略，如木偶着绣衣也，如之奈何？"

卫青讪讪不知所对，赵禹也不再说，只召来府中所有舍人，约有百名，逐个问之。一番问询后，选中任安、田仁两人，遂对卫青道："独这两人可以，其余全无可用者。"

卫青讪讪，只得恭恭谨谨送走赵禹。回首见任安、田仁一派寒酸相，竟有如此好运气，意便不平，赌气道："你二人中选，好歹要顾及将军府脸面，请各自备好鞍马、锦衣。"

任安见卫青使气，便也不客气，照直答道："家贫，无钱备齐。"

卫青便陡然怒道："君家贫，是君自家事，本与我无干，何出此言？快快不快若此，竟似曾有大德于我吗？"叱罢，也觉无可奈何，遂上书奏明，此二人无力自备鞍马。

武帝见了奏书，心生好奇，便有意召见二人，看是何等样人。

任安、田仁应召上殿，武帝劈面便问："你二人，哪个德能在前，哪个居后？"

田仁抢答道："提鼓桴，立军门，使士卒乐于死战，臣不及任安。"

任安也连忙答道："决嫌疑，定是非，辨官吏能庸，使百姓无怨心，臣不及田仁也。"

武帝闻之大笑："好好，各有其能，倒是不谦虚！如此，任安既能战，可任北军护军；田仁既善治，可往河上，督护屯田事。"

此番召见下来，二人之名，立时传遍天下。后任安升为益州刺史，见旧主卫青失势，却不离弃，凡入京奏事，必登门叩拜，世人皆赞任安知仁义。

汲黯在京畿，闻听闾巷谈及此事，也不禁感叹："故廷尉翟公有言：'一死一生，乃知交情。一贫一富，乃知交态。一贵一贱，交情乃见。'悲夫，世态岂不正如此！"

再说伊稚斜单于遭狙击，慌不择路，带亲兵一走了之，与各部失了音讯约有十余日。匈奴各王群龙无首，都疑伊稚斜已死，慌得不行。右谷蠡王见不是事，便自立为单于，暂作号令。

待各王收拾好散兵游勇，伊稚斜方从草原深处归来。右谷蠡王这才松一口气，连忙自去单于名号。

匈奴虽不至溃散，然经此一役，元气大伤，各部都退回漠北，远离汉境，自此漠南再无王庭。

赵信见大势如此，知是天意难回，便劝单于权作韬晦，与汉家重开和亲。伊稚斜也无甚妙计，只得听从，便遣使往长安再提和亲。

武帝在前殿召见来使，睨视使者一眼，冷笑道："如何恁地着急？你家单于，正年少着，尚可与我再较量三十年，如何就要讲和了？"

匈奴使者一脸惶恐，稽首拜道："汉军天威，此次各王都领教了，无不畏服。回首往日，都觉和亲方为正途。汉匈两家，同出一脉，实不能再自相残杀了。"

武帝便叱道："朕并未残杀你兵民！百年来，胡骑年年入秋，只闲不住马蹄，屡次犯边，残杀我吏民，是你辈惯技。"

"不敢，往事提不得了！今日和亲，我家主子怀有至诚，望陛下开恩。"

"哼！单于认了输，倒也是百年未遇之事。朕尚未即位时，即忍不得匈奴秋犯，若不是老太后阻拦，今日之事，十余年前就已见分晓。朕于和亲，倒是无可无不可；此事如何，还须问我大臣，你且去等回音。"

待匈奴使者退下，武帝便召集公卿来议：当下情势，可否允匈奴重提和亲？

诸臣议了一整日，或曰可，或曰不可，争论不休，堪堪已至日暮，也未有定议。

丞相长史任敞，也在集议之列，因位卑不曾发一语。此时实在按捺不住，便谏言道："匈奴方为我军所破，家国几败。我正可令其为外藩，世代臣服，岂可允他为敌体来言和？"

武帝拍案赞道："正是此理！ 早前张骞出西域，单于阻挠，嘲我汉使不可越他国土。 如今怎样？ 霍去病大军北征，贯穿大漠，兵临瀚海，再打就打到地府去了，他还有何脸面妄称敌国？"

"陛下圣明。 我朝收匈奴为藩属，正当其时。"

武帝连连称善，即命任敞为使者，往匈奴去劝喻单于，若肯称臣，一切皆好说。

岂料任敞出使后，一连数月，不见归来。 朝中大臣猜测，想是任敞心直口快，言语上唐突了单于，被拘留于胡地。

武帝念念于兹，朝会时，又提起和亲事，问诸臣究竟利弊如何。

此时有博士狄山，挺身出列，力言和亲甚好："自白登解围后，汉匈和亲至今，从未有过大患。 和亲中断，即劳师靡费，远征千里，万人抛尸大漠。 利弊不辩自明，望陛下三思。"

武帝便冷笑："博士说话，总是有理。 七十年来，我被杀掳边民，又何止万人？ 此命又由谁来偿？"

狄山强辩道："我军不入胡地，义便在我。"

武帝笑道："胡人只管掳你人畜，如何肯与你讲这个'义'字？"便又偏头问张汤之意。

张汤新晋为御史大夫，怎敢不留心揣摩上意，见此状，便直视狄山叱道："腐儒之论，愚不可及，陛下无须听信！"

狄山久不满张汤躁进，当即反驳道："御史大夫说话，如何仍如长安吏，动辄训斥？ 臣固然愚，然不失为愚忠；不似你张汤大夫，实为诈忠！"

武帝正宠信张汤，闻言不禁变色，手一指狄山道："书生议政，如何要诬人不忠？ 道德岂是你一人独占的？ 张汤为文法吏出身，长于治理；你一个儒生，可能胜任吗？"

"儒生并非书虫，也常习六艺。 骑射功夫，臣并不输于人，陛下可以一试。"

"若令你守一郡，可阻得住胡骑入寇吗？"

"臣非武将，不能。"

"若令你治一县，可能胜任吗？"

"臣非老吏，不能。"

"边境有城障，以你之才，可守得一障吗？"

狄山被说到短处，不好再推辞，只得应道："臣愿往。"

武帝便一拍掌道："甚好！ 你若守住城障三月，还都后，朕命你为郡尉，也不负书生指画天下之志。"

如此，狄山即被遣往边地，入住一城障，暂任为障吏。

汉时边郡城障，地处要冲，军民不及百人。 边荒地僻，连饮食都极艰难。 狄山硬着头皮上任，勉强住进，日日呆望荒烟落日，只盼着三个月期满回京。

哪承想，赴边障尚不及一月，某日晨起，戍卒却惊见狄山暴毙床头，连头颅也被人取走！ 太守闻讯，连忙赶来查问，吏民都说是被匈奴人所杀。 问来问去，终无结果，遂成了一桩疑案。

消息传回朝中，众臣不由满心惊惧，都疑是张汤施的毒手，于是再不敢倡言和亲。

匈奴使者既遭拒，黯然北返。 伊稚斜得报，也知武帝下了狠心，深恐卫、霍大军再来，着实担忧了多时。 好在汉家这一面，连年远征，赋役繁剧，连天下马匹都不够用了，也无力再战。 两家就此不战不和，边境上反倒安稳下来。

六

张汤恃宠
忽身败

元狩五年（前118年）春上，李广三子李敢，丧父之痛尚未平，忽又闻叔父李蔡遭逢厄运。

这位李蔡，与兄长李广一道，系由良家子从军，曾任文帝武骑常侍，勇武且谨慎，战功显赫。武帝即位后，封为安乐侯，自元狩二年起，继公孙弘为相。改为文臣后，也任事甚力，统领天下吏治、改币、统禁盐铁诸事。

或是位高必生骄心之故，他于晚年，忽就做了一件蠢事，私占了景帝陵园的一块空地。向例，以公地为私家苑囿，无非是违例过失；然所占地乃堂堂帝陵，便是坐了大不敬之罪。

时有大臣上书弹劾，呈到武帝案头。武帝阅过，发了雷霆之怒，恨李蔡太过张狂，便有诏发下廷尉府对簿。

当朝丞相被问罪，此种倾覆，几与萧何、周勃之厄相同。李蔡闻圣上震怒，知是逃不过这一关了，心中就翻江倒海。他本为刚烈之人，想自家位居堂堂三公，岂能受法吏羞辱？

如此一想，便没有退路了，心一横，在家中自尽身亡。人死后，虽不再问罪，侯门却因此断绝。

再说那李敢，因北征有功，封了关内侯。李广自尽后，武帝心有不忍，令李敢袭了父职，此时正为郎中令，总管宫禁事。

李敢之上，有长兄李当户、次兄李椒，皆短寿，先于李广而死。此后李广又冤死，父子四人，仅余李敢一个。李敢心中便觉凄凉，总恨那卫青胡乱调遣，致使老父自尽。袭职之后，不免常思报仇。

还未等下手，又闻叔父李蔡也自尽，就更怒不可遏："想我李氏一门何辜，竟至两位长辈枉死？"盛怒之下，闯入大将军府，当面追问卫青："大将军，我父缘何而死？"

卫青性素温顺，将李敢延进书房，好言辩白道："令先尊在我军中，蒙圣上所托，不敢令他当劲敌，只可为偏师助阵，故而分兵。"

李敢哪里肯听，当即反驳道："大将军一言，人皆信之，我偏是不信！你说是分兵，如何要令先父绕道远涉？"

"舆图绘画不详，失道在所难免，足下也曾征漠北，当不至疑我有勾当。"

"呸！下臣不用你教训，偏就疑你有勾当！"三言五语后，李敢忍不住破口大骂，詈骂尚不解恨，又挥起拳就打。

卫青惊起，急忙躲闪："郎中令，莫做匹夫事！"不意稍迟了一步，颜面竟被打伤。

李敢以衣襟拭净手上血，望住卫青冷笑："我陇西世家，大将军恐有所不知：为报父仇，宁为刺客死路旁！"

将军府一众侍从闻声，连忙抢进，从后抱住了李敢。侍从们七手八脚，按住李敢，欲捆绑送官。卫青掩住伤口，连忙喝止。

李敢甩脱众侍从，恨恨有声道："骑奴焉知大义？我便教你知，何为父子同仇！"转过身，即大步出了将军府。

众侍从皆感愤恨，要往御史台去，向张汤告状。卫青只是不许，随后，告病在家敷药。 数日后痊愈，念及李广之功，令左右不得声张。

霍去病闻说阿舅患病，便来将军府探望，闻知此事，不由大怒："校尉之辈，何至猖狂若此！"便要去登门问罪。

卫青连忙劝阻，然霍去病恼恨在心，不能释怀，遂起了报复之意。

继之不久，武帝往甘泉宫游猎，霍去病、李敢皆为随从。 驰入平野之后，一众卫士正在追逐禽兽，霍去病趁李敢不备，佯作射猎，从后面张弓瞄准了李敢。

但闻霍去病大喝一声："送你去见乃父！"弓弦响过，一箭正中李敢后心。 这一箭，用足了生平力气，李敢双手舞了舞，便一头栽下马来，当即气绝！

众卫士离得远，不知是何人误伤李敢，慌了手脚，都围上来观看。 见救治不及，人没了气，只得上报武帝。

武帝在后队闻报，心中一惊，立知是霍去病做的手脚，便有意祖护，令众人将箭镞拔出，裹好尸身抬回，只说是被鹿角触死。

自高帝约法三章，汉律即有条文：杀人者死。 虽有"议亲议贵"之说，于显贵可减免，也不过仅免一死。 似这般皇帝亲为回护、正凶毫发无损者，前所未有。

彼时李氏一门，已势单力孤，不敢稍有异议，只默默将冤情咽下，门庭也日渐衰落。 仅李广长子李当户，有一遗腹子名唤李陵，长成后承继家风，从军习武。 然命运亦甚坎坷，此为后话。

李广其人，相貌粗鄙，酷似农人，口讷讷不善言，然其忠勇之心，却令天下士人动容。 时有民谚曰："桃李不言，下自成蹊。"便是喻李广之语。 其功劳之大，其运命之悲，令后世百代思之，意也难平。

再说霍去病仰仗恩宠，杀人不偿命，却不料，风光尚不及一年，竟然得病而死，似冥冥中有报应一般。

武帝闻霍去病噩讯，悲从中来，只叹天意不遂人愿。原想卫青功高，难免会震主；霍去病则年少而武略不凡，恰好可当大任，取代其舅，怎能想到他竟如此短寿？

哀伤之余，武帝令厚葬霍去病，允其葬在茂陵旁，谥为"景桓侯"；并有诏下，下葬之日，发五属国浑邪王降众，结为"玄甲军"，从长安排列至茂陵，壮其声威。

又在茂陵园内，仿祁连山形，为霍去病起一大冢，以纪他开疆之功。霍去病之子，此时尚年幼，武帝甚爱之，有意栽培，可惜后来早夭，侯门也就此断绝。

李、霍两家，虽都是名将，却因有无裙带之故，命运相异，竟然有霄壤之别。

再往后看，李广之孙李陵、霍去病之弟霍光，均成显贵，然结局仍然类似。所谓专制之下，难有公平，即是此之谓也，神仙也无可奈何。

却说李蔡死后，相位空缺。御史大夫张汤位列丞相之次，按例应当补进。即是张汤本人，也作如是想。

万料不到，武帝用人，到此时已是人神莫测，偏就不用张汤，却拔擢了太子少傅庄青翟，递补为相。

这位庄青翟，资历亦是不俗，乃是开国勋臣孙辈，其祖父庄不识，高帝时封为武强侯。至文帝时，庄青翟得袭父爵；武帝即位后，曾任御史大夫，此时用为丞相，并不唐突。

武帝这道诏命下来，庄青翟自觉资历不输于人，便也未推辞，欣然受命。

于此，张汤却意有不平，觉有失颜面，暗中起了猜忌之心，起意要构陷庄青翟，只是苦于无从措手。

那庄青翟也是冤枉，无意中成了人家绊脚石，却浑然不知。坐上了丞相位，只道是有祖上护佑，却不知将陷于一场生死争斗。

庄青翟上任，要应对的还是计财之事。此时，天下所用钱，尽为三铢钱，质轻价重，极易伪造。有那奸商之徒为牟利，往往犯法盗铸，官府也难禁。

张汤窥得庄青翟并无良策，便上书奏请，拟改铸五铢钱。因五铢钱所费铜材略多，故而可防盗铸。武帝准了奏，五铢钱从此流遍天下。然计财之事，不能凭想当然，那五铢钱用铜虽稍多，私铸之利却更大，民间私铸，从此反倒炽烈成风，尤以楚地为多。私钱泛滥，官钱就更不值钱，官府购得马匹粮草，凭空要多费不少冤枉钱。

武帝虽高踞深宫，于此事却了如指掌。有桑弘羊等人为耳目，奸商所为，逃不出他眼光。

私钱遍地，与官府争利，这如何能忍？武帝想了想，便召闲居的汲黯入朝，令他去做淮阳太守，欲以峻法治楚民，止住盗铸之风。

汲黯被免官多时，耿耿于怀，本不愿再为官。使者携诏书赴濮阳（今河南省濮阳市），上门征召，汲黯只伏地辞谢，不肯受印绶。

使者在两地奔波往来，如是三回，汲黯偏就不松口。

武帝闻之，又气又笑："这长孺老翁，又耍脾气了！"便特召汲黯来见。

汲黯应召入朝，上得殿来，又是伏地连番辞谢："臣已衰朽，做不得官了。"

武帝嗔怪道："长孺君，请平身说话！此次外放，是为重用，莫非你还疑心朕吗？"

汲黯泣道："臣以为即将老死填沟壑，不复见陛下了，不意陛下又要收我为官。臣自是愿做犬马，然病体未复，力不能胜任郡治。臣只愿为中郎，出入宫禁，聊作补阙拾遗。"

武帝便笑："君如何就瞧不起淮阳？天下四方往楚，淮阳当道，朕用你扼住淮阳，盗铸便不难禁。如今淮阳吏民，为禁私钱之事，两不相安。朕欲借重君之名，坐镇淮阳。你到了郡衙，便是卧而治之，也是好的。"

汲黯听武帝所言甚恳切，也只得勉强受命，辞别而出。

京中诸友闻知，都跑来贺喜，顺便为汲黯践行。汲黯哭笑不得，只得与众周旋，忽见座中有大行李息，心中就一动，觉有话可向李息交代。

待宾客散后，汲黯立赴李息府邸回拜。进了庭院，汲黯一把拉住李息，步入内室，急切道："我虽得官，实是被逐往外郡，不得参与朝议。有句话，要说与足下听：御史大夫张汤，你也知他是何等人。其智，足以令主上拒谏；其诈，足以为主上饰非。官居权要，却不肯以正驱邪、为天下人代言，只知逢迎圣意。主上不喜之人，即百般诋毁；主上喜好之人，则曲意夸赞……"

李息略一抬手，止住汲黯话头，叹气道："张汤权重，你我怎能奈何他？"

"此等奸邪，好兴事，擅舞文弄法。内怀诈术，左右主上；外挟酷吏，以为自重。 公位列九卿，何不早向主上谏言？"

"主上宠信张汤，言之又有何益？"

"张汤迟早身败，公若不言，将与他一同受戮！"

李息一惊，只是摇头道："此事重大，容我三思。"

汲黯便顿足叹息："公为武人，威名与大将军并行。 上阵杀人，血溅衣而面不改色，何以胆小若此？"

李息望望窗外，更无言语，只恭恭敬敬将汲黯送出府门。

此后多日，李息思来想去，终未敢弹劾张汤。

汲黯见李息并无动静，知事不可为，只得赴淮阳上任。 其治郡之道，一如往昔，时不久，淮阳郡治便告清明，盗铸之风渐消。

至此，武帝一朝的敛财之道，如白金币、五铢钱、算缗令、盐铁官营、排挤富商、锄豪强等，皆由张汤窥探上意，促请而成。

数年间，"财赋"二字，为汉家君臣所热衷，每言必及。 张汤入朝奏事，语及国家用度，就滔滔不绝，直讲到日暮，令武帝听得忘食。

前后两任丞相，在他面前，竟似仅有虚位一般。 朝野都流传一句话，即是"天下事皆决于张汤"。

如此苛政，百姓如何能安于生计，不免就常有骚动。 郡县奉诏行新法，法有疏漏，朝廷未得其利，贪官却可从中渔利。 张汤闻之，便又痛加治罪，无论吏民，概不留情。

施政严苛若此，天下公愤，便都集于张汤一身。 公卿以下，以至于庶民，无不切齿咒骂张汤。

未央宫与俗世仅隔一墙，褒贬好恶却全然不同。 武帝看重敛财，不顾群议滔滔，只宠信张汤一人。 遇张汤得病，竟能以九五之尊，亲自上门去探望。 朝臣见此，也只有徒唤奈何，少不得有人相互间耳语："如今端的是精神乱营了。"

彼时民间有一商贾，名唤田甲，素有贤名，曾是张汤老友。张汤向为小吏时，与之有钱财往来。待到张汤为大吏，操弄国政，闹到民不聊生时，再见到张汤，田甲便当面叱责："多年不见君，君之貌，何其诡异？正月里有韭，你冬月便欲割尽吗？"

张汤碍于情面，不便发作，只能拂袖而去。世人闻田甲此举，都赞他是刚烈之士，敢言人所不敢言。

大势至此，张汤之位已是危甚，然他这局中人，却全不察此情。只道是哄住了皇帝一人，便可保三代身家，不但未加收敛，反倒是越发残苛。

彼时九卿之中，有大农令颜异，为发鹿皮币一事，独持异议。武帝当然心有不悦，张汤窥得上意，巧为迎合，竟然视颜异为死敌。恰在这时，有人上书攻讦颜异，指颜异鄙弃新法，阴怀两端。

武帝见了劾奏，也正想就此赶走颜异，即令张汤去查办。

向来恶仆行事，其恶必逾于主人。张汤此时，正恨不能将颜异一口吞掉，得此机缘，岂能令他生还？于是，一张罗网，便铺天似的盖了下去。

然一番严刑搜求下来，却是没有证据。颜异固然忌恨新法，却也知祸从口出，从不多言，只不过与来客相谈时，略略讥嘲了几句新法。

张汤见酷刑之下，竟无所获，也只得叹案中人骨头太硬，遂将颜异几句谑语，充作罪证，奏了上去。谳词称："颜异位列九卿，见有诏令不便，未尝入奏，但好腹诽，应当论死。"

武帝于盛怒之中，见了这荒唐谳词，竟是毫不犹豫准了奏。

古来以"诽谤"加诛，仅见于秦律。秦法残苛，世人皆恨，文帝时已明令废除"妖言罪"，此后说话不再犯法。几十年言路通达，人皆习惯，今忽见有"腹诽"入罪，朝臣无不惊诧。

然颜异到底因玩笑而失头颅，朝野震恐，人人噤不敢言。张汤见此，索性将"腹诽论死"一条，也加入刑律。如此，臣僚嘴上虽没说，仅心中有不平之意，便也是大逆。诸臣只能望天叹道：头顶的这片天，不知是哪一片天了！

孔子曰："君子泰而不骄，小人骄而不泰。"张汤骄狂至此，已迹近佞臣，旗杆折断之时，就在眼前。

——其高位崩塌之速，竟也令人瞠目！

张汤倒台，想不到是始于脚下。原来，他所掌的御史台中，有一御史中丞，名唤李文，为御史台次官，专掌弹劾百官。

李文与张汤素有旧隙，任御史中丞后，余恨未消，便留意衙署中往来文书，凡有能伤到张汤者，概不放过，都偷偷记下来。

他知张汤迹近小人，为治小人，也只能以佞治佞，攒足了罪证再说。

且说衙署中有一小吏，名唤鲁谒居，为张汤所爱。此人生得眉清目秀，或为张汤男宠也未可知。

这鲁谒居，虽貌美而心狭，得了宠爱，便思投桃报李。他知张汤与李文不和，便唆使旁人赴阙，上了一道匿名变告信，诬告李文有谋反奸谋。

武帝被蒙在鼓里，得了变告信，甚是恼怒："谋反也罢，如何竟谋到御史台来了？"于是发下张汤查问。

李文落在张汤手中，酷刑逼供，哪里还得有活路？活生生地就被砍了头。

这一幕,看得朝臣目瞪口呆。然天下人之口,要想封完,也是不能。后几日,武帝不知得到甚么风声,忽就问张汤:"日前,有人匿名言变事,事究竟从何而起?"

那鲁谒居诬告,并未告知张汤,然张汤心中明白,闻听武帝追问,就佯作惊讶道:"或是李文故旧,心有怨恨而为之。"

武帝点点头,以为不错,此事好歹算是敷衍了过去。张汤心喜,回到府邸,便想召鲁谒居饮酒共贺。不料家人回报,说鲁谒居患了病,卧于闾里租屋内,不能来见。

张汤闻之,十分心疼,连忙前往探视。鲁谒居卧病不起,只说是腿脚奇痛,端的难忍,又说了些李文伏诛事。才说了数语,便忍不住呻吟起来:"使君,小臣虽是使了些巧力,尚不至遭天谴吧?"

张汤闻言,便觉心慌:"病患要紧,如何还有心思乱想?"遂掀开衾被,见鲁谒居双脚红肿,竟似硕大薯芋,连忙就为他按摩双足。

这美貌小厮,不过衙署中一小吏,竟得主司如此照顾,实为闻所未闻。一众随从在旁,看得也是呆了。

或是因消受不起这天大的福分,鲁谒居病了不过仅旬日,竟一命呜呼,神人也留他不住了。

如此一来,便由喜转悲。谒居未婚无子,只有一弟,在长安与他同住,现下家徒四壁,竟付不起丧葬钱。张汤悲伤已极,一切丧葬费用,皆出钱打点,务求圆满而止。

汉朝上下,即便真的是好男风,也不足为怪。这一桩奇闻,若仅是张汤略有逾矩,倒也惹不出甚么人言来。

不料此时正有赵王刘彭祖,盯着张汤不放,事便急转直下。

刘彭祖为景帝第七子，年长武帝十岁，在赵为王多年，为人巧佞，善持诡辩中伤他人。 彭祖人如其名，果然也是长寿，在位有六十年，其国相在位却从未逾两年。

凡朝中派来一相，彭祖便使人密窥，察其偶有失言，立即上书举发。 如此，在赵为相者，一旦坐罪，大者死、小者刑，人人如履薄冰，不敢忤逆，他便可为所欲为。

前文曾说过，早前主父偃受贿赂，便是赵王闻风弹劾，奏书一上，竟致主父偃被诛。 天子以下，即便是一等权臣，闻赵王刘彭祖之名，也不禁胆寒。

张汤今日骤贵，并不卖面子与赵王，两人竟由盐铁之法而结仇。 赵地本多铁矿，原是滚滚财源，朝廷行新法，盐铁官营，赵王平白就失了一大进项，于是常与铁官争执。

遇此争端，例由御史大夫出面调处，张汤便常遣鲁谒居赴赵，查究是非。 鲁谒居有张汤授意，甚是强横，屡屡逼迫赵王让出冶铁之利。

赵王终不能忍，恨张汤入骨，连带也恨极了鲁谒居。 想自家好歹是天子胞兄，怎能在乳臭小儿面前忍气？ 于是遣人潜入长安，密探张、鲁两人过失。

适逢鲁谒居病卧，张汤居然为之摩足！ 眼线探知，急忙报回赵王。 赵王闻此事，也是大呼惊奇，火速上了劾奏一道，称："张汤身为大臣，不自庄敬，竟亲为一小吏摩足，骇人听闻，史所未有。 若非与之有大奸，何至狎昵若此？ 其中不法，宜从速严究。"

武帝自李文案起，便有些疑心张汤徇私，如今兄长又奏请弹究，事即不能放过。 于是令张汤回避，将此事发下廷尉查问。

此时的廷尉为赵禹，也是个闻名的酷吏，曾与张汤共拟新法。赵禹受了上命，知张汤已势危，即发签去捕鲁谒居。廷尉府皂隶得令，便如狼似虎而去，俄顷又返回，报称鲁谒居已病死，只逮得其弟归来。

赵禹原想快刀斩乱麻，一刑之下，问出实情来。不料鲁谒居已死，便无从下手了，只得逼问谒居之弟。那谒居弟只是个少年，并未牵连入案，不便用刑，所供又语无伦次，全不能用。赵禹无法，只得将谒居弟囚系在导官①署，罚他舂米，有待慢慢追问。

此案就此拖延下来。

谒居弟在囚禁中，度日如年。可巧这日，张汤去了导官署查验公事，谒居弟看见，如见救星，急忙在槛中呼救。

张汤听到，知是谒居弟在此，本想去劝慰几句，无奈此案所涉，首要一人便是自己，哪里还敢妄动？于是佯作不识，头也不回走过。心想待事平后，再出手应援。

那谒居弟是懵懂少年，哪里知其中利害，见张汤昂首而过，还道是他翻脸不认人，于是恨由心生。当夜就请狱卒上书，告张汤唆使其兄，匿名诬告李文。所有李文奸谋之谓，全属子虚乌有。

武帝接了上书，证实了早前猜疑，觉张汤操弄天子如木偶，实是恶劣，便命新任御史中丞减宣，查究这桩诬告案。

也是合该张汤运去，这位减宣，也与张汤有旧仇。得此机缘，乐得假公济私，埋头搜寻起罪证来，务要教张汤难逃罗网。

---

① 导官,官职名。少府下属,掌舂御米。

此案尚在追查中，忽又有一大案爆出。原是文帝陵园中，四角附殿埋下的瘗（yì）钱，即陪葬之钱，一夜间竟被人盗空！

陵园被盗，首责当属太常，然事关重大，丞相也有失察之责。丞相庄青翟无可逃避，为减轻罪责，只得邀了张汤，一同入朝去谢罪。

张汤窥伺庄青翟之位已久，脸面虽未撕破，却早已存了取代之心，哪里肯替他分责？见庄青翟相邀，心中就有数，佯作应允。待两人入朝面圣，庄青翟跨步向前，提起陵园被盗事，率先谢罪，而后回望张汤，示意张汤也声言担责。

当此际，便见出张汤的诡诈来，他当场只是兀立不动，全无声响，害得庄青翟只得独自谢罪。

武帝未察出此中奥妙，闻奏动了怒，令掌监察的侍御史从速追查。张汤恰是侍御史的主官，待到散朝后，便暗中将侍御史召至家中，密授追查之计。

原来，张汤不但不肯分责，反倒想诬加庄青翟"明知故纵"之罪。若此罪坐实，则庄青翟丞相一职便难保。庄氏既免官，自然是由张汤递补。

如此一番诡计，侍御史心领神会，应允照此办理。岂料此人嘴巴不牢，竟将密计泄露了出去。

庄青翟风闻此事，心下大惧。正无可奈何之际，丞相府中有三长史，闻讯后不愿坐视，意欲揭穿此密计，陷张汤于绝地。

这三长史是何人？首要一个，便是大名鼎鼎的朱买臣。

早前朱买臣为中大夫时，风光无两，张汤彼时还是小吏，只配在买臣面前跪拜。

后张汤蹿升得快，一跃而为廷尉，又借淮南案大狱，将买臣恩主庄助诛杀，买臣那时便怀有怨结。

买臣自会稽返京，曾任主爵都尉，列于九卿。数年后，因犯法免官，只得暂去丞相府做了长史。

此时张汤已成御史大夫，与朱买臣再相见，尊卑也就颠倒了过来。朱买臣有事拜谒，张汤只当是小吏来见，高踞而坐，从不施礼。

买臣虽已失势，到底还是楚地名士，大名满天下，遭此蔑视，焉能不积怨在心，便欲将张汤置于死地。

三长史中另两人，一位名唤王朝，精通术数，曾为右内史；一位名唤边通，性刚烈，擅纵横术，曾任济南国相。

此二人，都曾官居张汤之上，如今失了官，暂为长史，反倒屈居张汤之下了。

张汤做了御史大夫后，凡丞相告假或卸职，便代理丞相事，总揽一切。他也知相府三长史心高气傲，便存心于公务之间，百般折辱。

小人骤升，贬损昔日显贵，为的是图一时之快，却料不到，祸患也就缘此而生。

三长史见张汤已官司缠身，却还要害人，便合谋，要予他致命一击。于是，三人同来见庄青翟，力主先发制人："张汤与公约定，入朝谢罪，不旋踵就背约，实是小人嘴脸。今又欲借陵园失窃事，倾陷于公；公若不自保，则相位旦夕将为此人所夺！"

庄青翟一时并无主意，哀叹道："张汤之心险，闾巷皆知，我如何当得他尖牙利爪？"

朱买臣就道："我等三人，久已看不过眼去，欲为公作筹划。不如先举发张汤阴事，将张汤之罪坐实，以免公后顾之忧。"

"张汤行事缜密，如何能有短处，为人所握？"

"即便是孔子，亦有见南子之讳。张汤非圣贤，腌臜也必多。近年为行新法，常与商贾勾搭，岂能没有短处？"

庄青翟本不欲陷人不义，然事急，若不出手，则自家性命有虞，故只得允了。

三长史得了默许，便暗遣得力吏员，前往市中，逮得商人田信等人，关进相府狱中，严刑逼供。

田信等人，素来为张汤奔走，自诩为耳目，重刑之下，只得胡乱招了。田信被逼不过，自诬道："凡御史大夫欲奏何事，小人必先知之。官府所用财货，小的闻风而动，买进之后再卖与官府，以此致富。"其余奸事，也是有问必招。

三长史得了口供，旋即散布出去，宫禁内外多人，都口口相传。

这日武帝耳闻涓人议论，不由得警觉，立召张汤来问："吾意欲何为，如何商贾竟能预先知之，岂非奇哉？"

张汤心头一跳，不知是何处出了纰漏，只得硬起头皮不语。

武帝直视张汤，目不转睛又问："官府欲购何物，商家便预先囤积，似是有人将吾意私下告知。"

张汤见敷衍不过，只得佯作惊异道："或真有此事！"

武帝闻张汤言语含混，不禁面有愠色，挥袖道："君请退下，朕迟早知是何人所为。"

张汤心怀惴惴，黯然趋退，全不知武帝为何起疑。

恰在此时，减宣已将鲁谒居诬告案查清，有上奏呈至东书房。

武帝阅过，见条条翔实，不由怒从中来，将奏书掷下："我信张汤，张汤却无信至此！"当日，即先后遣使者八人，轮番赴张汤府邸，与张汤对簿。

张汤向为酷吏，知口供即是要命的绳索，于是逐条反驳，坚不认罪："圣上责我怀诈，我诈在哪里？ 又责我欺君，我曾在何处欺君？ 所谓田信招供，全无此事，你辈再来八个，我也不服！"

武帝虽在盛怒之中，然虑及张汤素为宠臣，天下皆知，一夜间翻为权奸，总要塞住天下人之口。 便不欲立捕张汤下狱，只要他自承有罪就好。

武帝想了一夜，天明后揽镜自照，头发竟然白了许多。 又在室内徘徊许久，方召廷尉赵禹来，吩咐道："张汤为能吏，怀奸恶，旁人是问不出的。 你与张汤有旧，若劝得他悔罪，当有妥善处置。"

赵禹之刑狱手段，并不输于张汤，领命后，自有一番主张。待退下殿来，驱车赴张汤府邸，于途中便想好了说辞。

待阍人通报后，张汤出来，迎住赵禹问道："赵廷尉，如何是你来？"

赵禹便一笑："我来，不是强于他人来吗？"

张汤遂将赵禹迎入内室，隔案对坐，拱手道："在下问心无愧，可对天地；即是赵君来，也无甚可供！"

赵禹遂收敛笑容，责备道："我与君共事，无有不谐。 只未料，君何以这般不知轻重？"

"此话怎讲？"

"君坐此位，审案多矣，灭族斩首者，不知有几何？ 如今人皆言君有罪，供状详尽，如何抵赖得了？ 天子顾情面，不欲捕你入狱，欲令你知罪而自为计，免得族诛。 你如何就看不出这苦心，非要逐条反驳不可？"

张汤闻此言，底气顿消，面露哀戚之色："多年来，我为天子之刀，取人头颅无算。如今天子听谗言，弃用下臣，以洗苛政恶名。可叹我自长安吏起家，几至人臣之极，却翻作污泥，终被洗掉！"

言毕，即从案头拿起笔来，写了一道谢恩书。书曰："臣汤起自刀笔吏，无尺寸之功。蒙陛下恩宠，位至三公，无以塞责，唯一死而报君恩。然谋陷臣入罪者，三长史也，臣汤临死上闻，即为鬼，亦不能瞑目！"

写毕，掷笔于地，自博古架上，取下一瓶鸩酒，对赵禹凄然一笑："我为廷尉之日，即备下此物。今日君来，可知你我之辈终局，也不过如此！"便拔出瓶塞，仰头将毒酒一饮而尽。

赵禹在旁静观，饶是他见惯了人间惨剧，也不由得色变。见张汤已仆倒气绝，忙唤张氏亲属上堂，将尸身收敛，便入朝复命去了。

张汤毙命，消息立时传开。京中公卿闻知，都如释重负，暗地相约聚饮相庆。

当日，有廷尉府一班皂隶，奉赵禹之命，入张邸查抄，翻箱倒柜一整日。却不料，抄得家产才不过仅值五百金，皆为张汤历年所得赏赐。

皂隶去后，张母及兄弟子侄，环集堂上，放声大哭。其弟心有不平，欲厚葬张汤。张母闻之，断然不允，大声道："张汤为天子大臣，受污言而死，并非荣耀，为何要厚葬！"便命张汤之子张世安，从简入殓，有棺而无椁①，以牛车载往故里杜陵，草草下葬。

赵禹察其情，不敢隐瞒，便将张汤的绝命书，呈交武帝。

武帝此时，怒气已消了大半，阅罢张汤遗书，又闻赵禹所言，心中忽生出懊悔来，叹道："非此母不能生此子！"

赵禹亦有兔死狐悲之感，不禁脱口说道："张汤以私害公，指使属官诬告李文，当是实。然三长史所言，与商贾为奸，营私牟利，似也是诬言。"

武帝颓然倚于座，沉默良久，方抬头道："张汤出丧，有棺而无椁，清廉堪比孔子家了，如何就说他贪！那个商人田信，在狱中也不知吃了多少苦，且放了吧。着将朱买臣等三长史，立案逮捕，无论有何口供，诛了便罢！"

赵禹就一怔："陛下，朱买臣，乃楚地人望也。"

"既是名儒，就不该行纵横术。他恨文法吏，恨也就恨了，岂能容他摆布天子！"

如此不过旬日，即有诏下，称三长史共谋诬陷大臣，一并斩首，概不赦。

可惜朱买臣满腹经纶，却因一时脸面之争，卷入此案，与另二犯以一绳牵缚，同赴西市，断送了性命。

三长史就戮之日，丞相府一派愁云惨雾。庄青翟心知牵连之罪难逃，又觉愧对三长史，不愿受辱，当日也仰药自尽了。

一场政潮过去，朝中三公骤失两公，险些动摇根本。武帝选

---

① 椁(guǒ)，古时棺材外面套的大棺。

来选去，觉太子太傅赵周，家世清白，便拔起为丞相。另有太仆石庆，为"万石君"石奋少子，平素行事简约，此时接任了御史大夫。两人如履薄冰，勉强将局面撑了下来。

满朝文武见此，个个惊魂不定，都觉圣上脾性，已与往日大不相同，越发难测了。

事罢，武帝仍痛惜张汤，将其子张世安略作拔擢，用为郎官，以慰张氏亲属。

时有张汤旧友田甲，闻张汤死讯，不禁哀痛流泪，想起往日曾劝张汤不宜跋扈，只恨张汤不听忠言，遂有今日，私下里屡对人叹息："酷吏者，棋子耳，终将遭弃。汤兄这是何苦！"

张汤身败名裂，汲黯当初对李息所言，果然应验。武帝后来也知此事，便召李息来问："你如何不听汲黯劝？若早早诤谏，张汤断不至于死。"

李息嗫嚅不知如何作答，只回道："臣畏张汤，有所不敢。"

武帝便发怒："你畏张汤，竟不畏惧欺君乎？"当即发下廷尉对簿，终判坐罪，免官闲置。又诏令汲黯仍掌淮阳郡，得享诸侯国相之禄，以示褒扬。

虽是如此，张汤终究身败，其余酷吏，各人运势亦大同小异。

此前，便有酷吏义纵，于右内史任上身败名裂。那还是上年秋，汉武帝自上林苑出游，行至甘泉宫，见沿途驰道久未修整，多有损坏，便觉义纵只知杀人，而心不在理政。

天子疑心一起，酷吏生死，便多不可料。偏巧义纵又于此时，倚仗恩宠，骄横生事，终惹来杀身之祸。

且说自张汤等人建言，发算缗令，征商人工匠税赋，颇见收效。此时丞相府诸计吏，竟又想出"告缗"一法来。早前施行算缗，凡有匿不自报，或报不周悉者，即戍边一年，家财没入官。所谓告缗，即是敦促民间告发，凡藏匿家财不报者，经告发，所没财物一半，可赏与告发者。

至上年入冬，有计吏杨可，奉诏在京畿试行告缗，直闹得鸡犬不宁。

义纵见杨可主持告缗，耀武扬威，心中便有气："你也告发，他也告发，这告缗分明就是乱民。京畿民户，将何以谋生？"便不待上奏，将杨可派出的属吏，尽都捕入狱中。

武帝闻报，惊得双目睁圆，拍案大怒道："杨可告缗，关他右内史何事？"

见义纵恃恩妄为，竟敢阻挠新法，武帝便觉酷吏不可久用，当即下诏，命廷尉府捕义纵来严查。

可怜那义纵，往日恣意惩豪强，杀人无算；此时一朝身败，众人争相踏之，担了个"废格沮事"的罪名。不多日，便判了斩首弃市。

待义纵、张汤相继死后，尚有酷吏王温舒恩宠未衰，由中尉徙为廷尉。昔年盗墓无赖，今朝翻作九卿。小民看不见身败者恓惶，却只在乎发迹者得意，转而又叹："盗墓既得卿相可做，读书又有何用？"

王温舒任廷尉不多时，武帝觉后任中尉无能，便又命他复为中尉。王温舒此人，鲁莽无文，最喜亲手缉盗，居廷尉高位时，整日昏昏欲睡，官复中尉之后，如鹰击毛挚，顿觉精神百倍。

他生于阳陵，熟知关中习俗，地方上有恶吏多少，皆了然于心。此次复官，便又将诸恶吏尽行起用，倚为左右臂。所用恶吏，苛刻之极，遍置投告箱，劝民告发。又在各乡路口设置督长，名曰"伯格长"，以督辖盗贼。

王温舒为人谄佞，最擅依附有势者，视无势者则如奴婢。京畿有势之家，虽犯法铁证如山，他只似是无睹，秋毫无犯；若遇无势者，便是外戚，他也敢欺凌。掌刑名既久，就知如何舞文弄法，最喜诬陷小户，恣意捶楚，以此儆示大户。

落入他手中的奸猾，必遭严刑穷治，大抵都瘐死狱中。即便获刑不及死，系入囹圄，也无一人能活着出来。

其爪牙如虎，行事狠辣，治下滑民无不雌伏。京中有势者，也愿为之游说，故而王温舒在京数年，轻易便得了善治之名，其属吏也多以权致富。

自王温舒等人以恶为治，天下官吏纷起效仿，苛政日甚，吏民更不惜命，翻作盗贼。河内、燕赵与楚地，都有人作乱。盗贼大群有数千人，擅立字号，专攻城邑。所过之处释死囚，取兵器，绑缚太守羞辱之，滥杀二千石，又传檄各县，强令供应谷粟。小股盗贼亦有百人，掳掠乡里，劣迹不可胜数。

武帝得报，甚为恼怒："高帝以来，何曾有盗贼猖獗如此？堂皇盛世，内外可称清平，何以朕就成了秦二世？"即遣御史中丞、丞相长史，分赴各郡督责。

虽有严旨屡下，盗贼仍不能禁，一时竟呈汹汹之势。武帝坐于朝堂之上，再也没了先前的静气，责骂大臣，如痛骂小儿一般。

已而，王温舒亦有议论，不合武帝之意，当即被免。经几上几下，终为右辅都尉，行中尉事，其残苛一如往日。

后西域有战事，武帝征召各衙豪吏，从军效力。王温舒受人贿赂，藏匿了属下一名豪吏不报。有人上书变告，事即发，被捕入廷尉府问罪，牵连出其余种种奸事，竟至罪当灭族。

武帝阅过各郡呈状，方知王温舒一贯滥杀，民怨滔天，便将恩宠一日收尽，有诏：按大逆无道罪，逾秦汉之律，处王温舒诛灭五族。除父、母、妻三族之外，其两弟及弟媳娘家，也一并族诛！

王温舒知是兔死狗烹，悲愤无以名状，终于自杀了事。以至有大臣叹道："悲夫！古有夷三族，而王温舒，罪至同时灭五族乎！"

数个酷吏下场如此，也未能禁住苛政如故。后来诸人，不知酷吏命定如此，只道是前人愚钝，或命不好，于是前仆后继，投武帝之所好，恃恩滥杀，竟至愈演愈烈，此是后话了。

且说内政如一团乱麻时，武帝仍未忘经营西域事，心心念念，只在大夏一带。

年前有人探得：西域诸国，近来有异动，都有背匈奴之心。武帝得报，不由喜上心来，便召张骞来，询问大夏等诸国情形。

张骞已免官失侯多时，静极思动，闻武帝召问，知是机缘到了，便振起精神道："臣留居匈奴时，闻有乌孙①国，其王名唤昆莫。昆莫之父，原为匈奴西边小国之主，早先为月氏王所杀。时昆莫方诞，由一属臣背负而逃。逃亡途中，属臣将昆莫匿于草丛中，自己去觅吃食。待归来时，见昆莫在草中，竟有狼为之乳、乌为之哺，以为此子绝非凡人，遂抱起，投了匈奴。"

"哦？竟有如此之奇？"

"正是。匈奴亦觉骇怪，以为是神，遂收下昆莫，任其长成。

---

① 乌孙，汉代连接东西方草原交通的最重要国家之一。

待昆莫成年，匈奴已攻破月氏，逐月氏部众西走。 月氏逃后，匈奴使昆莫掌兵，数度有功，军臣单于甚爱之，归还其父余众，令其长守西域。 昆莫收其部众，屡攻近旁小邑，渐至强盛，麾下有控弦之士数万，善攻战。 后军臣单于死，昆莫率众远徙，中立不倚，不肯朝见伊稚斜。 匈奴遣奇兵攻击，却屡屡不胜，以为昆莫有神助，故而避之，仅羁縻了事。"

武帝细细听过，心中大动，对张骞温言道："乌孙既有叛匈奴之意，乃天赐良机，我当有所作为。 再通西域，岂非正当其时？ 想建元三年那时，君奉诏，西出阳关，万里凿空，眨眼就是二十年。 彼时朕尚是少年，少年之志，终生也难忘。 今拟拜你为中郎将，复西行，招抚乌孙为我外臣，不知君可有此志吗？"

张骞慨然应道："臣不过一凡夫，蒙陛下大恩，得以建功封侯。 今有君命，安敢不从？ 臣初涉西域时，不过二十余岁，今已年近半百，仍不敢忘。 臣以为，伊稚斜单于受困于汉，而浑邪旧地又恰好无人。 此次西去，当以厚币结好乌孙王，令其东归，居浑邪王故地，与我结为兄弟，则可断匈奴右臂。"

"说得好！ 朕也正是此意。"

"不若就此与乌孙和亲，世代羁縻，为我屏障。 乌孙以西各国见此，必有羡意，或能闻风归顺，为我外臣，西域将尽入我囊中。"

武帝大喜道："君亲历西域，眼界到底是不同。 如此谋划，端的是气象阔大，收得西域各国来归，为我藩臣，汉家声威当远至西极，又何患匈奴之扰？"

张骞忽又迟疑道："乌孙王身处西域，不知我汉家之大，仅有耳闻……"

武帝立即会心，笑道："君受命此行，自是不能单凭口舌之利。 只须教他称臣，子女玉帛，朕在所不惜！"

张骞精神便一振："陛下，有此一言，臣便放心，决不至空手而归。"

武帝仰头大笑道："事之易，不过一穴之溃。 那乌孙若愿为外臣，则西域诸国，尽可招为外臣。 来日我赴瑶池，举目当为通途。"

数日后，即有诏下，令张骞率随从三百人，携马六百匹、牛羊万头及金帛巨万，出使乌孙。 又有持节副使多人随行，可随时遣往他国。

出城之日，使者车骑迤逦数里，百姓聚于直城门内外，争睹风采。 张骞着中郎将冠带，战袍披身，火红一团，并不坐于车厢内，却是伫立车左，向父老连连作别。 车上竖起红色大纛，其上大书篆体"汉"字，有龙凤之纹做底纹，以金丝辫法绣成。 车行巷中，大纛迎风招展，壮阔至极。

从骑三百人，皆为精壮男丁，怀抱凿空之梦，自愿应募。 所有满载车辆，各插红旗一面，远望如火龙逶迤。

长安百姓，无不欢呼相送。 女子更是争掷香囊、果品，满街热闹非凡。

一行人所过郡县，无不有百姓歌吹迎送，设香案祈福。 直至出阳关，方告别繁华，步入荒野。

此时西河已属汉家，祁连至葱岭，再无胡骑踪影。 张骞一行晓行夜宿，虽尝尽风餐露宿之苦，却也无刀兵之险。 如此跋涉数月，方临近一大泽，抵达乌孙。

乌孙王昆莫闻讯，略感意外，稍作权衡，便将张骞迎入王宫。

张骞峨冠博带，登殿拜谒，向乌孙王献上礼物。

那乌孙王却是神色傲慢，高踞于座上，并不还礼，待张骞如待匈奴使者一般。

张骞从地上爬起，大感羞惭，粗声道："天子赐财货，大王却倨傲不拜，或是因嫌礼薄，那便请大王归还赐物！"

昆莫闻此言，略一迟疑，才起身拜谢，受了赐物，然其余礼节仍照旧，并无特别优礼。

张骞也无奈，只得直陈出使之意："汉天子有意，乌孙若能东归，居浑邪旧地，则将遣诸侯之女为昆莫夫人。"

岂料昆莫这时年纪已老，于红颜之事并不在意，听张骞提起，只是一笑："汉家翁主，名扬于匈奴，本王也稍有耳闻。难得汉天子，竟有这般诚心。我这里，且与臣属们议一议。"

昆莫似这般不咸不淡，令张骞大出意外，也知联姻之事急不得，只好退下，回馆驿去等候。

随后，昆莫便召来大臣，议论再三。其君臣所见大略相同，总觉得汉地遥远，不知其强弱究竟如何。昆莫便道："诸君之意，与本王略同。想吾国已服匈奴久矣，地又近之，诸君畏匈奴，不欲迁徙，亦是人之常情。我虽为王，却不能勉强诸君，此事可以缓行。我看那汉使气盛，且留他住下，磨磨他锐气再说。"

缘此，张骞在馆驿，一住就是多日，王宫中却音讯皆无。见势头不对，连忙打发译官，去贿买宫中人探听，结果也不得要领。那宫中侍者探了一探，只答复道："吾王不能专制。"

张骞便觉大奇："不能专制？天下竟有这等君主？"

又遣人四处打探，方探知内情。原来，这昆莫生有十余子，太子死得早，临死时紧握昆莫手，泣请父王，立自家嫡子岑陬

（zōu）为嗣君。 昆莫怜惜太子，便如其所请。

按说太子早死，昆莫意在传位于王孙，也无不可。 然昆莫还有中子，名唤大禄，强健有谋，一向专任守边。 大禄原想，太子一死，王位非自家莫属。

此时见昆莫偏爱，继立无望，大禄一怒之下，便纠合了众兄弟，拟率部反叛，谋攻昆莫、岑陬这爷孙俩。

事在运筹之间，昆莫得了风声，担心大禄要杀岑陬，便拨给万余骑，令岑陬别居他处。 昆莫自己，也亲领万余骑，用以自保。

如此一来，乌孙部众便一分为三，昆莫只担了个王的总名，不能号令全国。 张骞招抚之意，昆莫即便有所心动，也不敢专断。此中玄奥，外人无从得知。

眨眼间，汉使滞留已有月余，昆莫之意只是不明。 张骞无奈，只得分遣副使，往大宛、康居、大月氏、大夏、安息、身毒、于阗诸国，宣谕汉德。 各副使都觉热血贯顶，誓言不辱使命。

张骞为众副使饯行，举起酒杯来，想到众人此去，或将生死莫测，不由就落泪："男儿有志，不应老死窗下。 诸君今远行，携我汉家声威，至八荒四野。 路远且险，又情形不明，只望留心保重，来日重聚，再行痛饮。"

众人也都慷慨激昂，将樽中酒一饮而尽，且歌且舞，好一番抒怀。

岂料，送走副使才数日，忽有乌孙国向导、译官来称，奉乌孙王之意，送张骞返还长安。 另有使者数十人随行，携良马数十匹，以为谢仪。

张骞知是昆莫主意未定，欲窥探汉家虚实，也只得应了，与乌孙使者同行，返归长安。

归途一路，顺风顺水。众番使偕同入朝，谒见武帝，张骞伏地大惭，禀报出使不利始末。

武帝见那数十匹良马，健壮非凡，又见那番使奇装异服，样貌甚奇，心中只是喜，安抚张骞道："君哪里是无功？乌孙既有使者来，待看过长安，不由他不臣服。君之功劳，大矣！"便下诏优待番使，拜张骞为大行，位列于九卿。

众番使在长安住了月余，果然有看不够的风景，但见人稠物丰、华庭广厦，只恨一双眼睛不够用。返国后回禀所见，昆莫方知汉家势强，遂不敢再轻慢。

张骞此行，带回西域奇珍异宝，除鸟兽、器皿外，还有各类瓜果种籽，计有苜蓿、胡荽（大蒜）、胡麻（芝麻）、胡豆（蚕豆）、胡瓜（黄瓜）、胡桃（核桃）、葡萄、石榴等，不可胜数。武帝亲自点验过，喜得心花怒放，吩咐涓人，只管在宫内悉心种植。

只可惜，张骞任大行仅年余，竟染病身殁，未能长享荣耀，只将英名长留于后世。

张骞病逝后，所遣诸路副使，也都陆续返归，各偕了番使来朝。诸副使闻听张骞去世，无缘重聚，自是唏嘘不已。

自此之后，西域诸国与汉交通，无不信服汉家富强。武帝又再三遣使往诸国，意在宣抚。因张骞之名令各国慑服，故而后出诸路汉使，皆称博望侯，以借张骞之名扬威西域。

至后世相传，张骞更是几近神人。有传说，张骞曾奉武帝之命，探黄河源，乘槎①而行，经月余，见一城郭如官府，男耕女

---

① 槎（chá），木筏。

织，秩序井然。入一户人家，见一妇人正织布，其夫牵牛饮之。张骞诧异之下，问二人："此乃何处？"男子指牛饮水处道："此乃天河。"

其传言，直是绘声绘色，飘逸如仙，可见张骞凿空之功甚伟，世代未能忘记。

再说张骞死后，匈奴探得风声，知乌孙已与汉朝通好，右臂已断，不禁大怒，欲发兵攻乌孙。葱岭以东，一时战云密布，颇不安定。

时汉使往乌孙同时，亦取道乌孙之南，屡向大宛、大月氏遣使。西域道上，月月可见有汉旗飘过。乌孙王见此情景，心生恐惧，怕被汉家冷落，致两头无着，便遣使赴长安，献上乌孙良马，并求娶汉家翁主，愿两国结为兄弟。

武帝阅罢昆莫来信，哈哈一笑："如何便不首鼠两端了？"因向乌孙使者道："贵国诚心，朕已经领会了。和亲之事，还容商量。"

待使者退下后，武帝召大臣来议，对诸臣道："朕少年发蒙，曾读《易》，见书中有云：'神马当从西北来。'今果然有乌孙好马，朕便名其为'天马'。然这天马，却也不是白送，乌孙王要娶我宗室翁主，此事如何是好？"

众臣商议一番，皆曰："乌孙王娶我翁主，乃是以下求上，须得先纳聘礼来。"

武帝轻叹一声，随即又笑："也好，不容我辈舍不得了。治西域之道，无非子女财帛，他得了我好处，必为我羽翼。两国之事，犹如邻舍，以子女财帛换得平安，也是划算。"

打发走乌孙使者不久，又有大宛使者来，献上汗血马①。武帝视之，其雄健更优于乌孙马，不由喜对群臣道："年前朕问过张骞，大宛之国何如？张骞道：大宛在我正西，离汉家万里之遥，其民善耕田，有葡萄酒，多良马。今见之，果然名不虚传。"便又转头问大宛使者道："贵国良马，何以名为汗血马？"

使者答道："敝国之马，有枣红及栗色毛皮，驰驱之后出汗，通体发红，宛如流血。"

武帝好奇，便命甲士在殿前驱马，狂奔数十匝后，马身出汗，果然如血流淋漓。不禁就大喜，走近马匹，以手抚鬃鬣道："果然果然，真天马也！"

如此西域既通，汉家以西，天地便骤然阔大起来。武帝每在东书房，张望墙上舆图，只觉西域辽阔，无可比拟。如今汉有武威、酒泉两郡，北防匈奴，西通大夏，何愁西域不靖？踌躇满志中，更连番发使者，分抵安息、奄蔡、黎轩、条支、身毒诸国，宣谕厚赐。

武帝既好大宛马，遣往西域诸国使者，每年便不绝于途。每发一辈，多者数百人，少者亦有百余人。一年中所发使者，多者十余辈，少者亦有五六辈。路途远者，须八九年方得归来；路近者，也须数年方能往返。

却说赴条支、大夏副使返归，武帝于西域诸国概略，已心中有数，便召丞相赵周、御史大夫石庆及一干重臣，至东书房议事。

众臣甫一入室，便惊见一幅新绘的西域舆图，铺在地面。武

---

① 汗血马，即汗血宝马，原产于土库曼斯坦。

帝看诸臣已到齐，忽又想起，急命宦者去召太子太傅，偕太子同来。

少顷，太子太傅偕太子刘据至，武帝示意两人近身，手指舆图，对众臣道："诸副使返归，西域诸国形势，今日已渐明。我令画工新绘了舆图，了了分明。我汉家君臣治天下，若不明域外事，将如何措手足？今召诸爱卿来，便是为此事；太子读书不忙，也来看看。"

众臣及太子便躬身去看，无不感惊叹，口中啧啧有声。

武帝一撩衣裳，俯下身去，跪于地，招呼众臣道："今日也不必拘礼，都伏地来看。何谓西域？国有几国？孰东孰西？掌国者，万不可糊涂。"

众臣听了，都面露愧色，纷纷伏地，仔细观看。

武帝于域外山川形势，早便了如指掌，此时为众臣指点道："西域广袤，远过于崤关以东，东西足有六千余里，南北亦有千里。东接我玉门、阳关，西至葱岭。葱岭以西亦有数国，是为西极，更在万里之外。"

石庆性素严谨，看了大夏位置，面露惊诧："大宛辽远，已不可揣想。大夏更在大宛西南二千里外，岂非远在天际了？"

武帝笑一笑道："有天有地，便有人居。张骞曾言大夏情状：'其国无大君长，唯有小邑小长，兵弱畏战，善商贾。'也幸而如此！若各国皆强似匈奴，则我汉家臣民，万代都不得安宁了。"

见刘据在屈指细数诸国，武帝便道："据儿不必细数，西域计有三十六国。葱岭以内，分南北两道。南道有楼兰、且末、精绝、于阗诸国；北道有乌孙、莎车、疏勒、龟兹、焉耆、车师诸国。葱岭以外，更有大月氏、大夏、条支、安息、奄蔡诸国。"

众臣随武帝手指，逐一看去，连连惊叹。太子刘据，此时年已十三，生得聪明伶俐，听罢不由问道："西域诸国，如何不见身毒？"

武帝道："据儿不知了，身毒不属西域。西域大夏，在我西南，去汉一万二千里，身毒则在大夏东南数千里，料想与汉还近些，其国潮湿暑热，人民乘象而战。"

众臣便又一片惊叹："象可做战马乎？匪夷所思！"

武帝面露得意之色道："今我与西域交通，凿空万里，有商贾往来，财货互易，既可使我汉家威德施于外邦，亦可令远地财货补我天朝。如此基业，自开天辟地以来，当是前所未有。"

众臣便又同声赞颂，唯有丞相赵周似有心事，并未开口。

武帝便问："丞相有何疑虑？"

赵周恭谨答道："为伐匈奴事，天下府库已虚空。今为通西域，西边新开数郡，想那使者迎送、边郡设戍，无一处不是用钱，故而微臣心有不安。"

武帝笑道："大臣治国，岂能如小家户盘算？朕既用了桑弘羊等，便不必愁钱。大把撒出，自有还报……"说到此，又瞥一眼刘据道："天子也好，丞相也好，心怀八荒，须从大处算账。"

赵周似被一口气噎住，顿了顿方道："臣已尽心在算大账。"

刘据也讪讪回道："儿臣谨记。然以儿臣之智，仅能作齐家之念。"

武帝只一笑，也不理会二人，昂首拊膺道："有为之主，凡事须不计利害，方能如愿。上古便有昆山玉，东来入殷商。我今为天下之主，岂能不如古人？若不立志登昆仑、临瑶池，寻得西王母别窟，便是无能君主！"

众臣闻之，一时相顾失色，皆默然无语。

此后又过数年，夏六月，汾阴县（今山西省万荣县西南）有女巫，在后土祠为县民祭祀，见地裂，状如钩，挖开土看，竟是一硕大古鼎。

其鼎之巨，与世间众鼎不同，上有蝌蚪铭文，人皆不识。女巫甚怪之，上言于县吏，县吏报与太守，如此层层上报，为武帝所闻。

其时所谓祥瑞，已有人蓄意造假，武帝不轻信，遣使赴汾阴盘问女巫，知其中并无诈。于是武帝亲临汾阴，以礼祭之，迎宝鼎于甘泉宫，拟献与上天。路途上，遇黄云盖顶，又有狍鹿奔过，武帝手痒，一箭便射中，恰好拿来做祭享。

待返回长安后，诸公卿都来凑趣，上奏请尊崇宝鼎。

武帝看过奏章，撇嘴一笑，对众臣道："朕料定诸君闲不住，定有奏章连篇。然这几年，实是不顺，河滥成灾，五谷不登。朕赴汾阴，是为祭后土，求上天为百姓育谷。今丰年尚未得报，如何便出了宝鼎？"

九卿各司，惯于逢迎，岂能被这般诘问难倒，有曹掾便大言对奏："往昔开天大帝铸一鼎，是为一统，天地万物之所系。后黄帝又铸三鼎，以应天地人；禹王铸九鼎，以祀上帝鬼神。自古圣人出，便有鼎，由夏入商，至周德衰，九鼎方沉沦不见。今宝鼎迎至甘泉宫，光焰无际，黄云罩护，又有天降神鹿，陛下射之，以报上帝……"

武帝连忙摆手："且慢且慢，你之所言，乃朕之所见。究竟有何话要说？你只管简言之。"

那曹掾略一结巴，接着又道："承天受命而为帝王者，方知其意甚合。此鼎，宜献于高庙，藏于甘泉，以为祥瑞之应。"

武帝道："好好！今后禀事，三言五语就好。可迎宝鼎来高庙，巡游毕，再置回甘泉宫。"

又有太史出奏道："元狩之后，改元已四年，尚未有称意年号。今获宝鼎，不如便以宝鼎为年号。"

武帝大悦道："此议甚好！年号未定，你连史都不便写了。如此改元后，便可称'元鼎'。譬如今年，即作元鼎四年（前113年）好了。"

自此时起，武帝觉人间事功皆顺，定有暗中护佑，不由越发信起天意来。

当其时，伊稚斜单于已病笃，其子乌维尚年少，匈奴势更弱。朝中则由杨可主持告缗，数年之间，告缗遍天下，中户以上多被告翻，家财尽没。朝廷由此，得民财以亿计，财源大开，兵备异常充足。西北之势，渐入佳境，正是诸国纷纷来朝时。

却不料，久安无事的东南，忽又有传警入京。武帝接报，连连苦笑道："天将累煞我耶？焦头方愈，又遭烂额！"

原来，事因南越新王不入朝而起。当初南越王赵胡，臣服之心甚笃，曾遣太子赵婴齐，入京为宿卫，一住便是数年。

婴齐在南越，本有妻小，无奈入京日久，不免就感寂寞，存了心要另娶一房。

寻觅之下，终觅得一称心女子，即是邯郸人樛（jiū）氏。这位樛氏，来历非比寻常，乃是流寓长安的娼女，艳名甚著，常与霸陵人安国少季有勾搭。婴齐在京闲住，往章台街去得多了，在娼门与樛氏看对了眼，也就不看贞操看颜面，求人去说媒。

南越国地方虽远，然婴齐好歹是个藩邦太子，樛氏这边，焉有不乐意的，于是两下里情愿，成了好事。婴齐娶了樛氏之后，倒也专情，不久生下一男，取名为赵兴。

此前不久，老王赵胡病重，遣使赴长安，请武帝放归婴齐，好筹划嗣位之事。武帝想到赵胡一贯忠谨，便准了婴齐归省。

如是，婴齐携妻挈子，南归番禺，伺候了老王不多日，老王便薨了。婴齐就此嗣位，上书朝廷，请立樛氏为王后、赵兴为太子。

武帝略识得婴齐，以为此请并不为过，那樛氏虽是娼女，只要两相情愿，翻作王后也不算大谬，于是如其所请。后又想到，须好好笼络这位新王，便数度遣使，征婴齐入朝来见。

不料婴齐在长安日久，见惯了汉宫计谋，好不容易脱出樊笼，担心入京之后，为武帝羁留，便不肯应召，只打发了少子入京。武帝心中有气，却也无可奈何。

如此僵持有日，没个结果。未料婴齐本来体弱，与樛氏在宫中绸缪，纵欲过度，乐极生悲，竟在中年一命呜呼了。随后，太子赵兴继立为王，尊其母樛氏为王太后。武帝得了报信，不愿再纵容南越，便拟召赵兴母子入朝，要好好教诲一番。

此时恰有大臣查出，樛氏曾有情夫安国少季，仍在长安。武帝便心喜："且不管他是何人，遣这男子奉诏为使，往南越去，总召得回那女子。"

安国少季闻召，不敢推辞，虽觉事情滑稽，但也乐得做一回天朝上使。授节之日，群臣齐集殿上，有谏大夫①终军，自请出使，当廷奏道："臣愿受长缨，缚南越王于阙下！"

这位终军，系济南人氏，十八岁时，就被选为博士弟子，步行从齐地赴京就学。临行前，入郡衙听候派遣，太守久闻其有异才，特予召见。一见之下，太守见他果然不凡，竟与之结为忘年交。

入函谷关时，关吏撕下一幅彩缯②，递与终军。终军不解，拿起来抖一抖道："此物有何用？"

关吏嗤笑道："小子尚不知乎？这便是出入关的凭证。待二三年之后，你学毕归乡，须以此缯为证，方能出关。"

终军冷笑一声，弃缯于地，慨然道："大丈夫西游，学必有成，又有何事须出关？"言毕，背起行囊，昂然而入。

果然，终军到长安不久，即上书论事，尽显才华。武帝阅过，以为有异能，拜他为给事中。前文也说到，终军在随侍途中，曾就"白麟""奇木"两事，解了武帝心头之惑。后又自请为副使，愿赴匈奴。武帝虽未准他出使，却颇为嘉许，遂拔擢他为谒者，在宫中行走。

不久，终军奉武帝之命，出关巡行郡国。此次出关，乃是高车建旟，威风无比。关吏从未见谒者有如此年少者，先是吃了一惊，定睛看去，方认出是故人："哦，这不是弃缯生吗？未料你小小年纪，果然践了前言！"终军微微一笑，也不多言，便催驾起

---

① 谏大夫，官职名。汉武帝始置，或以为秦已有，汉初不置，武帝因秦而置之。

② 缯(xū)，此处指帛边。古代过关，以符书之帛，裂而分之，其用犹如契券。

行。

待归来复命，所奏颇称武帝之意，更被超拔为谏大夫，随侍左右。

此时见终军请缨，武帝便大赞："好好！少年新晋，其志不小。前次未允你往匈奴，今便准你赴南越。此去，劝说南越王，定有可为，或能如陆贾先生一般，名留青史。"当即允他与安国少季同行，又遣了勇士魏臣随行，以为辅助。

一行人出京之后，翻山越岭，历经数月，抵达番禺城。终军想起陆贾事迹，恍似已比肩先贤，不禁就有豪气填膺，鼓起如簧之舌，劝说赵兴勿存疑虑。

赵兴尚是少年，听了这番大言，自是不能不畏服，也有心入朝觐见。偏有南越国相吕嘉，自恃位高多谋，便疑心汉使有诈。特地入见太后樛氏，力陈不可轻信朝廷。

樛太后听了，半信半疑："汉家竟无人乎？竟然遣了个少年来，待哀家见上一见。"因出殿，召见众汉使。

不想在汉使队中，太后一眼就见到早年姘夫，风流仍如昔年。当下按捺不住狂喜，命安国少季近座前，端详了一番，又问朝廷究竟是何意。

安国少季知上命所托，就在此际，于是打起十二分精神，将武帝之意，好言告之。樛太后听罢，觉合情合理，又有旧情人的面子在，怎好推脱，于是应道："南越内附，非止一年两年。先王久在长安，蒙帝恩也甚厚，既然天子征召，我母子如何能拒之？"随后掉头嘱咐赵兴道："你登位不久，尚未上表谢恩。即日，便可奉表朝廷，愿比照内地诸侯，三岁一朝，并撤去南岭三关，从此绝无二心。况哀家本为汉家女，又岂能忘祖？"

终军闻樛太后此言，心下就暗喜："终不用长缨绑缚了！"当日，便遣了随从，携表飞报长安。

武帝在长安，接到赵兴效忠奏表，大喜过望："终军虽少年，果未负请缨之志！"便下诏嘉勉赵兴，并赐予吕嘉银印，及赐南越内史、中尉、太傅等人印绶。其余官职，悉听南越国自置。又命南越国从此用汉法，终军、少季等人暂留南越镇抚，以安人心。

事若至此，倒是皆大欢喜。却不想丞相吕嘉心中，终不服汉，疑心反而愈重，竟然就此掀起一场大乱来。

吕嘉为越人酋首之后，其父即为越相，辅佐赵佗父子两代。赵氏为羁縻越人，对吕氏一门素来倚重，其官爵，父死子继。如今的这位吕嘉，竟连父名也一并继承，因父之名，声望甚著，辅佐南越王也已有三世，堪称三朝元老。

吕嘉初闻安国少季频频出入王宫，心中便起疑，多次劝新王赵兴，不可轻信汉使。赵兴不听，吕嘉便索性托病不出，拒见汉使，一面就屡召亲信，阴蓄异谋。

安国少季见此，心有不安，这日在汉使馆，与终军议道："吕嘉有异图，必为大患，不如设计除之。"

终军摇头叹道："不可不可！吕嘉此人，营谋南越数十年，自少壮熬至白首，已根深蒂固，骤然诛之易，诛之而欲服人心则难。"

安国少季也知其中利害，无奈想了想，又道："不如去劝樛太后，即随我入朝，勿再拖延。若太后允了，我偕太后、少主北上，则南越朝野，尽知附汉已成大势。又有足下坐镇，吕嘉便难逞异谋。"

终军想想也别无良策，只得赞同。

六　张汤恃宠忽身败　　2 4 7

其实，少季出此策，也包藏有私心。此人一贯风流，入番禺未几日，便与樛太后旧情复萌，勾搭在一处，只碍着终军一人，不好太放肆。此次若能与樛太后一路，则无人再碍眼，可尽享鱼水之欢。

入得王宫，少季未及言毕，樛太后便心领神会，喜笑道："哀家也早有归省之意，不止一两日了。今若与君同行，则一路上风月，美不胜收。"

少季与樛太后密议已毕，便返回使馆，详告终军。终军听罢，心中忧喜参半，总觉此举有不测之险，却又不得不如此。

再说樛太后送走少季，即在宫中放出风去，要偕少主入朝，一面便备下南海珍奇，以作贡品。忙碌之余，却心生一个毒计，欲借汉使之手，先除掉吕嘉再说。

这日，南越众臣正在惶惶不安中，忽接到樛太后懿旨，要在王宫内置酒，宴请汉使及丞相以下百官。

吕嘉老谋深算，接懿旨后，便是一惊，知事非寻常，不可不防。于是知会其弟，统重兵将王宫严密环卫，以作震慑。

偏那樛太后以娼门入高位，全不知大局轻重，以为有帷幄密谋，便可制胜，于是一意孤行，拟在宴席上动手。

开宴这日，待主宾落座，酒行三巡，席上人不明就里，只顾其乐融融。吕嘉纵是警觉，也以为今日饮宴，不过是太后欲笼络人心，并无异谋在内。

众人正要大快朵颐之时，忽见樛太后起身，戟指吕嘉，怒气冲冲道："南越内附，国中再无刀兵之险，臣民乐见其成。独独丞相以为不可，莫非是另有祸心？今日汉使在此，丞相不妨就直言，附汉有何不可？朝廷如何便不可轻信？"

吕嘉闻言，知是太后欲以此语激怒汉使，自己若辩白，宴席之上，或将立生不测，于是埋下头去，只是不言不语。

终军赴宴时，早察觉宫外有重兵把守，知吕嘉已有备。此时，见安国少季以手按剑，魏臣也勃然变色，忙对二人低语道："有越兵在外，切勿造次。"

吕嘉望见汉使低头密语，情知不妙，连忙起身道："老臣不胜酒力，当先行告退。"言毕即转身，欲疾步下殿。

樛太后见吕嘉欲逃，终军、少季等又安坐不动，知是激将未成，不禁又羞又怒，抢步下阶，夺过卫士手中长矛，便要去刺吕嘉。

事起突然，千钧一发，众人皆被惊呆。

赵兴见此情形，连忙抢跪于地，拽住太后衣袖，苦劝道："丞相酒后，不成体统，母后万不可动怒！"便又示意终军等人周旋。

终军、少季也连忙起身，上前揖礼相劝："太后，国事可从长计议。"

樛太后这才止步，将长矛掷还卫士，复又落座，恨恨道："国中大事，只关赵氏，轮不到外姓人多言！"

吕嘉当此际，岿然不动，闻太后此言，方才对众人一揖，步下殿去了。

当日座中，尚有吕嘉党羽多人，因惧怕太后，也不敢多言。众人纷纷举杯，只一味与汉使寒暄："敝国卑湿，瘴疠甚多。上使由北入南，身体不适，可多食海鲜，以此为免病秘法……"如此云云，将一场尴尬掩饰过去。

吕嘉回到丞相府中，犹难忍愤恨，指空怒骂道："淫后，敢无道如此，终教你不得好死！"

待宫中酒宴散后，有亲信陆续来府中，皆力请吕嘉立即起事。

吕嘉闭目座上，良久不语，多时才睁开眼道："诸君不知，老臣心中有至苦！先父少壮即从赵佗王，建国南越，规模擘画，可谓殚精竭虑。先父所托我，是要保赵氏万世不堕。不料有此等淫后，欲卖祖求荣，实是不痛惜祖业，本当断然斩除。然少主待我，尚存仁心，我若诛淫后，必杀少主。若留下少主，则终将祸连九族……唉！我实不忍心如此。"

一众亲信听了，也是无奈，只能陪着叹气。

那边樛太后诛吕嘉未成，也是气恼异常，欲再次发动，无奈赵兴与汉使皆不赞同，颇感孤掌难鸣。又见吕嘉并无动静，也只得暂且忍下。

如此两相僵持，朝野皆知，人心便不稳，昔日千里南岭的祥和，荡然无存。

终军困于窘局，也是无计可施。至元鼎五年（前112年）初，只得将南越事变写成奏书，遣人报回。

武帝得了奏报，实出意外，看了又看，终是叹了一句："长缨欲缚人，谈何容易！"

当下召集众臣，商定羁縻南越之计。恰有济北国相韩千秋，曾上书愿往南越宣谕。武帝便下诏，命韩千秋与樛太后之弟樛乐，同为特使，率兵两千驰入南越，为赵兴助威，伺机可剿除吕嘉一党。

此计虽是出自众议，却是平庸之极。先前遣樛太后情夫为使，已是失上国体面；如今又遣樛太后胞弟为使，名分不正，更是难服南越人心。

早年樛太后为娼时，因羞见家人，久不与其弟通闻问。那樛乐本是邯郸贫民，游手好闲，终无正业，今日忽做了堂堂朝使，锦衣加身，梦里也是要笑翻了。

且说韩千秋一行出京不久，吕嘉便得了线报，大为震恐，急召其弟来议："汉兵此来，其意不善，必是淫后勾结汉使，引兵来攻我兄弟。你我为国之重臣，焉能束手待毙？"

嘉弟为勇武之人，兼之又手握重兵，闻言便大怒："我不诛淫后，淫后竟欲诛我，真真没有天理！今日，兄不可再存仁心了，不如今夜即发动，诛杀干净，不留一口，以保我子孙平安。"

吕嘉想新主年少，已倚赖不得了，若不自救，便只有授首，于是狠了狠心道："贤弟所言甚是。兵法曰'其疾如风'，欲举事，便万不可缓。你今夜即引兵入宫，诛太后、少主；我别领一军，专攻汉使。所有祸端，尽在今夜荡平。"

嘉弟领命，如饮甘醴，踊跃中仍未忘记问道："那两千汉兵南来，又如何应付？"

吕嘉微微一笑："不急，我自有妙计。"

此时的南越国，朝野都敬服吕嘉。嘉弟返回军营，号令一出，即有数千名甲士，左袒响应，随嘉弟奔出大营，直扑王宫。

王宫门外，有谒者数人，正执戟守门。见嘉弟引众兵前来，都大惊失色："将军何故夜来？"

嘉弟只答道："今夜汉使有异谋，下臣奉丞相之命，入宫护驾！"

众谒者也恨樛太后荒淫，此时虽心知有变，却也不多问，便将宫门敞开。众兵并不声张，一拥而入，直奔太后寝殿而去。

寝殿中，此际正帘幕低垂，烛火摇曳。樛太后与安国少季，恰都在此处，并坐相谈，情意缱绻。忽闻窗外有异响，两人不由都惊起。

樛太后强自镇定，厉声喝问道："何人放肆？"

顷刻间，门被轰然撞开，嘉弟引兵闯入，满室只闻兵戈声铿锵。安国少季从未见此等场面，脸色便惨白。

樛太后情知有变，高声叱道："你等食国禄，还胆敢背主吗？"

嘉弟只冷笑一声："我等行汉法，今夜来清君侧。左右，丞相有令，立诛淫后淫夫！"

众兵得令，上前一通乱刀，便将樛太后、安国少季双双劈死，取了头颅。旋又转赴赵兴寝殿，将赵兴拉下床来，也是乱刀斩杀。

另一边，吕嘉亲领一彪人马，围住了汉使馆，撞开大门杀入。

终军、魏臣知是吕嘉作乱，都拔剑而起，与一众随从奋起御敌。

怎奈寡不敌众，不过倏忽光景，使馆中汉人便被砍杀尽净。唯有终军一人，浑身被创，持剑与南越兵对峙。

吕嘉此时，拨开众兵上前，手指终军喝道："我辅佐南越王时，不要说你，即是你父，恐还是少年。黄口小儿，你所请长缨再长，可有万里长吗，能缚住我堂堂南越？"

终军知事已不可为，仍昂头慨然道："既受王命，便不知悔。我既死，你也苟活难久。今生未负汉家，足矣！"便挺剑向吕嘉冲来。

众兵见状，连忙发一声喊，围了上去，将终军乱刀砍死。吕嘉冷眼打量终军尸身，轻蔑笑道："小儿生北国，不知南方亦有老姜吗？"

可叹那终军少年有为，便如此殉难于变乱中。时人闻噩讯，都为之叹，称其为"终童"。

吕嘉一夜事成，待天明，即颁令于全国："吾王年少，不能掌政。太后系汉人，阴与汉使淫乱，致人神共愤。为保赵氏社稷，今奉先王之托，起兵除奸，诛孽贼，另立英主，以保南越运祚。"

时南越国朝中，遍布吕嘉党羽，吕嘉既有令出，众臣无有不从。吕嘉见朝臣听命，气焰大张，便迎立婴齐前妻之子赵建德为王，并知会了苍梧王赵光。

这位赵光，为苍梧族酋之后。赵佗自称武帝时，赐他一族姓赵，封在苍梧（今广西梧州市）为王，视之为同宗。赵光与吕嘉本为姻亲，得吕嘉传书，知国中生变，虽是心仍向汉，也不便有异议，只得将计就计赞同。

吕嘉此时闻报，韩千秋率军已过长沙，便从容布置下去，令边将照计行事。

韩千秋为郏县（今属河南省）人，颇有才学，为官不久即为国相，不免恃才傲物。领二千兵卒临近南越境，正要谋划破关，不意有探哨来报，称前面南岭关隘，尽已撤除。

韩千秋大喜，不及多想，便挥军直入，遇有城邑闭门不迎的，便纵兵破城。如此连下数城，更不将南越放在眼里，一路只顾疾进。

行至半途，前路各城忽又处处敞门，有吏卒供给饮食。各处父老，焚香迎接，更愿为向导，引军专走平坦大路。

韩千秋只道是南越军民已畏服，更不疑他，只顾引军深入，日夜兼程。

樛乐虽为副使，用兵谋略却一窍不通，每日随队，只知饕餮享乐。行军加急，便一迭连声地叫苦，惹得韩千秋不胜其烦。

这日，翻过一座山冈，见眼前是一马平川，韩千秋心中就喜。问过农人，知前面四十里，即是番禺，不禁对樛乐大笑道："征南越，何其易也！ 如何秦始皇竟初征不成，隆虑侯竟无功而返？"

不料笑声未落，忽闻四面山冈上，有号角骤然响起。 千山苍翠中，有数不尽的南越兵涌出，刀矛齐举，喊杀震天。

韩千秋四下打望，见处处有伏兵突起，已将汉军围在核心，这才知中了诱敌之计，于是暗暗叫苦，急命众军要拼死杀出。 怎奈众寡悬殊，眼见越兵有数万之众，个个短小精干，腾跃厮杀，其势如潮水源源不断。

汉军纵是精锐，苦撑了半日，奈何力竭，终被斩杀尽净。

樛乐一路上，只顾做外戚大梦，哪想到会遭遇屠戮，战阵一开，便吓得龟缩于车厢。 独有韩千秋至死不降，护着樛乐，战至最后，二人皆殁于乱军之中。

吕嘉计成，杀尽两千汉兵，遂登车远望，见平野间，汉军旗折戟断，横尸累累，脸上便有不易察觉的笑意。

此时，嘉弟打马上前，问吕嘉道："汉军尽没，兄却如何要缄默，何不高奏凯旋？"

吕嘉断然制止，下令掩埋好汉亡卒，捡起汉使旌节，以函匣封好，急送至汉边关，置于关前，并附书信一封，佯作谢罪。 一面就发兵，据守早前所撤三关，严拒汉兵。

汉关吏得了败报，又见南越兵重上三关，惊得魂飞天外，连忙将函匣飞递长安。

武帝在未央宫，日日只等南岭回报，不想等来的并非捷音，却是败报，当下就怔住，失神良久才道："韩千秋虽无成功，其勇，仍为军锋之冠！"随后就有诏，封韩千秋之子韩延年为成安侯、樛乐之子樛广德为龙亢侯，以示汉廷恩威。

至夏去秋来，天气凉爽，武帝遥望南天，拈须笑道："天凉矣！ 吕嘉老匹夫，自恃姜老而辣，朕又岂是不辣？ 孰高孰下，今日对决，恰是时机了。"

于是下诏云："昔周天子式微，诸侯不听命，孔子作《春秋》，以讥周臣不讨贼。 今吕嘉、建德拥兵反，自立不臣，令罪人及江南楼船兵十万，前往讨之！"随即大赦天下，点将调兵，发四路大军，会讨南越——

其一，命卫尉路博德，为伏波将军，出长沙国桂阳郡（今湖南省郴州市），沿湟水而下。

其二，命主爵都尉杨仆，为楼船将军，出豫章郡，直下"南岭三关"之一的横浦关。

其三，命先前降汉二越人，一为戈船将军，一为下濑将军，同出零陵郡（今广西省全州县），下离水，一路向苍梧。

其四，命驰义侯率巴蜀已赦罪人，并调夜郎兵，沿牂牁江而下。 如此四路齐发，兵锋皆指番禺。

旬月之间，长沙、豫章以南，有无数汉家兵马奔出，旌旗翻飞，汇聚向南，一路金鼓齐鸣，万壑震动。

待到入冬，已是元鼎六年（前 111 年）初，南国天气清朗，正好行军。 杨仆一路，兵力最为精锐，率先入南越境，初战即胜，虏获不少舟船、谷粟。 汉军士气大涨，顺势而进，连挫越兵。

杨仆所部兵卒有数万人，得胜之后，即扎营稍歇，等候伏波将军路博德来会合。 路博德所部多为罪人，因道远路险，逃散甚多，仅有千余人未散，得与杨仆合兵。

两军会齐后，杨仆率军居前，兵锋势不可挡。 越兵虽殊死抵挡，奈何勇力不及汉军，一路败退，未及开春，已被迫退至番禺城下。

吕嘉与伪王赵建德见势孤，慌忙退入番禺城内，固守坚城。杨仆率军先至城下，抢占了城东南易攻处；路博德后至，遂率部围住城西北。

杨仆为夺首功，麾众疾进，奋力扑城。一时城上乱石俱下，飞矢如蝗。吕嘉披甲执戟，亲上城头督战，拔剑指天发誓道："赵佗王立国，惠我臣民数代，恩深似海。今日存亡之际，我等唯有以死报国！"

众人闻之，也一齐举戈疾呼，声震城头。吕嘉令旗指处，越兵抵死不退，由是两军在城东南，呈胶着之势，难分胜负。

路博德所部人少兵弱，见城西北难攻，便扎下营来，虚设旗鼓，以作震慑。

战至日暮，杨仆所部终于攻破城池，纵兵大进，四处攻掠。

然南越兵民都知亡国在即，无不悲愤，纷纷退至闾巷，拼死顽抗。汉军不熟地形，屡被杀伤，情急之下，见城内多茅草屋，便在四处放起火来。

火势一起，越兵耐不住，多半奔逃至城西北，打开城门欲逃。时天色已晚，看不清城外路博德部汉军有多少。越兵素闻路博德威名，心有畏惧，闻汉营中金鼓声声，更是震恐，徘徊于城门上下，举棋不定。

路博德在营内从容端坐，见越兵犹疑，便遣人前去招降。凡来降者，皆赐给印信，令其回城再去招降同僚。

此时，杨仆所部，正在城南奋力杀敌，将越兵大部驱至城北。越兵闻城外汉营招降，且有官爵赏赐，更是争先恐后逃出，降了路博德。

如此一夜，番禺城火光冲天，哭喊声彻夜未止。至平旦时分，城中已无越兵残部。火过之处，半城尽毁，所幸越王宫为石砌，未被兵燹所毁。

早在夜间厮杀时，吕嘉、赵建德见大势已去，顾不得哀叹，率了亲信数百人，乘船逃至海上，扬帆向西，往南渚岛逃去了。

路博德寻不见吕嘉，问来降的南越贵戚，方探知吕嘉行踪，连忙遣人去追。

再说杨仆领兵战了一夜，精疲力竭，来至路博德营中，惊见越兵尽降于此，大为不服。又闻吕嘉已西逃，便欲去追，以图更建大功。

路博德却安坐不动，笑劝道："君彻夜鏖战，疲劳已甚，不妨在敝营中稍歇。今我军若败，十年之内，谅也捉不到吕嘉。然我军大胜，乱源已除，不出旬日，越人自会献出吕嘉。"

杨仆将信将疑，想想也别无妙计，只得收兵扎营，安抚城中百姓。

果然不出两日，便有南越前校尉司马苏弘，擒得伪王赵建德；越郎官都稽，捕获吕嘉。两酋首被押至营中，杨仆甚是吃惊，不由得佩服路博德有远见。

吕嘉、建德此时欲求生，哪里还有机缘？路博德命人验明正身，当即处斩，遣人飞驰回京报捷。

路博德亲草奏章，保举苏弘、都稽二人为侯，又备述杨仆攻破番禺城之功。杨仆这才知路博德为人宽厚，由是心服口服。

待汉兵将城内火势扑灭，安民既罢，杨仆、路博德并辔驰入越王宫。见各处殿阁宏伟，地势高敞，凭栏可观海上，杨仆便手指城外，笑道："南岭之地，真乃上天所赐。凭山带海，气候如春，生民何其幸也！你我辈若生于秦末，难免不生赵佗之心。"

路博德便也笑："楼船将军，君之所好非常人，真是见海便喜！往昔我闻百越，只道是蛮荒之地，却不知是一片好土。你我虽未逢群雄并立时，终也能建此大功！"

七

汉皇求仙
意徘徊

且说朝廷在南越大动干戈，冬春间，粮草转输，便不绝于途。百里长沙国，处处可见有车马役夫，辗转驰驱，烟尘腾空。

旬月之间，朝廷用度，便如流水般花费了出去。府库支出军饷，顿觉虚空，武帝便命各地催征租税。各郡国二千石得令，只顾搜刮，民间生计自是吃紧起来。

时有左内史倪宽，一向待民宽厚，得了催征诏命，不忍使力，民户欠租甚多，所征还不及计吏之命一半。长安城内就有风闻，称倪宽将遭免官。京畿百姓闻之，为其抱不平，闾巷哄传，群起响应，竞相缴纳租税。

数日之间，长安道上唯见人车涌动，大户车载，小户担挑，齐赴官库缴谷。点算下来，左内史辖地所缴租，竟成了各郡县之首。

有此民意，倪宽自然得以留任。武帝也知晓了其人之贤，颇有赞叹。

先前曾捐输助边的卜式，此时已由县令升任齐国相，也上书武帝，自请父子从军，往讨南越，愿以死报国。

武帝看了，心甚嘉许，虽未准卜式所请，然有诏褒扬，封他为关内侯，赐金四十斤、田十顷，意在劝喻天下百官，以卜式为楷模，多做捐输。

未料，诏下半月，竟无一人效仿，公卿官吏只是无语。武帝等了多日，耐不住，知人心已不古，所谓"忠肝义胆"，早成了俗世笑柄，不由就心中生恨。

恰值此时，秋祭在即，照例列侯都应贡金助祭。武帝便存了心，欲以一人之力与公卿为敌，于是暗嘱少府，勿得苟且，凡有贡金成色不足者，均以不敬论罪，不念旧功，只削夺侯爵为惩。少府得令，校验一番后，竟有一百零六人被夺爵。

责罚下来，人人震恐，就连丞相赵周亦不可免，以"不先纠举"之过，连坐下狱。

赵周在狱中，闻武帝震怒，情急无所措，只得自尽了事。如此，武帝即位以来，竟是一连四相因罪而毙命。噩讯传出，百官无不兔死狐悲，都与妻子交代了后事，若遭遇不测，宁愿自尽，也不愿去诏狱受辱。

丞相赵周毙命，武帝不为所动，即命御史大夫石庆接任；御史大夫职缺，则由卜式接任。这两人，素有盛名，一为严谨之人，一为报国楷模，在满朝惊悸中上了任，将朝政小心接了过来。

武帝理清中枢之后，又闻平南越之事颇顺，心情就好，下令启驾冬巡，前往卜式治理过的缑氏县，要登太室山①举祭，寻访仙人迹。

车驾浩浩荡荡，行至左邑县桐乡（今山西省闻喜县东镇），驿递飞传来南越捷报。武帝强压喜悦，手颤颤地解开简牍来看。见

———————————

① 太室山，位于今河南省登封县北，为嵩山之东峰。相传禹王之妻涂山氏生启于此。

路博德报称：番禺已克，吕嘉、赵建德被擒杀。

又称苍梧王赵光，本就心向汉，闻听汉军至，便与南越揭阳县令一齐属汉。 南越桂林监居翁，也劝说瓯骆①一齐属汉。 此时戈船、下濑二将军及驰义侯所发夜郎兵，尚未抵达，南越之乱便已平。

武帝阅毕，不由大喜，遂将桐乡改为闻喜县。 东巡至春，车驾行至汲县新中乡，吕嘉、伪王首级也传到，武帝心花怒放，诏命将头颅传回长安，悬于北阙，又改新中乡为获嘉县。

多年心事，就此了结，武帝便在馆驿大开筵席，下诏传谕征南军班师，并论功行赏。 路博德早已封符离侯，此次更益增食邑；杨仆因攻番禺城有功，得封将梁侯。 其余前苍梧王赵光等人，也因功封侯。

为不留后患，武帝又令南越国除，分置为南海、苍梧、郁林、合浦、交趾、九真、日南、珠崖、儋耳九郡。 其中珠崖、儋耳二郡，即是海上南渚，从此也归入郡县版图。

至此，往昔的南越国，历经五世九十三年而亡。 五岭之南的沃野千里，尽属汉家，南北再无阻隔。

另有南越归顺的驰义侯，领巴蜀兵赴越时，行至南夷地面，曾向且兰部征兵。 不料且兰君抗命不遵，杀毙信使，公然叛汉，西南夷诸酋也颇有响应。 驰义侯遣人飞报朝廷，武帝立有复诏，命他无须南下番禺，立即回军讨伐。

驰义侯奉诏，击毙且兰君，又回军连破西南夷诸小邦。 夜郎

---

① 瓯骆，古部落名，即西瓯、骆越。百越诸部中的两支，在南越国以西，分布于今广西及越南北部。

与滇两国闻之，急忙望风降附，由是，西南夷悉数平定，收入版图，新置了牂牁、武都等郡。

不料，南越国灭，却惊到了东越王余善，竟然在此时造起反来。先前，讨南越诏下时，余善曾上书武帝，愿发兵相从，助讨南越。随后便发兵卒八千人，听候杨仆调遣。

谁知杨仆率军攻到番禺，却不见东越有一兵一卒来，遂致书余善，问他究竟何意。余善只回书答道：所发兵卒，乘舟至揭阳，不巧为海上风浪所阻。

待杨仆攻破番禺，询问南越降人，方知余善早与南越暗通款曲，想在两面都做好人。

杨仆知东越迟早都是祸患，便上书朝廷，欲移兵征讨。武帝接报，踌躇了数日，终觉士卒劳累，不宜再征，于是决计罢兵，只命杨仆留校尉驻屯豫章，以防余善作乱。

余善见有汉军留驻豫章，便知朝廷已起了疑心，深恐重蹈吕嘉覆辙，于是抢先叛汉，断绝通道，公然自称"武帝"。

如此行事，不可理喻，武帝闻知又气又笑："螳臂欲当车乎？如何不早几月举臂？"便令杨仆率军复又南下。

此时，韩嫣之弟韩说，在军中历练既久，已成大器。武帝便又命韩说为横海将军，与杨仆水陆并进，分道攻入东越。

余善既反，已无退路，闻杨仆大军已南下，便破釜沉舟，发兵攻杀汉吏民，青山碧水间，一时竟是兵燹处处。因东越境内，地势险峻，汉军一时难以攻下，两下里便相持了数月。

此时由秋入冬，南国天气渐凉，杨仆、韩说心中却益发焦灼，无有着落。忽有一日，得了探报：有故南越建成侯与闽越繇王，串通了东越臣僚，密谋杀了余善！如今东越百官，正拟开门迎降。

两人闻报，相顾大喜："帷幄之变，胜于刀兵，真乃天助我也！"遂即率军前往受降，东越乱局，遂告平复。

捷报传回，武帝仍是放心不下，觉闽地奇险，藩王屡叛，不如徙其民于内地，免得再生乱。于是有诏，令杨仆督东越之民，徙居江淮。

杨仆依令而行，一番忙碌，督数万东越之民，随大军北上，迤逦百里如长龙，闽地只空留一片青山碧水。

谁知，当此东南告捷之际，西北又有乱起。原是先零羌人，散居于湟水一带，年来不守本分，暗与匈奴通，纠合部众十余万反汉，掳掠令居（今甘肃省天祝县）、安故（今甘肃省临洮县）等县，更发兵围住枹罕（fú hǎn，今甘肃省临夏县），气焰嚣张。匈奴也趁势攻入五原郡（今内蒙古包头市），击杀太守。

武帝不能忍匈奴再扰西北，遂点了李息为将，偕同郎中令徐自为，率兵十万，辗转数县，大破诸羌。犯境诸胡骑，闻风丧胆，旬日之间便遁逃一空。

随后，武帝又遣浮沮将军公孙贺、匈河将军赵破奴，率军向北搜寻。两军北行至两千余里，皆未见胡骑踪影，方还军。

事平之后，武帝分武威、酒泉之地，另置张掖、敦煌两郡，欲以四郡之力，北防匈奴。又特置护羌校尉一职，专治西北，于黄河两岸，广置屯田，发兵民修治沟渠，种植五谷，繁衍牛羊。自此，人畜渐盛，西北方告安宁。

待南北诸事安定，武帝甚觉疲累，强打起精神，在前殿召见杨仆、韩说、李息、公孙贺等将，慰勉一番，各有赏赐。见韩说面容黧黑，已有沧桑模样，便笑指韩说道："多年未见你，竟是鱼化为龙，真真不一样了！"忽想起韩嫣往日，不禁伤感，说了没几句，便挥手令诸将退去。

随后，独召了丞相石庆上殿，询问道："君可知长陵有神君乎？"

石庆恭恭谨谨答道："臣有所闻，乃是长陵邑妇人，系县令之女，嫁人后，生一男，数岁而死。此妇伤心过甚，岁中亦死。死而有灵，家中妯娌供其妇像，称能知吉凶，民间皆拜之。"

武帝颔首道："丞相知道就好。今神君之位，供在上林苑，台阁逼仄，屡屡托梦抱怨。别无良法，只好徙往城内。我素就嫌旧台简陋，今日可起新台，务求奢华，以供神君长住。"

石庆性素温驯，然心中也奇，忍不住问道："陛下，长陵神君，民间口传而已，如何要这般尊崇？"

"朕之基业，起自高帝，年来南北屡有兵事，颇不宁靖，或是祖宗嫌我不敬，才使我不胜劳烦。故这神君，不可不信。"

石庆稍作沉吟，回道："孔子曰：'祭神如神在。'臣受命，当勉力为之。"

"神么，如何能不在？不在，谁来惩恶人，谁来慰良人？这神君，言说人家小事，颇应验。便是朕之外祖母，也曾往祭，方能有朕今日尊贵。你只管好好建台，切莫生疑。你父子一门皆二千石，得称'万石君'，或是有神助也未可知。"

"臣不敢冒犯。神灵在上，只可惜无影。"

武帝忍不住笑道："虽不见人，朕却常闻其声呢！"

嗣后，丞相石庆亲自过问，发数千民夫匠作，在未央宫西、直城门南，大起土木，营造台阁。台高约数十丈，以香柏为梁，白墙黑瓦，飞檐凌空，望之如仙境。柏梁新台建成，拾百级而上，可东望未央宫、西赏昆明池。

武帝便命涓人，将神君像恭恭敬敬迎至台上，四季供奉，以示心诚。

元鼎四年（前113年）春日，神君之位安放事毕，武帝登上柏梁台，眺望昆明池，见有水师楼船，高十余丈，旗帜加其上，势甚壮，不由诗兴大发，立召侍臣枚皋等人来，对诸人道："看这昆明池水百顷，水师未及练成，昆明已属汉，岂非天意？ 当此际，岂可无诗？ 惜乎司马相如已不在。"

枚皋应道："司马先生即便在，无三月亦不可成诗。"

武帝便大笑："你又妒忌了！ 朕岂能忘'枚速马迟'？ 来来，如此春光，莫辜负了！ 笔墨伺候好，我来作，你等便来和。"

当下，君臣十数人，一唱一和，各赋诗多篇，后世称为"柏梁诗体"。

武帝逐一阅过诸臣诗，赞不绝口道："历来人才，总是将士执戈、文人作诗陪饭。 惜乎朕征战数年，未与诸君唱和，今日来看，各位文采又胜于往日了。 如此佳篇，不可湮没。"

年前，曾有一刑徒，名唤暴利长，屯垦于敦煌，在渥洼水（今甘肃省敦煌市南湖乡）旁边，捕得一匹异马献上。 武帝知是西极天马，甚爱之。 今日登台，想起天马雄姿，于是大笔一挥，也写了一篇《天马歌》，歌曰：

> 太一贡兮天马下。
>
> 沾赤汗兮沫流赭。
>
> 骋容与兮趹万里。
>
> 今安匹兮龙为友。

一众侍臣，齐声叫好，纷纷赋诗应和。柏梁诗体，从此传遍天下。武帝乃命枚皋等人，按宫商角徵羽音律，编成歌诗，以供传唱。又诏命新置一官署，号为"乐府"，专采集民间歌谣，以为饮宴、祭祀之乐。

此间，日前在汾阴所得宝鼎，又惹起纷议。九卿各司，此前皆上表贺曰："陛下得周鼎。"时有光禄大夫①吾丘寿王，独持异议，称此物并非周鼎。

武帝闻之，心有所怒，召吾丘寿王来诘问："吾丘先生，朕知你不似东方朔，从不出滑稽语。今朕得周鼎，群臣皆以为然，你独以为非，何也？朕无德得此周鼎乎？朕要听你说。"

吾丘寿王不惧，坦然答道："臣安敢无凭而说！从前周德，始于后稷，显于周公。上天报应，鼎为周出，故名曰'周鼎'。今汉自高祖继周，德被六合；至于陛下，功德愈盛，而宝鼎自出。天赐与汉，乃汉宝，而非周宝也。"

武帝听罢，不觉转怒为喜："好好！吾丘先生明理。"群臣见龙颜转喜，便都趁势伏地，齐称万岁。当下，武帝又赐吾丘寿王黄金十斤，以为嘉奖。

罢朝后，武帝回味吾丘所言，真是句句挠到痒处，不由满心欢喜，便提笔又作了一篇《宝鼎歌》，以记其事。

说到宝鼎事，此处须倒回去略述一番。武帝如此迎宝鼎、供神君，愈发迷信，早惹动了天下许多方士，大起野心，纷纷投其所

---

① 光禄大夫，官职名，原名中大夫，掌顾问、议论。

好。

时齐国临淄地方，有一方士李少君，已届老迈，却也按捺不住，入都求进。此人早年即好道，入泰山采药，修辟谷之术，曾在山中遇安期生。彼时少君贫病，向安期生叩头乞活，安夫子以一匙"神楼散"①给他喂下，当时立愈。

他无妻无子，孑然一身，从不吐露籍贯年纪，只说自己年逾七十，能点铁成金，有长生不老之术。单凭这一张嘴，游遍各诸侯国，众富户闻他有异才，都争相赠予，因而饮食用度从不匮乏。世人见他不知从何而来，不治产业却家资丰饶，更以为奇，愈加信之。

早年少君尚是壮年时，曾赴武安侯田蚡饮宴。座中，有一位九十老者，少君便指其道："我识得令祖父，曾与其同游猎。你当年尚是小儿，从你祖父，曾往某处某处。"

老者愕然道："果然不错！君何以得知？"

此语一出，满座皆惊，以为少君果然能长生不老。

其实，李少君乃是天资狡黠，言人今昔，见机行事，无不巧发奇中。长安城内，当此际已迷信成风，口口相传中，少君竟成了个神人。

不久，武帝也有耳闻，便召少君入见，意在一试真伪。

见少君白发皤然而入，武帝也不寒暄，只取出一个古铜器，问少君道："君年长，试问此为何物？"

---

① 神楼散，古方剂名。含白芍、白术、山药、山楂、肉桂、云苓、人参等，相传可治疗痘疹。

少君瞄了瞄道："此器为春秋之物。 齐桓公十年，陈于柏寝①。"

武帝连忙翻倒铜器，见其底有刻字，果为齐桓公之物。

验毕，武帝为之色变，注视少君良久。 一官之内涓人，也尽惊骇，以为少君是神，当有数百岁之寿了！

武帝再端详，见少君面容清癯，隐隐有仙风道骨，或真是神人也未可知，不由就生敬畏，令赐座，温言慰谕道："先生高古，朕今日见识了。 还有何奇技，尽可言之。"

少君道："臣能致物。"

"致物？"

"即点铁成金。"

"哦……致物，须在仙山胜境吗？"

"非也。 民间各家，只需祭灶神，皆可致物。 致物，丹砂可化为黄金，以此黄金为饮食器，则可延年益寿。"

"仅仅益寿，又何必如此费力？"

"如此益寿，非比俗世，有那海中蓬莱仙人，便可见之。 上古黄帝，以封禅而不死，终得乘龙飞天。 故而，此老与彼老，岂能同日而语？"

闻此言，武帝当即折服："有理有理！ 先生可曾见过仙人？"

"臣曾游海上，见过安期生。 安期生予臣一枣食，其大如瓜。 安夫子便是益寿而成仙的，居蓬莱岛中，合则见人，不合则隐。 安期生谓我：黄金炼成，则可白日升天。 而后，又授臣口

---

① 柏寝，即柏寝台，春秋齐国台名，在今山东省广饶县境内。

诀，嘱臣日日念诵，持之以恒，可保致物可成也。"

武帝听得头晕，张口不能闭，僵坐良久，方叹道："何其美哉。得见安期生，也胜于做这烦心天子哩！"

于是，武帝为少君在东莱郡（今山东省烟台、威海一带）建屋，令其安居炼金。又于冬十二月亲自祭灶，并遣方士数名入海，往求蓬莱安期生之辈。

久之，蓬莱无消息，黄金也未炼成，少君却病死了！

武帝闻东莱郡报信，怅然无已，连叹道："活了数百年，如何到了我朝便死？"便又问报信小吏道："先生炼金之方，可还在其室？"

那人答道："在。"

武帝便命东莱郡吏，往少君家搜出其方，好生研习，务使炼金之事不辍。

待到转年，又有齐人名唤少翁，自称可通鬼神，蒙武帝召见，留在长安以备顾问。

适值武帝宠姬王夫人，患重病不治，不久病故，武帝为之怅怅不乐。

少翁窥得武帝心思，便称可用方术，于夜间见王夫人之貌，一如生时。

武帝闻之，不由大喜，问少翁道："果可致王夫人来？"

少翁道："且看臣作法。"

"可拥抱乎？"

"不可。"

"可与之语乎？"

"亦不可，唯能见其貌。"

武帝长叹道:"得见其貌,好在聊胜于无。"便令辟出净室,任少翁招魂。

少翁命人在室内四处张帷,又取来王夫人生前衣服。静候至夜,在帷幕外燃起灯来,嘱武帝在帷外静坐勿动,见人来,不得乱语。嘱咐毕,自己便走入帷中,时而喷水,时而念咒,手舞足蹈多时。

武帝强压心跳,仰头凝望,足足等了三个时辰。天将明时,忽见帷中有一窈窕女子现身,举手投足间,无一不似王夫人神韵。

武帝哪里按捺得住,不觉急起身,脱口道:"夫人,果真是你吗?"便要强行入帷中,与之相语。

少翁大惊,急从帷幕中走出,连连阻挡道:"不可惊动!"

然出语时已迟,只见那帷中女子身影,倏忽之间,竟是杳然无踪了。

武帝惊住,与少翁面面相觑。烛光摇曳中,只似大梦一场,耳畔唯有鸡鸣数声。

时天已微明,武帝心头一热,推开少翁,抢步入帷中去看,只见里面空空无物,连王夫人的旧衣也不见了。用力嗅了嗅,似有美人平日气息,香如兰芬,幽微入鼻,不禁就感伤,登时潸然泪下。

天大明时,武帝踽踽行至东书房,惘然若失,提笔作了一篇乐府诗,诗云:

是耶非耶?

立而望之,

翩何姗姗其来迟?

言虽简，其情之深，无以复加。这一夜奇遇，武帝多日不能忘，常喟叹道："人至中年，情最难舍。不能与王夫人语，生之何益？"

武帝终还是感念少翁作法，得圆其梦，便拜了少翁为"文成将军"，赏赐甚多，以客礼待之。

少翁见小试身手即得逞，便趁机奏道："陛下欲与神通，须有诚意。宫室、被服若不像神，则神物不至。"

武帝便觉为难："莫不成，要将宫禁改为神殿？"

少翁眨了眨眼，献计道："可在甘泉宫增筑台观，供奉神像，则可致神来。"

武帝此时，对少翁已言听计从，所请无不准。少翁便在甘泉宫筑起神台，供奉天神、地祇、泰一等诸神像，四时祭拜。

少翁如此作势，忙碌了有年余，却不见半个神仙足迹至。操练愈繁，其计愈穷，武帝渐渐就起了疑心。

这日，武帝驾幸甘泉宫，见了少翁，便问起："神仙何不至？"

少翁支吾道："神仙在天，恐也是事多。"

武帝正要发怒，忽见有一佐吏，牵了一头牛过台下，其态悠然。

少翁连忙一指道："此牛腹中有奇物。"

武帝疑惑不止，命人将牛宰杀，剖腹来看，果然有帛书一卷。武帝见了，眼中精光一闪，抢过帛书，就携回寝殿去看。

只见这书中之言，语意甚怪，看了几遍，亦不能解其意，便召少翁来问："如何这天书，语意半通不通，颇似陪饭文人手笔？"

少翁脸上，便有一丝惊慌，嗫嚅不能作答。

武帝此刻猛然醒悟，不再诘问。返京后，便将天书交予太常，命署中各曹掾仔细辨认。未几，其中有人称，识得此字，乃是少翁手书。武帝立召那曹掾来问，果然得了证据，是少翁所作伪书。

于是，武帝命廷尉，捕了少翁及甘泉宫诸吏，严刑拷问。原是少翁闻武帝将至，胡乱写了伪书，嘱人将帛书杂入草料中，给牛喂下，以冒充神迹。

武帝得了少翁供词，大怒，下令将其诛杀，对外间则隐蔽其事，不许张扬。

时过一年，武帝患病，久住鼎湖宫（在今陕西省蓝田县）不得归，遍访天下巫医，终不能治。适有方士推荐，称上郡有一巫者，名唤东郭延，语能通神，悉知吉凶。

武帝便遣人迎东郭延来，拟问病求药。那东郭延上得殿来，见其相貌，原是一油滑闲汉；问对之间，又觉他语无伦次，但放空言，辨不出儒道法墨是何来头。

此前，武帝被少翁所骗，对方士心存芥蒂。见东郭延浮滑，本想赶走了事，然转念一想，此人既敢入见，料想定有长技在身，便耐下性子询问，果然问出了名堂来。

原来这东郭延，祖籍为山阳人，少即好道，闻听李少君有道术，曾上门求见，叩头乞得洒扫梳洗之役，充作小厮。日久，少君见东郭延小心谨慎，或可学成，便密以五帝六甲、左右灵飞之术相授，叮嘱道："此为要道也，慎而行之，亦可升天矣！"

传授口诀毕，便打发东郭延归家。东郭延还家后，按口诀合成"灵飞散"①服下，果然有效。夜处暗室中，能摸黑写字；身上有光，可照见左右。习得六甲左右术之后，更是心可通神；为人占吉凶，凡天下当死者，无论识与不识，皆能预知。

武帝问罢，精神即大振，病也似好了一半，笑道："初看你头顶无毛，竟疑你是街痞，不想竟有这等神术！"便急忙向东郭延问病。

只见东郭延浑身一激，翻了翻白眼，口吐涎水，似有神灵附体，作神语道："天子何必过虑？不日即愈，可往甘泉宫见我。"言毕，竟扑通一声倒地。

众涓人慌了，连忙端水来泼。几盆水下去，东郭延方睁目苏醒，问道："神灵可曾来乎？"

武帝连忙将适才神语告知。

东郭延既蒙宠，便为少翁之死抱不平，向武帝抱怨道："少翁至诚，如何便枉死了？"

武帝闻之又惊又愧，不由深悔，不该匆忙杀了少翁，未尽得炼金之方。

群臣见天子有悔意，便又蠢蠢欲动，希图邀宠。时有乐城侯丁义，原是高祖时的砀县旧部，现今已是老翁了，仍窥测上意，上书荐了一个方士，名唤栾大，自称与少翁同一师门。

武帝闻说是少翁同门，便有兴致，立召栾大来见。

这位栾大，原是胶东王刘寄的涓人。与先前几位不同，栾大虽出身乡邑，却生得仪容俊美。武帝见了，不待询问，便已心生

---

① 灵飞散，道家方剂名。以云母、茯苓等九味中药合成。相传，服用后可延年益寿或得道成仙。

宠意，问起栾大平素所学。

这栾大，徒有相貌，腹中却无学问，与江湖术士并无不同。闻武帝询问，想都不想，便口出大言："臣曾往来海中，见过神人安期生。"

武帝精神一振："君果然与少翁同门。"

"岂止是同门？ 臣还见过神人羡门。"

"哦哦，安期、羡门诸神，可有秘诀授予你？"

"臣有幸，二人修炼已成神，当真授了我方术。 今日说起，未免啰唆，大抵是黄金可成，河决可塞，不死之药可得，仙人可致，全不是难事。"

武帝眉毛一动，面露喜色："好好，可有方术口诀？"

栾大此时，忽然语迟起来："吾师以为臣贱，不肯相授；且臣又胆小，恐随了文成将军去。 臣死不足惜，只恐天下方士，到时皆闭口，哪个还敢言方术？"

武帝顿觉尴尬，一阵乱摆手道："哪里话！ 文成将军……实是食马肝中毒而死。"

见天子被说中痛处，栾大心里就暗笑，一面又道："吾师无所求于人，是人求吾师。 陛下若邀方士，须遣使赴海上。 所遣之人，必尊贵，令其有亲属，不可像我这般鳏夫一个！ 使者须佩印信，即便如此，神人肯不肯来，也是尚未可知哩！"

"哦？ 先生莫非尚无家室？"

"学道入迷，顾不得婚娶了。"

"这个……好说好说！ 先生之术，可否就此小试身手？"

"此有何难？ 可取六博棋来。"

宦者应声而上，捧来一副六博棋，置于案头。

栾大屏住呼吸，右手叉开五指，空悬于棋盘之上，口中喃喃道："一为枭，五为散；枭为王，散为卒……"当场演起了斗棋之术。

那棋盘所绘规矩纹中，两边各置六子。只见片刻之间，竟都自行向中心移动，相互触击，砰然有声。

武帝与众涓人见了，都目瞪口呆。

俄顷，栾大猛地收手，傲然一笑："黄金尚可炼，此不过小技耳。"那棋盘上十二粒棋子，随声即静止。

武帝连忙俯下身去，细看棋子，惊道："如何便静了？"

栾大略作杂耍，便令武帝深信不疑。当日召见毕，想起近来黄河暴涨，深忧河堤不固，欲修堤，库中却再无黄金可用。于是拜栾大为"五利将军"，印绶加身，专事炼金，以供修河之用。

栾大受了爵，当廷只说了个"谢"字，并未有诚惶诚恐模样。

武帝只道他是高人，不以凡间虚荣为意。为笼络起见，不过月余，又联翩为他加官，先后为"天士将军""地士将军""大通将军""天道将军"。栾大出入宫禁，腰上垂了五颗金印，累累如瓜。百官路遇之，皆显敬畏之色。

武帝更赐栾大童仆千人、华宅数十；另有銮驾所用车马、帷帐、器物等，也一并赐予。知栾大尚未婚娶，又将卫皇后之女、卫长公主许配于他，陪嫁万金，改卫长公主之号为"当利公主"。

栾大成婚后，武帝更是驾临栾府，一番叙酒问候。平日里供给，自有宦者奉诏奔走，不绝于途。自窦太主、丞相、将军以下诸公卿，也不时赴栾大邸中，置酒逢迎，多有馈赠。

事至此，君臣尊卑似颠倒了过来，武帝倒要看栾大眼色行事了。

如此，一介鄙夫，仅凭巧言令色，便一跃而成皇亲。其富贵之名，震动天下。

一时燕齐之间，有无数方士扼腕发誓，欲步栾大捷径，都往官府叩门投书，自言有秘方，能致神仙。

此时武帝却只信栾大，见半年过去，仍无神仙来，便心急催了几次。栾大见拖延不了，只得入朝佯称："鬼来，神不来，乃市中浊气太重。安期、羡门既在海上，臣当赴海上寻师。"

武帝允准道："你可偕随从速往！虽是神仙，日久不见，情分恐也是要淡了。朕有厚赠予神人，也交你携去。"

栾大亢声拒道："不可。神人寡淡，厌见人多，臣独行就好。且仙界之物，应有尽有，人间金帛之物，岂能充贿赂？"当下，就打点好行装，辞别了武帝、公主，往东去了。

因久不见神仙至，武帝对栾大已有猜疑。待栾大出都，便命一内侍，扮作平民，一路尾随向东。

栾大浑不知后面已有尾巴，一路逍遥而行。待来至泰山下，寻得一处树荫，席地而坐，装模作样拜祷一番。

那内侍蹑踪跟进，躲在树后，目不转睛看着。见一个时辰过去，哪里有甚么神仙，连野鸡、狐狸也没来一只。却见栾大并无异动，整了整衣冠，便悠然往海边去了。

内侍心中惊异，一路追下去，见栾大来到海边，拿了些铜钱给渔翁，便在渔家茅屋中住下。白日晒腹，夜来与渔家女调笑，无所事事数日，竟起身折返了。

伏在一旁的内侍，忍饥挨饿守了几日，见栾大如此，心中就骂。待回到长安，不待栾大入朝，便抢先回宫，向武帝奏明所见。

武帝初起还不信，内侍便摸出一幅缣帛来，上写有栾大逐日行程。数了数日期，恰是一天不差。

栾大并不知已败露，歇了一日，方入朝来复命，使出惯技，又信口雌黄道："臣东至泰山，登顶，与泰一神交谈数语，得其真髓。后又浮海至蓬莱，拜见吾师。吾师二人正踞坐松下，把盏饮琼浆……"

武帝气极，当即截断道："你师饮那琼浆，怕是渔家井水吧？"

栾大正愕然，忽见一内侍从座后闪出，武帝即命内侍与栾大对质。内侍手拿缣帛，一日日念出行程来，不由栾大不慌，当即跪倒，叩头如捣蒜。

武帝便重重一拍案，厉声叱道："天下男子，有几个得尚公主？几个可悬五将军印？你便是这般报恩的吗？"

栾大额头汗出如雨，哀恳道："臣已尽力请神，无奈新婚力虚，法力有失，故神不肯来。"

武帝冷笑道："朕还看不破你吗？粗鄙文疮，由乡邑入都，不思正途，张口便是谎。你还有何等伎俩！"当即命人绑了，下诏狱拘系。

廷尉奉诏审案，不过数日，将栾大问成诬罔之罪，押赴市曹，腰斩暴尸。可怜那卫长公主，新婚方数月，便翻作寡妇。

斩了栾大，武帝沮丧了数日，却不思觉悟，只恨自己未遇真人。每逢朝会，仍是语不离神像、宝鼎。

朝野迷信，竟一时如狂。文成、五利虽然丧命，却挡不住躁进之徒接踵而至。

却说齐地有一个方士，名唤公孙卿，听闻武帝新得宝鼎，也想乘机干进，便胡乱编成一书，名为《札》。怀揣此书入都，钻门觅洞，献入了北阙。

公孙卿也属半通文人，文虽不通，却深谙巧言之道，书中所述，皆荒诞不经。内中言："上古黄帝得宝鼎，时逢冬至；今岁汉得宝鼎，亦逢冬至。古今相符，足称祥瑞。"而后便是上天入地，一派胡言。

武帝阅此书，起初看得晕头涨脑，偏就心未生疑，只道是自己愚钝。再三阅读，方觉似懂非懂，颇合己意，便召公孙卿入见。

这公孙卿，相貌初看尚端正，却生有一双贼眼，骨碌碌的不大直视人。上得殿来，施了礼，便故作儒者斯文状。

武帝便问："公孙先生，看你相貌，祖上或为王公？"

公孙卿答道："小臣是诗书传家。"

"既如此，却如何做了方士，又以何业为生？"

公孙卿便略显尴尬："小民嗜读书，于世事、营谋全不在行，致头顶无片瓦。多亏长姊相助，购得草舍一座，可供读书。"

"哦——"武帝心下明白，便不再追问，只问道，"你所献书，为何人所作？"

公孙卿混世既久，说起谎来全不脸红，张口即答："小臣得申公所授。"

武帝闻听，不由心中大动："朕即位之初，有王臧、赵绾二人，曾迎申公入朝，我与老人家有过数语问对。先生莫非是申公弟子？"

"正是。"

"申公如今安在？"

"申公已死，只有此书遗留。"

武帝觉这公孙卿倒是亲近，便又温言问道："申公乃荀子再传子弟、海内大儒，不知他生前还有何语？"

公孙卿闻听此问，心中不禁暗笑：我混世至今，何处能识得申公？你既然问到，便恰好由我胡说。想到此，张口又是大言："吾师申公，与安期生交好。安期生，前朝大贤也，修炼成神，长寿不知几百岁，曾亲聆黄帝之言。惜乎仅有言，而无书。小臣只闻申公转述：汉兴，正合黄帝之时。汉之圣者，在高祖之孙……"

武帝便一怔："圣者莫非是先景帝？"

公孙卿略喘一口气道："……且曾孙也。"

武帝闻之，方拊膺喘息："如此甚好！"又催促道，"你接着道来。"

"申公言：宝鼎出而与神通，便须封禅。古来七十二王，个个都曾封禅。其中黄帝为通神，更是上封泰山。"

"欲通神，果真要封泰山吗？"

公孙卿见武帝着了道，索性鼓起唇舌，信口道："天下名山有八，而三在蛮夷，五在中国。中国有华山、首山、太室、泰山、东莱，此五山，为黄帝所常游，在五山与神相会。黄帝如此学仙，百余岁后，得与神通。其后，黄帝铸鼎荆山下。鼎既成，便有龙垂胡须，下迎黄帝。黄帝骑龙背之上，群臣、后宫争相攀扯，骑上龙背者有七十余人，龙乃上天而去。其余小臣不得上，只得抓住龙须。龙须断，一齐堕下。小臣仰望黄帝既上天，乃手持龙须，哭号不止。黄帝升天处，后世便名曰鼎湖。"

武帝听得入神，不觉大叫道："哦！鼎湖宫，朕之行宫也，无怪久住也不厌。我若能得如黄帝，便是抛妻别子，也不在意呢！"

公孙卿两眼骨碌一转，只望住武帝，浅浅一笑："陛下若心诚，料也不难。"

武帝信其言，当即拜公孙卿为郎，遣他赴太室山等候神降。

时值隆冬，公孙卿不敢松懈，每日冒风寒，去城头观望。不久，即入都禀报："陛下，臣见有仙人迹，出缑氏城上。"

武帝惊问："果真吗？"

"有物若野鸡，往来城上。"

"哦？如何不是凤凰？你所言须诚，不得效仿文成、五利！"

"臣有所见，不敢妄言。臣以为，求仙之道，甚难。不费时日，神不能来。"

武帝终被说动，便东巡缑氏县。抵达那日，登上缑氏城头，经公孙卿指点，果然见地面有鸡爪印，不禁自语："怪哉！淮南王得道时，鸡犬亦升天，这便是当日的鸡吗？"

于是不顾寒冷，日日晨起时分，在城头恭候。过了多日，唯见太室山白雪覆顶，却不见有丝毫神迹显露，连野鸡也不来一只了。

公孙卿见武帝焦急，便劝道："求神之事，不可急。当积以岁月，付诸精诚，方迎得来仙人。"

武帝听了劝，叹口气道："鸡都不来，还谈何神仙？"这才依依不舍，启驾还都。

且说此前文成、五利之辈，大言取祸，武帝对术士便疑心甚重。唯有公孙卿蒙宠，却安然无恙。个中缘由，乃是公孙卿受职甚卑，仅一名郎官而已，少遭人嫉；又擅言封禅之事，深得武帝欢心。

东巡太室山归来，已是春暖花开，武帝只念念不忘封禅，这日召公孙卿来闲聊，便说道："年前司马相如病殁，留有遗书。朕闻大臣们议论，卓文君曾有言：遗书无他事，唯劝朕早封泰山。"

公孙卿闻此言，趁机附和道："司马相如公，有天纵之才；若天不与他通灵，如何能有这等文才？臣昔年在乡邑，左邻老妪少奶，无不为之绝倒，只不知那遗书内，究竟有何机窍？"

一句话提醒武帝，遂拍膝叹息，大有悔意："司马相如生前，消渴病缠身，又多事为废皇后作赋，朕倒是简慢他了。今日想来，朝中侍臣，多为陪饭阿谀之辈，罕有如司马相如者，知我心意。"

"陛下，小臣只知封禅事大，然如何筑坛，如何封土，仪制为何？古籍所载，皆为秦始皇焚去，后人难知。今日操典，倒是要费踌躇了。"

武帝望望公孙卿，便拿过笔墨，手书一帛，交予公孙卿："你这便持我手书，往司马邸中，拜见卓文君，求得司马遗书一窥。"

公孙卿受命，心中却怀忐忑。他巧言混世，不惧武帝威严，却忌惮卓文君大名盖世，生怕被看穿。

到得司马府邸门，恭恭敬敬地上名刺，候了片时，卓文君便遣仆佣出来，将公孙卿迎入，落座于前堂。

卓文君此时已是银发老妇，却双目炯炯，能直刺人心。公孙卿施礼毕，心先就怯了，畏畏缩缩自报了家门，申明来意。

卓文君倒也并无傲慢意，只面带微笑道："老身久不见官仪，如今朝中执事者，都有乡野气了吗？"

一语说得公孙卿脸涨红，慌忙答道："小臣不才，略识得几个字，唯知浅薄为文。蒙圣上看重，特来打问：司马先生遗书中，可有提及封禅仪制详情？"

卓文君便道："识字就好！惜乎足下所问事，亡夫遗书中，并无详述。"

公孙卿见无可问询，失望而归。武帝也无奈，只得责博士徐偃、周霸等人，取《尚书》《周官》《王制》遗文，揣摩臆测。此事迁延多日，众博士只是拘泥古文，久不能决。左内史倪宽见不是事，上书谓："封禅盛典之仪，举措如何，经史均不详。不如由天子圣裁，自定仪规。"

武帝阅毕上书，深以为意，便拔擢倪宽为御史大夫。闲来无事，常与倪宽磋商封禅事。

主意既定，武帝便亲自画了图样，命太常署铸封禅器具。铸成，召了诸博士上殿，出示器具，命太常诸吏演习封禅礼，问博士观感如何。

诸博士看了器具，都摇头道："不与古同。"

徐偃也道："太常吏行礼，不如鲁儒行得好。"

武帝不由动了气："徐偃，周霸，你二人既无主意，又看不得旁人好，留你们何益？"于是免了徐偃、周霸官职，其余诸儒生，也都罢黜不用。

赶走儒生，武帝又与倪宽几番参酌，将仪制议定，便于元鼎六年（前111年）秋下诏：征调精兵十二万，先发大军巡边，而后行封禅礼。

至元封元年（前110年）初，武帝终于启驾，以遂平生壮游之志。率浩荡大军，出云阳郡（今河套地区）北行，历经上郡、西河、五原，冒雪出长城关口，登上"单于台"（在今内蒙古呼和浩特市西），而后又进至朔方郡。

这一路巡行，旗甲逶迤数十里，首尾不能相见。自高祖定鼎以来，汉军从未有过如此声势，鼓角响过边陲，匈奴有零星部众，都闻风而逃，漠南唯余白雪茫茫一片。

长城关口外，武帝亲率期门郎千余人，一派金甲银盔，斧钺如林，登上"单于台"扬威。

在高台之上，武帝手书致单于诏书一道，交予侍臣郭吉，遣他前往匈奴宣谕。诏曰："汉天子告匈奴单于：今东南一带越人作乱，已发楼船之师，悉数荡平。千里南越，望风属汉，南越王头，高悬北阙。若单于尚能战，可发兵来，与汉天子一较高下。若无此力，则应臣服不二，又何必亡匿漠北，形如鼠窜？尔等夏后氏之裔，与我同为天下一家，当以福泽万民为要，望单于三思。"

其文雄霸，其气磅礴。汉家数代天子，自白登受辱以来的闷气，终得一吐而出。武帝写毕，送别郭吉，再眺望塞北，雪野中但见阴山一线，好不壮阔。此时，恰看见东郭延在近旁，便一招手道："东郭先生，你来！"

东郭延疾步趋近，神情惶惑道："陛下，莫不是感了风寒？"

武帝笑道："朕岂有这般孱弱？朕只想问你，那李少君所授，无非是些方剂、卜术，瓶瓶罐罐而已，于茅屋中即可操弄。先生可曾想过：今生竟能登单于台，望雪原千里，以遂大丈夫之志？"

东郭延略作沉吟道："登台不敢想，然少君师所授我，绝非仅止药方，也有驱遣虎豹之术。"

武帝便仰头大笑："可惜你故里山阳，早已无虎豹！你可见到这台下，那精壮之师十二万？朕此行，便足以教你知，何为驱虎豹也！"

"这个……当然。"

武帝甚是得意，朝北一指道："始皇帝缘匈奴而灭国，我却要驱匈奴而安天下。"言毕，又朝南方拜了三拜，方率众下了单于台。

岂料，郭吉入匈奴之后，过了月余全无消息。大军驻扎台下，堪堪粮草就要不济。武帝又遣斥候去打探，方知伊稚斜单于月前已薨，如今是乌维单于嗣位。乌维读了武帝诏书，恼羞异常，然又顾忌汉兵势大，故而扣住郭吉不放，也不发兵来战。

武帝等候得无趣，率军又进至北河，逼近阴山，扬威数日，方下令回銮。

返归长安后，冬日已尽，冰雪初见消融。公孙卿不失时机进言道："《尚书》与《礼》皆曰：'天子巡狩，岁二月至于岱宗。'此为古之制也。当此岁时，正是陛下封禅的良机。"

武帝笑答："此时天不冷了，这便可上路。"便又启驾，率群臣东行。

过缑氏县时，武帝率亲随祭中岳太室山。登山之日，众臣肃立山下。待武帝祭毕下来，山下众臣都说，曾闻山上有声响，如巨雷滚过，仿佛呼"万岁"。武帝问山上亲随可曾呼过，答曰不曾；复问山下人，亦答不曾。

武帝更觉惊异："如何就说没有神迹？"当即下诏，起造太室祠，以山下三百户为邑，供奉此祠。这便是"山呼万岁"的来由。

一行车马迤逦东行，终来至泰山下。当此际，山上草木，尚未复绿，封禅之典看似尚早，武帝便命人运石上山，立于山巅，高一丈二尺，上刻铭文曰：

　　事天以礼，立身以义，事父以孝，成民以仁。四守之内，莫不为郡县，四夷八蛮，咸来贡职。与天无极，人民蕃息，天禄永得。

立石既毕，又东巡至琅琊县（今山东省青岛市夏河城），立于海边，眼望万顷烟波，对公孙卿道："朕敬天神，诚过诸先帝，何以神人至今不来助我？"

公孙卿连忙劝道："想必是时还未至。"

武帝忽就想到："高祖在时，有七男一女异人相助，后不知所终。淮南王在时，亦有'八公'相随，一夜间尸解飞升，也不见踪影。先生可知，这等异人，究竟是往何处去了？"

公孙卿怔了一怔，忽又有急智出来，张口答道："八人异事，小臣也有耳闻。小臣以为，天助汉家，必有异象。《礼记》有言，天子腊祭，便是祭这八神。八神所归，大抵就在齐东。"

"哦？有哪八神？"

"即天主、地主、兵主、阴主、阳主、月主、日主、四时主，所居之地，皆在临淄至琅琊一带。陛下心念八神，可各为其建祠，以礼祀之。"

武帝闻此言，才解开心头多年之惑，颔首笑道："原来如此，甚好！有公孙先生点拨，朕照办就是。"

这边正在忙碌中，齐地各郡方士，闻说天子东巡至，都以为有了晋身之机，争相跑来上书，众口一词，称海上有神仙。

武帝于几日内，居然接了万余人上书，皆持此说，便征询公孙卿之意："何如？"

公孙卿答道："这即是说，蓬莱有仙人。"

武帝这才开颜一笑："我劳碌多年，神仙也该见我一见了。"便下令征集民间大船，好载了这些方士，去寻神仙。

沿海各县得令，都遣人征大船。武帝便对公孙卿道："今我来，神仙必也有知。先生可乘船，持节先行，或可先遇见神仙。"

公孙卿领命，也不踌躇，心想一人出行，有无皆在我一张嘴上，又有何惧。于是登船出海，不敢向东入大海，便教船家胡乱向西而行。几日便返回，禀报武帝："陛下，臣有幸，夜至东莱（今山东省龙口市）海边，见有大人。"

武帝当即眼睛睁圆："大人？身长有几何？"

公孙卿答道："身长约数丈，近身观之，则杳然无踪。"

闻有仙人至，武帝哪里按捺得住，当即率近臣赶往东莱。一行人来至海滩，见沙上有足迹，状类兽蹄。

武帝伫立海边，凝视足迹甚久，一语不发。

原来，武帝见公孙卿忙碌一整年，所谓仙人迹，无非是些莫名足印，心中便起疑。早前文成、五利之辈，欺世盗名，武帝原就恨极，现下见了这"大人足迹"，忽就疑心：莫非又是骗局？于是脱口问公孙卿道："缑氏所见，乃鸡爪；东莱所见，又如兽蹄。这仙人，莫非都化作了禽兽？"

公孙卿正尴尬间，东郭延在旁忽然奏道："禀陛下，臣于今晨，在路边小溲，遇见一老翁，手牵黑犬。臣问他将往何方，老翁称：'欲见巨公。'言毕，忽而便不见了。"

武帝抬眼望望："哦，东郭先生也如此说？看来，是真仙来了。既如此，朕便不能坐等。"

当下回到琅琊，召方士数千人来，命他们各自乘车，往沿海去寻仙人。

武帝命各县征来车马，分派停当，又赐给诸方士金帛，吩咐道："有所见，即刻回报，无论鸡爪、兽蹄，只不得教那仙人跑掉。朕在琅琊等候，限时半月，寻不到仙人，便提头来见！"

诸方士惶惶然受命，都乘车分头去了。

武帝一行驻跸琅琊，足足等了一月，并无半个人影返回。原是一众方士都心知肚明，所谓仙人，无非是诈，故而离了琅琊，即趁御者不备，逃散一空，往民间去隐姓埋名了。那班御者，见走失了方士，唯恐获罪，也都各自逃散，无一个敢回来复命的。

武帝在琅琊空等了一月，便召公孙卿来问："数千人寻仙，无一归来者，是何故？竟连鸡爪也见不到一个吗？"说罢，不等公孙卿回答，便下令启程，转回泰山去封禅。

至泰山，令军卒在山下筑土为坛。武帝择吉日，着黄衣，率一众博士祭天。

祭天毕，武帝又偕霍去病之子、奉车都尉霍子侯，同登泰山顶，为泰山封土。在山顶住一夜后，二人从山北下来，同封肃然山①，行了祭地礼。

到了次日，在山下等候多时的群臣，再见到武帝，都欣喜异常，纷纷奏报："陛下封禅各处，昨夜都见到祥光。"

武帝笑道："果然焉？"

群臣又奏道："臣等昨日心不安，牵系陛下，以至一夜未睡。今日凌晨，又见各山顶有白云拥护。"

武帝便开颜大笑："那白云，也是晓事的。"于是下诏，改本年为元封元年，大赦天下，民百户赐给牛一头、酒十石；年满八十岁的孤寡，赐给布帛二匹。

想起封禅以来，连日晴和，并无一日风雨，当是有天神护佑，武帝便对群臣道："蓬莱既有仙人，朕当东至海上，庶几可遇之。"

---

① 肃然山，据《史记·孝武本纪》载，位于泰山东北麓（今山东省莱芜市西北）。

群臣进谏，武帝不听，复至海边，但见海上云水茫茫，一无所见，便执意要乘船入海，去寻蓬莱。

东方朔见势不妙，连忙谏道："神仙将至，当自来；我辈急而求之，反倒不可见。"

武帝这才作罢，打算在此痴等。偏巧此时，霍子侯因旅途劳累，染了风寒，竟于一日间殒命。武帝抚棺，泣下不止，想到霍去病父子二人竟都夭寿，就更神伤，在海边徘徊不知所以。

耳闻涛声，怅立半日，终悟到公孙卿所言多半又要落空，眼下只是没有脸面说破。想了一夜，仍心存侥幸，天明，即率群臣乘船北上。船沿海而行，北至碣石①，住进秦始皇行宫，又发民夫筑台，欲在此遥望仙人。

如此忙了一春，却连半个神仙足迹也未见到。东方朔眼见收不了场，只得劝谏道："陛下不必气沮，秦始皇未成之事，还有何人想一时做得成？"

武帝闻此言，正要发怒，想想此话也有道理，这才下令折返，沿北边向西行。大队人马奔波数月，均感力疲，此时都乐得返回。

返归之日，武帝下诏，东巡所过齐鲁五县，民间田租赋贷，一律免除。又赐给天下民爵一级，女子每百户赐给牛酒。四方百姓闻知，岂能不感圣恩，便将东巡无果的尴尬掩饰了过去。

此次东巡，可谓奢靡，前后费时五月，行程一万八千里。途中花去钱财巨万，赐帛也有百余万匹。

---

① 碣石，位于辽宁省葫芦岛市绥中县，附近有秦始皇碣石宫、汉武台等遗迹。

这般挥霍，全赖治粟都尉①桑弘羊，百计搜刮，方得敷用。 武帝巡游归来，念及桑弘羊之功，特赐爵左庶长，又赏金二百斤。 朝会之时，笑对桑弘羊打趣道："君是圣手，平白便弄得出许多钱来，不知是何方神仙附体？"

桑弘羊道："民不加赋，国用自足，乃为计臣谋国之才，小臣只是尽职而已。"

满朝文武见桑弘羊得宠，无不艳羡。 唯有太子太傅卜式，一向恨桑弘羊搜刮太过，时有上书，指斥桑弘羊"不务大体，专营小利"。

时值盛夏，天大旱，武帝有诏求雨。 卜式在授课之余，与太子议起求雨事，淡然一笑："圣上何必祈祷？ 若烹了桑弘羊，天地间怨气皆消，自可得雨，只怕一时还下不完呢。"

有涓人在旁偷听到，报与武帝。 武帝一怔，转而即笑道："牧羊官，为何如此恨羊？ 他不知，诛桑弘羊易，然诛杀之后，何人又为我敛财呢？"遂不在意这两人的龃龉。

是年秋，旱灾未消，又有孛星②出，隔十余日间，两番见于夜空。 民间百姓，个个以为有大灾将至，满城人心浮动。

偏有术士王朔，从家中瓦檐下，摸出一部竹书来，入朝求见武帝。 打开书三翻两翻，找出一句来，称："此星为德星，熠熠在东，是为圣主而出。"

群臣听了，大感诧异。 却见武帝面露笑容，很是受用，便都

_____

① 治粟都尉，汉初官职名，掌生产军粮等事。

② 孛(bèi)星，彗星的一类，古时相术认为是灾异之星。

醒悟过来，连忙附和。

武帝便道："素闻王朔为老相士，善望气，果然！不出言则罢，出言即中。既是天佑我，我当祭天。"当下赏了王朔，说走便走，不等"三岁一郊"，也不顾年末已至，即率众臣赶往雍郊，祭五帝；然后又往甘泉宫，祭泰一神。

冒寒往返一趟，众臣连新年也没过好。待元封二年（前109年）元旦一过，公孙卿在缑氏县等候神迹，又有上书称："东莱有仙人，欲见天子。"

武帝阅罢，只一脸苦笑："朕乃狸猫，仙人乃鼠乎？如何我一往，他就不见？"话虽如此，却是雄心又起，下令再次东巡。

路过缑氏县，武帝见公孙卿满面风霜，不由想起年前事，心就一软，温言道："公孙先生劳累一年有余，朕虽未见神仙，料也时日可待。先生白发仍为郎，实是委屈了，今拜你为中大夫，为我前导，往东莱寻神迹。如此诚心，即便是鼠神，也该见到一只了吧？"

值此关头，公孙卿唯有大言瞒哄，一口咬定："蓬莱仙人，曾屡次托梦，欲见陛下。此次若见不成，臣当以死报之。"

武帝摆手制止道："休得提一个'死'字！若得见仙人，你我都有百世可活；若见不到仙人，或明日即死，也未可知。"

公孙卿听得胆战心惊，只得硬起头皮先行。

武帝一行颠踬于途，费时月余，抵达东莱海滨。众人立于海边，眺望渤海微茫，唯见云雾，哪里有神仙身影？

公孙卿再也编不出假话来，东指西指，好歹在海滩上指出两处兽迹。

武帝默默看了，长吁一口气道："又来迟了，连鼠神也已遁走！"当下断定，公孙卿以往都是妄语，心中便起了杀机。

然有一众大臣在旁，众目睽睽；天下人也尽知东巡只为寻仙，如今落空，哪里就好追究公孙卿说谎？只得佯作镇定，对众臣道："秦始皇未成之事，朕亦不能急。趁今日旱象未消，万民皆苦，我君臣一行，不妨往万里沙神祠去，为民祈雨。"

万里沙神祠，即八神之一，就在东莱海滨。武帝率众臣，在神祠里装模作样，祀礼一番，算是遮住了天下人耳目。

如此兴师动众，只看见鼠兽足迹，武帝也知巡行无名，哄不住天下。恰好归途顺路，便率众往黄河瓠子口①（在今河南省濮阳县西南），察看决口情形，以示亲民。

此时离瓠子口河决，已有二十三年之久。沉疴难治，武帝也颇感棘手，先派能臣汲黯、郑当时，前往瓠子口，发囚徒堵河，然却屡堵屡溃。后又遣汲黯之弟汲仁，与郭昌等人前往，发数万人堵河，仍是日久无功。

四月入夏，东巡人马来至瓠子口左近，但见黄水滔滔，田野尽没，饥民辗转于泥涂，形同鬼魅，武帝与众臣便都极感惊恐。

武帝搭手遮阳远望，倒吸一口凉气："呜呼！方圆两千里，浩漫连接淮、泗，人力如何能塞得住？"

东方朔在旁道："那神仙也是，如何不到此处来？"

武帝知他是在嘲讽，沉下脸怒道："民之苦，不见不知。眼前城郭崩坏，积粟漂流，百姓木栖，千里无庐，孤寡无所依。如此灾祸，你还有心说滑稽语？"

---

① 据《史记》《汉书》记载，汉元光三年（前132年），黄河在东郡濮阳瓠子口决口。瓠子，即瓠瓜，葫芦的变种。

见天子发怒，东郭延连忙谏道："人间事，神仙如何管得？ 以往多年，决口水淹十六郡国，饥民嗷嗷，人相食，只是未上史书而已。 以陛下之威，可逐匈奴；这瓠子口，不过棚架上一瓠瓜耳，伸手可摘。 此事，万民瞩目，还须天子亲为。"

武帝心头便一震，脸色略变，慨叹道："吾为田蚡所蒙蔽，未能早早修河。 二十年来，只道是驱匈奴，平西南，太平之民如神仙。 今日来此，才知地狱就在这太平世！"

随即就脱去龙袍，摘去冕旒，令众臣也都脱去冠服，去看决口。

其时决口附近，已有数万民夫，由役吏带领在此修河。 武帝便率了众臣上残堤，走近决口，沉白马玉璧于水中，以祭河神。而后下令："文臣无力，可免劳动。 武臣自将军以下，与民同修河，皆不可回避。"众武臣闻令，哪里还敢踌躇，都纷纷跳下水去，与民众一道，负薪背土，填塞决口。

那数万民夫，服劳役已近一年，困苦疲累，全无精神。 忽闻天子驾到，立时群情耸动，无不感奋。

有父老耆宿感于此，献计曰："东郡民烧柴草，故而薪柴少，不敷堵河之用。 可令尽伐卫国故苑之竹为桩，复积柴土。"武帝闻之，下令依计而行，果然见效，众民夫便不分昼夜，伐竹填土。

眼望滔滔浊浪，武帝心中大起愧悔，想到以往只知国用不足，未能放手堵河，竟至梁、楚一带糜烂至此，今日既来，如何就能弃民而去？

此时，恰好逢冬令水枯，水势不急。 众武臣与民夫一起奋力，竟在旬日之间，将决口塞住。 又在决口处河堤上，筑起"宣防宫"一座，以安河神。

堵口成功之日，万民欢呼，有老叟妇孺携酒饭，争相送与武帝。武帝见此，连忙命卫士劝住，不禁就泣下，对众臣道："我何功也？我何德也？任由梁、楚百姓受苦二十余年，当退位了！"

东方朔闻言色变，连忙劝道："陛下，万不可作此想！从此梁楚一带百姓，必以陛下为神。"

武帝只是苦笑："我若是神，蓬莱神仙早便现身了，如何能愚弄我几次三番？"

东郭延见武帝沮丧，便也劝慰道："仙人匿身蓬莱，想来也奈何不得河神。今陛下亲临瓠子口，河神即退，故陛下不可自轻。"

武帝这才转忧为喜，哈哈笑道："文人奉承，古今都属一流。既如此，朕也不免从陋习，做一回文人，奉承自己则个！"

当即在宣防宫中，作歌二篇，名曰《瓠子歌》①。其一云：

瓠子决兮将奈何？
浩浩洋洋虑殚为河。
殚为河兮地不得宁，
功无已时兮吾山平。

吾山平兮巨野溢，
鱼弗郁兮柏冬日。
正道弛兮离常流，
蛟龙骋兮放远游。

---

① 《瓠子歌》二首，《史记》《汉书》均有记载，此处取《汉书》版本，见《汉书·沟洫志》。

归旧川兮神哉沛，
不封禅兮安知外。

皇谓河公兮何不仁？
泛滥不止兮愁吾人。
啮桑浮兮淮泗满，
久不反兮水维缓。

其二云：

河汤汤兮激潺湲，
北渡回兮迅流难。
搴长茭兮湛美玉，
河公许兮薪不属。

薪不属兮卫人罪，
烧萧条兮噫乎何以御水？
隤林竹兮楗石菑，
宣防塞兮万福来。

歌赋写罢，交枚皋配曲，由万民传唱，两岸顿时声如鼎沸。武帝闻之大喜，下诏赦免以往刑徒，又赐给天下孤独、年高之民，每人米四石。

堵河事毕，武帝方率巡游人马返回长安。归家后，众臣只顾捶腰捶背，恨不能歇息半月，唯有公孙卿惶惶不安。想到舟车往返数千里，连神仙肋骨也未见一根，若严谴下来，头颅恐将不保。

辗转反侧中，想起大将军卫青为人宽厚，或能援手相助。于是携了财宝，登门去求见。

那卫青权势虽不及以往，宽厚却依旧如故。见公孙卿涕泣相求，也是不忍，于是听了公孙卿说辞，允诺代为转圜。

次日，卫青去见武帝，进言道："陛下欲见仙人，数度往返，不可谓不诚。臣窃以为，公孙先生已尽力，仙人却有不便处，故而才不来。"

武帝忽就怒从中来："不提便罢。这个公孙卿，又是文成、五利之徒！只是口中哄我，鸡也未曾捉来一只！"

"臣以为，仙人在天，当是轻盈若云雾，否则，必坠落而亡。世人只见过鸡犬飞升，可有人见过仙人飘下？"

武帝便露惊愕之色："唔？这个，朕倒未曾想过。"

"心诚而神仙不至，只因人间殿阁低矮，与仙人相隔云泥。若增筑高楼，则可见神仙徐来，凭窗便可互语。"

"是哦！"武帝摸了摸额头，后悔不已。当即召来太常、少府，命在长安建起"蜚廉①观"，在甘泉宫建起"益延寿观"，以迎神仙。

于是又大动土木，靡费财力无数，忙碌多日，两台观终告建成，各有一座"通天台"，高四十丈，望之若摩天入云。

通天台建好后，武帝亲往两处验看，果然见高楼巍巍，离天不远，不觉大喜过望。当即命公孙卿持节，就在两处值守，备好帷

---

① 蜚廉，此处指半神半鸟的神禽。

帐、器具、饮食等一应陈设，随时等神仙来。

公孙卿以巧计延了命，此时焉能不用力？便越发张扬作势，如猿猱般上下，一日数登高楼，至夜又发啸声，声闻于四野。

八

贰师将军
收轮台

元封二年（前109年）秋分日，武帝正在寻仙的兴头上，日与公孙卿商议，如何封禅，如何渡海，一心要往海上寻访蓬莱。

槐叶初黄时，君臣二人同登蜚廉观之楼，凭栏远望昆明池，心神驰往，觉仙人或正从蓬莱飞来……

此时有厨人上楼，端上鱼脍、炙肉等美馔，又有清、白两色美酒。武帝便对公孙卿道："朕日日为仙人备好佳肴，他就是不来。今日你我君臣，便代劳好了。"

公孙卿谢恩毕，于下首坐好，笑道："仙人在海中，风餐露宿惯了，御厨的佳肴，或不在他眼中。"

武帝正要举箸，闻言一怔："莫非做了神仙，饮食反倒不比人间？"

公孙卿早已拿捏好武帝心思，便又信口雌黄道："神仙饮食，小臣也未曾闻。想来，左不过是肉糜鹿脯、龙须鱼翅。"

武帝便摇头："朕不信。如此，又何必做神仙？"

公孙卿想想又道："吾师申公，曾见过黄帝饮食。"

武帝眼睛便睁大："哦？黄帝饮食为何？"

"端的是饮珠漱玉、吞金吃银。"

"哦？这个……来来，且不论黄帝饮食，你我君臣，先饮罢眼前美酒再说。"

二人正在楼上谈笑，忽闻楼下有谒者传呼："报——，辽东有警，六百里急递到！"

武帝一惊，手中玉箸险些落地："莫非匈奴又来？"接了急报看过，方知是辽东之地起了烽烟。

且说在辽东长城外，有一古朝鲜国，与中原渊源甚深。 原是商纣王的叔父箕子，于商亡之际，率五千遗民，迁至黄海东北隅半岛，建起古朝鲜国，后又受了周天子之封，史称"箕子朝鲜"。

箕子以殷商之礼，教化其地之民，传授耕织，国势便日渐兴盛，始有规模。 如此，传国四十一世，历时近千年，为周秦时的一个悠久古国。

汉初，燕王卢绾背叛高祖，逃至匈奴。 其部下燕人卫满，结党千余人，换了东夷衣装急奔出塞，逃至故秦辽东外徼①之地，设障自保。 时朝鲜王箕准，见卫满堪称人才，便拜他为博士，赐以圭，并赐给封邑方圆百里，将卫满当作边境屏障。

这个卫满，却非安分之辈，哪里就肯甘心臣服，只刻意招纳汉地流民，以待时机。

至惠帝元年，卫满自恃羽翼已丰，便要夺位，遣人飞报朝鲜王箕准，诈称有汉军来攻，请求入都勤王。 箕准不知是计，匆忙应允。 卫满便率部直奔国都王险城（今朝鲜平壤），攻破其城，逐走箕准，自立为王，国号仍为朝鲜，史称"卫氏朝鲜"。

时值惠帝当朝，天下初定，不欲动兵。 辽东太守便奏请朝

---

① 外徼(jiǎo)，塞外、边外。

廷，与卫满相约，以卫氏朝鲜为汉藩属外臣，拱卫辽东塞外，各小国之君借道入见天子，及各小国与汉通商，均不许从中阻挠，朝廷则赐卫氏以兵马、财物。

卫氏朝鲜既为外臣，身价随即大增，趁势攻略周边小国，开疆南北，真番、临屯等国皆来归附，拓疆至数千里，逾于箕子朝鲜。

待王位传至其孙卫右渠，始有不服朝廷之意，不再朝贡。又广招汉地流民，劫掠客商，阻遏汉使。朝鲜王不逊若此，惹怒四邻，这才有东夷秽君不服，率众二十八万人降汉之事。

右渠此番作为，迹近反叛。武帝虽怒，然想到匈奴未灭，还是不欲对其动武，便遣了使臣涉何，前去劝谕。

见涉何一行势单力薄而来，右渠便傲慢异常，不肯奉诏，只遣了身边一个裨王，礼送涉何出境。

涉何出使无功，自是心怀怨望，归途行至浿水①南岸，便命随从刺杀了朝鲜裨王，随后渡水，急奔入塞。还朝后，上奏报功，称"已杀朝鲜将"。

武帝明知底细，然涉何此举，到底还算是扬威，于是未加诘问，反拜了涉何为辽东东部都尉。涉何冒功得官，心中窃喜，即往治所武次县（今辽宁省凤城市东北）就任。

右渠闻此事变，怒不可遏，立发大兵攻入辽东郡，击杀了涉何。辽东传回急报，说的便是此事。

武帝在棃廉观，读罢这一道急报，顿觉食不甘味，起身叹了一声："神未盼来，却等来了叛逆！如今东也叛，西也叛，若无雷霆

---

① 浿（pèi）水，今朝鲜青川江、大同江的古称。

之击，尔等如何能服？"便下诏，令楼船将军杨仆、左将军荀彘，募天下罪人以充兵役，往击朝鲜。

右渠闻听杨仆等率汉兵来攻，心知必有一场存亡之战，便调兵遣将，严守各处隘口。岂料杨仆一支人马，渡渤海而入朝鲜，其先锋部七千人，更是乘舟疾进，自水路直抵王险城下。

右渠只防汉军自辽东陆路来，水道上全无阻拦，骤见汉兵至城下，也是慌了。好在王险城坚固异常，右渠发兵拒守，与汉兵相持。后又探得杨仆人马不多，便督军出城，与汉兵在城下大战。

杨仆先锋部毕竟人少，战了多时，渐渐不支，俄而竟然溃败。杨仆无计，只得率亲随逃匿山中十余日，方敢出来，收拾残兵，以待荀彘大军南来。

再说荀彘一支人马，渡浿水而来，与朝鲜守军相遇，先锋部亦是一度败散，后又数战而不能胜。

两军对垒，就此僵住。杨仆、荀彘均有军书飞奏回朝，武帝见两将皆战不利，便遣卫山为使臣，持节入王险城，劝谕右渠。

右渠眼见汉军势大，心中也虚，于是伏地顿首道："臣本就愿降，只恐汉使有诈而杀臣。今见汉节，知天恩至诚，愿降服。"便令太子随卫山入朝谢罪，并献良马五千匹及馈赠军粮，以表诚意。

朝鲜太子出行之日，声势浩大，有随行文武、军卒等万人之多，皆手持兵戈。

卫山在北归路上，见朝鲜兵多而气盛，就疑彼等是诈降，将要渡浿水时，密与荀彘商议应对之计。两人小心谨慎，唯知军行异邦，不可有半分差池。议定之后，告知朝鲜太子曰："太子既已降服，还是令部下勿持兵戈为好。"

朝鲜太子闻听，顿起疑心，亦恐汉兵有诈，遂不肯渡浿水，率众返归。

事既至此，卫山自是不敢重返王险城，只得回朝复命。武帝问过缘由，不禁大怒："出使在外，何以愚痴至此？无端疑人，分明是惜命！"叱罢，不由分说，立将卫山处斩，并传令杨仆、荀彘催兵进击。

两将分别得令，都不敢再惧战。荀彘挥军大进，连破关隘，直抵王险城下，围住了西、北两面。杨仆收集后队，亦进至城南面。由是，将王险城团团围住。

且说荀彘原为侍中，得蒙上宠，本就气盛，所部又是燕代健儿，多为悍卒，日前已接连取胜，故而士气旺盛。杨仆所部则多为齐人，闻前锋曾败，不免就心有畏惧。围城之后，唯荀彘督军急攻，杨仆却按兵不动。

王险城内，右渠也是看得一清二楚，一面据城与荀彘力战，一面遣大臣与杨仆约降，两方往来，一时尚未谈拢。

如此胶着，一连数月竟无结果。荀彘心急，屡约杨仆夹攻，杨仆阳为应允，却不发兵。荀彘无奈，也遣人招降右渠，然右渠早就心向杨仆，不肯应允。

荀彘看杨仆待朝鲜和善，右渠又不肯降，便疑杨仆有谋反之意，两将由此心生不和。

武帝在长安，早有线报传回，尽知两将不和消息，便遣原济南太守公孙遂，前往调解，允他赴军中可便宜从事。

公孙遂抵达朝鲜境，先入荀彘军营。荀彘出帐迎住，叫苦不迭："朝鲜早当攻下，所以不下，乃是楼船将军屡次爽约不攻。"

公孙遂便问："既如此，将军之意何如？"

荀彘愤然道："今顿兵城下，久不攻取，必为大害。若楼船将军与朝鲜军合兵，将灭吾军矣！"

公孙遂下车伊始，不问情由，竟被这番话说动，深以为然。便遣人持节往杨仆营中，召杨仆入荀彘营中来议事。

杨仆见有汉节至，虽不情愿，也不敢不应召，只得孤身入荀彘大营。

一入军帐，还未等跪拜，便闻公孙遂一声大喝："杨仆违逆上命，迟迟不攻。左右，从速拿下！"

荀彘帐下军卒闻声上前，扑倒杨仆，用绳索紧紧缚住。

杨仆哪里肯服，拼命昂首，怒道："使臣乱命，擅夺军权，杨某死亦不服！"

荀彘便冷笑："杨将军有话，可到天子面前去说。"

公孙遂命人将杨仆械系看押，传谕杨仆所部，尽归荀彘节制。杨仆部虽有人不服，然见使者有汉节在手，也不敢违抗。

当下公孙遂写了奏报，飞传回京。武帝见了，心内大惊，思虑良久，也不便另有措置，只得复诏允准了。

荀彘并有两军后，兵力雄厚，一声号令发出，汉兵便从四面扑城，其势汹汹。

王险城顿陷危急，右渠偏是吃软不吃硬，抵死不降。朝鲜国相路人、韩陶等一众大臣，相与密谋道："汉左将军荀彘并军，战益急。我兵恐不能支，大王又不肯降，我辈焉能坐以待毙？"于是，陆续有朝鲜大臣出降。

围城至元封三年（前108年）夏，终有朝鲜大臣尼谿相参，刺杀了右渠，携首级来降。

荀彘大喜过望，正待率军进城，忽而城门又闭。原是朝鲜将军成已，见国家将亡，悲不自胜，忽就反悔了，下令闭门拒守，在城内搜杀已降官吏。

荀彘闻报，便遣了几个降臣之子，潜入城去，晓谕守城士卒："如再违抗，汉兵入城，将一体屠戮，不留活口。"朝鲜兵卒闻之，大起恐慌，发一声喊，乱刀杀了成已，开门迎降。

朝鲜既平，捷报传入长安，武帝便有诏：分朝鲜之地为乐浪（今朝鲜平壤南）、真番（今礼成江与汉江间）、临屯（今韩国江原道江陵）、玄菟（今朝鲜咸镜南道咸兴）四郡。此役凡朝鲜有功降臣，均有封赏。

荀彘亦受命，引军还朝，他命人将杨仆囚入槛车，一同班师。归途中自是得意非凡，心想此番征战，平定朝鲜，功可名垂后世，论功或能封侯也未可知。

岂料入都之后，即闻公孙遂已获罪被诛，心下就大恐。战战兢兢登上前殿，果然见武帝怒容满面。

荀彘伏地叩拜起身，便闻武帝叱道："楼船将军，汉之功臣也；此前在南越未反，如何到了朝鲜便要反？日前，公孙遂矫诏擅拘大臣，已被诛；今左将军归来，可知罪否？"

荀彘闻言，浑身战栗，哪里还敢辩白，只嗫嚅道："臣有罪，只知使臣持节，可听他便宜行事，却不知朝廷有法度。"

"胡言！他便宜行事，你就敢无罪拘大臣吗？分明是为争功，视法度为无物。拉出去，斩了！"

荀彘向来恃宠无惧，未料君上眨眼间就能变脸，一时腿软，只喊了声"冤枉"，便被郎卫拿下，褫去貂尾武弁，推出端门去砍了头。

武帝又召杨仆上殿来，责问道："将军威名，天下尽知。如何不待左将军至，便引先锋部抢攻王险城？竟至兵败，藏匿山中，如此者羞也不羞？"

杨仆面红耳赤不能作答，武帝又斥责道："荀彘只知争功，倒是不怪。将军久在军中，如何竟折损这么多人马？傲慢轻进，罪亦当诛！念你平越有功，准赎为庶人，便归家去闲居吧。"

这一番责罚，看得群臣目瞪口呆，都暗叹天威难测，恩宠万万不可久恃。

武帝见群臣慑服，心下高兴，想到平朝鲜到底还是喜事，不可因军将之失而扫了兴，便命放开上林苑，召集期门郎，做角抵戏，允京畿三百里内百姓，都可来观戏。

此令一下，京畿轰动。民间农商士人，不分贵贱，都携老扶幼前来同乐。上林苑夜夜灯火通明，亮如白昼，喧呼之声响彻山谷。

却说辽东之事尚未平，恰遇西域又多事。原来，武帝见匈奴之势渐弱，便遣了使臣前去劝谕，令其臣服。乌维单于到底是年少，不敢违抗，也遣了贵人为使，来长安议和。

可巧不巧，那匈奴贵人抵长安不久，忽因患病暴死。汉廷无奈，遣了路充国等人，送丧到匈奴。乌维却不信有此等巧事，以为是汉廷使诈，便扣留了路充国，发兵寇边，要为使者报仇。

武帝哭笑不得，只得命郭昌为拔胡将军，与赵破奴一道，前往朔方郡驻屯，以为震慑。

此后，乌维单于死，其子詹师庐立为新单于，因年幼，号为"儿单于"。

儿单于新立，受了身边大臣怂恿，甫一登位，即发兵寇掠西北，左翼兵至云中，右翼直抵酒泉、敦煌。两国就此交恶，相互扣留使者不放。

也是时运巧合，汉家这一边，于元封五年（前106年）夏，大司马、大将军卫青忽然就薨了。

卫青为人谦和，爱护士卒，名望遍于中外。其时卫皇后虽已失宠，然卫青尊荣却还是如常。加之往日征匈奴，曾七战七捷，足令匈奴人丧胆，闻其名而不敢妄动。虽晚近闭门不出，于内于外，却仍如坚城不可动摇。

如今卫青病亡，武帝忧喜交并，到底还是有些心伤，遂命厚葬卫青于茂陵东北，起冢如阴山之状，谥号为"烈"，以示褒扬。

汉家先后失了卫、霍，环视海内，便再无名将。

且说那汉使前往西域，分南北两道，北道有车师（今新疆吐鲁番一带），南道有楼兰（今新疆若羌县），两国原已臣服汉家。偏是武帝喜爱天马，一心要交通大宛，两国正处当道，迎来送往，不堪其苦。其间，匈奴阴为招诱，车师、楼兰为其所惑，便甘愿做匈奴臂膀。

曾有汉使王恢，率队西往大宛，途中屡为两国攻劫。继而，两国又受匈奴挑唆，索性出兵阻住西去之路。

武帝闻报，终不能忍，召王恢前来问话。

王恢素为两国所苦，未及回禀，便涕泗横流，哽咽道："臣每一西去，过车师、楼兰，皆如入虎口。恕臣不忠，生不愿做汉使，倒宁愿做个布衣！"

武帝闻之动容，又询问道："两国有无大邑，其兵马可强？"

"回陛下，两国皆有城邑，兵弱易攻。我堂堂大汉，带甲百万，威震匈奴，臣却屡遭两国凌辱，直不欲生。"

武帝抬头望望满朝文武，忽一指赵破奴道："从骠侯，你屡击匈奴有功，名字又好，便令你率军征西域，往击车师、楼兰，打痛他匈奴脸面。"

赵破奴挺身而出，受命道："臣曾为霍骠骑属下，志与旧主无二。今番征西，定不辱上命。"

武帝便微笑道："朕所料不错。西域小国反复，是因地远而心怀侥幸。你此去，务求兵锋凌厉，暴兵于千里外，要教那诸小国皆知，汉家辱不得！"又转头对王恢道："君屡遭磨难，实为汉廷而受辱，今命你为副将，佐赵破奴西征，也好出一口气。"

两将受命，即调发属国骑兵及各郡兵数万，大队浩荡，出阳关一千六百里，陈兵于车师、楼兰边境。

赵破奴与王恢密议道："足下且独领大军留此，看我如何破敌。"便扬言先攻车师，亲率轻骑七百人，悄悄潜出了大营。

那车师国闻风，慌作一团，国中男丁倾国而出，以防汉军。

不料此乃赵破奴声东击西之计，他率轻骑并未入车师，却是驰入楼兰国都，趁夜攻杀，生擒了楼兰国王。

正当两国兵民惊讶时，赵破奴这才发大军攻入车师。

车师守军闻听楼兰一夜即破，都惊骇不止，汉军未费吹灰之力，便大溃其军。两国余部，心胆俱裂，推大臣来见赵破奴，称情愿内附。

此番用兵，果然是凌厉无伦，声动乌孙、大宛诸国。赵破奴见两国俱服，便收了兵，请旨定夺。

未几，武帝有诏下，令二人班师还朝，封赵破奴为浞野侯、王恢为浩侯。随后，又建了陇西亭障数十座，连绵相望，直抵玉门，兵威远慑西域。

此前乌孙使者随张骞入朝，亲见汉家强盛，归国后，禀报于乌孙王昆莫，昆莫方悔慢待了张骞，不该拒汉家和亲。此次闻汉兵连破楼兰、车师，唯恐接着便是自家遭殃，忙遣使赴长安输诚，称愿遵前约，纳娶汉公主。

武帝见过乌孙使者，对左右泫人笑道："如今他愿纳，朕却找不出公主来呢！"

选来选去，想起了故江都王刘建，有个遗女刘细君，因父罪没入掖庭，伺候嫔妃，此时恰好赦出来，妆饰一番，即可赐号公主。

且说那故江都王刘建，乃武帝兄长刘非之子，嗣位之后，荒淫无道，上烝父姬妾十人，下淫亲妹，以至恶名远播，国中谤言滔滔。

一次，刘建游玩水上，令四个宫女乘坐小船。他见宫女已坐好，竟然上前一脚，踩翻小船，致四人一齐落水，随从捞救不及，终溺毙二人。

凡他宫中宫女有过失，则令其裸立击鼓，或置于树上，最久竟有三十日不许穿衣者。又纵狼咬人，观之取乐。最甚者，忽发奇想，欲令人与兽交而生子，于是强令宫女裸体而卧，与犬羊相交，实是骇人听闻！

后淮南、衡山两王谋反，刘建也心存异谋，私刻了皇帝玺，出入车载天子旗，又与闽越繇王相交通，约定有事相助。这种种异谋，数年后为人所告发。

武帝遣丞相府长史赴江都，在王宫中查出军器、印绶、汉节、舆图等谋反之物，便诏令宗正、廷尉，逮刘建来问罪。刘建知罪无可赦，只得以衣带自缢了事。由是，江都国除，改为广陵郡。刘建眷属也遭惩罚，王后因同谋被斩，子女均没入掖庭。

刘建之女刘细君，此次脱身出来，号为汉公主，可谓一洗旧辱，备极荣耀。送嫁之日，武帝赐给乘舆、服饰，华丽无比。随行有属官、宦者、侍女、乐队、杂工数百人，一路旌旗蔽日，鼓乐喧天。四方之民闻风而来，夹道相送。

出长安八千九百里，跋山涉水，到得乌孙国都赤谷城（今吉尔吉斯斯坦伊塞克湖州伊什提克）下，但见大路两旁，乌孙官民奏起胡乐，载歌载舞，如同节庆。

昆莫见汉公主生得纤弱白皙，且能歌善舞，自是乐不可支，当即立细君为右夫人。因细君肤白貌美，乌孙人皆称之为"柯木孜公主"，意为其肤白如同马奶酒。

匈奴闻之，大为不安，不甘落于汉家之后，也依样画葫芦，嫁女入乌孙。昆莫两边皆不敢得罪，一并收纳，遂立匈奴公主为左夫人。

然此时昆莫老矣，有心而无力，如何消受得两夫人在榻，于是常独居别帐，远离两女。

细君公主也知此番远嫁，负有使命，不可以常人自居，便自建一宫室别居，每逢岁时，与昆莫置酒高会。又以武帝所赠币帛，厚赐昆莫身边贵戚，意在结两国之好。

虽则如此，那细君到底不比匈奴公主善骑射、习于塞外；此时远嫁西域，语言不通，夫君又老迈，想想就不免以泪洗面，思念故乡。

细君早在汉宫时，即精通音律，妙解乐理。到了乌孙，更创制了乐器琵琶，常怀抱琵琶，眼望长天，吟唱思乡之曲。

一日秋深，细君步出宫室，见乌孙山巍峨高耸，山有青松，野有骏马，思乡之情便油然而生。眼望苍空之上，一队天鹅正南翔，更禁不住情动于衷，作了一首《悲秋歌》，以抒愁思。其歌云：

吾家嫁我兮天一方，

远托异国兮乌孙王。

穹庐为室兮毡为墙，

以肉为食兮酪为浆。

居常思土兮心内伤，

愿为黄鹄兮归故乡。

此曲如泣如诉，似杜鹃啼血，闻之令人神伤。因词中有"愿为黄鹄"之句，故又称《黄鹄歌》。

歌曲传至长安，妇孺争相传唱，竟为武帝所闻，心中大不忍。于是每年遣使往乌孙探望，又赐给细君锦绣、帷帐等物，以为关照。

昆莫自知命将不久，按照本地风俗，愿将细君公主让与其孙岑陬。那岑陬，自然愿意迎娶汉公主，然细君只觉不合汉俗，不肯相从，遂上书武帝，唯求召还。

武帝联结乌孙，欲灭匈奴，岂能为一弱女子心意所动，当即回书曰："从其国俗，欲与乌孙共灭胡。"劝公主从俗，不要执拗。细君公主接到回书，万般无奈，只得听命，以继祖母之身，下嫁王孙岑陬，做了新妇。

不久，昆莫果然病殁，其孙岑陬继位，与汉通好依旧。如此，西域总算是无事了。

那细君公主下嫁之后，为岑陬生下一女。因产后失调，兼之思乡成疾，不久便忧伤而死，葬于塞外，年方二十五岁。其命途颇多磨难，令人唏嘘。

这一年，武帝觉天下官吏庸碌者多，又常勾结豪强生事，越发地驱使不动了。郡国二千石多以谀辞媚上，只顾钻营，民间事究竟如何，自己竟如盲聋一般。于是下诏，将天下分为十三州，每州设一"刺史"，专司刺探、监察官吏不法事。如此，方不至为郡国庸吏蒙蔽。

武帝问政之余，仍不能忘神仙事。当年冬至前后，新建的柏梁台忽发火灾，烈焰冲天，将台阁焚烧殆尽。

武帝慌忙奔出前殿，隔空望见黑烟，惊诧不已，喃喃道："我有何过？上苍降灾若此！"

此后不眠多日，终是叹息道："心不诚，奈何侥幸不得，神仙哪里容得我五年一祭？"当即冒寒出巡东岳，于十二月初，在泰山下的高里山封禅，并祭地。而后，来至渤海边，故技重施，遥祀蓬莱仙岛，再遣方士入海求仙。

却说世上本无之事，就便是天子，又如何能招致？一行人在海边翘望月余，还是个空。武帝对公孙卿苦笑道："仙人比美人难求！朕建高楼，天上无有；朕赴海边，海上微茫。堪堪年已老，再老，求来神仙亦没用了。"

公孙卿仍是巧言劝慰道："陛下功德，为上古以来所未有，故神仙亦畏，迟迟不来，乃是他所备尚不齐。"

武帝望望公孙卿，叹口气道："我信公孙先生，若先生求不来仙，就算黄帝再世，也求不来。求仙不得，还是朕尚有未备之事，只得明年再来。"

返归长安后，见柏梁台烧后残垣，武帝气闷，便北上甘泉宫，受各郡国完粮计吏朝见。罢朝后，又召诸方士来，问柏梁台火灾是何缘故。

公孙卿窥见武帝神情，趁机进言道："往昔黄帝起造青灵台，建成十二日，即被烧毁。此后黄帝又建明庭，明庭旧地，即在这甘泉。"

诸方士闻公孙卿之言，都抖擞精神，七嘴八舌道："公孙先生所言极是。上古帝王，多有在甘泉建都的。"

武帝恍然大悟："原来如此，黄帝所建之台，还不如朕之柏梁台寿长！上天示警，我不可不听，今后就在甘泉受诸侯朝见吧，各诸侯邸，也尽都建在甘泉好了。"

此时有个方士，名唤勇之，系越人被征入朝，此前曾建言道："越人之俗信鬼，祠内皆可见鬼，占卜之数，无不应验。昔年东瓯王敬鬼，寿有一百六十岁。"

武帝听了，拈须想想，便道："不得见仙，见鬼也好。"即下诏，在京城建越人祠，祭上帝、百鬼，以鸡骨占卜。不久，鸡骨卜术便在长安流传开来，鸡价因之暴涨。

此次议柏梁台灾异，勇之又谏道："越中之俗，凡有火灾，复起之屋必大，方可压胜灾异。"

武帝听后一怔："哦哦，有道理！柏梁台既烧毁，当再起宫殿，务必有千门万户，高过未央宫。"

此言一出，太常、少府两署又是一番操办。忙碌一个夏秋，在未央宫偏西处，造起了一座建章宫。

这一新宫，果然气象浩大，千门万户，望之不尽。前殿巍峨，远高过未央宫。东有凤阙，圆柱上雕凤，高二十余丈，专迎蓬莱飞来仙人；西有唐中宫，乃方圆数十里的一个虎圈。

建章宫北，又以人力凿出大池，名曰"太液池"，中有渐台，亦高有二十余丈，与凤阙遥相呼应，用以招揽神仙。 池中还有蓬莱、方丈、瀛洲、壶梁四岛，皆仿海上神山及龟鱼模样，布于水中。

建章宫建成后，首要之事便是求仙，诸事却仍不谐。 一连数月，任是公孙卿磨烂了几双鞋，也未见有一根神仙头发飘落。

时值深冬，武帝带了一群方士，久立于建章宫前，望那千门万户，只是黑洞洞的一片，脸上就布满愁容。

巫者东郭延在侧，似是自语道："建章宫门户，何其广也！ 吾乡山阳，山中有熊罴虎豹无数，若放置于此，当为天下第一。"

武帝闻言，立即色变："你竟是如何说话的？ 若宫中尽是虎豹豺狼，百姓将如何活？ 神仙也要被吓跑！"

东郭延并不慌张，只徐徐应道："宫室甚广，无以实之，小臣倒是有拙见。"

"哦？ 你说。"

"不如广采良家女子，入住建章宫。 纵是千门万户，户户都有颜色，那神仙见了，焉能不欢喜，或可引得他早些下凡。"

武帝虽知东郭延半是戏言，想想也不无道理，于是欣然采纳，令掖庭采选民女，多多益善，尽都收入建章宫。 所选又非侍女，皆冠以嫔妃名号，各加俸禄。

一时之间，建章宫亭阁中，各处都是莺莺燕燕，女官竟多至一万八千人。 虽有名号，却独守空阁，只为宫中不致寂寞而已。

至这年五月，已是元封七年过半，尚未改年号。 依旧例，年号六年一改，事已不可拖延。

这日，武帝见公孙卿入朝，便问："公孙先生，你已加太中大夫，领袖近臣，诸事要留意。 改年号事，可有好主张？"

公孙卿答道："此事，臣未有一日敢忘。与同官壶遂、太史令司马迁等人，早有商议。"

"哦？壶遂、司马迁皆为饱学之士，你与他二人，如何竟说到了一起？"

"安邦之志，好学之人皆有。吾等三人，觉历法多谬误，初一有月，十五月却不圆，朔晦颠倒，多有不是。"

武帝拊掌大悟："是哦！日前，御史大夫倪宽亦有此意，以为历法已坏，不如废去秦历，用夏历，以正月为岁首。"

公孙卿便道："倪大夫有识见，秦之正朔，汉不必奉。用夏正，方为大道。"

武帝低头想想，忽就抬头，双目炯炯道："极好！《公羊传》曰：'何言乎王正月？大一统也。'既如此，今年起便用夏历。岁首为正月，便是政教之始，譬如太初，今年就改元'太初'好了。改历之事，须连同服色、官名、音律等，也一并改定。太初既自我始，你等近臣，也须堂堂正正，交出个像样的汉历来。"

公孙卿受命，便与壶遂、司马迁等人，日夕留在太常寺中，切磋商议。费了一番周章后，终于制成汉历，名曰《太初历》，以正月为岁首。另又遵从五行，定了本朝色尚黄，数以五为贵。其余如改官名、协音律等事宜，也都一一议定。

这一年，改元为太初元年（前 104 年）。至本年，武帝已近花甲，其心仍如少年，祭九嶷，渡浔阳，舳舻千里而行，在水上亲手射蛟龙，几无一日闲暇。又慷国家之慨，但凡见天象不利，便大赦天下，赐给鳏寡孤独及贫者帛粟，引得万民欢呼。

人近花甲，不免要将平生检点一番。武帝觉内圣外王无所不利，端的是功业圆满，唯有后宫王夫人早亡，不免甚感失落。虽有少翁装神，隐隐见了王夫人亡灵一面，然究竟是真是假，终不能捉摸。

正当后宫空虚时，有伶人李延年，为武帝引来一位佳人。 李延年是中山国（今河北省定州市）人，因触法受腐刑，入宫做了一名狗监，掌饲养猎犬事。

李氏系世代倡家，父母兄妹皆娴于乐舞。 尤以李延年最擅音律，每每自创新声变曲，在宫中吟唱，涓人围坐倾听，莫不感动。

武帝也久闻他大名，颇为喜爱，每有愁闷，便唤李延年来书房，抚琴吟唱。 一日，胞姊平阳公主来见武帝，姐弟二人在宣室殿叙旧，颇多感触。

武帝见窗外秋叶初黄，顿生出身世之慨，对阿姊道："人世匆匆，不觉间竟近六十个春秋。 阿姊荐卫子夫入宫之日，就恍如昨日。"

平阳公主道："阿弟福大，阿姊我才是命薄，三嫁夫婿，皆夭寿，老来仍是孤苦。"

武帝连忙以玩笑话劝道："阿姊这强命，直要压过大丈夫，我也不敢为你觅夫了。 流光易逝，你我老矣，且以歌乐解忧就好。"说罢，便召了李延年来唱曲。

李延年携琴上殿，点燃博山炉，从容不迫，引吭唱出一支新曲来。 曲云：

> 北方有佳人，
>
> 绝世而独立。
>
> 一顾倾人城，
>
> 再顾倾人国。

宁不知倾城与倾国，

　　佳人难再得。

　　一曲吟罢，余音绕梁。武帝闭目拍膝，听得入神。待曲终，忽睁开眼问道："你这是何曲？"

　　李延年答道："此曲系小臣新制，名曰《佳人曲》。"

　　武帝兴犹未尽，慨叹道："好好好！未料你曲唱得好，词也作得好，然世间岂有此等佳人乎？"

　　平阳公主掩口笑道："陛下只闻征伐金鼓，哪里顾得到伶人之家？延年有女弟，便是个倾国倾城之貌呀！"

　　武帝眼睛立时睁大，瞥一眼李延年道："是哦！李给事中便是个俊俏郎。那么……速召美人来见吧。"

　　不多时，延年之妹李氏入得殿来。武帝抬眼一看，果然是婷婷袅袅、艳光照人，心下就大喜："阿姊未欺我。"

　　平阳公主笑眯了眼，忙对李氏道："美人既来，且舞一回，也好教陛下开心。"

　　当下，李延年轻抚琴弦，李氏便在庭前翩翩起舞，那身姿，果然是妙丽非凡。

　　武帝看得眼直，拍掌叫道："畅快畅快！这妙舞，竟是多年未见了。"又转头对平阳公主道："得见尤物如此，山河要不要，也不那么打紧了呢。"

　　平阳公主连忙道："陛下有此心，阿姊真是羡慕死了！然美人归美人，你可不要做了纣王，否则，阿姊到何处去享福？"便吩咐李延年道："你这阿弟，今日就留在宫中吧，也好伺候陛下，不埋没了这一身绝艺。"

武帝也开颜道:"李给事中,掌狗圈之事,于你是太过屈才了! 还是去乐府掌事,也好施展一番。 朕这便拜你为协律都尉,佩二千石印绶,不由他旁人不服。 从今以后,你兄妹,都成我一家人便好。"

由此,李氏入宫封为李夫人,可谓一日得幸,专宠后宫,几与已故王夫人一般无二。 时不久,李夫人怀胎十月,生下一男,取名刘髆(bó),后封为昌邑王。

一人得道,裙带自然要沾光。 李延年缘此甚得武帝宠信,与其弟李季一道,出入宫禁无碍。 时日既久,延年行走于宣室殿,就如自家门庭,与武帝同卧同起,亲如兄弟,堪比当年的韩嫣。

李夫人另有一兄,名唤李广利,与李氏一门诸人不同,不好乐舞,独喜弓马,李夫人蒙宠后,也得以入宫随侍。 武帝见广利好武,有心令他立军功,然清平时日,又不便无故加封。 恰在此时西域有事,李广利得了裙带之便,竟因平定西域而名噪天下。

却说那时汉使频出西域,多为虚浮少年,有返归长安者,皆言大宛国出宝马,驰骋如飞。 大宛国王视之为奇货,不肯示人,将宝马尽藏于贰师城。

武帝听得多了,心为之动,命人铸了金马一座,另加千金,遣期门郎车令为使者,携金往大宛,欲换得几匹宝马回来。

车令一行人到得大宛,说明来意。 大宛王毋寡听了,犹疑不定,与左右诸臣商议道:"汉使前来索马,若不应,汉发大军接踵来伐,又将奈何?"

不料大宛诸臣闻之,纷纷进言道:"汉离我远,道路险恶,过盐泽,人马常死亡。 汉使自北道来,有匈奴阻道;从南来,则乏水草。 汉至大宛,沿途多城邑,野外乏食,一番汉使便是有百人，途中乏食，死者尚且过半，又如何能发大军来？ 贰师之马，大宛至宝也，如何能轻与汉使？"

大宛王遂为诸臣说动，不肯献马。 任凭车令如何卑辞，亦无济于事。 车令本是武帝近身期门郎，骄纵惯了，见此状不禁火起，怒骂毋寡不晓事，抢起铁锥，砸碎金马，携了金屑返回馆驿。

大宛诸臣见汉使傲慢，皆怒道："汉使未免太轻我，如何能忍！"于是迫令汉使离去，又暗嘱郁成王半途截杀。

车令等人全然不知内情，归途中，走到郁成地方，忽见有番兵千人杀出，遮拦道路。 车令怒极，率随从与之打斗，却寡不敌众而死，所携金币也被抢去。

武帝闻报，勃然大怒，问左右道："那大宛又是何等大国，敢蛮横至此？"

有黄门郎①姚定汉，曾出使过大宛，此时便禀道："大宛兵弱，若以三千汉兵击之，强弓劲弩，半日可轻取。"

武帝一笑："少年郎言事，总是这般轻巧。 然此前赵破奴攻楼兰，仅以七百骑，便虏了楼兰王，料想大宛也不过如此。"便欲点将征大宛，然环视朝中，却已无将。 卫、霍舅甥早已亡故，虽各有子，皆不是将才。

情急之下，忽就想到了李广利。 此时李夫人生子不久，武帝欲封广利为侯，只苦于无由。 今日想那大宛既然兵弱，征大宛便是讨巧，不妨就用李广利为将，为他巧取一个功名。

想到此，即召了李广利来，命他为"贰师将军"，领军西征，

---

① 黄门郎，官职名。秦置，汉沿设，即给事于宫门之内的郎官，可传达诏令。

意在夺下贰师城。 另又命公孙敖为"因杅将军"，率军入匈奴境，筑起一座"受降城"（在今蒙古国南戈壁省瑙木冈县），以防单于出兵。

李广利受命，调集属国骑兵六千、郡国恶少年数万，取道玉门关而出。 浩侯王恢，此前曾征过西域，这一次便为向导。

出征之日，武帝执李广利之手，殷殷嘱托道："西域不宁，匈奴便不逊。 你虽初为将军当大任，然卫、霍当年，出身尚不如你，故而尽管放胆去。"

李广利骤成大贵，心浮气躁，只当是带兵西游一遭，并未在意，昂然领命道："陛下以国运相托，臣不敢怠慢，定提得大宛王头还朝，并驱汗血马而归！"

大宛离长安，有一万二千五百里之遥，远过于卫、霍征匈奴之途；且气候与汉地迥异，筹粮又不易。 这般难处，全不在李广利所料，沿途也就多有磨难。

大军出玉门，西行近一年，方至盐泽一带。 路途多沙碛（qì），缺食少水。 沿途各小国，闻汉军至，都闭城自守，不肯给汉军供食。 汉军粮少，攻城又久不能下，不免就要饿肚。 路上，破城即可得食；攻不下城，则几日就须离去，跌跌撞撞，甚是不顺。

待行至郁成这地方，汉军战死、倒毙无算，仅余数千人，皆饥疲不堪。 李广利眼看军粮将尽，只得冒险攻郁成城。 郁成王此前曾杀汉使，担心汉军报复，遂令番兵奋力拒之，杀伤汉军甚众。

事至此，破城已是无望。 李广利方知征伐不易，满心沮丧，与左右军吏商议道："攻郁成尚不能下，况乎至大宛城？"

军吏皆知主将已无斗志，便纷纷附和道："今日折返，尚余有数千人；若至大宛城，或死伤将殆尽矣。"

李广利计穷无奈，叹了口气，只得下令回军。众军闻令，都松了口气，打点好行囊，卷旗曳戟，踏上了归途。

如此一去一还，费时竟有两年之多。待李广利军无精打采返至敦煌，士卒仅余十之一二。广利见部伍零落，便在敦煌稍作歇息，遣使回京上书称："道远，军旅乏食，士卒不患战而患饥。疲病折损，致人马过少，难以拔除大宛。故请罢兵，待来年多发兵再征。"

武帝读了李广利所奏，震怒异常，拍案道："汉将军出征，莫非是玩笑么？"于是遣使驰往玉门，令关吏紧闭关门，传令众军道："军卒有敢入者，斩之！"

李广利闻令，心中大惧，与左右私议道："天子震怒，奈何？若无吾妹在，吾头颅将不保矣！"思来想去，只得率部留屯敦煌，待风头过去再说。

武帝气不能平，欲添兵再征大宛。正当此时，匈奴有密使潜入汉境，系由左大都督所遣，称当年冬季，匈奴地方有大雨雪，牲畜多饥寒而死，儿单于又好杀伐，国中多不安。

鉴于此，左大都督起了杀儿单于之心，遣使来问汉廷："我欲杀单于降汉。然汉地太远，不便助我。汉兵可否来近我，我即举事。"

武帝自是求之不得，及至来春，即遣浞野侯赵破奴率二万骑，出朔方之北二千里，前去接应。赵破奴出关后，遣人与左大都督相约，汉军拟进至浚稽山（今蒙古国土拉河、鄂尔浑河上源以南），助其举事。

不料，二万汉骑如期而至，在山下久候左大都督不至。遣斥候去探，原是左大都督谋泄，反被儿单于所诛。赵破奴知事不好，急忙下令回军，方才拔营，就闻远处杀声动地，知是儿单于已发兵杀来。

赵破奴依仗人马众多，倒也不惧，挥鞭一笑："儿单于此来，欲令我成卫霍之功乎？"便下令进兵，率军与胡骑战作一团。

初夏天暖，正宜作战。汉军疾行二千里，灭敌之谋落空，正在气沮时，忽见胡骑来搦战，便都气壮如虎，奋力向敌阵冲去。

厮杀了半日，汉军到底是势壮，大胜了一阵，斩俘胡骑数千人。赵破奴见胡骑余部均逃散，不欲去追，料想儿单于也无胆再来，便率大军缓缓南归。

行至漠南，离受降城尚有四百里远，时值天色已暮，便扎营歇息。不料安营方毕，探哨就见四面有人影幢幢。再探，原是有八万胡骑蜂拥赶来，已将汉营四面围住！

赵破奴眼见敌众，也是心惊："不好，中了儿单于示弱之计！"遂下令众军张弓以待，窥探时机再战。然此时汉营孤立于荒原，若被围上几日，便无水可饮，军心必大乱。

赵破奴见不是事，只得亲率健卒趁夜潜出，去寻觅水源。岂料出营不远，即被胡骑窥见。众胡骑发了一声喊，将数十名汉军围在核心，激战数十回合，终将赵破奴生擒。

可怜一代名将，为数百胡骑团团围住，战至兜鍪失落、铠甲残破，力尽而落马。捆绑之时，胡骑个个欢天喜地，赵破奴蓬首垢面，仰头叱道："擒便擒了，有何可喜？赵某唯愿作楚项王而死！"

二万汉军骤然失了主将，不由大骇。兵卒欲弃营逃归，又担心失了主将而被问罪，于是相约不可返汉，尽都降了匈奴。

儿单于轻易攻灭赵破奴军，满心欢喜，即率部进抵受降城下。一时间，八万胡骑兵喧声如潮，将受降城围得水泄不通。

好在公孙敖早已探得赵破奴战败，严令守军戒备。儿单于攻了数日，终未得手，随后入汉境大掠而退。

赵破奴北伐失利，消息传入朝中，朝臣皆大哗。邓光等人趁机进言道："陛下，为数匹良马而征大宛，不亦谬乎？如今匈奴之势复燃，请罢征大宛兵，全力北击，否则两面皆失。"

武帝虽也懊恼，却不为所动，缓缓抬起头，直视众臣道："不然！大宛弱小，若我不能攻下，则大夏诸国都将轻我，乌孙、轮台等国，也将阻挠汉使如旧。堂堂汉廷，必见笑于外国，又谈何威慑匈奴？邓光之议，尤不可取，应下狱治罪。来人，拉下去！"

众郎卫在阶下闻令，当即有两人弃了戟，奔上殿来，摘去邓光的进贤冠，押往廷尉府去了。

天威震怒之下，众臣都一凛，不敢再多言，只静听武帝下文。

不料武帝却挥挥袖道："且散朝去吧，西域之事，尔等听诏就好。"

又几日过去，宣室殿并无诏令传出，众臣都不知圣上如何定夺。一连数日，又未闻有朝会，武帝只是一人，乘舟往太液池蓬莱岛上，独酌想事。

此时炎暑方消，正是惠风和畅季节。武帝将酒斟满杯，万千往事涌上心来，觉有话要说，便命谒者传东郭延来。

东郭延奉召登船，立于船头，缓缓渡至蓬莱岛，步入凉亭中，正欲伏拜，武帝却伸手阻住："先生乃有道之人，不必拘礼。今邀先生来，只为闲谈。"

东郭延谦恭应道："小民散淡，仅能合成膏丹，而别无长技，所言也于家国无益。"

武帝便笑："朕于近日，家国之事想得多了，偏也不愿再想了，只想与你空谈而已。先生有大智，可知人之欲无际无涯，当至何处为止？"

东郭延低头想想，答道："世有天子亦有民，命不同，欲也不同。天子之欲，想来不可逾越周穆王。"

武帝闻听"周穆王"三字，眼中便精光一闪："哦！你也作如此想？"

"正是。周穆王时，西极之国有化人来……"

"化人？"

"便是擅幻术、戏法之人。其行走坐卧，可入水，可穿石。弹指之间，可动山川，可移城邑，凌空而不坠，触物而无碍。"

"这岂不就是神仙？"

"庶几相似，民间或有偶遇，俗称'活神仙'的便是。富商大吏，无不为之颠倒。"

武帝便大笑："先生莫不就是活神仙？方才见你立于船头，衣袂飘飘，直疑是蓬莱仙人至此。"

东郭延拱手谢道："不敢，陛下过誉了。西极所来化人，入住周穆王宫室，周穆王敬之若神，事之若君，然化人只是住不惯。穆王无奈，只得筑一土木之室，全无巧饰。此室，居于终南之上，号为'中天之台'。化人仍是住不惯，未及三月，便偕穆王同游，飞升至中天，入化人之宫。"

武帝听得眼睛发直，忙问道："那化人之宫，究竟怎样？"

"仰不见日月，俯不见河海，居雨云之上，非人间之所有。

穆王只以为是上帝之居，恨不能住数十年而不思归国。"

"信然，当是如此！ 我若为穆天子，便永世不返地上。"

"然则，穆王不过才住得数日，便觉光影炫目，音响乱耳，竟至意乱神迷，心不能宁，只得求化人引领下凡。"

武帝便觉诧异，拊掌叹道："惜哉惜哉！ 如何有这等事？"

东郭延稽首道："人之欲，当有限，足不能立之地，便是边际。"

"着啊，正是此理！"武帝听得入神，亲为东郭延斟满一杯酒，又温言道，"你我闲谈，胜于廷议嘈嘈半日。 朕于今日，拟添兵征大宛，群臣颇有非议，正在未定之际。 听君一席话，心中便有了数：西域之地，广袤不可尽收，然可立足之地，便不可弃。"

"陛下此言，先贤也曾言之。《吕氏春秋》曰：'凡居于天地之间、六合之内者，其务为相安利也。' 说的便是此理。 大宛、乌孙等国，反复无常，实不欲与我相安。 小民以为，陛下征大宛，非为天马一事，而是为后世安泰无忧。"

武帝闻此言，颇为动容："黄石公曰：'才足以鉴古，明足以照下，此人之俊也。' 先生真乃俊逸之才。 可惜先生高致，不肯在朝为官。"

"小民只羡列子，能御风而行，无挂碍，甚不耐案牍劳神之事。 陛下臣僚中，有太原人尹轨，曾从我学道。 其人博学五经，尤明天文地理、河洛谶纬，多年前曾擒拿郭解，颇有官声，陛下不妨重用。"

武帝便仰头大笑："先生竟也会荐人！ 好好，若有机缘，定当重用此人。"

东郭延又道："用兵便是用人，贰师将军远征，左右若无人可用，一人之智，又何以应万变？陛下当以九卿之才，充任军吏，方可使贰师将军不败。"

武帝睁目怔道："哦？这一节，朕果然未想周全。好，先生既指点，朕当谨记。我自十六岁登极，便志在灭匈奴；如今堪堪年已六十，发齿落脱了，胡尘仍未静。人间事，真是难谋啊，哪有做神仙强？"

君臣两人面对一池碧水，对酒临风，又闲谈了许多瑶池西王母事，方才尽兴。

数日之后，武帝果然有诏下：即日起，为征大宛添兵。尽赦盗寇囚徒，并发恶少年及边郡骑兵，共计六万人，自敦煌而出。若有私人携粮投军者，亦听凭自愿。

号令一发，天下震动，各郡转运粮草的人马，不绝于途。军中特设校尉五十名，各领其队。

筹划了有年余，大军终在敦煌集齐，统归李广利带领。此行计有牛十万头、马三万匹，驴、驼数以万计，用作驮运。兵器、弓弩等，皆精良齐备。另特遣两名善马者，一为"执马校尉"，一为"驱马校尉"，意在选良马而归。

大宛城原本无水可用，番民皆赖汲城外流水为生。为此，又遣水工一队随军，意在截断城中水源。

为防匈奴袭扰，同时发遣甲士十八万人，出酒泉、张掖之北，新筑居延、休屠两城，以拱卫酒泉。另又征发天下"七科谪"（罪吏、亡命徒、赘婿、商人等七类人）数万，运载粮秣，接济贰师将军。一时之间，转运役夫络绎于途，从关中连绵相接至敦煌。

李广利见人马源源而来，知武帝西征之意未改，精神便复振，待一切完备，即引十余万大军浩荡出关。

此次出征，人马远多于前次，但见黄沙之上，汉旗如火龙蜿蜒，不见头尾。军卒皆负强弓，执戟如林，望之令人目眩。沿途小国见了，无不惊慌，纷纷开门相迎，供给军食。

偏有那轮台一国，闭城不出，拒绝供食。李广利见此国不知利害，怒气填膺，当即挥兵破城，将城内兵民屠戮一空。

初战获胜，汉军悍勇之名，震动西域。当此际，李广利也甚有神威，统领大军翻过雪山，沿路险阻，不可胜数。所幸当年天暖，不见积雪，汉军趁势攻入大宛境，前锋三万余人，直逼大宛城下。

大宛王毋寡，在城头望见汉军不多，便下令宛兵开门迎击。汉军此时，强弩劲骑已力压匈奴，哪里还在意这些宛兵？一阵齐射，便射得宛兵弃甲逃归，闭门自保。

稍后，李广利率大军前来，途经郁成。广利在城下望之，直欲报前次之仇，然转念一想，又恐久攻不下，大宛将另生诡计，便绕过郁成，领军直抵大宛城下。

这大宛都城，名曰"贵山"，城高而兵多，然城内无水，全赖城外有水流入。李广利引军至，先就命水工掘断水道，引水至别处。

大宛军民在城上见了，无不忧惧。大宛王毋寡见了，也甚惶恐，连忙向康居国求援。

李广利自攻下轮台后，谋略也大长，岂能给大宛喘息之机？督军连日猛攻，一连四旬，不舍昼夜。

大宛兵久在西域，未历大战，不曾见过如此尸山血海，将士惊悚，都觉疲惫不堪。贵戚、高官见势不妙，相与暗谋道："吾王短见，藏匿良马，杀汉使，方招致大祸。不如杀了吾王，放出良马，汉军自可退去。若不退,我等力战而死,犹不晚也。"

众贵戚皆以为然,一夕之间,群起杀了毋寡,投书下城,央告汉军勿再相迫。

李广利不信,只疑是缓兵之计,望住城上冷笑道:"短视之辈,以我为赵破奴第二乎?"遂下令急攻不止。

宛兵终是撑持不住,被汉军攻破外城。大宛勇将煎靡,也被汉军所俘。

宛人见外城已失,康居援兵又不至,慌乱奔入内城,相与谋道:"汉军今来攻我,全为吾王之故。欲使之退兵,我须示以诚。"于是遣使者持宛王头颅,缒下城去,求见广利。

大宛使者见了广利,献上宛王首级,即晓以利害:"将军所来,只为良马也。若不攻我,我必尽出良马,任将军挑选,并给军食。若将军不许,则我将杀尽良马!且康居援兵又将至,到时我军居内,康居兵居外,与汉军战,胜负有谁能料?何去何从,还请将军定夺。"

此时李广利已探得,康居援兵虽已出,却畏惧汉军气盛,迟迟未敢进,于是讥笑道:"你王既死,你辈又为谁而战?康居兵若有胆,早已来至城下,又何须宛民苦盼?小国寡民,到底是短视!也罢,你且歇下,容我将士商量。"

送走大宛使者,广利召部将来议。当此际,有斥候探得,大宛城内有新附汉人,已授宛民打井之法,且城内食多,数月之内无匮乏,汉军若久围,必无好处。

广利与部下计议道:"我军此来,是为诛首恶者毋寡。今毋寡头颅已至,我若不允求和,则宛兵必死战。若康居兵待我军疲惫,前来救宛,则汉军必破,不如许了大宛求和。"

众军吏皆以为然，于是广利召来大宛使者，与他讨价还价一番，订下了和约。

那使者见危局解脱，感激涕零，叩首谢道："将军此来，威震西域，大小诸国无不畏服。今将军许我生路，宛民必不违约。"

大宛使者返回城中，兵民听闻和约已成，顿起欢声。当下就遣人赴贰师城，将所有马匹尽行放出，任由汉军挑选。又有贵戚昧蔡，率大队百姓出城，肩挑车载，送军食入汉营。

广利全身披挂，亲开营门，将昧蔡迎入，仰天大笑道："今日汉贰师将军，方才名副其实。"便唤来两名选马校尉，选出良马数十匹。另有中马以下三千匹，也尽都收入。

于此数日间，汉军守约，未有一兵一卒入内城，两下里只互遣使者，交涉诸事。李广利见昧蔡恭谨知礼，接待甚周，便与大宛众贵戚订下盟约，立昧蔡为大宛王，而后退兵。

广利初出敦煌时，担心军卒众多，路上小国不能供食，故将大军分为数队，从南北两道分赴大宛。

有校尉王申生、前大鸿胪①壶充国，率别军一支至郁成，守城兵拒不供食。此部汉军，离广利大军仅有二百里远，王申生就不免轻敌，见郁成不服，竟下令急攻该城。

郁成王窥见汉军人少，晨起，突发三千番兵来攻，踏破汉营，击杀了王申生等人。可怜那原任大鸿胪壶充国，方从九卿之位退下，因熟习藩务，被遣至军前效力，此次竟也被杀。一队人马，仅有数人逃脱，奔至广利大军中。

---

① 大鸿胪,官职名,掌诸侯及藩属国事务。秦及汉初本名典客,景帝时改名大行令,武帝太初元年改此名。

李广利得报，怒不可遏，令搜粟都尉上官桀，带足兵马，前去攻打郁成城。上官桀是期门郎出身，饶有勇力，素为武帝所重，出征时已官至太仆，也是武帝有意，令九卿之才助李广利建功，方被遣至军前。

受命后，上官桀果不负广利之望，率部攻郁成城甚急。城内番兵招架不住，开门出降。郁成王见大势已去，单骑逃至康居国。上官桀不肯罢休，随即追至康居。

康居国听闻汉军已破大宛，上下都惊骇，见上官桀提兵来索人，不敢拒绝，乖乖将郁成王献出。

上官桀擒住郁成王，以手点戳其脸面，嗤笑道："昨日杀我将，如何今日却只敢逃？"便令四名骑士押解郁成王，随队而行。

行至半途，四骑士见道路难行，便私下商议道："郁成王，汉家至为痛恨也，若半途逃脱，恐贻误大事。"皆欲诛杀郁成王了事，然又徘徊不敢出手。

内中有上邦（今甘肃省清水县）骑士赵弟，性情暴烈，想想便拔出剑来，大喝一声："我不欲掉头，便先斩你头！"一剑砍杀了郁成王，提起头颅，去禀报上官桀。

上官桀闻报，也不责怪，只笑道："杀便杀了，免得多事。"便命人装好首级，率部追上了广利大军。

广利军出征之时，武帝同时也遣使西去，告知乌孙国出兵相助。乌孙王不敢得罪汉廷，发二千骑兵前往助战，然其意却首鼠两端，始终不肯近前。待广利大军东归，诸小国闻大宛国破，都甚惊骇，纷纷遣子弟跟从，要去朝见天子，并愿为人质留长安。

说来，广利大军得胜还朝，只可算是惨胜。回军入玉门关时，原有军卒役夫十余万人、马三万匹，仅剩得军卒万余人、马千余匹。折损何以如此之多？究其故，实令人叹。原来此行并不乏食，战死亦不甚多，唯将吏贪残，不爱卒伍，侵吞军饷，故人马病饿而死者甚众。多有民家儿郎，欲图军功而未得，反倒葬身荒野。

那李广利虽是小户出身，此时翻为贵胄，只道是一家富贵、万事无忧，哪里还能怜惜民瘼？入关后，一路歌吹，昂然入都，只待天子封赏。

武帝听罢李广利奏报，心中也是一惊，脱口自语了一句："如何人马几乎损尽？"转念又想到，广利万里而伐，终究是夺得大宛马而归，可不问其过，便吩咐侍臣，拟诏褒扬。

次日晨，即有诏下，曰："匈奴为害久矣，今虽徙往漠北，然与旁国共谋，阻我往大月氏、身毒使臣，杀我期门郎、中郎将、太守等吏，遮拦东西通道。贰师将军率部伐罪，战胜大宛。赖天之灵，从溯河山，涉流沙，通西海，山雪不积，勇士轻度，获宛王首级、珍奇异宝而归。今封广利为海西侯，食邑八千户。"

李广利一战封侯，荣耀门庭，李夫人之宠就更为牢固。朝野臣民闻之，无不知其缘由，各有艳羡不提。

另有手刃郁成王的骑士赵弟，也因胆大而立奇功，得封新畤侯。其余各军吏，加为九卿者三人，加二千石者百余人，一千石以下者千余人，士卒皆赐给四万钱。封赏如此之厚，将士们万想不到，皆大喜过望。

至此，两伐大宛，出关十余万人，亡殁近十万。初征时为太初元年，再征而归，已是太初四年，前后历四年，仅夺来汗血马数十匹而已。

武帝看这一群大宛马，雄健远胜于乌孙马，便将乌孙马更名为

"西极马"，而赐名大宛马为"天马"。又作《西极天马歌》，以记其事，歌云：

> 天马徕，从西极，涉流沙，九夷服。
> 天马徕，出泉水，虎脊两，化若鬼。
> 天马徕，历无草，径千里，循东道。
> 天马徕，执徐时，将摇举，谁与期？
> 天马徕，开远门，竦予身，逝昆仑。
> 天马徕，龙之媒，游阊阖，观玉台。

武帝此歌，写得意兴飞扬。末尾是说天马如龙，上游天门，观览天帝之所居。乐府得了此歌，谱曲作乐，传唱朝野，满城就尽是鼓乐之声了。

那长安吏民，不能遥想西域流沙是何等样子，只道是王师获了大胜，无不欢欣。待献俘毕，全城仍是一派喜气。官府亦有令，准民间可饮酒三日，夜会不禁，以为普天同庆。

朝臣也都乐得有几日休沐，东方朔便邀了枚皋、公孙卿、东郭延等一干同僚来邸中，饮宴作贺。

时已入冬，家仆在堂上摆起炭火盆，满室温暖。东方朔笑言道："人生在世，白驹过隙耳，当尽欢而终。天子征大宛，不过为天马；我等文臣，不能执干戈随军，逢此盛世，当饮尽为快！"说着便举杯祝酒。

公孙卿举起杯，笑道："曼倩先生通达，老臣早年读先生《七谏》，记得内中有言：'尧、舜圣已没兮，孰为忠直？'老臣读后，立觉茅塞顿开！人生在世，迂直有何用？又做给谁看？不如醉酒饱腹了却一生，还畅快些。"

枚皋忍不住，瞥一眼公孙卿道："足下已近于仙，何用与俗人同乐？飞升之日，只勿忘同僚就好。"

公孙卿也不理会他讥诮，打个哈哈道："我招不来仙，心焦至极，比那俗人还不如。恨未能早学楚辞，做个陪臣，陪饭陪酒，随手涂抹一篇便了事，何须提着头去陪天子？"

东方朔截住众人话头，又敬酒道："我辈得食俸禄，酒肉都无忧，不说这些也罢。如今行新历，冬来反觉从容得多，能披裘衣御寒，温酒叙旧。京中有那万千小民，尚不知如何熬过风雪呢，故诸位都不必牢骚。贰师将军封侯，自有他天命，我辈既无好妹，亦无好女，便不必妒了，只管沾光吃酒就好。"

东郭延埋头饮酒，久未出声，此时忽就冒出一句来："唉，数千条性命，换一匹天马，如今真是马命贵矣！人若不能成仙，便做犬马，亦为大幸哩。"

众人便一阵哗笑。东方朔连忙起身，为各人斟了一巡酒，一面就轻声道："如此触逆鳞的话，于此说说倒不妨。诸位出了敝舍，可不要再说。"

东郭延望望门外茫茫夜，长叹一声道："老子曰：'鱼不可以脱渊。'如今为太初纪年，太初太初，便不知何日可见终末！我辈力不能拔山，譬如池鱼，只能混世，何时才可脱渊而去呢？"

一语落地，满室忽就安静下来。唯闻壁脚瓦盆中，有炭火毕剥作响，如人在窃窃私语。

且说李广利连年征伐之时，其妹李夫人也正得宠。只可惜李夫人福薄，生子不久，即身陷病厄。武帝心急，遍召名医，却是药石无效，眼见得李夫人形销骨立，渐渐要不支了。

垂危之际，武帝亲往榻前探望，李夫人却以被蒙头，不肯露出面孔，口中只道："容貌未饰，未便见主上。"

武帝心下奇怪，强欲一见，用手去掀被。李夫人便翻身，面朝内侧，终不肯从命。

见此状，武帝也是无奈，含泪退出。几位姐妹便上前，责备李夫人不该忤君上之意。

李夫人不禁泣下，唏嘘道："妇女以色事人，色衰则爱弛。我今重病将死，容色不堪，主上若见了，必生嫌恶。我死后，当不再追念，又岂肯再看顾我兄弟姊妹？"

此番话，说得众亲属大悟，只得陪着伤心。

不数日，李夫人果然病亡，化为香魂一缕而去。武帝为之心伤不已，以皇后之礼厚葬，又命在甘泉宫画了李夫人遗容，栩栩如生。

武帝到底是个情种，数月里，只神情恍惚，日夜思念李夫人不止。一日，武帝在李夫人常住的延凉室小憩，于梦中见李夫人来，手持一朵蘅芜①相赠。武帝大奇，从梦中惊起，仿佛枕上及衣上皆有余香，历月不散。

从此，武帝竟像是痴了，常来此室歇息，泪湿枕席，然梦中再也未见美人来。于是将这延凉室，改名为"遗芳梦室"。

李夫人既死，李延年与其弟却不知收敛，在宫内跋扈依旧。时不久，兄弟两人因与宫女淫乱，为武帝所知，竟被一同问斩。

———————————

① 蘅芜，菊科，色黄。

唯有李广利因功高，蒙宠依旧，未曾受到牵连。

再说武帝破格起用李广利，将西域之事略定，便又想起：匈奴虽曾来朝贡，但仍反复无常，曾入寇定襄、云中，杀掠边民，毁坏亭障，秉性终难改。于是颁诏天下，言及高祖曾受平城之困，高后亦受冒顿之辱，以春秋齐襄公复九世之仇为例，申明灭匈奴之志。

李广利大军归来后，本该一鼓作气，北上击匈奴，但彼时天气已寒，军伍不宜出塞，便号令众将士整缮军备，以待开春出战。

不料冬春之交时，关中却逢大旱，武帝一再祈雨，亦是无用。乃召东郭延来占卜，东郭延回道："天时不利，乃天帝所为，人主不可强为。"

武帝当下便有气："人主若不能为民消灾，要我有何用？"

东郭延也不慌，只镇静答道："陛下管得了人间事，天上之事，怕还是管不到，唯有顺势而为。臣知《诗经》里有'云汉'一篇，曰：'旱既大甚，则不可推。兢兢业业，如霆如雷。周余黎民，靡有孑遗。'说的是周宣王勤政，为民弥灾。陛下不妨借了这典故来，改一改年号，或能有用。"

武帝想了想，眉头才舒展开来："听你劝谏，那就不妨改元。太初之后，便四年一改元好了，明年岁首，就改元'天汉'。这世间，凡事名比实更要紧，如此改了，天象旱或不旱，朕也心安了。"

说巧不巧，天汉元年（前100年）春，旱象果然减轻，征匈奴之事便又提起。正当此时，忽有此前被扣的汉使路充国，誓不降胡，此时自匈奴返归，赴阙求见。

武帝闻报，精神遂一振，忙召路充国来问："我两征大宛，匈奴时有蠢动，如何就肯将你放回来？"

路充国禀告道："匈奴近年，屡遭变故。儿单于即位才三年，即病亡，有一子尚年幼，不能嗣位。部众推儿单于伯父句黎湖为单于，不料数月又死，今又立句黎湖之弟且鞮侯为新单于。"

"哦？这些单于之名，好生难记。这个……且鞮侯，莫非心软了，才放你归来？"

"且鞮侯确是晓事之主，臣临行前，特谓臣曰：'吾乃儿子，安敢与汉天子并列？汉天子，我岳丈之辈矣！'"

武帝便笑："这个新单于，于辈分上，倒还清楚。"

路充国又道："臣此行归来，且鞮侯单于遣了专使护送，并携有求和书一封。"

武帝不由大喜："原来如此！"当下便召匈奴使者来见。

阅毕匈奴使者呈上的单于书，见其书卑辞多礼，意颇诚恳，便知是且鞮侯新立，到底心虚。武帝心中释然，安顿好了使者，便与诸臣商议。

此时，先前的丞相石庆，操劳多年，已病殁，算是善终，不像前面几任迭遭横祸。石庆病故后，由卫皇后的姐夫公孙贺接任。公孙贺本是武人，不擅政务，无奈朝中已无可用之人，武帝权且用之，总还是自家人，靠得住些。

武帝遂与公孙贺商议道："且鞮侯既有诚意，放回汉使，我也当礼尚往来，将此前所拘匈奴使尽行放归。从此汉匈言和，不再征战，兵民也好将息数年。"

公孙贺初为相，最惧惹祸，凡有朝议，皆听武帝之意，更无他言。当下君臣便议定，将匈奴使者尽都释放，遣中郎将苏武，持牦节，护送返归漠北，并携财帛赠单于。

苏武正当壮年，乃是故平陵侯苏建的次子。前文曾述及，苏建跟从卫青征匈奴，因部将赵信叛逃，坐罪当斩，赎为庶人。那以后，又复起为代郡太守，惜不久即病殁于任上。

苏武初为郎官入禁中，颇受赏识，后擢为中郎将，随驾护卫。受命出使之际，也知匈奴为敌国，此去吉凶难测；然想到自己是将门之后，岂能言怯，便毅然作别家人，与副中郎将张胜、属吏常惠，及所募壮士百余人，一同上了路。

到得漠北王庭，见过且鞮侯单于，苏武转致武帝和好之意，交还了以往所扣的匈奴使。本想单于应心怀感激，就此修好。不料且鞮侯此时位已坐稳，渐有底气，见武帝所赠甚厚，还道是汉廷心虚，因此见了苏武，就不免狂傲无礼。

苏武见且鞮侯不晓事，也不好当面指斥，只得强忍恼怒，退出单于穹庐，打算择日返归。

却不料，只这几日停留，竟生出一场意外变故来，致使苏武命运就此改变。

《淮南子》曾有言，得马失马，皆属无常。人世间事，也确乎如此。原本这一趟出使，并无甚么凶险，谁想旁逸而出的枝节，却令苏武猝不及防。

原来，关中长水有一胡人之子，名唤卫律，素与李延年友善。李延年得宠后，将卫律荐给了武帝。年前，武帝遣卫律往匈奴，互通闻问。卫律奉命至胡地，尚未归，就听闻李延年坐罪。他知天子究罪臣同党，向来严厉，深恐被牵连，于是索性降了匈奴。

此前，匈奴谋臣中行说病殁，单于正苦于无人替代。见卫律来降，自然是喜，着即封卫律为丁零王，统辖居北海（今俄罗斯贝加尔湖）的丁零族。

卫律虽已叛降，然其随从却不尽然愿降，有一随从名唤虞常，便常怀思归之心。

当其时，有浑邪王之甥缑王，跟从赵破奴北征被俘，身陷匈奴，也不甘心降胡，与虞常甚是相投。两人便商议，意欲击杀卫律，劫持单于之母阏氏（yān zhī）一同归汉。

其事正在谋划中，适逢苏武一行抵达王庭。虞常与副使张胜素有旧交，便私下拜访，将密谋告知，请张胜相助，设伏以弩射杀卫律，共图南归大计。

张胜闻此谋，只道是一旦得手，还朝后富贵可期，便也有意邀功，未通告苏武，就擅自应允了，两下里讲成，约好相机举事。

这日里，且鞮侯单于外出游猎，率人马远离王庭。虞常、缑王见时机已至，便召来党羽七十余人，将欲发难。偏是此中有一人，临事反悔，密告了留守的单于诸子弟。

诸子弟知事急，当即率人来兜捕。两相混斗中，缑王战死，虞常被擒。

且鞮侯单于在外闻报，不禁震怒，当下疾驰而归，令卫律将谋乱者囚禁，严刑逼问。

张胜听闻事败，冷汗直冒，深恐牵出自己来，脱不了干系，不得已将实情告知苏武。

苏武听罢，不禁愕然："副使，你害人不浅！事已至此，我为正使，怎望免受牵累？若对簿王庭之上，不止我一人失颜面，那辱国之罪，又如何当得起！"言毕，懊恼万分，竟拔出刀来，就要自刎。

张胜、常惠见状，连忙强拉住苏武，才得无虞。

苏武被夺下刀，仍是失神，喃喃对张胜道："愚人行愚事，如何可救？ 唯愿虞常口舌紧，不供出你来。"

岂料虞常几遭酷刑，熬不住，终将张胜供出。 卫律闻听汉使也参与其中，心中亦惊，连忙将口供录毕，呈与单于看。

且鞮侯单于看罢，勃然大怒："汉使何许人也，竟也来王庭谋反？"便召集诸贵臣，商议欲杀汉使。

时有一贵臣连忙谏道："谋害单于，死罪也，汉使当不至此。可赦其死，迫令其降。"

单于便对卫律道："也罢，姑且饶他。 你即去劝降苏武，务教他知：降或不降，也休想再归汉了。"

卫律得令，遣人召了苏武、常惠来，将单于之意告知。

苏武闻言，如同泥塑端立，默然不动。

卫律便怒道："汉使苏武，莫非你聋了，如何不回话？"

常惠在旁，连忙拉拉苏武衣袖，苏武这才回过神来，对常惠道："我岂是耳聋？ 堂堂汉使，辱上命如此，便是得生，又有何面目归汉？"说着，便拔出佩刀来，往脖颈处狠命一抹！

卫律、常惠未曾防备，一时都慌了，连忙上前，抱住苏武双臂。

其时，刀锋已刺入苏武脖颈，鲜血喷涌，染红衣襟。 卫律大急，紧抱住苏武，高声命左右去召医者来。

待医者趋入帐内，苏武已昏死过去。 那医者自有匈奴高明医术，见此也不慌，教卫律放下苏武，置于地上。 又命人掘出一个土洞，燃起无焰文火，将苏武身体覆于上，脚踩其背，逼出体内恶血来。

苏武本已气绝，如此弄了半日，渐渐竟有了气息。 常惠等人见了，皆围住大哭不止。 卫律便命常惠抱起苏武，以车载回营去，好生休养。

卫律返回王庭大帐，将苏武不屈之状，禀明单于。单于听罢，颇觉动容："好一个苏武，竟能守节如此！"便命卫律要好生看顾，又遣人朝夕问候，只将那张胜囚系，留待问罪。

待苏武渐至痊愈，单于便授意卫律，论虞常谋反之罪，借机劝降苏武。卫律奉命，邀苏武来大帐入座，又自狱中提出虞常、张胜，先厉声问虞常道："背主谋逆，你更有何话可说？"不待虞常辩白，便猛然拔出剑来，一剑将虞常斩杀。

斩毕，卫律缓缓拭净剑上血迹，目视张胜道："汉使张胜，谋杀单于近臣，罪不容诛。然单于有令，若降，可赦死罪。"言毕，手中剑便高高举起。

张胜眼见虞常毙命，早吓得魂飞魄散，忙叩首求饶道："小臣愿降，愿降！"

卫律默视张胜片刻，冷笑一声，转头又逼视苏武道："副使有罪，君也当连坐。"

苏武略一拱手，缓缓回道："本无与谋，又非亲属，为何须连坐？"

卫律哼了一声，举剑又作砍击之势。苏武只斜睨一眼，凝然不动，容色仍如常。

卫律无奈，只得将剑收起，和颜悦色劝道："苏君，当此时，须劝你两句。卫某此前背汉归匈奴，蒙大恩，赐号为王，拥众数万，马畜漫山，富贵如此，为汉人所难望。苏君今日若降，明日也当如是，又何必枉死草野？身后虚名，君还望谁能知之？"

苏武端坐不动，权当未闻此言，只默然无语。

卫律便又劝："君随我降，我与君便成兄弟。君若执拗，不听我计，今后欲见我一面，又可得乎？"

苏武再也按捺不住，奋然起身，戟指卫律骂道："卫律，你为汉臣之子，不顾恩义，叛主背亲，降于蛮夷，我又何须见你？且单于信你，令你决狱，你不能平心持正，反要挑拨汉匈两主相斗，以观成败。你可曾想过：南越杀汉使，裂为九郡；宛王杀汉使，头悬北阙；朝鲜杀汉使，即时诛灭。独有匈奴尚未至此。你知我必不降胡，杀我，便是欲令两国相攻。我若死，匈奴之祸，将从我始矣！"

这一番话，既严词驳斥，又指出卫律不义。卫律听了，脸色不由惨白，知苏武必不肯降，不由火起，举剑欲杀苏武，犹豫片刻，到底还是未敢，只得收起剑，命人解回苏武，返身复命去了。

且鞮侯单于闻报，反倒大为赞叹，更有意要逼降苏武，于是将苏武幽于大窖中，不给饮食。

是时，天降雨雪，苏武数日未食，饿得头晕。从天窗探出手去，方知雪已尽覆窖顶，以手捧食，竟能解得干渴。如是，便一连多日卧于窖中，嚼雪解渴，杂以毡毛充饥。

数日后，有兵役来察看，见苏武竟未死，以为是神人。此事传开去，匈奴人皆感惊异。

单于闻之，也不敢再用强，令徙苏武于北海边，置于无人处，放牧一群公羊，谕令若公羊能产子，苏武方得归汉。又将常惠等人，分置各处，令其不得与苏武相见。

如此措置，是要将苏武逼至绝境。单于心里吃准：任是个铁人，独居于冰雪无人迹处，亦必消沉，迟早可望迫降。

苏武被解至北海安置，地处穷荒，粮食不济，他便掘出野鼠，去其腹中草籽而食。每日持汉节牧羊，坐卧起居，终不离手。时日既久，节杖上旄头，毛尽脱落。苏武只是不改节操，于风雪中，与羊为伴，度过寒荒岁月。

苏武是家中次子，虽未袭爵，到底是侯门之后，昔日在长安，少不了有锦衣玉食。如此贵胄，为国而蒙难，落到这天地尽头，栖身地洞，野炊为食，昼驱狼狐，夜望繁星，不知熬过多少日夜，终成就了一段英雄传奇。

如此五六年后，有单于之弟於轩（jiān）王，来北海射猎，与苏武相识。苏武能织箭羽、矫正弓弩，於轩王闻之甚喜，就请苏武矫弩。

看苏武专心致志忙了半日，於轩王不觉动心，与苏武对面坐下，温言问道："君居此处，莫非就甘心吗？"

苏武微微一笑："死生有命，在下做不得主。我为汉臣，只知不可辱臣节。"

於轩王又问："家既不可回，这般苦楚，忍之有何用？"

苏武抬眼望望於轩王，淡淡答道："地距千里，俗便不同；我未辱节，心中便不觉苦。"

一番话，说得於轩王大为动容，命部众供给苏武衣食，不得令其困窘。后又过三年，於轩王患病，想起苏武，于心不忍，赐给苏武马匹、衣服，后又将苏武召来，藏匿于自家穹庐中。

岂料解脱才数月，於轩王病死，其部众另徙他处，又只余下苏武一人。是年冬，丁零有盗贼前来，盗去苏武牛羊，从此苏武又陷于困厄。

天荒地老，人踪不见。苏武困于北海，手执旄头脱尽的汉节，牧羊自活，前后竟蹉跎了十九年，实是令人嗟叹！

九

李陵败降
千古哀

却说武帝遣苏武出使后，即神闲气定，静等回音。哪知等了数月，却不见苏武回朝，便知事有变故。至次年，即天汉二年（前99年），被俘的浞野侯赵破奴自塞外逃归，汉廷才知且鞮侯无礼已甚，已将苏武幽禁，下落不明。

武帝失望至极，决意报复，便命贰师将军李广利率兵三万，往击匈奴，要给且鞮侯一些颜色看看。

李广利此时已颇有历练，率军出酒泉，兵锋凌厉，至天山下，痛击右贤王所部，斩俘胡骑万余人，得胜而归。哪知右贤王不甘挫败，又集大军数万，追上归途中的汉军，团团围住。

汉军左冲右突，只是杀不出重围。眼见胡骑陆续拥来，恐有十万人之多，轮替上阵，交相攻杀。汉军死伤甚众，营中又断粮，渐渐不支。

李广利愁眉不展，只是无计。恰有陇西上邽人赵充国，在军中为假司马①，此时挺身而出，愿率壮士百余人，破围而出，为众人求得一条生路。

---

① 假司马，官职名。汉官名凡加"假"者，均为副贰之意，假司马即司马之副。司马，汉武帝所定武职，即大将军所属军队分为五部，各置司马一人领之。

广利转忧为喜，一迭连声赞道："壮士，真乃壮士！"便允准赵充国突围，令充国率壮士先冲出，大军随后跟进。

这赵充国，时年二十七，正是血气方刚时。从军之初，只是寻常一骑士，后因善骑射，以六郡良家子之名，入宫禁为羽林郎，此次出征，恰在行伍之中。

领命之后，充国率百余人，窥见胡骑一个空处，突驰杀出。一时只闻兵戈撞击，杀声震耳。胡骑未料汉营中有死士突出，慌忙来拦，却是难以阻挡。一片血肉横飞中，充国将长槊抡圆，当锋者死，避让者生，杀得胡骑纷纷闪避。

汉军在营中，见赵充国已溃围而出，都精神大振，随即疾驰跟进，不顾死伤杀了出来。待李广利率残部驰入酒泉，检点死伤，全军竟折去十之六七。

大军还都后，李广利入朝，武帝闻广利奏报"充国操戈先出，身被二十余创，幸得不死"，大感惊奇，立召赵充国来见。

赵充国裹伤上殿，步武仍健，虎虎有生气。武帝连忙离座，疾步下阶，验视充国身上伤情，但见伤痕密布，血迹未干，不由就感叹，当即拜充国为中郎，收为近侍。

想想李广利此战，先胜后败，折损竟然大于斩俘，武帝便有气，然心中尚有李夫人一念，便不忍加罪，未予责罚。只遣了因杆将军公孙敖，领军出西河（今宁夏、内蒙古自南而北的黄河段），与强弩都尉路博德相约，在涿邪山（今蒙古国满达勒戈壁一带）会合，寻机再战。

公孙敖、路博德两人奉命，合兵之后，出高阙塞以北千余里，巡弋往返，终未见匈奴一骑，只得引军而还。

武帝此时与单于相斗，已如赌徒，一注不赢，便有数月不欢。

闻公孙敖回朝奏报，大失所望，只得叹气而罢。

时有名将李广之孙李陵，为李广长子李当户的遗腹子，在朝为侍中。其人年少勇武，礼贤下士，在朝野颇有声望。武帝每见他，都要赞叹："将门之后，果然有祖风！"

征大宛之时，武帝有心栽培，特授李陵为骑都尉，令他率楚兵五千人赴酒泉、张掖，习射练兵，以防匈奴。

待李广利出酒泉北征，武帝又诏令李陵随军北上，监管辎重。李陵受命赴军前，过长安时，趁便入朝谒武帝，自请道："臣在酒泉、张掖，属下为屯边之兵，皆荆楚剑客也，力能扼虎，射必中的。臣情愿自领一队，往兰干山（在今蒙古国西南西戈壁省境内）之南，以分散单于之兵，无须专属贰师。"

武帝未料李陵有此意，愤然道："你虽自恃勇武，然未经一战，如何便不愿属贰师将军？北征之师，朕发兵已多，再无骑卒分拨与你！"

李陵年少气盛，毫无畏惧之色，昂首回道："无须骑卒，臣愿以少击众，若得领五千步卒，便可杀入胡地王庭。"

武帝先是惊诧，继而笑道："少年郎，一如朕之当年！也罢，若不允你，或将埋没一个少年神将。然你须记好：乃祖神勇，是由数十载征战而成，而非血脉承继。此去，朕命强弩都尉路博德为你接应。路博德守居延塞（今内蒙古、甘肃额济纳河沿岸）已有三年，老练多谋，你须多多仰赖。"便允了李陵，令他自去募五千壮士，克期出征。

岂料此次出征，李陵气势虽壮，其命势却如祖父李广一般，着了魔道，终究是不顺。

再说那路博德，曾随霍去病征匈奴，因功封侯，后又平南越有大功，声望甚著，惜乎受其子坐罪所牵连，而遭削爵。武帝到底是怜他，于太初三年（前102年），复用为强弩都尉，率军北上居延泽，筑塞屯守。

路博德资望，远在李陵之上，如今得武帝诏令，仅为李陵军后备，老将如何肯服？私心便不愿从命，上书称："时值秋令，匈奴马正肥，凶悍非比寻常，不可与之战。不如留李陵在居延，待明春，臣愿与他率酒泉、张掖各五千骑，至东西浚稽山，必可生擒单于也。"

此言虽有私心，然能审时度势，也不失为一条妙计。不料武帝得此奏书，还道是李陵临事生悔，串通了路博德来巧言，不由怒道："少年多变，到底是靠不住！先欲与贰师将军争功，如何又临敌而怯？"于是不理路博德之议，任由李陵部北进。

恰在此时，赵破奴奏称胡骑已临西河，武帝便命路博德速去守西河要道，又诏令李陵："当于九月发兵，自居延塞之遮虏障出塞，至东浚稽山之南，涉过龙勒水，徘徊以观虏情，如无所见，则沿赵破奴当年故道，抵受降城休憩，遣骑士回报见闻。另你与路博德所言云何？俱回书以对，朕要知道。"

当此际，正是深秋，塞外一派寒云衰草。李陵得了武帝诏令，摸不着头脑，便索性不去多想，独率五千步卒，出居延塞冒寒北上。

北行三十日，军至浚稽山扎营，未曾遇一敌。李陵便将所过山川地形，皆绘成图，遣麾下一骑士陈步乐，还都奏闻。

步乐初进大内，拜谒武帝时，虽自镇定，却还是汗出如雨，只将舆图恭谨呈上，便不知再说甚么为好。

武帝看过舆图，面有喜色，再看陈步乐拘谨，便笑问："在军中，你所担何职？"

陈步乐答道："回陛下，小的仅为一骑卒。"

"仅为一骑卒吗？朕看你木讷少文，倒是本分。李陵军中多奇才、侠客，如何他便遣了你来？"

"小的……生性憨直，凡事必求成。"

"李都尉带兵，士卒们可服气？"

"陛下，李将军领兵，统率得法，士卒皆愿效死力。"

武帝眉毛一动，欣喜道："好，闻你奏报，朕心甚慰。你之才干，岂止为一骑卒，朕这便拜你为郎，留在身边行走。"

如此，陈步乐只做了一回信使，便为郎官，殿上诸臣见了，都暗暗称奇。

再说李陵在浚稽山南，扎营才过数日，单于便率大军前来，发三万精锐胡骑，把李陵军围在了核心。

此时汉军正处于两山之间，以大车环绕，权作营寨。李陵见胡骑人马众多，望之不尽，知必有一场恶战，便引军出营，在营外列好阵，前排持戟执盾，后排持弓弩以待。

李陵高声发令道："事既至此，我辈无可逃，唯有一死报国。且听将令：闻击鼓而纵兵，闻鸣金则止步，都无须慌乱。"

胡骑见汉军人少，且为步卒，便不在意，皆放马直抵汉营前。正在嘈嘈切切间，忽闻汉营中鼓声大作，汉军后排弓弩手闻声，一齐站起，千弩齐发，羽箭便如飞蝗，直射敌阵。胡骑前排未作防备，皆应弦而倒。

片刻工夫，便是一片死伤枕藉，胡骑余众皆大惊，纷纷往山上退避。汉军哪里肯放过，漫山追击，一连斩杀数千胡骑。厮杀过后，但见满地横尸，皆是披发左衽的胡卒。

且鞮侯初与汉军交锋，见汉军善战若此，心内大惊，连忙率余部落荒而逃。旋又召来王庭左右部众，计有胡骑八万余，再攻李陵军。

　　李陵毫不慌张，领军且战且走，南行数日，驰入一处山谷中。

　　几番激战后，汉军受箭伤者多，李陵便令受三创者上车坐好，受两创者驾车，受一创者仍持兵器而战。

　　再战不久，李陵便觉有异样，问左右道："吾军士气不振，闻鼓而不起，是何故？莫非军中有女子乎？"

　　命人查问之，果然如此。原来，以往关东群盗猖獗，朝廷剿灭后，盗贼之妻皆徙往边地。李陵军过北边，军卒多娶此类女子为妻，藏匿车中。如此藏娇，军卒如何还肯舍命？李陵闻之大怒，命人将妇女搜出，拔剑亲斩之。

　　血光起处，哀声四起，全军目睹李陵威严，无不震悚。至次日晨，李陵率军复战，果然士气大增，斩首有三千余级。

　　获胜之后，李陵又引军向东南行，沿故龙城道路，急行四五日，抵一大泽，全军隐匿于芦苇丛中。

　　胡骑蹑踪而至，见汉军藏匿不出，便于上风处放起火来，一时烈焰冲天，咫尺不辨对面人马。汉军无处可遁，纷纷叫起苦来。李陵眼见事急，连忙下令纵火，烧去近身荒草以自救。

　　不待烟雾散去，复又率军向南，奔至一处山下。且鞮侯单于正值盛年，屡败于一少年骑将，心中就不忿，遂又紧追而至。众胡骑此次都学得聪明，抢占了山上，居高临下。单于即命其子，率数千精骑飞驰而下，猛冲汉军。

　　李陵军为步卒，当不得这般排山倒海之势，便都躲入丛林中，与胡骑缠斗。林中有枝柯虬结，胡骑难以施展，汉军遂又杀敌数千。

此次再胜，汉军士气大振，见高处有狼头大纛，便知单于在山上，于是急发连弩，直射单于。一时有箭雨如蝗，飞向山上，单于招架不住，由左右簇拥，翻山逃去了。

当日，汉军捕得几个胡卒，审问过后，方得知单于心思。原来在日前，单于曾谓左右曰："此乃汉精兵，击之不能胜。此部日夜引我南下，今已近汉塞，莫不是前有伏兵乎？"

诸部君长皆言："单于自领数万骑，击汉军步卒数千，而不能灭，令汉人益发轻我！此地为山谷，我力战而不能胜。前面尚有四五十里，便是平地，我军追至平地，若不能胜，则可回军。"

李陵闻俘虏供出此情，知胡骑锐气已惰，心中大喜，遂传令全军："南下至平地，再战两日，便可退敌！"

次日晨，汉军奔至平地，情势却愈急，但见胡骑越聚越多，已是漫山遍野。汉军知无逃路，只得狠下心来，一日经数十战，又斩杀胡骑二千余人。

至日暮，且鞮侯单于伫立山下，远眺两军厮杀，脸色便不好，喟然叹道："连战不利，再战，折损将逾万人，如何是好？不如回军算了！"

若是单于早收兵一日，则李陵运命，将不知有何等荣耀，偏是不巧，李陵麾下有一军候①，名唤管敢，日前为校尉所辱，气不过，逃去降了匈奴，将此前李陵好运尽都断送。

单于闻听有汉军吏来降，大喜，立召管敢来帐下，详问他情

---

① 军候，汉军制中"曲"的长官，辖五百人，秩六百石，为中级武职。

由。

管敢为日后荣华富贵计，竟将所知内情和盘道出："李陵军并无后援，且箭矢将尽，士卒不能久战。独有校尉韩延年，领八百人为前锋，打黄白两色旗，所向无前。贵军若选精骑驰射，此部不能当，则李陵军必破。"

管敢所说的韩延年，乃是颍川（今河南省禹州市）人，其父韩千秋，系故济南相，平南越时战死。武帝为恤悯家眷，封韩延年成安侯。此次延年随李陵出征，为掌兵校尉。

单于闻听此情，知李陵军也已属强弩之末，立即抖擞精神，选了精骑数千，专攻韩延年部。

众胡骑得了号令，疾驰超越汉军，瞄着黄白两色旗处，遮道拦住，急攻不止，一面就大呼："李陵、韩延年还不速降?"

李陵军急奔入山谷中，胡骑便蜂拥上山，从四面放箭，矢如雨下。李陵、韩延年见势不妙，驱军疾走，胡骑仍紧随不退。汉军只得与之对射，边战边向南行。强撑了一日，将至鞮汗山（在今蒙古国南戈壁省境内）时，五十万支箭皆已用尽，只得弃车而行。

李陵此时检点人马，尚有三千余人，手中唯持空弓，并无兵刃。军卒便斩裂车轮，手持车辐为兵器，军吏则手持尺长佩刀，贴近崖畔而行，奔入峡谷当中。

单于大军旋即追至，在两端谷口抛石，堵塞去路。汉军奋力攀爬，无奈兵器不利，死伤甚多，仍不得出。

黄昏之后，李陵命军卒扎下营来，暂作歇息，自己则换了便衣，手持短刀，独自出营。左右军吏欲跟随，李陵制止道："无须随我，大丈夫一人，即可取单于之首耳!"

原是李陵情知已陷绝境，决意以一人之勇，趁夜去杀单于，欲与之同归于尽。 然在山上徘徊良久，唯见胡兵处处，无隙可乘，只得颓然而返，举刀狂砍枯树，叹息道："兵败，死矣！"众军吏在旁，闻李陵语声甚哀，尽都落泪。

有军吏不忍，上前劝慰道："将军威震匈奴，令胡人丧胆。 此战，实是天命不遂，明日可寻路求归。 即如浞野侯为敌所俘，后逃归，天子尚待之以礼，何况将军乎？"

李陵勃然变色道："休得再说！ 吾不死，非壮士也。"于是下令，斩断军旗，与所掳宝藏一同埋于地下。

众军知最后关头已至，都只默默掘土埋物。 待诸事毕，李陵望望部众，强忍泪叹息道："倘能得数十支箭，足以脱身。 今已无兵器再战，天明，即坐受胡人绑缚矣！ 诸位，各作鸟兽散吧，或有人可脱身，且归报天子。"

此时，塞外天气已近初冬，山谷寒气难当。 李陵又道："我辈坐等死，不怕胡人看见，不妨生火暖一暖。"遂又命军卒，各人携二升干粮、一片冰，待夜半起身，相期逃至遮虏障会齐。

夜半时，李陵惊起，命左右击鼓唤醒众军，岂料鼓皮受潮，竟不能响。 李陵呆住片刻，哀叹了一声，便招呼韩延年一同上马，带领壮士十余人，向南狂奔。

方出谷口不远，即惊动了胡骑，几声胡笳响过，便有数千胡骑跟踪追来。 韩延年见逃不脱，断然勒转马头，带了随从返身杀回。 胡骑见此气势，便知他是悍将韩延年，纷纷上前来，环绕数匝，围住厮杀。

韩延年左劈右砍，身被数十创犹不退，鏖战多时，渐不能支，被胡骑近身一箭射中，大叫一声栽下马来，当场殒命。

李陵见韩延年死，顿失斗志，仰天叹道："无面目报陛下了！"

便跳下马来，收刀入鞘，颓然坐于地，与身边仅余数卒，一同降了匈奴。

峡谷之中，一众汉军被惊醒，不见了军将，都四散逃命，大半为胡骑斩俘。至二三日后，逃入居延塞者，仅余四百余人。

李陵兵败处，离居延塞仅百里之远，残卒逃归，塞上吏民俱知消息，独不知李陵下落。边吏闻讯，不敢怠慢，连忙飞书急报长安。

武帝阅过边报，惊惧不已，不知李陵是死是活，想到若李陵被俘，未免太失汉家颜面。一连几日，纠结于此事，难以入眠。不得已，召了李陵之母及妻来，命东郭延为这二人看相。

武帝对东郭延道："李陵带兵出塞，兵败未归。你看他家眷气色，可是早已身殁？"

东郭延看过两妇人面色，朝武帝递个眼色，武帝便示意二人退下。

待李母、李妻走后，东郭延禀道："陛下，臣看这婆媳之相，并无丧色，故而李陵将军必还在人世。"

武帝不信，瞥一眼东郭延，嗤笑道："李陵年少志大，欲做霍去病第二。如今陷胡地，必赴死，又焉能苟活？你这相术，或只为皮毛耳！"

东郭延连忙叩首道："不敢！臣有罪，然心中尚存一念，唯愿李将军活，故而看不出死气来。"

武帝听出东郭延有弦外之音，怒气陡生，然又无从发作，只得自嘲道："莫非朕就盼他死吗？"

"陛下明察世事，李陵却是逞少年意气，一人率五千步卒，就敢深入胡地。若不败，那便是蓬莱仙人了，我只为李将军叹！"

一番话，说得武帝哑然，苦笑道："东郭先生，如此说来，朕也是不察世事呢。"便拂了拂袖，命东郭延退下了。

半月后，有边报至，称李陵已降匈奴。武帝展开奏报，几不能信双目，怔愣片刻，忽就拍案而起："全无天理！他李陵如何便能生降？"于是立召陈步乐来责问。

李陵降胡事，已于当日传开，陈步乐也有耳闻，心下便惶恐，战战兢兢趋入前殿。

武帝怒问道："李陵怯懦如此，神鬼不能容！你是如何夸他的？"

陈步乐嗫嚅不知所对，只一味叩首道："小臣，有罪……罪不可赦。"

武帝哼了一声："罢了罢了！"便未再诘问，挥手令他退下了。

哪知陈步乐退下后，只觉羞愧难当，不多时，竟在北阙之下拔剑自尽了。

武帝闻讯，冷笑一声："堂堂汉将，竟不如一骑卒知耻乎？李陵之罪，可谓古今少见！"便召群臣上殿来议。

群臣闻听此事，都怒不可遏，人人攘臂，皆以李陵降敌不死为罪。殿上申讨之声，沸反盈天。

武帝见太史令司马迁一人未语，便以目视之，问道："司马君，闻你精通坟典，博古通今。今日朕要问你：领军之将，不死战而降，该当何罪？"

司马迁早有定见，闻此问，便放言道："陛下，臣闻李陵事亲孝、爱士卒，常奋不顾身，以殉国家之急。其人涵养，有国士之风。今遭兵败，偶一不幸，人皆以为罪，私弱之臣亦随之揭其短，诚可痛心也！且李陵所提步卒，不满五千，深入胡地，力遏数万之敌，致敌死伤累累、首尾难顾。单于无奈，举倾国之民共围之。李陵转斗千里，矢尽而途穷；士卒犹能张空拳、冒白刃，北向与敌苦战而死。能得士卒效死，虽古之名将，亦不过如此。李陵虽身败陷敌，其摧敌之功，足以扬威于天下。彼之不死，若有机缘，定可以报汉。"

司马迁此言一出，武帝便知是何意，心中就冷笑："好个书生，到底是嘴巧！"

原来，此次北征，李广利统大军，李陵不过为助攻，不料李陵反与单于相抗，斩俘甚多；相形之下，广利之功便甚小。武帝心存偏私，顾忌朝议，故意略过不提，而只斥李陵不义。偏偏司马迁不愿隐忍，据实以争，不啻是有意犯颜。

想到此，武帝大怒，脱口就严责道："太史令，你为李陵游说，是要贬抑贰师将军乎？贰师功大功小，不消你来议，好歹他并未降匈奴。汉家颜面，已为李陵丧尽，你辩白又有何益？你熟读诗书，学富五车，却不知，一个'义'字方为人之本吗？那李陵是何人？名将之后，统兵都尉，途穷而不殉国，辱没先祖者无过于此！朕曾闻，你家先祖，自尧舜至殷周，世代为史官。朕之于史，自是不及你，然也要问你：古来有何名将，曾于阵前倒戈？"

司马迁心知武帝此话，全是为回护李广利，却又不好揭破，只得强辩道："前有路充国，后有赵破奴，皆身陷敌而后归来。李陵偏师力战，不幸陷敌，臣窃以为可宽假待之。"

武帝闻言更怒："路充国，赵破奴，皆知忠义也，死不吐一个'降'字。如何李陵力尽便可降？既如此，我问你：他麾下那些步卒，又是为何而死？"

"恕臣下妄言。臣并无为降将辩诬之意，唯愿陛下为国惜才，不至令将士寒心。"

"巧言！诡辩！儒生之才，只用在这上面吗？大丈夫，生当为国，死当尽忠，如何就为降将颂起德来了？耻何在，义又何在，荒诞何过于此？天下典籍万卷，从哪里读起，朕倒是不明白了！太史令责我，我实不知：倡忠义，哪里就寒了将士之心？"

"陛下……臣以为，若惜才，当不至有五千步卒深入胡地。"

"混账！"武帝怒极，狠狠一拍龙案，将案头国玺也震倒，殿上诸臣皆为之色变。

司马迁也知不可再多言，于是伏地低首，默然无语。

武帝怒气犹未消，厉声道："文人乱议，荒谬绝伦，已不知天地间有纲常了！亏你还曾受业于伏生、孔安国，只不知一肚子书读到哪里去了？廷尉杜周，你来！司马迁坐罪诬言罔上，着令下诏狱对簿。凡有说情者，同罪！"

群臣见天子盛怒，大气也不敢出一口。殿上谒者、郎卫，饶是见惯了场面，也都吓得面如土色。

武帝怒喝声方落，便有谒者数人冲上前来，将司马迁头冠褫去，押下了殿。

再说那廷尉杜周，亦属酷吏，系由义纵举荐，跟从张汤为属吏，循阶而上，其残苛更甚于那二人，凡决狱，不循律令，专窥上意。与众酷吏所不同者，唯其少言稳重，貌似宽厚而已。

此时武帝虽已下令，杜周却不得要领，便跨前一步，躬身不发一语。

武帝见了，心知杜周是要探口风，想了想便道："故太史令司马谈，精习黄老，纵论六家，有好大的才学。如何这孽子司马迁，竟是个不晓事的？年前，谈公侍驾东巡至洛阳，欲随朕封禅泰山，朕未允，谁料他竟郁积而殁。 至今思之，朕仍有不忍。 然汉律不容情，司马迁诬罔之罪，你按律处置就好。"

杜周是何等精明，闻听此言，便知天子之意，并不想取司马迁性命，当即领命退下，自去办理了。

司马迁方入诏狱，杜周接踵即至，一声暴喝，皂吏便上前，褪去司马迁官服，换了囚衣，手足俱上枷，绑缚得如同粽子般。

升堂问案之时，司马迁被拖曳上堂，杜周半张双目，叹口气道："我向为左内史，与令尊有旧，不想你为谈公之子，却忤逆如此。 既有圣意下，本官也不便徇私，来人，先重笞五十再说！"

众皂吏应声，一齐扑了上来，将司马迁按翻在地，随即一番狠命捶楚。

司马迁熬不住，嘶喊连连，杜周忽举手喊停，发问道："廷议之时，竟敢触龙鳞，太史令真是好大胆。 事既至此，可愿服罪乎？"

司马迁忍住痛，仰起头来道："为李陵辩白，乃下臣职守，实不存触麟之意。"

"放肆！ 文人好狡辩，强以为是。 事到临头，还不想认吗？"

"臣所言虽有罪，却是不得不说。"

"哼！"杜周堪堪又要发作，略一想，却又放缓语气道，"唉，书读多了何用？ 只知固执，不通世情！ 那李陵降敌，辱国之甚，前所未有，百姓都恨不能食其肉。 君身为六百石吏，却为何不辨是非？"

"下臣亦自有道理。"

"甚么道理！ 今日廷议，本官耳闻目睹，你出言悖谬，哪里还用对簿？ 且去羁押自省，当如何处置，本官自有主张。"

过堂既毕，皂吏便将司马迁拖回，幽禁于牢中，将手足重新械系。 其囚室狭小，既无寝卧之处，亦无他人，起居全赖狱吏摆布。

自此，狱吏每日出入其室，非打即骂，直如待盗贼一般。 可怜那司马迁，一向为文，从未涉足粗蛮之地，转瞬间忽遭累绁，受尽了凌辱。 未及几日，每见狱吏来，便以头抢地，战栗不止。

时不久，杜周有谳词呈上，称司马迁袒护李陵，毁谤广利，是为诬罔无疑。 然对簿之时，一味狡辩，不知罪愆之深，念及乃父之功，姑不族诛，仅处斩刑以儆天下。

武帝接了谳词，却犹疑起来："廷尉，以你之意，司马迁之罪果然当死？"

杜周早知有这一问，当即答道："回护降将，罪莫大焉，百死犹未为过；然念及谈公，臣下亦多有踌躇……"

武帝瞥一眼杜周，隐隐一笑："杜廷尉说话，果然滴水不漏。既如此，允其赎罪也好。"

杜周略一犹豫，随即回道："司马迁家贫，并无五十万钱赎罪。"

武帝颇觉意外："司马谈半生为官，竟未留五十万钱与后人吗？ 这个……便仁心不得了，既然无钱，便处司马迁腐刑。 这一刀，总是不可免的。"

诏令下，司马迁闻之，如五雷轰顶。 腐刑即是除去男根，古来视为奇耻大辱。 男子受此刑，不但辱及先人，且为乡人所笑，若是常人，不如自尽了为好。 此时狱中看管，并不甚严，显是杜周亦有意行方便。

然司马迁素有大志，愿承继家风，秉笔写史。自弱冠时起，便游历四方，北上齐鲁，南浮沅湘。赴曲阜孔墓前，向鲁儒学骑射、古礼；临汨罗屈原投江处，诵屈辞而大哭。又博览群书，从师苦学，于古史、诸子、货殖、星象等学无所不通。待刑之际，几欲自尽，想起左丘明、孙膑，又难弃夙愿。几次反复，终还是不能轻生，决意忍辱以图大业。

司马迁受刑后，仍系于诏狱，便在囚室中开笔写起来，终著成千古《史记》，开二十四史之先河。其书所据，多为游历时访问父老所闻，其文多采，其论正直，千年之下亦令无数后人受益。

再说李陵降胡后，武帝数月饮食无味，反复思之，终有悔意。只觉无颜对群臣言及，只召了东郭延至太液池，闲谈此事。君臣对坐，望一眼残荷败柳，武帝不无伤感道："李陵孤军北进，朕不该令他无援。将军势孤而降敌，不可谓畏死。"

东郭延望住武帝，颇觉不解："李陵降胡之事，小的窃以为，陛下并无错。"

武帝苦笑一下："君在野，不知朝堂上有诸多纠葛。李陵率五千步卒入胡地，朕焉能不知是涉险，曾诏令路博德接应。"

"路博德为老将，陛下如此安排，圣明得很！"

"君有所不知，朕之过，便错在不该预先有令。路博德为老臣，历练得油滑，不欲为李陵后备，闻此预令，才推三阻四，得售其奸。"

东郭延眼中精光一闪，脱口道："陛下能想到此，便是圣明。长安朝野中人，聚论李陵事，早便看得清楚。"

武帝闻之惊诧："哦！如何不早禀报？"

"民间所议，见头不见尾，小的不敢妄奏。"

"唉，算了。路博德到底是有功，朕也不忍心加罪，只可惜了李陵一员猛将！"

君臣闲谈罢，武帝便下诏，赦免李陵麾下归来残卒，不以战败论罪。

且说汉与匈奴开战之后，连年征伐，海内生民苦于赋役。事久，官吏不敢禀报实情，民不堪至极，就多有入山为贼的。就在李陵兵败当年，泰山、琅琊一带，群盗啸聚山间，竟能阻断道路。更有城中游民，聚集巫祠中，装神弄鬼。

武帝不能忍，召了丞相公孙贺来，责问道："塞外事未平，朕用心最力。海内之事，皆托付于君，不过才两年，天下如何乱得如秦末一般了？"

公孙贺没有主张，只草草应道："山中小盗，不足为虑。"

武帝怒道："哪里是小盗？今日能阻道，明日便可破城。若不灭之，终有攻破函谷关之日！"于是，遣直指使者①暴胜之，着绣衣，执金斧，往各郡国搜捕盗贼。各地刺史、太守，凡有缉盗不力者，尽都可诛杀。另在长安城内，大搜游巫流民，徙往边郡。

冬十一月，又诏令函谷关都尉，称："今豪杰皆远交，依附东方群盗，须谨察出入者，不可松懈。"

一番操持后，海内稍靖，群盗气焰方消。正待松一口气，不料次年秋，胡骑又入雁门劫掠。郡守畏战不出，边民涂炭，惨不可言。

武帝怒极："单于无义，我偶有失利，他便敢小觑汉家！"趁怒

---

① 直指使者，亦作"直指使"，官职名。汉武帝时设，掌巡视、处理各地政务之事。

即下诏，诛雁门太守弃市，以儆庸吏。

天汉四年（前 97 年）春正月，武帝终不能再忍，倾尽库中钱粮，再发天下七科谪戍，以及四方壮士，分道征匈奴。

此次发兵，遣李广利率马军六万、步军七万出朔方，以为主力。另遣公孙敖率马军万余、步军三万出雁门，韩说率步军三万出五原，这两路皆为偏师。又以路博德为后应，率步军万余出居延塞，寻机与广利军会合。

各将受命，分头调集大军。武帝独留公孙敖，面嘱道："有一事，你且留心。我闻李陵败降，实出于无奈，或存归来之心。你率军深入，若能迎得李陵归来，便是大功。"

公孙敖心领神会，知主上还是看重颜面，当下应道："李陵岂能久居于胡？臣留意就是。"

旋即，三路大军二十万人，擎旗鸣鼓，分道而出。此番征讨，人马众多，互为呼应，塞上为之轰动。匈奴斥候闻讯，不禁胆战心惊，飞马回报单于。

且鞮侯单于得报，知有一场恶战在即，关乎存亡，遂不敢怠慢，令老弱、辎重移往余吾水（今蒙古国土拉河）之北，自率精骑十万驻于水南，严阵以待。

待李广利大军至，两下里便在余吾水一带，大战十余日，激烈异常。草原百里，处处可见血迹。后李广利见折损太多，取胜无望，只得引军返回。

且鞮侯单于见汉军退去，哪里肯放过，当即麾军急追。广利军行至半途，回望草原尘头大起，无不心慌，适值路博德引兵来接应，众军方稍安。单于见李广利有援兵，不敢贸然与之战，领兵退去了。

此一役，汉军虽强，却未有太多斩获。李广利不愿再战，便与路博德商议好，一同南归。

再看韩说这一路，出五原逡巡多日，只是不见胡骑，犹豫了几日，也即折返。

另有公孙敖一路，出雁门千里之外，与匈奴左贤王部迎头撞上，战了数日，士卒折损过多，颇为不利，便也引军返回。

如此大张旗鼓北上，却一无所获而还，公孙敖更是损兵折将，不免就心中惴惴，觉无以复命。返程中，便打好主意，欲捏造谎言，哄过天子。

回朝复奏时，公孙敖言之凿凿，只道是："臣掳得活口，称李陵降胡得宠，为单于献计，教匈奴练兵以备汉军，故臣无所得，只得回军。"

武帝原本还怜惜李陵，听了这话不由大怒："卖祖求荣者，如何能怜他！"便下诏，将李陵老母及妻一并诛杀，以泄心头之愤。

此事一出，陇西士人皆以李氏为愧，众议纷纷。那公孙敖虽诬言李陵，却也未能脱罪，因折损士卒过多，武帝令廷尉问罪判死。公孙敖先得了风声，诈称已死，逃往民间藏匿数年。后来事泄，终被逮住囚系，暂未处置。

事平后数月，有汉使来匈奴交涉。李陵见了汉使，恨恨问道："吾为汉家领五千步卒，横行匈奴，因无援而败，有何负于汉？为何要诛我全家？"

汉使惶恐答道："汉廷唯闻：李少卿教匈奴用兵，致汉军无功而返。"

李陵顿足道："那是李绪，而非李陵！"

原来，此前有塞外都尉李绪，驻守奚侯城，遇匈奴来攻，力不能支，竟降了匈奴。 单于器重李绪，令他教胡骑练兵，位常坐于李陵之上。

李陵知此事，痛恨李绪连累自家诛灭，使人刺杀了李绪。 单于之母大阏氏闻之，怒甚，欲杀李陵。 单于到底怜惜李陵，遂将李陵匿于北方，待大阏氏死后，方才召回。

单于爱重李陵，壮其勇悍，嫁其女为李陵妻。 又立李陵为右校王，与卫律同为贵人。 李陵感念单于知遇之恩，从此与卫律一道，一心事胡，再无他念。

且说李陵昔日，曾与苏武同为侍中，降胡后，不敢求见苏武。又过了十余年，单于遣李陵赴北海，为苏武置酒设乐，劝苏武降胡。

李陵衔命，来至北海边，与苏武对酒叙旧。 李陵举杯，见苏武未老先衰，沧桑不可尽言，不禁就鼻酸："单于闻听，弟与子卿兄素有厚谊，故使弟前来告知，单于素重兄之为人，欲虚心相待，绝不辜负。 子卿兄在北海，终不得归汉，又何必在此无人之地自苦？ 世间所谓'信义'二字，究竟于何处可见？"

苏武碍于旧谊，不欲反驳，只微微叹气道："我为汉家守节，不觉自苦。 你我如今各为其主，再不是同袍了，兄请不要相逼。"

"子卿切勿执迷！ 此前你兄长苏长君，为奉车都尉，随驾往雍州棫阳宫①，一路小心无事，却不料方至宫门，辕马受惊，车触柱。 长君因此被劾大不敬，竟拔剑自刎了，陛下不加优恤，只赐了二百万钱入葬。"

---

① 棫(yù)阳宫，秦旧宫。始皇夷嫪毐三族，迁太后于此宫。故址在今陕西扶风县东北。

苏武闻此噩讯，心中便一震，却不言语，只呆呆凝视天际。

李陵见状，又道："你弟孺卿，随陛下往河东后土祠拜祭。途中，从骑宦者与黄门驸马①争船渡河，宦骑推驸马落水溺死，陛下令孺卿追捕，追捕不得，孺卿于惶恐之中，竟饮药而死。"

苏武仍未作声，只轻叹一声，目光似已僵直。

李陵又道："弟入匈奴境时，令堂已不幸病亡，弟曾亲送灵柩至阳陵。嫂夫人年少，我闻今已改嫁。苏氏一门，仅有你女弟二人，生有两女一男，迄今已十余年，存亡不可知。"说罢，将杯中酒一饮而尽，又叹道："唉，人生如朝露，又何必自苦如此！"

苏武这才转过头来，望住李陵缓缓道："少卿兄，吾家门不幸，多谢你照拂有加。然家事终不及国事，请容弟保存名节。我也知，兄出征不利，实为天命，即便不欲死节，却为何要降胡？人活一世，青史万年，何必要留骂名于世，令人切齿？"

李陵眼中含泪，面露哀容道："弟始降胡时，忽忽如狂，自痛负汉，加以老母已被陛下囚系，弟不欲降之心，何以不如子卿兄？"

苏武目光炯炯，逼问李陵道："既有不愿降之心，如何还是降了？"

李陵仰天叹道："陛下老矣，法令无常，大臣无罪而遭夷灭者，竟有数十家！在朝为臣，安危不可知，人皆怨恨。不知子卿兄又为谁忠，又为谁义？愿兄能听弟一劝，勿再多言。"

苏武掷杯于地，起身大声道："苏武父子无功德，皆为陛下所

---

① 黄门驸马，掌皇帝出行车马的官员。黄门，宫禁之门，后为官署名。

成就，位列将军，爵至列侯。陛下待我，如兄弟亲近，我常愿肝脑涂地。今若杀身报国，虽遭斧钺汤镬，我自甘之。臣事君，如子事父也；子为父死，无所恨。请兄勿复再言！"

李陵抬头望望苏武，知不可强劝，便凄然一笑，劝苏武坐下饮酒。

如此连饮数日，李陵才又道："子卿兄，请听弟一言……"

苏武急忙抬手阻住："慢！我自认已死久矣，若单于必欲令我降，今日欢饮毕，我即一死报汉家于兄之前。"

李陵闻言色变，手颤颤难握酒杯，喟然叹道："唉，义士，义士！李陵与卫律之罪，上通于天，万世难赦！"当场泣下如雨，沾湿衣襟，哽咽了良久，方与苏武诀别而去。

这以后，李陵无颜再见苏武，特嘱其妻代己，携了牛羊数十头，去赠与苏武。

苏武见了李陵妻，收下牛羊，心中老大不忍，仰头长叹道："少卿兄，你英雄一世，何苦要苟活如此呀！"

再说暴胜之衔命出巡，督责二千石吏捕盗，武帝唯恐督责不力，又创苛律，以震慑庸吏。新律名曰《沈命法》，法条严苛，凡有盗而官吏不察，或察而不能尽诛者，二千石以下至小吏，俱坐死罪。

此法一出，如同悬剑在顶，各地官吏无不畏怯。凡捕盗，宁枉不纵，冤情不断，民间多有怨声。暴胜之一路行来，诛杀示威，官吏畏之如虎。

一日，巡察来至渤海郡（今河北省沧县一带）。有郡人名唤隽不疑，素有贤名，独往馆驿，拜见暴胜之，谏言道："久闻暴公子大名，今得一识真貌，不胜欣幸。我闻人言：凡为吏，太刚必折，太柔必废。暴公子若能宽猛相济，与人留一条路，则有望留美名，得长寿。愿公三思，不可执意逞威。"

暴胜之巡察以来，所见郡吏，皆是谄献之态，骤遇一布衣登门直谏，心中大奇。再打量隽不疑相貌，竟是一派端庄严正，不由就心生敬意，恭谨回道："足下所言，或是至理，暴某此前不曾悟得，请容我省思。"

此后，暴胜之巡察地方，果然一改旧习，宽缓了许多。待还朝复命，特地上表，向武帝荐了隽不疑，用为青州刺史。

后暴胜之巡察到被阳（今山东省高青县高城镇），责被阳县令王䜣（xīn）渎职，欲斩王䜣。行刑当日，王䜣解衣，伏于刀下，忽就昂起头来，直视暴胜之道："使君握有生杀之权，威震郡国。今杀我王䜣，不足以增威；不如偶作宽容，以示恩德，我将以死报答。"

暴胜之闻言一笑："死到临头，还敢作此豪言吗？也罢也罢！便免你一死，看你如何报答。"于是，赦免王䜣不诛。后与王䜣倾谈良久，竟结为厚交。

还都后，暴胜之又向武帝举荐王䜣，用为右辅都尉，治理右扶风①，行事干练，颇得武帝赞赏。

暴胜之巡察有功，武帝大为嘉许，想到设刺史以来，本欲以刺史为耳目监察郡吏，却不料刺史到任日久，渐与地方官勾结，全失耳目之效。于是援引暴胜之巡察之例，启用近臣为耳目，号为

---

① 右扶风，汉代京畿三个行政区之一，治所在郿县（今陕西省眉县）。

"绣衣御史"，持节杖虎符，四处巡察，遇有刺史、太守不法情事，即代天子处置。

且说这一班绣衣御史中，有一人名唤江充，本名江齐，乃赵国邯郸人，通晓医术。其妹善歌舞鼓琴，嫁与赵太子刘丹，江齐借助裙带，成了赵王刘彭祖门客。不料就是这等市井微末人物，一旦得宠，便极善翻云覆雨，掀动滔天巨浪，足可酿成国变！

原来，江齐昔在赵王宫中，曾得罪赵太子刘丹，为避祸逃往长安，更名江充，并上书北阙，告刘丹与姊妹相奸。

武帝接了告书，十分震怒，在上林苑犬台宫召江充入见，面询其事。江充这一状，告得歹毒，刘丹因此而被捕，后幸而遇赦，却不能承嗣为赵王了。

江充入见时，先嘱谒者回报武帝："罪臣江充，欲着常服入见，恳请圣上容许。"

武帝得报，不明其中奥妙，一笑允之。

江充得了恩准，即精心装扮了一番，将深衣下摆做成燕尾样，外披一袭轻薄纱衣；头戴步摇冠，插上彩羽，而后趋入前殿，一派风度翩翩。

武帝见他容貌堂堂，衣饰飘逸，心中甚喜，忍不住对左右赞道："燕赵之地，果然多奇士！"

再听江充操一口赵地方言，禀报事由，洪亮悦耳，条理分明，武帝就更觉称意。

入见事毕，退下后，江充担心主上事多，日久或被淡忘，便上书自请出使匈奴。武帝闻听此请，颇觉意外，遣谒者去问江充："若遇匈奴刁难，足下何以应之？"

江充答道："小臣自知，当随机应变。"

武帝听罢回报，当下就允了，遣江充为汉使，出使匈奴。

一番塞外跋涉归来，江充果然不负使命。武帝甚是嘉许，拜了他为直指使者，专司督察贵戚。

小人得志，手段毒辣往往逾于常理。江充上任后，挟天子之威，欺凌贵戚，动辄便迫令贵戚公卿遣戍北方。

曾有一贵戚坐罪，惧怕被遣，入北阙哀求武帝，情愿以钱赎罪。武帝如其所请，后又引为常例，允他人也可出钱赎罪。如此一来，朝廷历年所得赎罪钱，竟有数千万缗之多。

武帝见江充行事果断，认定他为忠直之臣，常令其随侍左右。

有一日，江充随驾往甘泉宫，路遇太子家仆乘车，假做太子属吏，行于驰道之上，有越礼之嫌。江充一眼看破，即上前喝住，连人带车扣下。

太子刘据闻讯，不欲生事，连忙遣人央求江充宽恕，请江充切勿上禀。

江充此时权势熏天，哪里肯买账，径直禀报了武帝。武帝见江充如此不惧权贵，心中甚喜，大赞道："人臣就当如此！"遂拔江充为水衡都尉[1]，掌上林苑及官库事宜。

江充因缘得势，野心大涨，愈发不把太子刘据放在眼中。

自武帝启用这班绣衣御史之后，天下郡吏不敢再敷衍，群盗乱象也便渐息。武帝环顾海内，只觉太平景象更胜于前朝，心中就甚满意。不久，改年号为"太始"，意为与民更始；后四年，又改元为"征和"，意为征讨功成、天下和辑。

---

[1] 水衡都尉，官职名，武帝元鼎二年始置，下设钟官、辨铜、山林、技巧等吏，掌上林苑，兼掌税入、宫室收支及铸钱，与少府性质类同。

后数年之间，武帝又接连东巡，赴东海、泰山拜祭，却仍是不见仙人，于是益愈厌恶方士作怪诞语，然又心存侥幸，仍不废求仙之事。

求仙不得，本已是烦恼至极，却又遭遇连年旱灾，天下稼禾损伤甚多，饥民嗷嗷，闹得武帝十分心烦。至征和元年（前92年）夏，又遇大旱，哀鸿四起。武帝不由想起，上年十月间曾有日食，莫不是上天示警，身边或有大臣专权、后宫干政？如此一想，心下就觉不安。

时武帝体衰，常召方士、巫者入宫，占卜献药，各显其能。故也有女巫得以出入后宫，有宫女上前搭讪，日久熟悉，女巫便教给宫女们如何禳灾。

宫女学得皮毛，也弄了些桐木人，于殿内后庭，这里那里埋下，诅咒压胜。有宫女相妒，互指他人咒圣上。一旦武帝闻之，概不留情，令囚系永巷，笞刑拷问。重刑之下，牵连攀扯，有时竟能牵入朝臣在内，毙命者多至数百。

至这年冬，武帝闲居建章宫，一日小憩方醒，恍惚中见一男子带剑而入，似有图谋。武帝心中惊惧，喝令左右拿下。众宦者闻声抢入，又不见室内有人，顿觉茫然。武帝却一口咬定："朕亲见有人，如何他就能地遁？"当下怒责门吏失察，问罪诛死多人。

后又发三辅①骑士，大搜上林苑，遍寻丛林，终未擒获刺客。复又下令，将长安城各门关闭，大搜全城，直闹得鸡犬不宁。如此搜了十余日，仍未拿获真犯，倒是逮到了不少游巫，尽都驱逐了

---

① 三辅，汉代指京畿三个行政区，即京兆、左冯翊、右扶风。

事。

　　搜寻无果后，武帝心中起疑：如此搜捕，却了无踪影，莫非宫中有了妖怪？便格外留意起巫蛊之事来。

　　他全未料到，只这一念之转，竟然牵出了一场宫闱大案，最终祸及骨肉。

　　事缘丞相公孙贺家属而起。公孙贺与武帝渊源甚深，武帝为太子时，公孙贺即是太子舍人，后又为太仆，两度封侯。他所娶妻，又是卫皇后长姊，如此既是天子旧属，又是皇帝连襟，其位显赫无人可及。

　　拜相之际，公孙贺想到：自公孙弘病殁之后，继任诸相李蔡、庄青翟、赵周三人，皆因罪自杀，前任石庆亦数遭严谴，自己若接了相印，只怕要祸延于身，于是坚辞不受。末后惹得武帝动怒，公孙贺自觉无路可退，不得已才接下相印。

　　却说公孙贺有一子，名唤公孙敬声，得裙带之便，也做到了太仆。人虽尊贵，偏就十分不争气，依仗自家是外戚，骄奢无度，胡作非为。

　　公孙贺初登相位时，倒还小心，诸事不敢逾矩。及至执宰日久，轻车熟路，也就渐渐轻慢起来。凡敬声寻常所为，虽知其荒唐，却是纵容不问。

　　公孙敬声得了便宜，就越发胆大，打起了北军军饷的主意，挪用一千九百万钱。后不久，为人所讦，事发被逮下狱。

　　公孙贺此时方知不妙，连忙日夜谋划，欲救孽子出狱。当其时，有阳陵大侠朱安世，混迹京中，武帝曾下诏搜捕，却迟迟未归案。公孙贺久居朝堂，心知其中缘由，便入见武帝，愿亲力缉拿朱安世，以赎子罪。

武帝闻公孙贺所请，忍不住笑："你这泥胎丞相，居然能拿得住豪侠？"

公孙贺慨然应道："为犬子之故，朱安世便是隐身，臣亦能将他擒回。"

武帝想了想，应允道："也好。若能擒住朱安世，你父子功罪，便可相抵。"

公孙贺得了此令，精神就一振，知敬声性命可以保住了。于是假传诏令，严饬吏役全城搜捕，就算是掘地三尺，也要寻出朱安世来！

那朱安世不过一侠客，何以如此难寻？原来，其人虽凶悍，却能仗义疏财、广结宾朋，京畿吏役多与之相熟。即便天子有诏逮人，吏役也敢庇护，故能逃脱法外。此次吏役见丞相动了真，便不敢再敷衍，终将朱安世擒住；又恐安世责怪，便向他说明了原委。

朱安世重枷在身，正自气闷，闻吏役所言，不禁笑出声来："我道是哪个比天子还狠，原是公孙丞相作怪！丞相既欲害我，那事便不可收场，恐要祸及他全族。南山之竹，不足写我供词；斜谷之木，亦不足枷械他族人呢！"

言毕，便唤狱吏取来笔墨，在狱中写了上书，告发公孙敬声与阳石公主私通。他所告的阳石公主，系武帝之女，生母为谁，史上不载，想来只是宫女之辈。朱安世告称：公孙敬声勾结阳石公主，指使巫者入祭祠，诅咒天子；又在甘泉宫驰道旁埋下木偶，意在压胜。

武帝此时，正疑身边有巫蛊事，阅过告发书，似恍然大悟，不禁怒从中来："果然是外戚！这个懒丞相，养的这竖子，欺我老乎？咒我早崩乎？我老是老了，耳已顺，两眼却是颇看不顺了！"便不分青红皂白，命将公孙贺父子一并拿下，连带阳石公主亦受牵连。

诏下之后，武帝仍不能释怀，恨恨道："元光五年楚服案，诛了三百余口，仍有人胆敢再施巫蛊吗？"

征和二年（前91年）春正月，武帝诏令廷尉杜周，重办此案。杜周一向善窥上意，见卫青死后，卫皇后势力渐衰，主上另有新宠，便猜疑主上或有废后之意。再看此案，对卫氏外戚如此严谴，定是主上意在剪除枝蔓，于是深文周纳、攀牵无已，将一干案犯，皆问成死罪。

阳石公主之外，武帝还有一女，号为诸邑公主，生母亦不详。此前卫青之子卫伉，本袭了父爵，因坐罪被夺侯。诸邑公主颇为他抱不平，数度有怨言。杜周问来问去，竟然将卫伉及诸邑公主也牵了进来。

此案惩处之重，震动朝野。公孙贺罪名，除巫蛊案之外，还有为弟子宾客谋利、不恤民困、敛财受贿、减损边备等。杜周使出浑身解数，严刑拷问。公孙贺父子二人，未及处刑，便双双毙死于狱中。其家眷百口，亦惨遭族诛！

阳石、诸邑两公主，到底是武帝骨肉，故暂未处置。卫青之子卫伉，也暂免治罪。

武帝此举，果决异常，全不理会朝野惊诧。公孙贺死后，所遗官缺，由贰师将军李广利的亲家、涿郡太守刘屈牦接任。

这位刘屈牦，为近支宗室，乃中山王刘胜之子。刘胜，则是武帝庶兄。武帝这一辈，共有九兄四弟，刘胜为九兄，为人嗜酒好色，相传有姬妾百余位，生子一百二十人，子嗣之数煞是惊人。

刘胜与同母之兄刘彭祖，两人常恶语相诋。刘胜指刘彭祖道："兄为王，无王公之贵，专代下属理政，又成何体统？为王者，当日日享歌舞美色，何用劳碌？"刘彭祖则反唇相讥："中山王只知逐日淫乐，不助天子抚民，又何以称藩臣？只不过富家公子耳。"刘胜其为人，可见一斑。

他为人虽庸，头脑却还是不昏，七国之乱时，率倾国之兵而出，勤王讨贼甚力，赢得一个"汉之英藩"的美名，到武帝时，蒙恩如故。

此时刘胜已病亡，谥号为"靖"，这便是大名鼎鼎的中山靖王。后东汉之末乱起时，刘备便是认了他为祖宗。

刘胜薨后，由长子袭位，刘屈牦是庶子，无缘受福。如今，刘屈牦在太守职上，一跃而登宰执，可谓门庭显耀。

武帝于此之前接连黜相，此时用相，也存了些心思，生怕相权过大，故自刘屈牦起，便分设左右两相，以为制衡。

古礼以右为上，右丞相须用当世贤人，此位乏人可选，便成空缺。刘屈牦仅居左丞相，按例也封了侯。

至闰四月春暖，武帝见公孙贺事余波渐息，才重提诸邑公主、阳石公主巫蛊事，论罪处死。连那卫伉及卫长公主之子曹宗，亦连坐处死。

公孙贺父子案，至此方告完结。卫氏一族豪门，几乎剪除尽净，只有卫皇后母子相守，战战兢兢度日，分外愁闷。

武帝在位日久，不知不觉中，年已近七十。往日求仙不得，只怕寿不长，此时才想起方士的好来，故而近来又常召方士入宫，传授吐纳引导之术，希图长生。

又听了方士所言，在建章宫神明台上，立起铜柱一根，高二十丈，阔七围，上有仙人举盘，承接朝露，名为"仙人掌"。每日承露毕，即拌和玉屑而饮，以求得延年。

无奈武帝好色之疾，终身不改，体魄便越衰弱。后宫之事，恰又纷争甚多。卫皇后色衰之后，又有王夫人、李夫人得宠。王、李二夫人死后，又有尹、邢两个美姬补上。汉宫嫔妃，共分十四等，尹夫人为"婕妤"①，邢夫人为"娙（xíng）娥"，两人在后宫争宠，不亦乐乎。

且说这两个美人，尹婕妤位在上，秩比列侯；邢娙娥位在下，仅秩比二千石。然邢娙娥容貌，却远在尹婕妤之上。武帝也知后宫妇人心妒，曾有诏下，令尹、邢二人不得相见。

尹婕妤耳闻邢娙娥貌美惊人，心中只是不服，即自请武帝，要与邢娙娥相见，也好一较高下。

武帝闻言即笑："这是从何说起？又不是西施东施。"

这个玩笑话，更激起尹婕妤争强之心，只是一味请求。武帝无奈，只得允了，暗中却令其他美人作娙娥打扮，带随从宫女数十人，佯作邢夫人，来至殿前。

尹夫人上前望望，当即识破："此非邢夫人之身也！"

武帝好奇，连忙问道："何以见得呢？"

尹夫人答道："此等身貌形状，不足以为人主。"

武帝忍不住大笑："朕小觑尹夫人了。"于是又心生一计，暗令邢夫人着寻常旧衣，独自前来。

---

① 西汉嫔妃名号为十四等，即：昭仪、婕妤、娙娥、容华、美人、八子、充衣、七子、良人、长使、少使、五官、顺常、舞涓。

不料，尹夫人远远望见来人，即大呼一声："此真是也！"

眼见邢夫人姿容秀美、仪态万方，尹夫人瞠目良久，继而低头而泣，自痛不如。

武帝连忙挥退邢夫人，好言安慰尹夫人道："俗谚曰：'美女入室，恶女之仇。'夫人哪里就至于此？"曲意温存了一番，尹夫人方才止住哭泣。

后世有成语"尹邢避面"，即是源于此事。

这两位夫人之外，还有一位钩弋夫人，就更属传奇。

钩弋夫人亦是后宫婕妤，原为河间国（今河北省河间市）之赵氏女。早前武帝巡狩，路过河间国，见有青紫气升起，便问诸左右术士。有素善望气者上奏："此地必有奇女子。"武帝色心不衰，闻言起了兴致，立即遣左右去察访。

左右随从闻令四出，不过半日工夫，果如望气者所言，就觅得一位赵氏女，容貌绝佳。赵氏家人告称："小女天生双手握拳，虽已十余岁，拳曲仍不能张开。"

汉武帝召此女入行辕，亲自验看，见其双手果然紧握成拳，便命左右为之解开。左右随从上前试过，果然无一指能伸开。

武帝大奇，伸手为女子去解双拳，那少女如同被催眠般，双拳立解。只见其右手掌心中，紧握玉钩一只。武帝见了，大惊道："看你貌美如仙，何以竟有如此鬼魅之事？"问过赵家人，方知其父昔日曾坐罪，被处宫刑，入宫做了宦者，职司为中黄门①，后死在长安，葬于雍门。

---

① 中黄门，宦官官职名，为散职冗从，平素担任宿卫，值守宫门。皇帝出行时，骑马随从。

知晓了赵氏女身世，武帝放下心来，命人将此女扶入辂车，带回宫中。

入宫后，武帝急不可耐，旋即除去衣裳，召幸赵氏女。

事毕，心满意足，觉肩背之痛似也轻了不少。次日，便特辟一室，专供赵氏女长居，号为"钩弋宫"。自此，上下皆称赵氏女为钩弋夫人，亦称"拳夫人"。

如此一年有余，钩弋夫人有娠，后十四月而生一男，取名弗陵。后宫之中，历来母以子贵，赵氏女因此得以进位婕妤。

武帝常来钩弋宫，抱起刘弗陵，喜爱不已，笑道："吾闻上古时，唐尧之母，怀胎十四月，方生了尧。吾这钩弋子，也是居母腹十四月哩，堪比圣人！既如此，那钩弋宫门，便赐名为'尧母门'好了。"

此事传开，满朝文武心内都是一惊——不由猜疑，主上莫非要易储？

后宫涓人也传言：钩弋夫人或是精通黄帝素女术，方惹得天子返老还童，夜夜不息，至年近古稀，还能得子。民间闻听此事，也是议论滔滔，闾里巷间无不称奇。

其实，钩弋夫人握拳之奇，多半是传闻，或为河间吏勾结赵家作伪，也未可知。

武帝只是深信不疑，对钩弋夫人百倍恩宠，荣耀冠于后宫。

如此恣肆，武帝老迈之躯到底是受不住。日久，又觉肩背疼痛，耳目不灵，心神日渐疲惫。

这年闰四月，长安起大风，摧毁民屋，折断树木。武帝受了惊吓，以为不祥。想到文景年间，也曾有两次大风，随后便有淮南厉王谋逆、吴楚兴兵之灾，心中便甚惊慌。

至入秋七月，一日，武帝在宫中昼寝，半梦半醒之间，忽见有无数木偶，手持木棍来打。惊醒过来，却已是一身冷汗！坐起思之，仍觉心惊，从此神思恍惚，懵懂健忘。

这日，水衡都尉江充入见请安。

武帝体虚，箕踞于东书房窗下，懒洋洋晒太阳。见江充来，面露喜色，招呼江充在对面坐下，问了几句官库收支的事。

江充回禀完毕，连忙嘘寒问暖一番，不无担心道："陛下，平素事务，可是过劳？看陛下面色如此不好。"

武帝不由深叹一声："事也不忙，老迈倒是真的。方才小憩，才合眼，便见有百十个木人，杂沓而来，举木棍欲击朕……"

江充顿感惊愕，当下转了转眼睛，才道："如此，定是有巫蛊作祟。"

"唔？朕也疑是。又有人欲重演陈废后事！"

"陛下，俗谚云：'投鼠而忌器。'京畿重地，多贵戚甲第，若有人施巫蛊，倒是难察。"

"哪里就难察？朕与你旄头节杖，可调右内史官府吏役，跟随你去。"

江充得此诏令，威风大长，率了几个胡巫与吏役，在长安穿街过巷，四出查办。一行人刁钻刻毒，闯入官民家宅，四处掘地搜蛊，掘得木偶，即不论贵贱，捕至诏狱，竹笞夹棍伺候，只顾逼供。

无辜官民，不知木偶从何处来，如何供得出？江充自有撬人嘴巴之法，命皂吏烧红铁钳，炮烙四肢，一时哀号满室，何供不可得！被拘者只得胡乱攀扯，但求喘息。

究其实，官民宅中所埋木偶，全为胡巫以算卜为由，先行入宅埋下。此等构陷，令被拘者百口莫辩，重刑下求死不得。如此昧心陷害，京师一带先发，延至三辅，辗转祸及各郡国，受戮屈死者竟至数万人，天下为之震恐。

此时太子刘据，年已成人，眼见江充横行肆虐，冤狱遍地，心中就不忍。

太子刘据生性仁厚，颇好儒，平素见有大狱兴，往往代为说情，力谏平反。初起之时，武帝尚钟爱太子，时既久，见刘据并无雄才大志，便渐生嫌恶。再者，卫皇后已宠衰，武帝移情，就越发冷落了太子。

卫皇后性素谨慎，见势不对，曾屡劝刘据善窥上意，投其所好，免得日后遭废。刘据虽也曾有此意，然禀赋早已定，佯装附和，却是万难，于是婉拒母命："孩儿少即学儒，言行方正。窥上意而屈己，已迹近小人，不可为也。"

卫皇后也无奈，只连连叹道："世间事，如何能以书卷为据？孩儿日后之苦，要吃不尽呢！"

母子间这番话，有涓人报与武帝。武帝就笑道："倡门所出之妇，气局到底小，幸而吾儿不似！"

刘据虽知父皇尚不怀猜忌，然也厌恶武帝冷面孔，从此便与父皇渐生隔膜。

及至江充得势，弹劾刘据亲信家仆，刘据自是十分恼怒。眼见江充借穷究巫蛊案，大兴冤狱，肆意滥权，于私下里更是放言痛诋。

江充闻风，心中不免畏惧，担心天子驾崩后，太子登位，究起旧事来，自己项上头颅定然不保。于是日夜潜谋，欲除去太子，以免后患。

适有黄门郎苏文，素与江充友善，聊起此事，便也起意，欲与江充一同构陷太子。

一日，刘据入见卫皇后，母子两人倾谈，自朝至夕，方出椒房殿。

苏文窥得机会，即向武帝诬告："今日太子入谒皇后，终日淹留后宫，入夜方出。"

武帝眉毛一扬，惊异道："这是何为？"

苏文回道："想来是与宫女嬉戏。"

武帝闻言，并未发怒，想想便挥退苏文，次日下诏：特拨给太子宫妇女二百名。

刘据见谒者领二百各色宫女，婷婷袅袅而来，心觉有异，听罢诏令，更是如坠雾中。嗣后，遣了心腹，去宣室殿打探，方知是苏文向父皇进谗。想想又不好立即辩白，心中只觉郁闷。

私下再加留意，又发觉苏文与小黄门常融、王弼等人，常聚一起，潜谋是非，欲窥伺自己过失，小题大做诬告。

刘据将此事与母后说了，卫皇后恨得咬牙切齿，命刘据速去父皇那里，直陈辩诬，请诛这些佞宦。

刘据终究是温厚，怕惊扰父皇，不愿遵母命，婉拒道："母后请宽心。孩儿无过，何畏人言？"

卫皇后急切道："吾儿仁厚，不知人心险恶。为娘自民间倡家出身，深知市井勾当。小人进谗，哪管你有过无过？便是孔夫子，他也敢诬你是白字先生。你若心慈，必祸及己身。"

刘据默思良久，终还是不肯，推辞道："清浊不由人言，孩儿总不能去害人。"

卫皇后无奈叹息道："吾儿书读多了，便道人世进退，皆从书中之礼。 实则不然，小人之诈，只恐你防不胜防啊。"

事过不久，苏文等三人，果然又施诡计。 恰逢武帝有恙，遣小黄门常融，去召太子来。 常融先返回，禀报武帝，谎称道："适才小臣传召，太子闻讯，不知如何，面就有喜色？"

武帝卧于榻上，额覆白巾，闻报眉头皱了皱，瞥了一眼常融，命他退下。

少顷，刘据身着常服急趋入，跪于榻前。 武帝强撑起身，细察刘据脸容，却见刘据面带泪痕，强作笑意。

武帝便道："召你来，无他事。 为父患病不能起，已有两日，看一眼据儿，心里安些。"

刘据立有眼泪流下："父皇操劳，天下农事兵事，无一不耗精神。 孩儿无能，不能分担万一。"

武帝叹口气道："你回吧。 多习武，多习文法。 无能倒不至于，只是懦弱了些。"

待刘据退下，武帝召来光禄少卿①韩说，吩咐道："小黄门常融，语多伪诈，离间我父子，推出端门去斩了！"

事后，苏文见诡计未成，反倒搭进常融性命，越发将太子恨之入骨，遂将此事告知江充。

江充闻言，也是吃惊："太子之位，竟不可摇撼乎？"

苏文便发急："陛下寿命无多，若待太子继位，你我皆无葬身之地矣！"

江充想了想，阴阴一笑："君莫急。 谅那书生储君，心窍尚比

---

① 光禄少卿，光禄勋副职。光禄勋掌宫内事务，初名郎中令，武帝太初元年改为此名。

不得我辈，容在下细思，另外用计。"

隔日，江充便又入见。一入门，即伏地流泪，恳请道："小臣见陛下日渐消瘦，或是操劳过繁，圣躬不豫。窃以为，不如趁此时将入秋，移驾甘泉宫，好好休养一秋。入冬再返回，必能安康。"

武帝便一笑："莫要哭了！难得你想得万全，朕气短体虚，确乎执拗不得了。即日起，便不上朝，隔天就往甘泉宫去，好好养一养。"

江充见计谋初成，退下后，立唤来胡巫檀何，嘱他进见，只对天子如此这般一说，定教老皇帝入彀。

胡巫得了授意，当即赴北阙求见。待见了武帝，故作惊惶之态，匆忙禀道："陛下，小人曾于昆仑山下学道，略知胡地巫术。近日于未央宫前过，见宫中有蛊气隐然，遍布三殿。陛下数月来，病恙不断，当是蛊气缠身，已入骨髓。蛊气不除，则病体难复，日久或将生变。"

武帝闻此言，想到梦中木人杖击事，心中便一惊，连忙问道："蛊气当如何除？"

檀何便佯作为难之色，连连叩首道："胡地巫术，法力终究有限，只见蛊气有形，不知蛊从何出。当遍察各殿，掘地搜寻。宫禁之中，这又如何使得？"

武帝挥袖道："这又如何使不得？朕这就召韩说来，带你去各殿察访。"

檀何心中暗喜，向前移膝，又叩首道："搜蛊之事，日前小人随水衡都尉江充，遍察长安甲第，有公卿贵戚，往往阻挠。幸有江充都尉，不畏权贵，方搜得蛊物无数。韩少卿亦是公卿，小人只怕他推三阻四。"

武帝一怔："唔？ 所言有理。 如此，朕便命江充带你入宫，后宫及太子宫所有人等，皆不得阻挠。"

檀何心中又一喜，故作敬畏状，连忙谢恩道："江都尉既来，天下便无人敢拦阻。 小臣虽无能，也便不怕了。"

武帝一笑，便召了江充来，授给他旄头节杖一柄，吩咐道："你与檀何，率吏役若干，入宫内各殿，搜寻蛊物。 即是朕之前殿、宣室殿，也莫遗漏。 任是何人，不得阻挠。 朕即日便赴甘泉宫。 你凡有所得，可立行究治，不必先请旨。 蛊气若不除，朕便不返回未央宫！"

江充接了节杖，按捺不住大喜，强板住脸孔，昂然领命道："陛下只管放心去。 臣只知有陛下，不知有他人；宫禁之地，岂容蛊气作怪！ 檀何早年在昆仑，修得一身功夫，但有蛊物，纵是藏有鬼怪，也教他难逃！"

武帝闻言一怔："昆仑？"正欲发问，望望檀何虬髯脸貌，忽又不想问了，开颜笑道："好好！ 朕恢恢一夏，只疑寿已不长，难得似今日开心。"

江充连忙谄笑道："陛下万寿，恩育四海之外，雄冠西域。 偶有小恙，又何足道哉？ 驻跸甘泉宫，权当小憩，静候臣等事毕。"

武帝敛起笑意，望住江充道："有你铁面，想也无人敢阻。 然宫中殿阁重叠，尤以后宫、太子宫为最，曲折森严，非同寻常。 仅你二人，怕还是势单。 朕即着光禄少卿韩说、御史章赣，为你之助。"

江充道："如此便好。 然寻蛊之事，须有涓人指点，不可仅赖外吏，臣请准黄门苏文随行。"

武帝当场允准，拟好诏令，交给江充。江充、檀何便诺诺退下，步出司马门。江充见四周无人，喜不自禁，与檀何一击掌，举节杖作豪言道："天下除一人而外，更有何人，敢不惧我？"两人便兴冲冲登车而去。

次日，受命五人，齐集北阙下，由江充率队，手持节杖入宫。命苏文召集宦者二十人，随吏役一道，游走宫内，任由檀何随意指点，掘地搜求。一行人先至前殿，掀翻殿上御座，尽行拆毁，上下搜寻一番。谒者令见此，魂飞魄散，欲上前拦阻，又无胆量，只得低首而退，不能出一语。

一行人搜罢前殿之后，再闯各殿。值守宦者及宫女，从未见过这等阵势，闻江充口宣诏令后，都脸色发白，慌忙退到一边，任由江充率人四处翻找。

那檀何一双深目，上下扫视，或凝神瞩目，或引颈观望，忽走忽停，如癫似痴。江充、韩说、章赣、苏文紧随其后，也各做探寻状。有一后宫侍女，平日骄横惯了，见五人率队而来，声音喧呼，忍不住叱责了两句。

江充见状大怒，喝令一声："何处妇道，绑了！"

闻声即有数名宦者上前，将宫女从两边挟住，掌掴了十数下。苏文只用手一指后殿处，立有人上来，将宫女捆牢，拖曳去永巷了。

如此威严，惊得宫内各色人等面目失色。殿门有小黄门值守，见韩说、苏文对江充皆毕恭毕敬，便知来人是厉害角色，皆不敢轻慢，行礼如仪。

每至一殿中，众人即涌进后庭，将四角守住。檀何只伸手一指，吏役们便奔涌上前，觅得假山树木之间空地，用铁锸一阵乱挖。

如此搜了两日，各殿偶有所获，左不过是宫女们互嫉，偷埋了些木人于地下，此时起获出来。 江充不由分说，令将涉事宫女押往廷尉府，囚系问罪。

最末一日，一行人闯入椒房殿前庭，众涓人纷纷闪避。 正杂乱间，忽闻一声妇人轻喝，压住全场。

众人抬眼望去，原是卫皇后走了出来。 此刻卫皇后身着盛装，上为秋白庙服，下为皂裙，庄重如告庙一般，由两名宫女扶助，缓缓步下阶陛。 左右有谒者、郎卫，皆持戟随行。

江充身后一行人，见此阵仗，都是一惊，立刻止住喧哗，呆立不动。

只听卫皇后不徐不疾道：“宫内已喧嚷多日，今日竟闯殿门而入。 倒是何人，来老身这里搅扰？”

江充跨前一步，躬身一揖道：“有扰皇后。 臣下为水衡都尉江充，拜见皇后。”

“来此何事？”

“回皇后……”江充挺直身，左手向侧一伸，即有宦者递上旄头节杖，“奉陛下诏令！”又把右手一伸，右面宦者遂递上一卷诏令。

江充有这两物在手，气焰顿张，只略将手中诏令扬了一扬。

卫皇后一怔：“陛下有何话说？”

江充将节杖交与左右，“唰”一声抖开诏令，口诵道：“未央宫各殿，近来蛊气甚重，若不除，将危及社稷。 着令水衡都尉江充，持朕赐节杖，领光禄少卿韩说、御史章赣，及巫者檀何、黄门苏文等，遍察宫内自前殿以下各殿，务求尽搜。 所有谒者、涓人，及光禄勋属下郎卫，皆不得阻拦。违令者，着即囚系，发付廷尉问罪。钦此。"

卫皇后不意此令如此决绝，也不敢抗旨，只得说了一句："便是有节杖、诏令，亦不得唐突。"

江充这才脸色稍缓，拱手回道："无须皇后吩咐，臣下自知约束。请皇后稍避！"说罢，手一挥，一行人便一拥而上。

卫皇后见状，知是主上起了疑心，顿感悲哀，不得不闪避在一旁。

江充隐含一丝笑意，回首对众人道："椒房殿禁地，诸位务要小心！"便撩起衣，大步踏入殿门。

这椒房殿，本就阔大幽深，房屋众多。江充率队入内后，分头去搜，专寻林木间空地。细搜了多半日，各处宦者便有起获。拢在一起，共有百十个蛊物，皆是尺多长桐木人，身上写有不可解语，且插有针。

宦者用麻袋装了，呈于江充等众官面前。

江充眼瞥了一下，吩咐道："拿一个来我看。"

苏文从中拿起一个，小心翼翼递上。

江充接过，见木人仅有头颅、躯干及四肢。躯干上，以笔墨写满蝌蚪文；四肢及胸口，皆插有银针。江充便阴沉笑笑，问韩说道："韩将军，你旧日在宫中伺候，可曾见过此物？"

韩说接过端详，心中大奇，脱口道："在下为近侍时，宫禁甚严，如何能有木人埋于地下？"

江充冷笑一声："将军入侍时，宫中尚无妖人。今日宵小猖獗，潜进宫中，图谋倾覆国本，故有此等蛊物。走，拿去给皇后看。"

一行人来至殿门，通报请皇后出来。卫皇后忐忑不安步出，江充便满面堆笑，几乎一躬到地，口称："皇后，小臣江充，领人进殿搜寻蛊物，所获甚多，请皇后过目。"

　　卫皇后上前两步，去看袋中之物，看过，竟是瞠目结舌："这等物什，如何能携进宫来？"

　　江充回道："小臣不知，或要问光禄勋了。"遂敛起笑容，喝令一声左右："收起！"又向卫皇后一躬道："既禀过皇后，容小臣将木人带走。望皇后好生管束宫人，勿教走脱，听候处置。"

　　卫皇后还想说话，江充竟理也不理，撩起衣襟，自顾自大踏步地走了。光禄少卿韩说与众人见此，也都草草向卫皇后一揖，并不言语，只顾追赶江充去了。

　　此时日已暮，夕阳照在窗牖、树枝上，本是温馨时分。椒房殿口站立诸人，受此惊吓，再看那一抹夕照，却恍如血水般，沿白墙汩汩流下。

十

长安之乱
诚万代

征和二年（前91年）七月，流火在天，渐已偏西。甘泉宫一带，天气更较长安凉些。武帝已年迈，步履不稳，目也蒙眬，晚景愁绪时有涌起。公孙卿虽仍随驾而来，武帝却日渐厌他徒有空言，招不来神仙，于是，只令他看守神龛。

武帝独坐于通天台上，见漫野稼禾已黄，偶也有落叶飘飘，便觉人生空幻不可捕捉。再抬眼望云阳（今陕西省淳化县）大地，浩茫无比，远处连山如屏障，就想到：此生总是葬不到北邙了，若不在茂陵，葬于此处，也无不可。

正在此时，公孙卿登楼上来，悄声不语。

武帝未转头，即发问道："公孙先生，有事吗？"

公孙卿答道："小臣无事。看陛下似有心事，来陪陛下观山景。"

武帝这才回头，竟是感激一笑："难得先生体贴。朕也无事，不过悲秋而已。"

公孙卿略带戚容，劝慰道："陛下，大丈夫逢秋，不必忧伤，当鼓荡壮怀，多想些大事。"

武帝不禁一笑："先生还当我是初登极少年？朝鲜、南越已平，匈奴亦遁至漠北无人处。还有何大事可想？"

"有。"言毕，公孙卿便踌躇不欲再语。

武帝笑道："你常随朕身边，有话便说嘛。"

公孙卿这才缓缓道："太子已近不惑。"

武帝闻言，不由得一激："哦？ 先生也能论国事？"

公孙卿连忙摆手："臣哪里敢？ 我本术士，在闾巷间，以卜算相面谋饭钱；进了宫中，也是为一口饭。 若能招来神仙，方可称参与国事。"

武帝大笑道："正是！ 先生还是去弄神仙事，即是求得一根仙羽，也算不负朕之恩典。"

"近日，这益延寿观地面，便有仙人迹。"

"可有仙人所遗物？"

"暂无。"

武帝轻蔑一哂："暂无，就是无，只怕还是鸟爪痕。 好了，你去请东郭先生上来，朕与他有话说。"

公孙卿还想说话，见武帝拂袖不理，只得讪讪而退。

稍后，东郭延应召登楼，手中还端了一盅灵飞散。

武帝回首见了，连忙起身相迎："嚯矣！ 哪里敢劳先生端来？快快入座。"

东郭延将药盅置于案上，坐下一拜："陛下，楼上风寒，可要小心。"

武帝笑道："朕飞升不成，老之将至，不登高无以解忧啊。"

"陛下，适才公孙卿言，陛下郁郁寡欢，不知是为何事？"

"召你来，正是要求教。"

"臣不敢。 少君师在世时，唯教小臣合成丸散之术，坐而论道，非臣之所长。"

"呵呵，少君虽殁，魂仍在。朕幸遇先生，欲问先生百年后事。"

东郭延闻言，脸色猛一变："陛下有万年之寿，不可轻言百年。"

武帝摆摆手道："先生，你我之交，虚言就不必说了。你看，国运至此，何事当为至大？"

东郭延沉吟有顷，方回道："臣随侍来甘泉，闲日颇多，手上有《左氏春秋》数卷，偶或浏览，颇有所得。"

"哦？先生竟有闲情读史？"

"布衣读史，或有另解，容臣下道来。"

武帝便颔首允准："你可放言。"

"国之大事，赖陛下明断。臣窃以为，秦亡以来所谓天下事，一为海内混一，二为待民勿苛，三为储君得人。"

"你如何也看重太子事？"

"太子为人如何，百年后天下便如何，自然是大事。"

"如何公孙卿也有此意？"

东郭延微微一笑："陛下，如今街谈巷议，草民也都时常聚议，不足为奇。"

武帝脸色便显微怒："百姓沐我恩，如何此时便盼我死？"

东郭延也不慌，一拜答道："百姓承平多年，有此念，当属平常。太子为人仁厚，博学有礼，陛下已不足为虑。"

"他哪里成？"武帝摇摇头，略过不提，只眨了眨眼道，"以先生之见，何为汉家此时大事？"

"陛下有大志，他人或不知，草民我却看得清楚。陛下所虑，无非君王谋霸业，臣僚行王道，混而为一，安妥万民，方不至身后瓦解，有如秦灭。"

武帝听到此，悚然一惊，不由挺直身，双目逼住东郭延。

东郭延也横下心来，紧接着就道："荀子有言：'假今之世，饰邪说，文奸言，以枭乱天下。'陛下谋后世基业，此为最可忧之事。"

"嗯？承平之世，如何有这等人？"

"愈是承平世道，邪人愈易得势。上有所好，他必投上所好；上若耳顺，他必以奸谋惑上。"

"朕是愚人吗，他便能惑？"

"今日太平之世，用不得武了，于是臣也罢，民也罢，无不以智巧取胜。好事者营谋，嗜利者奔走，以巧面示人，谁能防得了？人主位尊，仿若处云端之上，怎能知下面沟壑中，有多少机巧？巧言听多了，不愚怕也是愚了！"

武帝忽就惊讶："哦？那么朕，莫不就是……唉，如何识得臣民忠奸，便是黄帝尧舜，怕也未必能。"

东郭延见武帝未责怪，便壮胆又道："孔夫子有言'孝慈则忠'，是为至理。百官碌碌，各有品色，其人不温良者，则必有奸。"

"你是说江充？"

"臣不敢。民间非议江都尉者，满街都是，然陛下用人，或另有章法。"

武帝望望东郭延，见他汗已出额上，便一笑温言道："先生不必慌。平素敢出逆耳之言者，唯东方朔耳；可惜东方朔年前已病殁，不能随侍了。今闻先生之言，久不觉有如此逆耳者，当是你至诚之语。然这……用人，先生身处于野，有所不知，朕恰是为百年之后计啊。"

东郭延拭去额头汗水，起身揖道："谢陛下。 臣今日敢斗胆放言，乃因日久思归。 今欲向陛下辞别，归故里山阳，终老林下。"

武帝一惊，抬眼看看，见东郭延意态执着，似非佯装，便叹息道："金玉殿阁，竟留不住一位活仙人！"

"当今朝中，重臣凋零，百事仍是纷繁。 臣去后，万望陛下谨防奸邪之徒。 汉家方逾百年，高岸陵谷之际，平安才好。"

武帝一凛，连忙站起，向东郭延施礼道："先生既已意决，朕不能强留。 请先生往少府署，领些盘缠，并将故里住处写明留下。 日后朕若东巡，当绕道山阳，登门一叙。"

东郭延淡淡谢道："陛下有心了。 山人行于世，何愁囊中羞涩，就是算卜行医，也归得故里了。 谢陛下开恩，臣日后居处，当留于少府署备存。"

武帝送东郭延至梯口，再三揖别，又叮嘱道："路途若不靖，可求助官府，称奉朕密诏，令官府上禀即可，不必清高。"

东郭延闻言，一时动容，深深揖了一揖，转身即匆匆而下。

甘泉宫此时，正是风轻云淡时，武帝独留此处，竟有陶然忘机之意。 再说此时南面二百里外，长乐宫内的太子宫，却是一派人声嘈杂。

这日，太子刘据并不在宫中，正在覆盎门外太子属地博望苑，与左右纵马驰骋，恣意射猎。 至日将暮时，忽有一小宦者仓皇奔入，急呼太子道："殿下，江充带人闯入了太子宫，翻找蛊物，已掘地数十处，吵闹多半日了。"

太子刘据闻声，勒住马，想起江充凶神恶煞模样，心头就一颤，急忙跳下马来，问明情由。待三言五语问明，刘据便知此事绝非无来由，当即唤了随从，急匆匆奔回长乐宫。

那长乐宫中，自王太后驾崩后，就再无烟火气，直是一个岑寂冷宫。唯太子宫一处，尚有灯火。

入大殿后，见各房屋杂物散乱，宦者、宫女们正忙不迭收拾打理。掌灯步入后庭，则又见处处空地，皆被掘得一派狼藉。

刘据怒气顿生，回身来找宫门谒者，问为首者道："江充来，究竟掘出了甚么？"

那谒者答道："水衡都尉率人来，势如虎狼。多半日，掘出桐木人上百，足有两大袋。"

"如何有恁多？"

"小的不知，另还掘出帛书数卷。"

"帛书？甚么帛书？"

"江都尉临走时，对小的放言：'今奉诏来，掘出木人百十、帛书三卷。你看好，这帛书上，多有悖逆语，留不得了。本官执往廷尉府，留作证据。你与殿下说清楚便好。'"

刘据当下怔住："如何有这等事？"

谒者略一犹豫，低声禀道："小的窃以为，宫禁历来森严，如何能有悖逆物混入？显是吏役们今日携入，栽赃太子。"

刘据恨恨一声："更有何话可说！你且守好宫门。"当即回殿内，遣人急召太子少傅石德，来宫中商议。

夜深人静，石德随太子舍人无且（jū），悄悄进了宫。这位石德，来历不小，乃是著名的"万石君"石奋之孙、已故丞相石庆次子。石庆生前，最喜这个次子，武帝感念石庆，便命石德袭了父爵。

石德为人，尚有才干，然一门谨孝家风至此，已渐渐衰落，不久竟坐罪当死。好在武帝怜其为"万石君"之后，允其纳粟赎罪，免为庶民。后又起复，做了太子少傅。

刘据见师傅进门，慌忙迎入。二人对案坐下，刘据就将江充来搜蛊的情形，告知石德。

石德闻江充之名，心中就一凛，大惊道："如何是他！"

刘据恨恨道："学生平日在宫中，数度詈骂江充不仁，来日必惩之。想是风声走漏，为他所嫉恨。今日突来，携悖逆帛书栽赃，佯作搜出，若禀报父皇，我将祸不旋踵。"

"江充当此际，正蒙隆宠，君上对他言听计从。纵是殿下辩白，也怕是百口莫辩呢！"

"或可趁夜驰往甘泉宫，闯入御前辩白？"

石德闭目，苦思半晌，才睁眼道："迟了！长安离甘泉，二百里有余。江充此时，定是已遣人飞报，殿下此去，恰好自投罗网。若君上不明，将你交于江充严讯，则万事休矣。"

刘据就怔住："父皇竟能信江充更胜于信我？"

石德苦笑摇头："殿下，平日老臣教你读书百卷，你或未留意。你可知：为储君者，就如坐鼎镬，动辄得咎。君上既老，防的就是储君啊！"

刘据闻言，登时面如土色："这、这……这世间竟无天理了吗？"

"他说你诅咒君上，你说没有，你父皇难道能更疑他吗？"

刘据正怔愣间，忽有小宦者蹑手蹑脚进入，欲端上热葵羹。石德扭头看见，怒拍案几，喝了一声："退下！无吩咐不得入！"

吓退了小宦者，石德又道："殿下此刻便是欲出城，怕也是迟了。江充是何人，白日里搜得蛊物去，管你是真是假，必遣吏役暗伏路旁。殿下若奔甘泉宫，恰好为他所擒住，栽赃你畏罪潜逃，反倒是跳入黄河也洗不清了。"

刘据忽地起身，激愤万端道："莫非学生只得坐以待毙？"

攘臂之间，案头灯烛一阵明灭，室内便顿起肃杀之气。

石德低首扶额，木僵半晌，微微叹气道："江充逆贼此计若得逞，你我师生，连带眷属百口，哪个能逃得脱啊……"

刘据愈加惶急："师傅，竟然就无计可施了吗？"

石德抬起头来，神情忽而渐渐发狠，轻吐了两个字："有计……"

刘据连忙伏地，叩头如捣蒜道："师傅请救我！"

石德望望四周，低声道："殿下，你我去密室内说话。"

师生二人擎了灯，移座至密室内，关紧屋门。石德方凑近刘据，压低声道："今日情势，已是斧钺加颈，刻不容缓。想那故丞相公孙贺父子、两公主及卫伉，皆是你母后一系，因巫蛊之罪，陡生横祸，你父皇可有一丝怜悯吗？况且，臣闻主上在甘泉，病体不支，或将晏驾也未可知。江充此来，绝非善意，就是要将你灭门，借此累及皇后。他一个绣衣使者，何来此胆？臣料定是主上病已危，不能视事，江充只怕殿下报复，故骗得主上起疑，持了节杖来，先除殿下。你此时若无为，失的绝非仅是储君之位，前朝栗太子之鉴，殿下莫非忘记了？"

刘据被逼入绝境，此时反倒镇定下来，思忖片刻道："我知师傅之意了。我也疑父皇或已病危，行将驾崩。"

石德下狠心道："今日自保之计，唯有大计！那江充，就是赵高，殿下既不能自证，就该从速。时值陛下出巡，命你监国，有玺可用。 何不今夜即收捕江充，查究诡计，逼他承认栽赃，再计较来日事。"

刘据便惊愕："师傅是说……矫诏收捕江充?"

"唯此一途!"

"江充是奉诏而来，持有节杖，我如何能捕?"

石德面色便一变："竖子! 你不惜命，师傅尚且惜命哩! 天子远在甘泉，有奸人妄为，倾陷殿下，若不从速逮治，莫非殿下想做公子扶苏吗?"

这一语，激醒了刘据，拍案而起道："正是此理! 堂堂一个嗣君，岂能畏惧这无赖?"

当下，刘据便与石德出密室，至太子宫正殿，动用国玺，拟好矫诏。 而后，召来太子詹事、太子率更（掌刑狱）、太子仆（掌车马）、太子中盾（内卫）、太子卫率（卫队主官）等一众属官。

众官睡眼惺忪，忽闻紧急宣入，都茫然不知所以。 只见刘据冠冕齐整，满面怒气，当众宣诏道："奉上命，水衡都尉江充奸邪罔上，欲行不轨，着监国太子，将奸逆江充及光禄少卿韩说、御史章赣、黄门苏文等，即行拿获，严刑究治，毋庸宽恕。"

众人闻听，震惊之余，都激愤万分，纷纷怒骂江充。

刘据见众人听命，便令中盾持矫诏，调发南军甲士一队，捉拿江充、韩说。 又命卫率知会执金吾[①]刘敢，令街上北军不得阻拦。

一时之间，长乐宫内外甲士群集，人马络绎不绝。 剑戟相碰之声，惊破静夜。

─────────────

① 执金吾，官职名，即中尉，掌京城卫戍及治安。太初元年(前 104 年)更名，统领北军。

那江充哪晓得有此事变，白日里栽赃既成，痛饮酒后，正在床上大睡。檀何与之同饮，也正睡在江充邸中。

后半夜，只闻一声巨响，邸门被轰然撞破。数百南军甲士，手持刀剑，一拥而入。邸中诸仆，尚不知出了何事，便都被擒住。待问出江充、檀何所在，众甲士手持火把，踢门入屋，高声喝问道："江充何在？"

江充初惊醒时，见满屋全是甲士，不禁魂飞魄散。少顷方清醒过来，厉声喝道："哪里来的兵卒？我有天子节杖，谁敢放肆？"

率队的太子中盾，闻声抖开矫诏，高声道："臣乃使者，奉天子诏，捕治逆贼江充、檀何，违令者斩！"

江充浑身一激，跳起来大叫道："我奉诏尚未复命，哪里又来使者？"

那中盾厉声喝道："敢违天子诏吗？左右，绑缚押回！"

众甲士得令，上前猛地将江充扑倒，七手八脚绑好，又往别室去擒了檀何，一并押往长乐宫。

江充、檀何蓬头跣足，手缚于背，一路踉跄而行，心知是太子举事，竟未加防备，皆是后悔莫及。

再说太子卫率持矫诏，领了羽林郎一队，前往韩说侯邸捉人。一路所遇北军巡卒，早已得知太子有诏，都未阻拦，恭恭敬敬让开了路。

众甲士来至韩邸，将其围了个水泄不通，却不出声响。卫率一人上前，缓缓叩门道："按道侯可在？宫中有诏令，请开门迎侯。"

阍人不知底里，慌忙开了门。甲士便欲闯进，却见阍人当门拦住，怒喝道："侯邸重地，非丞相不得擅入，尔等是何人？"

卫率便上前，抖开矫诏，高声读了一遍。那阍人却不肯听令，只问道："有诏捕捉江充、檀何，却未提及按道侯，何故要来闯门？"

卫率喝道："按道侯勾结江充，倾陷太子，罪不容诛。天子有诏令，韩氏坐罪大逆，与江充同。左右，速拿下！"

众甲士一拥而上，将那阍人拿住，排闼而入。邸内卫士、家仆闻声，尽都惊起，持了短刀木棍，冲出来护主。

韩说惊醒后，心知事有变故，忙翻身下床，提了长剑冲出，高声呼道："有歹人闯入，左右听我令，敢犯者当即格杀！"两下里，便都持了刀剑对峙。

火把光照中，韩说见来人是羽林郎，怒气更盛："光禄少卿在此，羽林郎安敢造反？"

那卫率也不畏惧，高声答道："臣为天子使者，奉诏：按道侯韩说背负皇恩，阴怀异图。今太子监国，缉拿按道侯，交付廷尉问罪。众儿郎，上前拿下！"

韩说大喝一声："天子近旁，岂有你这等近侍？分明有诈。诸君，只管诛杀勿论！"

话音方落，两下里兵卒便格斗起来。刀剑相撞声，乒乒砰砰，如爆竹炸裂般响起。

格斗不多时，韩邸家仆到底是势弱，尽被诛除，韩说也同死于乱刀之下。

天将明时，刘据端坐于太子宫，众属官肃立在旁，已静待多时。忽听殿外一阵喧哗，原是甲士上殿来复命。

一声暴喝中，众兵将江充、檀何推出，强按头颈跪于地。

刘据见此，心中甚快，以寻常语气问道："江都尉，你竟也有今日？"

江充昂起头来，愤恨道："臣不服！殿下据何擒拿小臣？"

刘据便举起手中矫诏道："天子有急发诏令。"

江充怒极："矫诏！乱命！主上如何能有此令？殿下伪造诏书，不怕被砍头吗？"

刘据也气急，起身怒道："赵虏江充，你扰乱赵国，陷害无辜，还想离间我父子吗？不待你砍我头，容我先砍去你头！"

江充情急中，挣扎大呼："太子造反，竟敢残害忠良！"

刘据只一挥手，使了个眼色。众甲士即一拥而上，乱刀齐下，诛杀了江充，取下首级。

江充毙命，血溅当场。一旁的檀何，早吓得浑身筛糠，瘫倒不起。

刘据转头看到，厉声问道："狗贼，昨日的虎威哪里去了？来人，将他拴于马尾，驱至上林苑，以火活焚之！"

众郎卫一声应诺，将那胡巫死狗似的拖下去了。

众佞毙命，刘据胆气益增，立遣太子舍人无且，持节入未央宫，通报卫皇后。

卫皇后闻报，不禁大惊，然情急之下，亦别无良策，只是潸然泪下："吾儿命太苦！"想想只得允了，发了懿旨，令未央宫所有谒者、甲士，皆须听命于太子。

刘据这边，闻听母后允准，索性一不做二不休，对石德慨然道："如今情势，不反也是反了。奸佞在京，尚有余党数千，师傅可为我军师，先拥兵自保。"

石德也觉再无退路，狠了狠心，当下就为太子详细谋划，以应事变。

不多时，刘据即有矫诏发出，调来中厩皇后车马，以运载弓弩手；将武库兵器，运往长乐宫，以供南军卫士所用，严守宫禁。

刘据只顾在宫中忙碌，却未发兵去捉江充余党。城内有苏文、章赣两人，闻风早已逃窜，疾驰了一昼夜，来至甘泉宫告变。

至次日晨，武帝尚未梳洗，便闻苏文、章赣逃来，连忙宣进二人。

二人趋入殿，皆一身风尘仆仆，满脸汗污，伏地就大哭道："太子造反，已擅捕江充、檀何，诛杀韩说！"

"竟有这等事！"武帝脸未抹完，甩下手巾，急踱数步，忽又停下问，"日前你等一干人，在太子宫可有所获？"

苏文回道："有，共起获木人百十个、悖逆帛书三卷。"

"这就是了！朕命江充入宫搜蛊，太子必迁怒于江充，故而生变。然则……太子宫中，如何能有木人上百？韩少卿忠直无比，如何能令这许多木人混入宫中？莫非太子宫涓人，全数助了太子谋逆？"

苏文连忙道："小臣实不知；然掘地时，臣亲眼所见。"

"太子如何说？"

"太子前日并不在宫中，去了博望苑。"

"事急如火，他倒只知游猎！如此，你二人先退下，朕遣使召他来问便罢，左不过是他嫉恨江充。然矫诏发兵，虽不是造反，亦属抗旨。想不到这懦弱竖子，吞下了豹子胆！"

言毕，便唤来宦者焦先，令其持节返京，往召太子来甘泉。

焦先领了节杖，正要返身，忽见苏文伏于地，正朝他使眼色，当下就会意。待奔出甘泉宫百余里，见四下无人，转身竟钻入山中，躲了起来。

那焦先在宫中奔走多年，公卿间尔虞我诈，全看得明白。心想长安已是太子天下，自家虽手持节杖，入了都城，还不是只抵个烧火棍用。想那江充，手持旄头节杖，尚保不住命，自家这一趟短差，又何必赔了命去做。黄门苏文，到底是老道，使眼色阻我入京，我稍后也报答他就是。

在山中藏匿两日夜，再行潜出，寻得一亭长，询问太子可曾赴甘泉宫。那亭长答道："回官家，闻说太子在长安造反，各门紧闭，不知里面乱成何样。"

焦先这才放心，谢过亭长，打马奔回了甘泉宫。

武帝一见焦先，连忙问："太子在何处？"

焦先早想好主意，脱口便乱说道："太子初起闭门不纳，后勉强宣小臣入，小臣恳请他应召，不意惹得他恼怒，竟要将臣斩首。幸而小臣识得太子仆等人，千说万说，才逃得一条性命回来。"

"焉有此理！他果然是反了吗？"

"长安城头，半城插的都是太子旗。城中百姓，提刀挈棍，满街红绿旗，狂呼乱喊如山贼入城。小臣看了心惊，水都未饮一口，便急奔回来复命。"

奸佞之辈说谎，眼都不眨，无中生有的这番谰言，竟说中了数日后的情景，也算是奇。

武帝听罢，颓然坐下，喃喃道："逆子，皇后梦红日怀你，本当照我鸿运，便是这般报答我的吗？"不由自主，右手便去摸国玺，却摸了个空，才想到国玺留京中，已交太子监国用了。

如此一想，饶是处事不惊，武帝于此时也慌了起来："国玺在他手，我这皇帝，不成了个假的吗？"

惊慌之下，连忙站起，唤书吏前来拟诏，命丞相刘屈牦发兵拘太子。

正在草拟间，外面忽报有丞相府长史孙博，自长安奔来告变。武帝急忙宣入，问道："丞相此时，做甚么去了？"

那长史孙博，并非刘屈牦亲遣，乃是风闻太子造反，惧怕兵乱中性命不保，便抛了家人，只身逃至甘泉。

闻武帝发问，孙博不知如何作答，只随口敷衍道："丞相闻变，五内如焚。又知事关重大，一言或就成祸，他不欲长安祸起，故秘不发兵。"

武帝便怒："这个饭袋丞相！兵乱已起，人言籍籍，如何能瞒得住？为何还不征讨？读书数十年，竟不知周公诛管、蔡吗？"

当下命书吏写成一道敕令，盖上私印，将这玺书交于孙博，命其携回。

孙博返回京中，从厨城门奔入，见市井虽然冷清，倒还不见变乱，于是直奔丞相府，见了刘屈牦交上玺书。

刘屈牦前日闻变，生怕被杀，仓皇奔出暂避，逃命间，竟丢了印绶。此时即便想发兵，也因无相印，只是徒唤奈何。

惶急间，闻长史孙博携回玺书，不由大喜过望，展开来看，见武帝有令道：

"捕斩所有反者，必有赏罚。当用牛车为橹，兵丁避其后放箭，勿与敌接短兵，免得士民死伤过多。另紧闭城门，不得令反者脱逃，至嘱至要！"

武帝也是苦心，事到临头，还需教丞相用兵。刘屈牦读罢玺书，满脸不屑，忙问孙博道："主上究竟有何意？"

孙博见事瞒不住，索性从实道来，说自己随口敷衍了天子。

刘屈牦倒是不怪，哂笑道："甚么天子地子？弄得儿子反了，倒来教我如何接战。自古承平时，哪有指派丞相用兵的？"言毕，再看看孙博，见他仍伏地战战兢兢，不由就笑，"起来起来，你敷衍得哪里有错？事有急，也算应付了过去，到底干练，得了玺书回来。我这里，今日起便是师出有名。"

当下，就遣曹掾数名，率一队干练吏员，人人乘马带刀，往九卿官府及私邸去，颁示玺书，以安人心。

一队人马方出门，北边厨城门下，忽奔来一武帝使者，高擎节杖，催马狂奔。路人见了，纷纷闪避。父老们见了，惊魂未定，相对流涕道："生以来，便只闻秦乱，未想过汉崩。今日里，却是躲不过了！"

使者驰至丞相府，远远就高声呼道："臣乃侍郎①莽通，刘丞相接旨，主上有急令！"

相府门口，阍人、卫士一阵慌乱，忙一拥上前，将使者莽通扶下马来。那莽通，途中换马三次，身未下鞍，此刻脚落地时，竟不能站立，瘫在地上道："调兵诏令，兼有虎符，皆在此！速呈你家主人，我行半步力气也无了。"

刘屈牦接了诏令，见是武帝亲笔发诏："凡三辅近县将士，尽归丞相节制，往捕太子，不得有误。"

刘屈牦阅罢大喜："有兵嘛，便无须用家仆了。"随即遣了长史，持虎符而出，往三辅调兵。

街市上有太子宫眼线，见三辅兵卒源源开来，往未央宫东阙外

---

① 侍郎,官职名,郎官之一,为宫内近侍。

丞相府汇聚，心知不妙，忙潜入相府打探，方知是调兵诏令到了，连忙奔回禀报。

刘据得报，大惊失色："如何消息就走漏了？ 父皇将崩，头也昏了，竟欲起兵诛我！"遂向石德问计。

石德顿足道："计有何用？ 吾辈已至绝路，无可取巧了。 你尚有国玺，不用，更待何时？"

一句话点醒刘据，立时就伏案，拟好矫诏，分遣属官，往各诏狱去，尽赦都中囚徒，汇于长乐宫北阙外。 连那各藩邸、郡邸、蛮夷邸，见了矫诏，也都遣了仆役来。 刘据见此大喜，命石德及门客张光，发给囚徒兵器，各领一队，往攻两宫之间的丞相府。

霎时间，长乐宫北阙外旷场，太子卫士、南军甲士与囚徒相混，服色驳杂，旗帜纷乱。 有市井无赖趁机加入，更扯了布店的布匹，胡乱绑成旗，吆吆喝喝，拥往相府去了。

刘据带石德出北阙，观望片刻，仍觉兵少。 石德眼尖，拉住一个精明囚徒，问过姓名，知是唤作如侯，便命如侯持符节，去见长水校尉①，发长水、宣曲两地归降胡骑，披甲前来会合。

见大局布置妥，刘据便由卫率领兵护驾，急趋长乐宫前殿，坐上高帝时龙庭，宣召百官进宫。

城内百官，在家中闻得街上嘈杂呼喝，早已木呆，不知如何是好。 此刻闻太子召见，不敢抗命，只得避开乱民，穿街绕巷，从长乐宫北阙窜进宫来。

众官在殿上大致集齐，也有多人迟迟未至，或是家中遭了抢

---

① 长水校尉,即著名的北军"八校尉"之一。八校尉为中垒、屯骑、步兵、越骑、长水、胡骑、射声、虎贲。

劫，或是途中为乱兵裹挟，不得自由。

刘据自屏风后步出，见殿上文武一派惊慌，连忙高声道："诸位爱卿，事发仓促，有赖百官助我。主上在甘泉宫病危，或已有变故。逆贼江充窥得时机，勾结丞相、光禄少卿，兴兵作乱。江充、韩说皆伏诛，刘屈氂尚在蠢动。今召诸位来，只望尔等勿惊，请发邸中家丁奴仆，交少傅石德统领，勠力平乱，保我社稷永固。"

刘据平素温雅，值此非常之机，说话也是少蛮气。百官听了，半信半疑。或有人想，那丞相如何就敢作乱，也有人平素就恨江充。于是信太子者，留在宫中相助；不信太子者，则偷偷溜出宫去。

刘据、石德忙乱之际，顾不得百官逃散，只命人将武库弓弩箭矢，尽行搬出，驱卫士、囚徒上复道，居高临下，急射丞相府。

刘屈氂平素虽懒散，当此生死关头，也焕发神勇，聚起三辅兵丁，固守丞相府与邻近的中尉府。

两边各有数万人，刀戟对峙，箭矢飞射。北阙甲第与两宫间官署，尽起壁垒互攻，满长安都闻得杀声震天。

那丞相府中，侍郎莽通闻听杀声渐急，渐缓过气来，想起天子嘱托，连忙挣扎爬起，与刘屈氂道："丞相兵少，须臾或将不守，天下事必坏矣，待下官再去调兵。"言毕，唤了数名相府干练吏员，换了布衣，乘快马出直城门，往上林苑中建章宫去。至建章宫，以符节调建章宫郎卫一部，又率队驰至长水衙署求援。

奔至长安西，迎头撞见长水胡骑疾驰而来，两方都勒住马，莽通跳下马，见过长水都尉，才知是太子所遣囚徒如侯，持了符节，调来长水校尉属下胡骑，以助太子。但见数千北军胡骑，甲胄齐全，遮道而来，个个剑拔弩张。

莽通大急，急唤长水校尉涉正："校尉，行不得也！此人所持符节有诈，圣上亲赐符节在此！"随即从袖中取出调兵诏令，当场宣诏。

涉正见两边都持有符节，莫辨真伪，竟然呆住了。

急切中，莽通抖开诏书，指点字迹说道："足下请看，这不是圣上亲书吗？三辅及近县将士，均不得妄动！"

涉正接过诏书，见果然是圣上亲笔，且有私印，便不再疑，向莽通拱手道："使君如何吩咐？"

莽通便喝令道："这太子伪使，还不快拿下！"

涉正凛然一凛，朝左右摆了一下头。众甲士会意，冲上前来，夺下如侯手中符节，将他绑起，即欲斩首。

如侯垂死不甘，挣扎狂叫道："江充作乱，人人当讨之！况有太子授节，校尉不要为他所惑。"

莽通更向甲士们呼道："市井狂徒，留之何用，推出署门斩了！"

甲士们一声怒喝，拖了如侯至路旁，一刀结果性命，弃尸草中。

莽通见事已遂，便按武帝所嘱，与涉正同率长水、宣曲胡骑，浩荡驰入长安，往丞相府去援救。

当日，武帝所遣另一使者，亦驰至昆明池，传檄辑濯士①千余人，尽调归大鸿胪商丘成，伺机平乱。待刘据想起这一彪人马，

---

① 辑濯士，光禄勋所属宫内楼船役夫。

遣人去调发，众辑濯士与越骑校尉所部，一齐抗命，只管擂鼓叫喊，誓言平乱。

刘据在长乐宫内，闻听两处调兵皆无果，顿足大窘，狠狠心道："本王若不出面，哪里调得动兵？"于是，命石德留宫内掌大局，自己披甲胄，率一众卫士，往长安街市中，广发檄文，劝谕百姓，召四市无赖、游民等助战。鼓噪多时，果然收效，计有数万之众，渐渐聚于东市。内中亦有商家丁壮，为大势所感，弃了生意情愿相从。

刘据见各色人众渐多，皆持刀棍，踊跃来投，胆气就大涨，登车高呼道："逆贼江充，欺天子病重，上下其手，残害忠良。长安城内，官民无不受其荼毒，全城震恐，如同末世将临。今江充已然伏诛，光禄少卿附逆，也一并诛死。唯丞相刘屈牦，阴与其通，擅发三辅兵祸乱城内。本王奉天子急诏，聚众讨贼，不令其得逞。诸君皆知大义，当舍命跟从，勇扶社稷。本王将尽给兵器，事平后论功行赏。"

众人闻言，激愤欲狂，一齐鼓噪起来。街市上，但见刀棍齐举，密如丛林。

刘据见民气已可用，便调转车驾，率浩浩荡荡民众，沿通衢南下，往长乐宫去取兵器。

另有一路，则由门客张光统领，往昆明池去，与商丘成所率楼船兵对战。

太子刘据所率数万杂兵，行至长乐宫西阙外，正遇刘屈牦乘车持节，率三辅、长水人马自相府东门源源而出，欲夺下长乐宫北阙。

两方相见，分外眼红，"杀贼"之声直冲云霄。众兵民混战成一团，一波涌来，一波退去，箭矢、砖石满天乱飞。可怜两宫之间，原是相府、中尉府肃穆之地，此刻却是街垒处处，血流成河，竟成阴曹地府一般。

自这日起，两方大战三日三夜，死伤甚重，竟有数万人横尸街衢。血流入沟渠中，成满渠红水。

有那小吏、歹徒，趁乱闯入富豪家中，杀掠抢劫，更添乱象。城中贵戚大户，或聚家丁自保，或仓皇逃出保命。然武帝与太子皆有诏至，令各门紧闭，不得出入。逃民奔至各门下，望见城门紧闭，徒唤奈何，哀声四起。稍作迟疑，又有乱民持刀来抢，逃民一派惊恐，个个抛妇弃子，逃命去了。

数日里，丞相刘屈牦一方不断获近畿添兵，原是武帝又接连发诏，令邻近郡县发兵讨逆。刘屈牦坐镇丞相府，眼望援兵源源而至，官军愈战愈勇，心中就暗喜有天助。

太子刘据一方，死伤不能获补充。城中闲人无赖，再无来投，每日都要折损许多人，士气渐渐不支。

战至第三日，市中诸百姓，忽然纷传"太子反了"，于是走避者愈多，还有反投丞相去的。

日暮后，刘据疲极，登上渐台望城内，人迹稀少，黑烟处处，不禁就悲哀，回望石德叹道："师傅，天不助正人乎?"

石德亦正绝望中，强打精神道："子曰:'吾不如老农。'今日上阵，你我弃儒习武，自是不如老将。然江充恶极，欲食其肉者，何止万人? 民心尚可用，殿下无须气馁。今夜好好歇，明日臣与中盾、卫率，商量些战法出来。"

是夜，丞相军已迫近长乐宫西阙，宫内南军死力放箭，方才将其逼退。两军遂止战，各自安歇。

此时，两宫间屋舍、沟渠，尸横遍野，血气冲天。刘据久不能睡，索性披甲步出北阙，与卫士众卒坐在一起。

苍凉残月下，卫士拢起篝火，匆忙进食。有少年卫士递与刘据一块肉脯，劝道："殿下勿丧气，明日力战，定能退敌。"

刘据惨笑摇头："不知还能撑得几日。"

那少年道："便是一时，也是痛快！"

刘据见他稚气未脱，忍不住问道："你唤何名？多少年纪，就出来从军？"

那少年答道："小的乡名唤作李阿，今年一十六，排行第二。家中长男，有田要耕，我年少便来服军役。随侍殿下一年，知殿下仁义，愿为效死。"

刘据不禁泣下："若得取胜，当加你为校尉。"

那少年嘻嘻一笑："官家不得说谎哦！"

次日晨，两方鏖战又起。七月里略有秋意，晴日澄明，见得到墙垣处处血迹，更觉惊心可怖。

战至正午，太子军中，有市井杂民忽然哄传："天子已驾临建章宫。"或曰："天子已有诏，二千石以下官吏，尽归丞相节制。"

众人顿感疑惑，齐声纷议道："天子病危莫非是假？"旋即皆大悟，"原来果真是太子反！"

此言一传开，太子军中人众，即散去了小半，有人径去投了丞相军。刘据见势已不支，唤上门客张光，冒险率一队卫士，前往未央宫外北军大营求援。

北军并无将军常设，仅有五校尉，分掌步骑、辎重、轻车等。另有长水、胡骑、越骑三校尉，统领胡越兵，总名"八校尉"，全军统归护军使节制。

大队来至军营南门，刘据立于车驾之上，举节杖，高呼北军护使任安之名。

此时北军营垒，辕门紧闭，重兵遍布内外，皆执戟持弩，以应事变。闻太子急呼，辕门忽地就大开，只见任安一身精甲，按剑而出。见是太子率众来，便拱手道："护军使任安，见过殿下。今日都中生变，殿下不宜犯险。"

刘据便招手道："护军使请近前来。"

任安略一迟疑，招呼身边一军吏跟随，大步走近车驾，刘据将手中节杖授予他，并示以虎符，下令道："任安听令，圣躬有恙，罕问朝政，丞相前与江充阴通，今又拥兵作乱。本王奉天子诏，以节杖授你，率北军与我往讨。"

任安看看节杖，一竹之上端，垂下火红旄尾，与天子节杖无异。只得伏地，拜受此杖，一面就回道："臣下任安，谨受命。"眼望太子憔悴之态，想起旧主卫青，心有不忍，又寒暄了几句，方与军吏返回营中。

太子身后众卫士，见任安持杖入营门，都雀跃欢呼，以为北军一出，胜负即可见分晓。

岂知任安方入营门，木栅即行关闭，再无声息。等候良久，亦不见北军出动，刘据这才猛醒——任安并未从命。怅然良久，方回过神来，率了众人，再去市中，逼迫市人助战。裹挟数千人后，堪堪也可凑数，便返回长乐宫。

此后又勉强战了两昼夜，丞相军气势愈盛。太子军则节节败退，连南军与卫士也有逃走的，刘据已陷困局。

至七月十七（庚寅）日，大局崩溃，长乐宫西阙被丞相军攻破，喊杀声在宫内四起。

此时，石德、张光均不见踪影，生死未卜。刘据无奈，只得返身入后宫，此处乱兵方过，不见正妃史良娣与长子刘进在何处。唯有两幼子，为宫女所藏匿，尚在啼哭不止。刘据一狠心，顾不得嫔妃、长子了，抱起两小儿，上马便走。此时，身边尚有卫士数十人，从骑护驾。

刘据从长乐宫南门窜出，沿城墙下夹道，向东狂奔，数十卫士也紧紧跟上。方离长乐宫，便遇一队丞相军，呼喝奔涌，迎面杀来。

那少年卫士李阿，见太子走不脱，顿时大急，对刘据道："殿下，你窥空速逃，今有我辈在，誓不生还，请为我收葬就好！"言毕，即招呼同袍，发一声暴喊："太子亲卫在此！"便直冲入丞相军中。一番厮杀之后，数十太子卫士，尽皆战殁，死时仍呼"太子速走"，而无一人跪降。

刘据催马疾驰，已奔出百步之遥，含泪回望一眼，悲愤填膺。厉声吓住两男啼哭，便又逃命，趁乱脱了身。

来至覆盎门下，却见城门紧闭，上下都有兵卒把守。原来各门早已接武帝诏令，不得令叛众一人逃出。

刘据抱紧两男，仰天长叹。正在心如死灰之时，忽有一人在城上呼道："殿下，欲往何处去？"原来这日，是丞相司直①田仁，奉刘屈牦之命，率兵在此把守。

刘据抬头一望，竟是舅父卫青旧时舍人，心中就一动。原来这田仁，膂力过人，素善战，曾随卫青征匈奴。后武帝征用卫府

---

① 司直，全称"丞相司直"，官职名，武帝元狩五年初置。属丞相府，秩比二千石，佐丞相检举不法之事。

人才，用其为屯田督护、郎中，又擢为丞相长史。曾上书，自请刺探三河吏治，查出三河太守皆有勾结权贵、作奸犯科事，竟致三河太守下狱处死。其敢于任事，深得武帝器重，又升为丞相司直，威名震天下。

片刻过后，田仁匆匆下城楼来，向刘据施礼道："见过殿下。"见太子神情狼狈，两男啼痕未干，想起旧主卫青，忽就不忍："父子相残，何至于此？"

刘据恨恨道："乃江充害我。"

田仁迟疑片刻，回身喊来门吏，低声喝令道："开门，放太子出城。"

那门吏惊愕，脱口回道："司直，这如何使得？丞相有严令。"

田仁仰头望一眼天，手按一按剑柄，叹道："管他！人，岂可无心乎？"

门吏不敢违抗，转身而去，令门卒打开城门。

刘据心中一喜，似看到生天，在马上向田仁欠一欠身，口称："田公，你旧谊未忘，这里先谢过，待来日！"言毕，便策马狂奔，一路出城去了。

城外，正是秋野一片，林木、稼禾茂密。刘据张目望望，拣一条小路，催马疾驰数步，竟隐身于万绿丛中，城门诸人望不见他去向。

刘据出城，先往博望苑疾驰，不料望见苑门有乱兵聚集，便拨马绕道，又向东狂奔十余里，见后无追兵，便勒住马，抱两小儿跳下马来找水。

路边溪中，水流清冽。刘据为两小儿擦好脸，又掬起溪水，喂他们饮下。 见前面林深处，似有人家，便又上马前行。

钻过一片密密赤杨林，见并无人家，唯有一面湖水，水平如镜。 刘据逃命至此时，已有大半日，人疲马乏，索性又下马来，拥两小儿坐于水边歇息。

刘据抬眼看，远处丘陵倒映水中，天水难以分清。 密林寂寂，山鸟啁啾，天地间似再无一人，忽就悲从中来。 做储君三十年，从大儒瑕丘江公，习《谷梁春秋》，才识不逊于老儒，心怀怵惕，不敢逾矩，却为小人江充所摆布，求生不得。 奔逃至此处，觉乾坤之大，竟无所立足，世间哪里还有公道？

正出神间，忽闻远处有嘈杂声，遂不敢久留，去抱小儿。 两小儿方才受了惊吓，啼哭一路，此时玩了片刻水，竟又嬉笑起来。 刘据心痛，轻喝了一声："不得放肆！"便拽起小儿，又上马狂逃。

再说城内，太子军溃散之时，少傅石德随溃兵逃命，为长安平民景通逮住，旋被刘屈牦下令诛杀。 商丘成率楼船兵与张光力战，捕张光于阵中，随后即诛死。

刘屈牦亲入未央宫，安抚未作乱的太子属官，并率兵搜寻太子。 闻说太子已逃往覆盎门，立率兵急追而至。

问起太子去向，见司直田仁言语支吾，便知有诈，绑了门吏来问，方知太子逃出城已多时。

刘屈牦大怒："田君，本相待你不薄，你也素来持重，如何就敢放走首逆？"

田仁辩白道："父子生隙，终是一家。 太子独骑出奔，避一避天子盛怒，或可能活，下官实不忍逼迫。"

刘屈牦更怒："昏话！ 亏你还厚脸食禄，连诏令也不听了。 来人，将他绑好！"

时有暴胜之，新任御史大夫不久，奉武帝诏，入城查问太子下落。听到风传"丞相放走太子"，连忙赶来覆盎门。见了刘屈牦，便质问："丞相为何放走太子？"

刘屈牦回首答道："足下有所不明。太子非老臣所放，乃司直田仁放走。"言毕，即喝令左右："来人，去斩了！"

暴胜之慌忙谏止："不可！司直秩比二千石，不宜擅杀。其罪可奏明圣上，而后处置。"

刘屈牦恨恨不止，对左右喝了一声："放开，容他多活几日。"

之后，出城门望了望，见天色已暮，城外万千田畴，道路纵横，心知无处去追，只得作罢，喃喃道："逃了？逃了……"又痴望半晌，方才转身返回。

当日，武帝自建章宫回銮，入未央宫安顿好，立召刘屈牦来问话。

静听刘屈牦奏报多时，武帝方知变乱始末。待说到太子自覆盎门遁出，武帝不禁大怒："那田仁，不是汉臣吗，为何不遵旨？那暴胜之，杀人无算，如何又怜起田仁来？"便下诏，收系暴胜之、田仁入诏狱，诛死不论。

诏出，尚未发下，田仁便有风闻，怒气上涌，欲凭武勇抗旨，发所部之兵，向天子讨个公道。

时有长陵令田千秋，正在同宗田仁邸中做客，察觉有异，急令人赴阙，上书变告。

武帝得告，立发北军甲士数百，围住田邸，将田氏一门收捕。田仁被绑出府邸，邻里素敬他豪勇，无不惋惜，都前来送别。

有父老怜他，责备道："司直，怎可拿自家性命，换他人性命？"

田仁了无恐惧，昂然道："太子仁厚，我情愿死于他前。"

槛车启行，众邻里眼望车队远去，黄尘大起，都唏嘘道："惜哉田公！"

再说武帝看重暴胜之，已非止一日。此时想来，益发恨其不争，便又遣人去诏狱，责问暴胜之："君素掌执法，又不是卫氏旧属，如何就要悖法，拦阻诛田仁？"

暴胜之无言以对，迟疑半晌，方道："田仁，罪臣素所敬也，实不忍见他死于我前……"

待来人走后，暴胜之知蒙赦无望，呆坐至夜，终不愿受辱，于夜半爬起，撕烂衣袍做绳索，悬梁自尽了。

后晌，武帝小寝过，忽就起身，召宗正刘长乐、执金吾刘敢，手书简策一道，至后宫，收卫皇后玺绶。

刘长乐素敬卫皇后，见皇后正素服僵坐，不忍逼迫，只匆匆读完策书，即束手而立。

刘敢虽是武人，此时也免不了心酸，只按剑望住别处。

卫皇后沉默有顷，缓缓起身，自去内室取了梓木皇后玺来，交与刘长乐。

长乐接过，望一眼卫皇后，忍不住劝了一句："太子尚在，卫夫人，还望保重为好。"

卫皇后始终未发一语，闻此言，顿时泪如泉涌，朝两人道个万福，转身回内室了。

当夜，玺绶虽收走，宫女、宦者仍按例服侍。人定时分，有宫女入寝殿，为卫皇后端来莲子羹一碗。见卫皇后僵坐仍如白日，劝慰了两句，便退出了。

至此，卫子夫做了三十八年皇后。此夜，所有尊贵荣华，皆不能忆起，只想到入宫那一日，平阳公主抚背叮嘱，犹在昨日……

如此叹了几回，又哭了几回，时过三更，独自踏上案几，投缳自尽了。

次日晨起，宫女惊见卫皇后自尽，虽在意料中，却也感惊慌，急奔报与宦者令。宦者令带了黄门苏文、姚定汉，到中宫看过，冷冷无言良久，吩咐两人道："奈何？你二人且收殓好，我去禀主上。"说罢，便去宣室殿了。

苏文、姚定汉二人，命宫女将卫皇后尸身解下，以柴车载至公车令署，置于一空舍地上。苏文默视尸身片刻，恨恨道："皇后？能不死乎？"姚定汉忙扯住苏文衣袖，拉他出了屋。

宦者令那边，整日并无回音。苏文叹口气，对姚定汉道："人死如狗，能奈何？唯有你我去葬了。"二人即唤人寻来一口小棺，草草装殓，又趁暮色无人，将小棺以柴车拉出端门，往长安城南桐柏地方，草草葬下。

卫子夫终局，可称惨绝，为后世所叹惋。幸得数年后宣帝刘病已登位，因血脉所出系卫皇后一系，这才起出，改葬于博望苑近旁，置陵园邑三百家，并追谥"思后"，总还算有了个正名。

越日，武帝登柏梁台，远眺城中尚有余烟，东宫亦多有残破，不禁就怒。日午时，便发下诏来，语未涉卫子夫，只将卫氏全族坐罪处死。

刘据长子刘进（又号"史皇孙"），时年二十三岁。乱兵入宫当日，见乱兵冲入，与其格斗被害。太子妃史良娣、刘进之妻王翁须，亦未能幸免于难；太子独女（皇女孙），已择平舆侯之子为婿，尚未嫁，在兵乱中一同遇害。

其余逃生诸姬妾，无一遗漏，悉数赐自尽。太子一门至此，独有孙刘询一人未死，却是下落不明。

七日兵乱时，太子宫中诸门客，凡出入宫门者，一律处死；凡从太子发兵者，皆坐谋逆灭族。另有官吏、士卒趁乱劫掠者，流徙至敦煌。

诏令传至全城，吏民父老，既惊且喜。惊的是诛杀之多，一连十日，西市法场不能封刀；喜的是，大乱终息，总算未倾社稷。

朝会上论功，莽通传诏之际，斩反将如侯；长安男子景通随莽通，擒少傅石德，功为至高。两人各封为侯。商丘成力战反将张光，亦封侯，又升为御史大夫，补了暴胜之下狱之后的空缺。

议及北军护使任安，刘屈牦怒道："乱起时，任安为护军使，坐拥北军，不出一卒相助！"

武帝想想，摆摆手道："丞相息怒。事起仓促，黑白莫辩。任安为人圆滑，不欲任事，算了。"

后不久，任安因账目不清，怒笞钱粮小吏。小吏不忿，上书告密称："事变当日，任安受太子节杖之际，太子曾密语任安：'幸而有君送我好兵甲。'"

武帝阅过告密书，愤然掷简牍于地，对刘屈牦道："这个老吏！见兵事起，欲坐观成败，见胜者便合流，实怀两心。他有当死之罪，昭昭分明，我教他活了。如此看来，原是怀了诈谋，有不忠之心！田仁、任安，这两人，自卫青旧舍人所出，念主私恩，终是靠不住啊。"

于是有诏令，田仁、任安两人于同日腰斩，田氏一门族诛。

朝臣又议及，乱起后，御赐节杖旄头为纯赤，太子节杖亦是赤红，官吏无以辨尊卑。武帝就吩咐，今后御赐节杖，皆加黄牦一条，以示区别。又长安各门，无兵丁把守，若乱兵涌出，势必荼毒关中，致天下动摇。自此，长安各门始置屯兵，以防变乱。

后几日，缉捕令、诛杀令迭下，大兴诏狱，郡国亦严搜太子党羽，解赴长安郡邸狱。西市上，连杀得血流成河，头颅滚滚。合朝为之震恐，百姓亦都闭户瑟缩。

太子只因搜蛊小事，竟惹出这样大的事端来。武帝身处未央宫，全不能安心理政，愈想愈气，焦躁异常，只怪少傅带坏了太子，故视博士、儒生为仇寇，常怒喝于朝堂。群臣战战兢兢，唯恐得咎，无一人敢进谏。

稍后，只得移居建章宫，免得睹物伤情。

不久，上党郡壶关县有三老令狐茂，斗胆赴长安，直奔建章宫，上书直谏。其书词情恳切，苦口婆心。前面一节，痛斥江充之罪，曰：

> 阴阳不和，则万物夭伤；父子不和，则室家丧亡。故父不父则子不子，君不君则臣不臣……江充，布衣之人，间阎之隶臣耳，陛下显而用之，衔至尊之命以迫蹴皇太子，造饰奸诈，群邪错谬，是以亲戚之路隔塞而不通。太子进则不得上见，退则困于乱臣，独冤结而亡告，不忍忿忿之心，起而杀充，恐惧逋逃，子盗父兵以救难自免耳，臣窃以为无邪心。[①]

先为太子做了开脱，又责武帝太过苛急，逼反太子，令智士痛心。后面，则直言劝谏武帝，当放宽心怀，赦免太子：

---

① 见班固《汉书·武五子传》。

往者江充谗杀赵太子,天下莫不闻,其罪固宜。陛下不省察,深过太子,发盛怒,举大兵而求之,三公自将,智者不敢言,辩士不敢说,臣窃痛之。①

上书递入,武帝阅后,心有所动,暗自惊道:"父不父则子不子,莫非我先有过?"便问谒者:"此老相貌如何? 今在何处?"

谒者答道:"壶关三老,骑驴而入京,灰尘满面,恂恂如老农。 今在馆驿,备棺椁一口待罪。"

"啊?"武帝失声一叹,遂又仰于座,似有悔意。 然数日过去,仍未有赦免诏书出。

再说太子刘据,东出覆盎门,奔至京兆尹②辖地湖县(今河南省灵宝市阌乡),逃入了泉鸠里,匿身于一户人家。

此地北倚大河,南临秦岭,丘陵遍布,林深不知有几许。 藏身其中,万人难以搜寻。 里中这人家,以为是大户公子落难,情愿收留,遂将二子也安顿好。

刘据自长安逃出,奔至山中,足有三百里远。 路上六七日,饥则挖薯芋充饥,渴则掬山泉而饮,避大道,择险径,马几乎要累死。

避居之后,见山清水秀,层林幽静,便不想再逃,仍念父皇或能回心转意,不如暂留泉鸠里听候音信。 住了两日,刘据心渐

---

① 见班固《汉书·武五子传》。

② 京兆尹,官职名,汉置。为三辅(京兆尹、左冯翊、右扶风)之一,所治为长安及近畿。

安，叹道："居人世三十七年，人皆羡慕，岂不知宫阙巍峨，却无异于槛笼。布衣小人，翻手云雨，即能逼我求生不得。何如此地幽居，人心如上古，与天地合，终有鸟兽自在之乐了！"

于是，晴日时分，助主人家桑农，与两幼子嬉戏，觉民间小户之情，方为至乐。

主人家名唤赵瞿，虽是贫户，却识大体。见刘据举止雍容，彬彬有礼，不似寻常富户人家，便悄声问询。刘据感于赵瞿至诚，将自家身份道明。

赵瞿大惊，慨然道："原是太子逃亡！怪不得小人连日心跳。殿下放心，某既收留，绝无反悔，便是在我家终老，小人也将一字不吐。"

此处泉鸠里往东，距函谷关仅八十里，驿道即在峡口之外，地既险，又进退皆宜。刘据打定主意，不蒙赦，即永世不出，终老田园亦不妨。

惜乎赵瞿家极贫，猛然添了三人，竟是粮谷不济。赵瞿心善，只是督妻与自己昼夜织履，卖钱供给。日久，刘据心甚羞愧，忽想起湖县还有一故友，家道殷实。不如邀他来见，商略日后长远计，令他常接济赵瞿家一二，也好过在此白食。

如此想好，便亲书密信一封，嘱赵瞿雇人送去。

岂料有司早就料到太子此举，海捕文书已发下。在太子故友家左近，亦有暗探密布。八月辛亥日，信一送抵故友家，太子行踪即被获知。新安（今河南省新安县）县令李寿，如鹰捕兔，率吏役急至泉鸠里，将赵瞿家团团围住。

时已三更，山中夜黑不辨物，阴风过处，可闻枭鸣声声。李寿蹑足进至门前，猛然一声喝道："钦犯出来！新安县令在此，哪里还可逃？"

顷刻间，屋内人被惊起。 刘据慌忙欲寻佩剑，赵瞿一把抢过剑来，慨然道："太子落难于我家，我当冒死护卫。"说罢，便冲出门去，与一众吏役格斗。

只听李寿又喝了一声："举火！"

数名吏役点燃火把，将庭院照亮。 数人围住赵瞿，刀剑乱下。 赵瞿正值壮年，膂力甚强，事急更如有神勇，与诸人相斗，呼喝连连。

这边数名吏役见缠住赵瞿，便欲推门去捉太子。 屋内赵瞿妻与刘据两儿，死命抵住门板。 赵瞿边斗边呼喊道："太子速逃，勿得迟疑！"话音方落，众吏役发狠一阵砍杀，将赵瞿杀死。

刘据在屋内彷徨无主，见走不脱，自去内室，解下衣带挂于房梁，大呼一声："吾儿……"便蹬开案几，自经而死。

门外诸人闻声，都知不妙。 有一山阳男子充作向导，名唤张富昌，见事急，一脚踢开屋门。 众吏役冲入，不由分说，将两幼子及赵瞿妻砍毙。 李寿见势，疾步冲入内室，将刘据抱住解下。

众人擎起火把，照亮屋内。 李寿以手探刘据鼻息，见已无生气，叹了一声，命众人裹好太子与两小儿。 又内外搜寻一遍，方背负起尸身，返归县城。

可怜刘据，天生贤德，来日必是有为之君。 因一事得罪闾巷之人、骤贵之吏，不仅无缘坐殿，连性命也抛在了荒郊野外。

李寿回衙，验明正身，将太子及两幼子草草下葬，立即飞章报长安。 武帝接到刘据死讯，犹有余恨，心中滋味难辨，仍照原诏令，诸吏役均有封赏不提。

后有数月，武帝令严审后宫、太子宫涓人宫女，追问蛊物来历。 查来查去，渐渐问出，各宫巫蛊事多为不实。 廷尉钱信，数月前方接任，同情太子，渐使武帝知晓，太子实为江充所迫，不得已杀江充，绝无谋反之意。

武帝至此，心窍稍开，隐隐有悔意，恨自己不该躁急，枉杀太子及孙儿。 天气渐寒之后，冬意格外冷，武帝心如寒冰，时常呆滞，只是不肯吐口悔字。

冬雪后，告发田仁的原长陵令田千秋已改任高寝郎，掌高祖寝庙事。 冬祭将至，凝望高祖牌位，良心不能泯，毅然上书，诉太子之冤。

书曰："子弄父兵，罪不过笞。 皇子过失杀人，更有何罪？ 先帝也有此过，孝文帝未骂一句，况乎江充逼迫太甚！ 臣曾梦一白头翁，教臣言此，为太子辩诬。"

武帝阅罢上书，终有所悟，怔了片刻，立召田千秋上殿来问。

田千秋为战国田齐宗室后裔，身高堂堂八尺，相貌伟岸，步上殿来，闻武帝问太子冤情，竟是声泪俱下，说得诸臣纷纷拭泪。

武帝极感震撼，惶悚惊起身，连声道："君可止哀，君可止哀。"说罢，颓然坐下，亦有热泪两行落下。

少顷，才缓缓对田千秋道："父子间事，他人难言。 君道出其间隐微，申明冤情，实是高庙有灵，使你来教我。 朕知了。 田君，快去歇息，请勿……再言。"

说到此，武帝忽就号啕大哭，不能视朝，起身急向屏风后去了。

满堂文武见之，瞠目不能出一语。 片刻后，有人先哭，继之合朝痛哭，声闻满庭。 连阶下的执戟郎卫，也多不能站稳，索性弃戟蹲下，掩面大哭。

隔日，武帝拜田千秋为大鸿胪，旋即究问诬死太子案。时江充已死，武帝恨不能平，恢复自文帝起废除已近百年的夷族之刑，夷江充三族。又仿太子烧死胡巫之法，遣羽林卫一队，将那宫内肇祸的苏文绑出来，推至横桥上，紧缚于桥柱，以火焚死。苏文这才知小人作恶，必有报应，在烈火中放声嘶吼，状至惨酷。

其余"平乱功臣"，时日渐长，无一有好收场。县令李寿在泉鸠里以兵刃逼太子，初拔为北地太守，后被族灭；商丘成与太子军力战而获封侯，畏罪自尽；山阳男子张富昌带吏役搜太子，后被"贼人"所杀。平乱最力的莽通、刘屈牦二人，连带李广利，皆有后报。

过后，武帝仍觉哀思不能解，又命在湖县筑"思子宫"一座，内有高台，巍峨遏云，名曰"归来望思台"。逢节令，武帝必驱车至台下，不顾体衰，登台长啸："悠悠苍天，此何人哉！"①似在向天唤太子名。天下百姓闻此事，皆感同悲。

至二十年后，刘据有一侥幸未死之孙刘询，得以被推举即位，是为宣帝。次年颁诏，便谥祖父刘据曰"戾"，故后世又称刘据为"戾太子"。宣帝命以湖县阌乡的邪里聚，为祖父改葬陵园，号"戾园"，民心始告平复不提。

转年，是征和三年（前90年）。刘据诬死事堪堪渐平，立储又成大事。武帝年已近七十，生有六男，除长男刘据之外，另还有五子。其中，刘闳为次子，早夭无嗣，倒还清爽。三子燕王刘旦，到此时两兄皆死，依次承嗣便大有望。

---

① 见《诗经·王风·黍离》。

皇子岂有不做皇帝梦的，刘旦自是动了心，遂上书，求入未央宫为宿卫。

刘旦平素多有过失，武帝素不看好，接了上书，一笑置之："竖子，急甚么！ 怕不是为做宿卫来的。"遂不再理会。

如此情势，贰师将军李广利便起意，欲立甥儿昌邑王为太子。阿娣李夫人既已死，不能再依恃，若甥儿做得天子，自己成国舅，当可保终身显贵。

心中盘算好，当下就去见丞相刘屈牦，说明此意。

刘屈牦之子，是娶了李广利之女为妻的，两人系儿女亲家，哪有不允之理？ 刘屈牦当下应诺，暗中使起了力。

他二人以为事密，岂料武帝连日回想长安变乱，渐悟渐省，也是以一双利眼在看文武重臣。

诛刘据一役，到底伤了元气，武帝衰老更甚，长恨身边无一个是通透的。 便等不及东巡，立即遣了田千秋为使，赴山阳去请东郭延。

田千秋略显惊愕，并未立即受命，迟疑道："陛下，东郭先生，微臣怕是请不动。"

武帝大出意料："如何说呢？"

田千秋道："朝野都知，东郭出都，八骏也追之不及，他是去寻穆天子了呢。"

武帝便松口气一笑："穆天子所居地，正是你所掌，你便去寻吧，难寻也要寻。 朕或将死，大鸿胪总要寻他来救命。"

田千秋无奈启程，一去一千五百里，很费了些时日，方独自归来。

入见武帝时，武帝急问："东郭先生可来？"

田千秋道："臣至山阳，鞋履走坏了两双，方寻到东郭延，然臣不能复命。"

"他不肯来？"

"臣奉密诏，知会了山阳郡太守，由该衙二吏员陪同，渡大野泽，辗转寻踪，于金山下一石洞中，觅得东郭先生隐居处。"

武帝眼睛睁大道："果真修仙去了？"

"东郭延所居，乃千年岩洞，冬暖夏凉，回环幽深。洞门前有草篱茅牖，宛若农家。有童子二人，垂髫初生，各着黑白衣，持箕帚，在门前场上洒扫喂鹤……"

武帝不由笑出声来："哦，是归田园了。"

"好容易等到小童忙毕，臣央求小童，通报进去，不料东郭先生却不肯见。臣自忖千里奔波，不可空负使命。于是三人踞坐洞前，由午至暮，忍饥挨渴，等得那二吏员竟骂将起来。不料詈骂声方起，小童也不见了，鹤也不见了，唯有古洞寂寂，了无响动。"

"撞鬼，撞鬼！君又何如？"

"眼看天暗，正沮丧之际，忽有一白衣小童奔出，手持一幅缣帛……"

"嗯？"

"臣正要伸手去取，忽见左右山坳处，涌出大群虎豹来，聚向洞口。臣等三人，唬得魂飞魄散，奔逃下山。幸得那虎豹也不追赶，乖巧似狸猫，只蹲踞洞前，百夫也不敢挨近。"

武帝听得惊异，忙问道："那缣帛何处去了？"

"当夜，我三人露宿山中，惊恐一夜未眠。晨起，臣欲往洞前再问，那二吏死也不肯去了。臣无奈，只得吟诵屈子《山鬼》

壮胆，复探岩洞。'余处幽篁兮终不见天'一句，尚未吟毕，只见一幅白帛，就横于草中！ 臣连忙躬身捡起，头也不回，与吏员一道逃下山来。"

武帝急伸出手来："拿来朕看。"

田千秋自怀中摸出缣帛，双手呈上。 武帝一把抢过，展开来看，见上有"人伦不存，宁与虎豹为伍"几个字，笔意苍凉，宛若古人所书。

武帝凝视良久，神情由惊而愧，放下缣帛，叹口气道："东郭责我，东郭责我……"

此后数日，武帝徘徊于书房，常喃喃自语道："何世，何世啊，竟宁与虎豹为伍？ 若佞人在，我身后有十子，也不够杀的……"自此，暗下毒誓，欲尽除枭乱邪佞，只用正人。

至征和三年春，边郡忽传来急报，称匈奴入寇五原、酒泉，掠杀边民。 两地郡兵出战，均不利，郡尉双双战死。

败报传至，长安阖城惶然，朝臣也面有忧色。 武帝却不慌，只淡淡笑道："是时矣。"于是三月里，命贰师将军李广利，率兵七万出五原抗御；御史大夫商丘成，率三万人出西河；重合侯莽通，率四万骑出酒泉，千里往击。

李广利受命，自以为再建功不难，意气飞扬陛辞，率亲兵出城，往西河掌兵。 刘屈牦亲送至渭桥，折柳温酒，在长亭为李广利饯行。

刘屈牦举杯祝酒道："将军此去，战功探囊可得。 归朝时，我文武二人，世所无敌矣！"

酒酣时，李广利趁旁人不备，附耳与刘屈牦道："君侯在朝，万望早请昌邑王为太子。 昌邑既立，君侯与我，今生更有何忧？"

刘屈牦连连然诺："这有何难？"便笑执李广利之手誓道："荣焉辱焉，不如筋骨勾连。"

时匈奴王庭在位者，为狐鹿姑单于。单于闻报汉军自西北分道杀出，不敢大意，将辎重尽数回撤，徙往赵信城之北，屯于郅居水①。

左贤王也大受惊吓，徙部众北渡余吾水，急往七百里外兜衔山，以避锋芒。单于则统精兵亲出，在姑且水（今蒙古国乌兰巴托西南）列阵以待。

时汉军三路出塞，御史大夫商丘成率三万兵，走近路，未遇匈奴兵而返。回走将及数十里，匈奴大将偕李陵，率三万骑急追而来，至浚稽山，与商丘成所部接战。

两下里势均力敌，汉军初胜，胡骑即退走，然又复来。如此反复转战九日，汉军方力破敌阵，斩杀甚多。汉军边战边南行，又缠斗至蒲奴水（今蒙古国翁金河）。这一仗，直杀得天地变色，漠北竟成汉军屠戮场。匈奴终识得汉军凌厉，见情势不利，方收兵而回。

重合侯莽通领四万骑，疾驰千里至天山。有匈奴大将偃渠与左右呼知王，率二万骑前来对阵，骤见汉军精甲劲骑，强盛非比往日，连忙退走。莽通追之不及，旋即还军。

玉门、阳关守将当此际，都恐车师国出兵，横阻莽通军。武帝即遣闿陵侯成勉，领大军西出围车师，俘其王及部众而还。

两偏师至此皆得胜，李广利也不逊色。此路汉军声势最大，

---

① 郅居水，今称色楞格河，流经蒙古国与俄罗斯中东部，发源于蒙古杭爱山。

浩荡出五原，旌旗遍地，鼓角连营。

匈奴遣右大都尉与卫律，率五千骑，在夫羊句山迎战汉军。李广利遣五属国胡骑二千，与匈奴军战。匈奴兵不敌，弃甲败退，死伤者数百。广利军乘胜追至范夫人城，此城系汉将所筑，其妻范氏完保之，故有此名。匈奴兵弃城，四散奔逃，不敢当汉军之锋。

时值六月，漠北正烟尘大起，汉宫内又陡起风波。有内者令①郭穰，密告丞相刘屈牦妻，怨恨主上屡次严责屈牦，令巫者祈祷神灵，诅主上早死。又密告屈牦与广利共谋，祝祷神明，望昌邑王早承大位。

武帝怒极："如何又来了？"命廷尉捕刘屈牦下狱，问成大逆，将刘屈牦绑缚于厨车，与猪肉、狗肉杂作一堆，赴东市腰斩。死后以车载尸，游街示众。刘屈牦妻子，亦在华阳街斩首。

丞相大逆案定谳之速，令人目瞪口呆。群臣惊恐之余，都知天子此举，无非为太子冤死报仇。为刘屈牦所牵连，广利妻子亦遭逮系。

那汉军中，有使者往返南北，自长安带回消息。广利闻之，如五雷轰顶，一时无所措。时有掾吏胡亚夫，力劝广利降胡。广利难以决断，胡亚夫便道："将军若得大功，或可还朝自赎。若此时返归，无非同系于狱，欲再来此地，当是无望。"

广利听了蛊惑，冒险大进，深入漠北，军至郅居水上。又遣护军率领二万骑，渡郅居水，径直向北。恰与匈奴左贤王部相

_____

① 内者令，官职名。汉少府属官。

遇，战起，汉军又大胜，斩杀匈奴左大将及部卒。

得胜后，众将佐饮酒，广利口吐大言，欲长驱直入，一捣王庭。

军中有长史，熟知兵法，闻此言大惊。惰归之时，竟要率军深入，定是想邀功，以众军性命作赌。若北行，军心思归之际，必致大败。长史遂与五属国胡酋廮疵（yǎn cī）私下商议，欲绑缚广利，还朝交君上处置。

岂料事机不密，为广利所察知，先下了手，立将长史处斩。

广利也知军心难违，不敢惹出哗变，于是率军南撤至燕然山。狐鹿姑单于虽是初与汉军战，然他精干有为，料定汉军往返，定是已疲极，便亲率五万胡骑前来急袭。

汉军不防胡骑报复，力疲不能敌，只得安营歇息，以备天明再战。李广利连日担忧家小，心神不安，竟忘记嘱咐要设夜哨。

那胡骑岂肯容汉军有缓，半夜忽就来冲营，四面放起大火。汉军惊起，连忙开营逃命，却不料营外一匝，全为胡骑掘出深堑。纵马奔出者，即跌落坑下；踌躇不进者，又为身后大火所逼。可怜七万汉军，全入罗网，一时哀声四起。

李广利匆忙披挂好，虽侥幸未跌入深坑，却是进退不得。

阵阵杀声中，胡骑愈加逼近，李广利于马上四顾，觉生还已无望。七万军卒陷没，纵是逃归，若论起罪来，也是难逃一死。

思忖片刻，咬咬牙跳下马来，将长槊往地面一插，以示请降。

众胡骑见汉军主将求降，大喜过望，一拥而上，将广利带回单于穹庐中。

狐鹿姑久闻李广利大名，见广利进帐，笑意相迎，行汉礼道："与汉将军战，一战便成相识。"

广利愧不能言，只是伏地叩首，谢单于不杀之恩。随后，消息传回，李广利这一路兵败，丧师七万而降胡。朝野立时大哗，都欲争食广利之肉。

武帝早有料到，立下诏，将狱中广利妻儿老小，悉数提出斩决，全家族灭。然想到折损七万兵卒，还是不能泄愤，恨恨道："如此将军，不如老卒！外戚，到底不是一家人……如此，那钩弋夫人，亦将除掉！"

单于在王庭，闻说广利妻子尽被武帝诛，便将女儿嫁与广利，尊崇仍如旧。

广利不容于汉，本已仓皇，不防身边又起祸端。那胡营中，卫律降胡已久，此时尊贵反不如广利，便心生妒忌，阴使胡巫入告单于："汉将李广利，屡犯我境，杀戮无数，上苍十分愤恨。应以之尸身祭社，方可上慰天心。"

胡人信鬼神，单于闻言，问胡巫道："果真是上天有此意？"

胡巫回道："巫者怎可说谎？"

单于始信，教人将广利拿下，广利不知就里，以为单于无情，破口骂道："我死必灭匈奴！"

单于益怒，令左右立诛李广利，以尸身祭祀。不几日，匈奴地方连降雨雪，羊牛冻死无算，稼禾不收，胡众疫病大行。单于心生畏惧，自语道："莫非李广利果能作祟？"于是下令，为广利立祠，以安其魂。

李广利因裙带骤贵，武略平常，又不善待士卒，侥幸获胜几回，才干实不足以统大军，有如此结局，也不为怪。从此，民间都以纨绔儿为戒，常督子弟多吃些苦头，以谙人世。

广利一门族诛，武帝仍不能气平，想起悍将往日里，多有巧言惑主的，便一齐算了账。连带公孙敖、赵破奴，都牵起前咎，一并族诛。

至此，朝中名将，几近兔死狗烹。来日新太子继位，便再不能有武人挟主了。

事做到此处，已是藤尽蔓除，然武帝仍觉巫蛊案实在蹊跷。左思右想，只疑是因神仙未至，故有鬼怪作祟。

征和四年（前89年）春上，武帝到底捺不住，振起衰残之躯，再赴东海，欲寻神仙。

一行人颠簸奔行，至东莱，武帝又召海边众术士来问："为何神仙不至？"

术士答道："神山在海上，欲登舟前往，总被逆风吹掉头，不得而至。"

武帝立刻起身道："朕可亲往。"

众臣大惊失色，力谏不可。武帝不听，果登大船启程，行未至数里，忽逢风暴大作，浪高如墙，奋楫而不能行半步，险些倾覆。武帝脸吓白，弃船登岸，不复言寻仙山之事，只转头去泰山封禅。

一番封禅礼毕，武帝立绝顶，观下界山河半日，不语不动。随侍诸臣不知天子所思，也不敢乱语。至正午，艳阳当顶，武帝似神魂通窍，满面笑意，回首对诸臣道："朕登极以来，所谋至远，臣民不能知，所行亦有狂悖，乃不得不耳。既执意征伐，则劳民必苦，至今思之，悔之莫及。"

诸臣连忙劝慰道："陛下功高，虽始皇、高祖不能及。万民不解，终有解悟日，青史定有传。"

武帝摆手一笑："民生自有苦乐，岂是为帝王而生？始皇帝虽酷烈，治政却无私念。吾不及，杀伐征战，东巡西游，或还顾一人之乐。而今以后，凡劳民伤财事，一概罢废。治大国，如理小户，一碗一钵，皆须顾惜。"

大鸿胪田千秋在侧，当即进言："陛下寻仙，积数十年之功，劳无所得，显是世上或本无神仙。"

武帝便抬手止住："君不必提了！凡术士巫者，靡费国帑，是我自欺了，今后也一概罢遣。仙来或不来，听他自便。海边各术士人众，今日便归家吧，无须再守望。无有之事，耐性也当不得用的。"

一众齐地术士，闻之又喜又哀，纷纷谢恩而去。眨眼间，便似神鬼全消，只还回了一个清静人世。

返归长安，武帝立拜田千秋为丞相，封"富民侯"，意在与民休息。

时有搜粟都尉桑弘羊，思虑西域事久，上书道："轮台之东，有水田五千余顷，无人耕种，可遣士卒屯田。就此置都尉，召流民，筑城设障，不失为备兵之所。"

武帝阅毕笑道："桑弘羊到底是心细，然则，不必了。"

随后下诏，论及西域屯田事，自责道："贰师将军败没，军士死逃，离散之悲，常在朕心。前日征车师，已是死病者枕藉于途，轮台更在车师以西，遣卒屯田，民何以堪？此即劳民，而非忧民，乃恶政也，我不忍闻。今后只须禁苛暴，止滥赋，立农本，勿荒武备即可。"

此诏过后，所有征伐一概止兵；百种巧玩嗜好，也都禁绝。臣民得知诏下，如逢鼎革，都庆幸不已，称此诏为《轮台诏》，视若冬日雷震，绝壁路通。

百年汉家，至此，正如江河出峡，平缓日复一日。民也知争无益，和为贵，日子便似草木生于野，自在荣发。

兵事一平，农商勃兴，长安街头又是车马辐辏，行人接踵，东西市哀声已如隔世。一日里，武帝微服，率霍光、金日磾出城踏春，见城外万顷田畴，炊烟袅袅，有三五儒士，白衣飘飘，沐春风而行，如行仙境。

武帝就笑指白鹿原上，对二人道："人间已无白鹿，须我辈养之。"

二人默默颔首，正欲领悟，忽而武帝又目视金日磾道："胡儿，你归汉多年，汉字识得如何了？"

金日磾忙禀道："君上，小的无一日敢不用功。"

武帝便笑笑："可知我汉家这'汉'字，是如何写的？"

"小的会写。"

"这名号又是何意呢？"

"江河淮汉，乃是出于龙兴之地的水名。"

武帝便仰天大笑："儿郎果然学问不深！汉水之名，固是本意，可知这'汉'字还另有一义？"

金日磾与霍光面面相觑，不能作答。

武帝以马鞭一指："霍光，你莫非也不知？"

霍光满脸涨红，连忙谢罪道："小臣重武事，于词章这等小技，实是不通！"

武帝蓦然变色道："这哪里是小事？尔等可知这'汉'字，另有银河之意？星汉，河汉，说的又是甚么？前代萧何，劝高祖就在汉中为王，以图大业，那时便说：'语曰天汉，其称甚美。'汉，即是来自天上银河，不亦伟哉，不亦大哉！"

霍、金二人恍然大悟，慌忙下马拜伏："臣实未想过。"

"哼，山河迟早要交予你辈之手，如此懵懂，只怕是据之不久，屁股都坐不热！"

"小臣有罪。"

武帝眯眼望望原上景物，一字一顿说道："我朝既号大汉，便是要与银河同久远，当世世代代，光耀苍穹。尔等无知若此，怕是要辜负这亿万年山河呢！"

霍光、金日磾闻言，脸色惨白，浑身似在止不住战栗。

武帝瞥了二人一眼，忽又放声笑道："罢了，竖子！朕既不能长生，也顾不了那许多了。儿孙之命，由儿孙自家去顾。我辈，只能顾到及身为止。"说罢，猛一甩鞭。鞭声清脆，随春风传至原上，久久回响……

一卷青史，就此渐隐。本书所载，起于纷纭乱世，终于一统功成。当最后一页翻过，锄犁、鞍马、笔砚、帷幄，皆被轻轻掩过，化为尘烟。

嗜书者读史，是一件极静心的事。小轩窗内，桌灯一盏，万千事都在这数卷书中。"高岸为谷，深谷为陵。"①读之或悲，或喜，或有所思，全由个人悟道而定。书页翻过，料不会白白消磨。终卷时，已将繁华阅尽，人间事习焉如故，朝来暮去，堪堪也就有些似曾相识了。

小子蒙学甚浅，作不得诗赋，唯借宋代无名氏之作一阕，移于

---

① 见《诗经·小雅·十月之交》。

书末，或与读罢后的心境相称，如余音绕梁。 词曰：

　　晓星明灭。白露点、秋风落叶。
　　故址颓垣，荒烟衰草，溪前宫阙。
　　长安道上行客，念依旧、名深利切。
　　改变容颜，销磨古今，垄头残月。

　　汉初百年兴盛史，到此，可以终卷矣。 读者诸君，伴我多时，来日或可再会于江湖。